URSULA POZNANSKI

VANITAS

GRAU WIE ASCHE

THRILLER

Besuchen Sie uns im Internet:
www.knaur.de

Aus Verantwortung für die Umwelt hat sich die Verlagsgruppe Droemer Knaur zu einer nachhaltigen Buchproduktion verpflichtet. Der bewusste Umgang mit unseren Ressourcen, der Schutz unseres Klimas und der Natur gehören zu unseren obersten Unternehmenszielen. Gemeinsam mit unseren Partnern und Lieferanten setzen wir uns für eine klimaneutrale Buchproduktion ein, die den Erwerb von Klimazertifikaten zur Kompensation des CO_2-Ausstoßes einschließt. Weitere Informationen finden Sie unter: www.klimaneutralerverlag.de

Originalausgabe März 2020
Knaur Hardcover
© 2020 Knaur Verlag
Ein Imprint der Verlagsgruppe Droemer Knaur GmbH & Co. KG, München
Alle Rechte vorbehalten. Das Werk darf – auch teilweise – nur mit Genehmigung des Verlags wiedergegeben werden.
Ein Projekt der AVA International GmbH Autoren- und Verlagsagentur
www.ava-international.de
Redaktion: Regine Weisbrod
Covergestaltung: NETWORK! Werbeagentur, München
Coverabbildung: © plainpicture / Axel Killian;
plainpicture / bobsairport / Marcus Hammerschmidt;
istock / Pepgooner; shutterstock / Hanahstocks; © Peter Palm, Berlin
Abbildung innen: © plainpicture/Axel Killian
Satz: Adobe InDesign im Verlag
Druck und Bindung: GGP Media GmbH, Pößneck
Printed in Germany
ISBN 978-3-426-22687-2

2 4 5 3 1

PROLOG. PARK.

Der Mann lag bäuchlings im Gras und atmete in unregelmäßigen Zügen die kühle Nachtluft ein. Durch den Mund, denn die Nase hatte die größte der drei Gestalten ihm schon mit dem ersten Schlag gebrochen. Er hatte das Knacken gehört und gespürt, wie Blut ihm über die Lippen lief; der nächste Fausthieb hatte ihn zu Boden gestreckt, seine Brille war davongeflogen, die Welt hatte ihre Konturen verloren.

Der Überfall war aus dem Nichts gekommen, kaum fünfzig Meter von seiner Haustür entfernt. Tagsüber war dieser Park von spielenden Kindern und Spaziergängern bevölkert, aber nachts war hier menschenleeres Niemandsland.

Bisher war kein Wort gefallen. Mit leisem Stöhnen hob er den Kopf, sah ein Paar schwarze Stiefel mit dicker Sohle, abgewetzt. »Bitte«, murmelte er, »meine Geldbörse steckt in der rechten Jackentasche. Mein Handy auch. Nehmen Sie es einfach.«

Der Tritt gegen die Rippen kam blitzschnell; der Mann hörte sich selbst aufkeuchen, er krümmte sich.

»Deinen Scheiß kannst du behalten«, erklärte eine tiefe Stimme über ihm.

Sie wollten ihn nicht ausrauben, das war übel. Obwohl nun jeder Atemzug schmerzte, richtete er sich ein Stück auf. »Was möchten Sie dann?«

Zwei der Angreifer wechselten einen schnellen Blick. Ohne seine Brille sah er die Welt nur als verschwommene Anordnung von Farbflecken, aber trotz dieser Tatsache und trotz der dürftigen Parkbeleuchtung war er sicher, zwei Dinge erkannt zu haben: Die drei Gestalten, die über ihm aufragten, hatten die Gesichter verhüllt; vielleicht trugen sie auch Masken. Und der Mittlere der drei, der mit der tiefen Stimme, der ihn getreten hatte, hielt etwas in den Händen, das wie eine lange Eisenstange aussah.

»Du hast ein schönes Leben, nicht wahr?«, stellte der jetzt fest. »Das Haus da drüben ist deines?«

»Ja.«

»Erstaunlich für jemanden wie dich. Aber ich glaube, wir wissen, wie du das gemacht hast.« Er ging in die Hocke, brachte das verhüllte Gesicht nah an das seines Opfers.

Skimasken, dachte der Mann. Und spiegelnde Sonnenbrillen. »Du bist einen Pakt mit dem Teufel eingegangen, und es hat sich gelohnt für dich. Dumm nur, dass die, die sich mit dem Teufel einlassen, am Ende immer in der Hölle landen.«

»Aber ich habe nicht ...«

In einer einzigen raschen Bewegung hatte der andere sich aufgerichtet und ließ die Eisenstange durch die Luft zischen. Das Geräusch, mit dem sie die Schulter des Mannes zerschmetterte, war ekelerregend, der Schmerz übertraf alles, was er bisher gekannt hatte. Er heulte auf und fühlte im nächsten Moment, wie jemand sein Haar packte und ihm den Kopf in den Nacken riss.

»Du erzählst uns jetzt Details«, sagte die tiefe Stimme, »dann tut es nicht mehr lange weh.«

»Ich weiß nicht, was ...«

Der nächste Schlag traf seine Hüfte, der übernächste den Rücken. Wieder schrie er auf, und der Mann mit der Skimaske drückte ihm das Gesicht ins Gras. Einer der beiden anderen, kleiner und schmaler, trat hinzu. »Ganz ruhig, Arschloch. Du weißt, was wir von dir wollen. Vielleicht weißt du sogar, wer wir sind? Erinnerst du dich nicht mehr an die alte Hilde?«

Wieder wurde sein Kopf am Haar hochgezogen. Der kleinere Mann hatte Brille und Maske abgenommen.

Nein, da war nichts Bekanntes. Nichts Vertrautes. Auch wenn er natürlich wusste, worauf sein Angreifer hinauswollte. Oh Gott, er hatte so sehr gehofft, dass das niemals passieren würde. »Ich kenne Sie nicht«, keuchte er. »Ich habe Sie noch nie gesehen.«

Die Hand ließ los, sein Kopf plumpste ins Gras. »Das ist traurig, nicht?«, sagte der Erste. »War aber zu erwarten. Und es spielt überhaupt keine Rolle. Wir unterhalten uns jetzt ein wenig über die Hölle.«

1.

Ich merke schon, dass etwas nicht stimmt, als ich um Punkt sieben Uhr morgens den Zentralfriedhof betrete. Heute durch Tor 11. Ich habe mir angewöhnt, nie zwei Tage hintereinander denselben Weg zu nehmen. Nicht mehr, seit die falschen Leute wissen, dass ich noch am Leben bin.

Normalerweise ist um diese Zeit alles ruhig, man hört höchstens die Bagger, die erste Gräber ausheben, aber heute hastet ein Friedhofsmitarbeiter im Arbeitsoverall an mir vorbei, auf den Ausgang zu. Seine Miene ist starr, er würdigt mich keines Blickes.

Alarmiert sehe ich mich um, doch der alte jüdische Friedhof, neben dem ich mich befinde, ist verlassen. Hier schmieren immer wieder mal Idioten Hakenkreuze auf die Grabsteine, doch darum scheint es heute nicht zu gehen. In einiger Entfernung kann ich Polizeisirenen hören.

Ich beschleunige meine Schritte, allmählich kann ich den Ort des Geschehens erahnen. Gruppe 16D, dort hat sich eine etwa zehnköpfige Menschentraube gebildet, alles Leute, die auf dem Friedhof arbeiten und schon vor dem Öffnen der Tore Zugang haben. Ich erkenne Albert und Milan – zwei der Totengräber – und eine Baumpflegerin, die anderen sind vermutlich Saisonarbeiter. Drei oder vier haben ihre Handys gezückt und fotografieren. Einer der anderen Totengräber schüttelt den Kopf und wendet sich ab.

Das Atmen fällt mir schwerer. Es sieht ganz so aus, als wäre etwas wirklich Ungewöhnliches passiert, und das lässt mich automatisch denken, dass es mit mir zu tun haben muss.

Ich bin jetzt fast da. Die Ursache für den Menschenauflauf

befindet sich offenbar in Reihe sieben und scheint eines der Gräber dort zu betreffen. Ich sehe den Grabstein nur von hinten, aber ganz offensichtlich liegt etwas obenauf.

Ohne jede Neugierde, nur voller dunkler Vorahnungen steuere ich auf das Grab zu. »Was ist denn los?«, frage ich heiser, doch anstelle einer Antwort rücken die anderen ein Stück zur Seite, damit ich besser sehen kann.

Das Szenario ist schaurig, es hat etwas Unwirkliches. Mit Sicherheit bin ich die Einzige hier, die bei dem Anblick nicht Entsetzen, sondern Erleichterung empfindet. Was hier passiert ist, hat mit mir nichts zu tun.

Jemand hat das Grab geöffnet. Nicht nur das Grab, auch den Sarg; er wurde zertrümmert, morsche Holzteile wurden nach oben geworfen, und der Tote ...

Es ist sein Kopf, der auf dem Grabstein liegt. Vollständig skelettiert, ein paar Haare kleben noch auf der Schädeldecke. Ich kann nicht gleich erkennen, was da zwischen den gelblichen Zähnen steckt, doch auf den zweiten Blick wird mir klar, dass es sich um einen abgeschnittenen Hühnerkopf handelt. Der Körper des Tieres liegt in der Grube, auf den Resten der Leiche, zwischen Stofffetzen und den verbliebenen Trümmern des Sargs.

Ich gehe ein Stück zur Seite, stelle mich neben einen Haufen ausgehobener Erde, aus dem ein Knochen herausleuchtet. Auf dem Grabstein finden sich drei Namen: Karl, Theresa und Roland Klessmann; die Inschriften sind schwer zu lesen. Nicht weil sie schon so verblasst wären, sondern weil jemand den hellgrauen Marmor des Grabsteins mit roter und schwarzer Farbe beschmiert hat. Ein Pentagramm, darunter ein Omega, zweimal die Zahl 666 und ein Symbol, dessen Bedeutung ich nicht kenne. Liegende Achten und ein Kreuz. Das, was zerquetscht daneben klebt, sind wohl die Organe des toten Huhns.

Die Polizeisirenen heulen nun in unmittelbarer Nähe, im nächsten Moment verstummen sie. Zeit für mich, zu verschwinden. Ich will nicht befragt werden, ich will in keinem Protokoll auftauchen, sondern mich in der Blumenhandlung verschanzen.

Mit gesenktem Kopf mache ich mich auf den Weg. So schauderhaft das Bild auch ist, das sich bietet, es hätte viel schlimmer kommen können. Der exhumierte Tote hat nichts mit mir oder meiner Vergangenheit zu tun; sollte die Grabschändung eine Drohung sein, richtet sie sich gegen jemand anderen. Aber wahrscheinlich haben nur ein paar besonders dämliche Jugendliche ein pseudo-satanistisches Ritual abgehalten. Ich frage mich, an welcher Stelle sie über die Friedhofsmauer geklettert sind, ohne Leiter geht das nämlich nirgends.

Das Bild des Schädels mit dem Huhn zwischen den Zähnen lässt mich nicht los, während ich den Friedhof durchquere. Logisch überlegt, muss der Tote Roland Klessmann gewesen sein. 1937–2004, von den drei Personen im Grab war er der Jüngste und somit der, der zuoberst lag. Die anderen beiden sind bereits über vierzig Jahre tot; von ihnen kann nichts mehr übrig sein.

Ich schließe die Blumenhandlung auf und hinter mir sofort wieder ab – wir öffnen erst um acht, und bis Eileen, Matti und vielleicht auch Paula aufkreuzen, möchte ich friedlich Kaffee trinken.

Die Espressomaschine im Hinterzimmer erwacht auf Knopfdruck zum Leben, fauchend und zischend. Durch die trüben Fensterscheiben sehe ich einen Wagen vor dem Haupteingang parken und drei Männer aussteigen. Ich würde wetten, dass es Polizisten sind. Keiner trägt Uniform, aber die Art, wie sie sich umsehen, die Zielstrebigkeit ihrer Bewegungen ist mir vertraut.

Als Nächstes werden Journalisten eintreffen.

Der Gedanke vertreibt sofort jeden Ansatz von Entspanntheit. Ich ziehe mich mit meinem Kaffee und dem Bestellbuch in den düstersten Winkel der Werkstatt zurück und blättere die heutigen Aufträge durch: Grabgestecke, Kränze, ein großes Herz aus roten Rosen. Das soll Eileen übernehmen, sie trifft sich seit zwei Wochen mit einem ganzkörpertätowierten Maschinenschlosser und ist so verliebt, dass es kaum auszuhalten ist.

Der Kaffee ist heiß und bitter. Ich frage mich, wie lange die Grabschänder gebraucht haben, bis sie auf den vermoderten Sarg plus Inhalt gestoßen sind. Sie müssen mit Spaten gearbeitet haben, also wohl mehrere Stunden. Es ist Juni, der Boden ist weich, trotzdem erfordert es Kraft und Ausdauer, ein solches Loch auszuheben, das heißt …

Die Ladentür wird aufgesperrt; Matti und Eileen treten gemeinsam ein. Sie wirken fröhlich. »Caro, du bist schon wieder so früh da? Hast du die Maschine angelassen?«

Ich deute nickend auf den Vollautomaten. »Und Wasser nachgefüllt.«

Eileen nimmt sich ihre Tasse aus dem Regal. »Weißt du, was draußen los ist? Da parken zwei Sendewagen, wird wieder irgendwas gedreht heute?«

Ihre Frage kommt nicht von ungefähr, der Zentralfriedhof ist ein beliebtes Filmset. »Nein. Jemand hat letzte Nacht ein Grab geöffnet und den Grabstein beschmiert. Ich bin zufällig vorbeigegangen, Gruppe 16D. Sieht nach satanistischem Ritual aus – Pentagramme, ein totes Huhn und verstreute Leichenteile.«

Eileens Augen sind groß geworden. »Ist ja abartig.« Sie zaust sich durchs pechschwarze Haar und nimmt den Rucksack von den Schultern. »Denkst du echt, hier sind Teufelsanbeter unterwegs?«

»Sieht ganz so aus.« Ich versuche, ein wenig mehr Erschrockenheit in meine Stimme zu legen. Weniger abgebrüht zu wirken. Tatsächlich finde ich die Inszenierung am Grab der Familie Klessmann bloß geschmacklos. Das Opfer der Aktion war bereits tot, man konnte es weder quälen noch ein zweites Mal töten. Und ein Pentagramm ist nichts weiter als ein paar Striche, die einen Stern bilden. Aber mir ist klar, dass meine gelassene Sicht der Dinge nicht normal ist.

Matti reagiert bloß mit finsterem Kopfschütteln. »Idioten«, murmelt er. »Vandalen. So einen würde ich gerne einmal erwischen ...« Er drückt die Rosenschere mehrmals zusammen. Das Geräusch lässt mich schaudern, mehr als der Anblick des Totenschädels auf dem Grabstein. Ich habe nicht vergessen, dass man mit solchen Scheren Finger abtrennen kann.

Besser, ich widme mich dem ersten Kranz des heutigen Tages. Weiße Lilien und rosa Nelken über Fichtenzweigen und Palmenblättern. Am Anfang steht immer das Köpfen der Blumen und das Präparieren der Stängelreste mit Draht, damit man die Blüten später in den Kranzrohling stecken kann.

Dieser Teil der Arbeit erfüllt mich jedes Mal mit einer Mischung aus Langeweile und leisem Bedauern, ich beherrsche die Handgriffe im Schlaf, meine Gedanken schweifen ab. Geköpfte Blumen, geköpfte Hühner. Ein kunstvoll auf den Grabstein drapierter Totenschädel.

Zufall, dass es dieses Grab erwischt hat? Ich kenne mich mit Satanisten und ihren Gebräuchen nicht aus, aber ich gehe davon aus, dass Zahlen und Symbole eine große Rolle spielen. Vielleicht liegt es an der Nummer der Grabstelle oder einem der Todesdaten.

Vielleicht aber auch daran, dass die Klessmanns in einem Teil des Friedhofs beerdigt sind, von dem aus Arbeitsgeräusche nicht bis nach draußen dringen.

Theoretisch kann es tausend Gründe dafür geben, dass die Hühner schlachtenden Satansjünger ausgerechnet dieses Grab gewählt haben, aber das ist wirklich nicht mein Problem. Ich greife nach der nächsten Lilie. Ich sollte einfach nur froh sein, dass es nicht mein Kopf war, den man auf einem der Grabsteine gefunden hat.

Mit der stumpfsinnigen Vorbereitungsarbeit bin ich fertig, nun geht es ans Stecken. Ich greife nach dem Kranzrohling – Stroh mit grünem Vlies überzogen – und arbeite gegen den Uhrzeigersinn. Es ist schön, mit den Farben zu spielen, das Muster wachsen zu sehen ...

»Kann jemand vorne die Kasse übernehmen?«, unterbricht Matti meine Konzentration. »Ich würde ... also, ich muss kurz nach draußen. Caro? Eileen?«

Wir wechseln einen stummen Blick. »Okay.« Eileen wischt sich seufzend die Hände an der Schürze ab und betrachtet mit Bedauern ihr eben begonnenes Rosenherz. »Aber beeil dich, die Blumen müssen bald zurück ins Kühlhaus.«

Ohne ein weiteres Wort läuft Matti aus dem Laden. Ich kann mir ein Grinsen nicht verkneifen; wie ich ihn kenne, will er zumindest einen kurzen Blick auf das geschändete Grab erhaschen, um später mitreden zu können. Vielleicht hätte ich ihm zuliebe doch ein Handyfoto schießen sollen, denn jetzt wird ihm wohl die Polizei die Sicht versperren.

Als mein Kranz fertig ist, winke ich Eileen in die Werkstatt zurück. »Ich kümmere mich um die Kunden und du dich um dein Herz, okay?«

Sie strahlt mich an. »Sehr zweideutig, Caro!« Sie macht sich sofort an die Arbeit, singt dabei etwas Undefinierbares, in dem immer wieder das Wort »Crown« vorkommt.

Während ich einer älteren Dame gelbe Rosen zu einem Strauß binde, einem bärtigen Mann zwei Biedermeiersträußchen verkaufe und telefonisch eine Bestellung für ein Trauergesteck aufnehme, behalte ich den Parkplatz und die Straße vor unserem Geschäft im Auge. Tatsächlich stehen zwei Sendewagen da, ebenso das Auto, in dem vorhin die drei Polizisten angekommen sind.

Ich wünschte, sie würden bald abziehen. Wahrscheinlich ist es Unsinn, aber sobald der Zentralfriedhof öffentliche Aufmerksamkeit auf sich zieht, habe ich das Gefühl, sichtbarer zu werden. Für die falschen Leute.

Ich dränge den Gedanken sofort beiseite, weiß aber, dass er spätestens am Abend wie ein Bumerang zu mir zurückkehren wird. Immer, wenn ich alleine zu Hause sitze, rücken die Gespenster näher an mich heran. Die lebenden und die toten.

Seit über fünf Wochen bin ich nun wieder in Wien, und bisher ist alles verdächtig ruhig geblieben. Es ist die Ruhe vor dem Sturm, alles andere wäre unlogisch.

Aus Gründen, die ich nicht verstehe, hat Robert den Kontakt zu mir abgebrochen. Der Strauß Tagetes, den er mir geschickt hat, war das letzte Lebenszeichen. Ich habe sie mit einem Stück Schnur in die Küche gehängt und trocknen lassen; dort hängen sie immer noch, als tägliche Mahnung. Totenblumen. Ich habe Robert zehn E-Mails geschickt, plus drei Sträuße, die seinem aufs Haar glichen, um eine Erklärung für seine Botschaft zu bekommen. Ohne Erfolg. Vielleicht ist er ja selbst tot.

Die Zeit seither habe ich jedenfalls genutzt. In dem Bewusstsein, dass die Karpins jeden Tag hier auftauchen könnten, habe ich Vorbereitungen getroffen. Die Barrett, die ich in München zurücklassen musste, habe ich ersetzt. Ein relativ teurer Deal übers Darknet hat mir eine Cadex Kraken eingebracht, ein kanadisches Snipergewehr in Matschbraun. Als Draufgabe habe ich mir eine Pistole geleistet, eine Walther P99, mit der ich üben sollte, ich weiß bloß nicht, wo ich das ungestört tun könnte. Derzeit betrachte ich sie eher wie einen Talisman, wie ein Amulett, das durch seine bloße Existenz alle Übeltäter fernhalten soll.

Außerdem besitze ich seit zwei Wochen ein Auto. Einen Fluchtwagen für den Notfall. Er ist zwar alt, und der schwarze Lack blättert ab, aber alles funktioniert. Zudem ist es einer dieser wundervoll unauffälligen Japaner, denen keiner einen zweiten Blick schenkt.

Dieser Shopping-Anfall der anderen Art hat mich über die letzten Wochen gebracht und mir die Illusion vermittelt, ich wäre meinem Schicksal nicht hilflos ausgeliefert. Als später die Panik wieder in tsunamihohen Wellen über mich hinwegspülen wollte, war das Auto mein bester Freund. Durch die Ausfahrten über den Stadtrand hinaus habe ich etwas entdeckt, das von unschätzbarem Wert für mich ist, und ich muss es nicht mal kaufen.

Ich bin dabei, zwei Frühlingssträuße für einen Herrn mit Hut zusammenzustellen, als Matti zurückkehrt. Ihm ist anzusehen, dass der Ausflug nicht sehr erfolgreich gewesen sein kann. »Sie haben einen Sichtschutz aufgebaut, fast ein Zelt«, murrt er, kaum dass der Kunde wieder draußen ist. »Milan hat gesagt, das war ein Voodoo-Ritual.«

»Glaube ich nicht.« Ich lege zwei Scheine in die Kasse. »Eher so eine Art Teufelsbeschwörung. Lass es dir von Albert zeigen, der hat wie wild fotografiert.«

Matti ist sichtlich hin- und hergerissen zwischen Neugier und seinem merkwürdigen Ehrgeiz, selbst derjenige sein zu wollen, der Neuigkeiten unters Volk bringt. »Ist ja auch egal«, stellt er fest und macht sich wieder an die Arbeit.

Gegen eins verschwinden die Autos der TV-Sender, gegen drei der Polizeiwagen. Ich warte bis halb sechs, dann mache ich mich auf den Weg.

Diesmal ist es reine Neugier, die mich den Weg zu Tor 11 einschlagen lässt. Natürlich nicht direkt, ich gehe einen großen Bogen, bis ich die Stelle mit dem geöffneten Grab aus weiter Entfernung sehen kann.

Gruppe 16D liegt verlassen da, alle Handyfotos sind geschossen, alle Ermittlungsschritte erledigt. Dann kann ich eigentlich noch einen schnellen Blick auf den Grabstein werfen. Das unbekannte Symbol fotografieren. Ich würde zu gerne wissen, was es bedeutet.

Man hat die Grube zugeschüttet und den Totenschädel entweder zu Spurensicherungszwecken mitgenommen oder wieder beerdigt. Ein Fetzen rot-weißes Absperrband liegt neben der Grabeinfassung. Die Schmierereien sind noch da, die wird jemand mit Spezialreinigungsmittel entfernen müssen. Ein Pentagramm, die dreifache Sechs. Und dieses Zeichen, das ich noch nie gesehen habe. Es erinnert an ein Unendlichkeitszeichen, in dem ein Kreuz steckt – oder ein Schwert?

Ich öffne die Kameraapp meines Handys. Stelle scharf, drücke ab. Im gleichen Moment tritt jemand neben mich, so plötzlich, als hätte er sich aus dem Nichts materialisiert.

Ich springe reflexartig zur Seite, kann nur mit Mühe einen Schrei unterdrücken, das Telefon rutscht mir beinahe aus der Hand.

»Oh, tut mir leid«, sagt der Mann und bemüht sich, nicht zu lachen. »Tja, das ist meine übliche Wirkung auf Frauen.«

Meine Hände zittern, und obwohl ich eine mit der anderen festhalte, bemerkt er es. Sein Gesicht wird ernst. »Das wollte ich nicht. Entschuldigung. War ich so leise, dass Sie mich nicht kommen gehört haben? Es war nicht meine Absicht, mich anzuschleichen, ich wollte Sie wirklich nicht erschrecken.«

Ich nicke stumm, fassungslos, dass mir das passieren konnte. Ich bin normalerweise so vorsichtig, immer darauf gefasst, dass jemand mir auflauern könnte. Doch eben hat mir ein flüchtiger Rundumblick genügt, dann habe ich meine ganze Aufmerksamkeit auf den Grabstein konzentriert. Es wird mir eine Lehre sein.

Nachdem der erste Schreck verklungen ist, wird mir klar, dass ich den Mann, der immer noch schuldbewusst wirkt, heute schon einmal gesehen habe. Er gehört zu der Dreiergruppe, die vor dem Blumenladen aus dem Auto gestiegen ist. Polizisten, wenn meine Instinkte mich nicht völlig verlassen haben. Er ist der Kleinste der drei, trägt eine abgewetzte braune Lederjacke, Jeans und hat seine Sonnenbrille auf den kahlen Kopf hochgeschoben. »Wissen Sie, was hier passiert ist?«, fragt er mich.

Ich zucke mit den Schultern. »Nicht so genau.«

Sein Blick wandert von meinen Augen zu meinen Schuhen und wieder zurück, dann zückt er einen Ausweis. Polizei, bingo, habe ich es doch gewusst.

»Mein Name ist Oliver Tassani. Ermittlungsdienst.«

»Wie bitte?«

Er seufzt. »In Fernsehkrimis sagt man Mordkommission dazu.«

»Mordko...« Ich schlucke meinen Kommentar hinunter. Der Tote aus dem Grab wurde zwar gewissermaßen enthauptet, aber da war er schon so tot, wie man nur sein kann. Warum interessiert sich die Mordkommission für die Sache? Ich setze mein naivstes Gesicht auf. »Ist jemand umgebracht worden?«

Tassani antwortet nicht, betrachtet nur nachdenklich den Grabstein. »Sie sind doch nicht zufällig hier, oder?«, sagt er nach ein paar Sekunden. »Sie haben gehört, was passiert ist.«

Sogar gesehen, noch vor ihm. Aber das muss er nicht wissen. »Stimmt«, bestätige ich.

»Sie arbeiten hier?«

»In der Nähe. Und falls Sie es verwerflich finden, dass ich das Grab fotografiert habe, gebe ich Ihnen recht. Aber ich stelle das Bild nicht auf Instagram, ich wollte nur nach diesem Zeichen googeln.« Ich deute auf die liegende Acht mit dem Kreuz.

Tassani wendet mir langsam den Kopf zu. Sein Blick ist forschend; seine Augen sind auf derselben Höhe wie meine. Für einen Mann ist er wirklich nicht groß. »Nach diesem Zeichen, hm?« Er greift in seine Jackentasche und zieht eine Visitenkarte heraus. »Wenn Sie bei Ihren Recherchen erfolgreicher sind als ich, dann rufen Sie mich doch bitte an.«

Zu Hause lege ich tatsächlich mit Nachforschungen los. Allerdings google ich nach dem Polizisten und werde reichhaltiger fündig als erwartet. Drei Interviews zu abgeschlossenen Fällen, eines zum Personalmangel bei der Wiener Polizei. Und schließlich ein Artikel, der gerade mal zwölf Tage alt ist. Tassani wird als Ermittler in einem Mordfall genannt, von dem Matti aus der Zeitung vorgelesen hat, außerdem gab es mehrere Tage lang Meldungen in den Fernsehnachrichten: Ein siebenundsechzigjähriger Mann wurde tot in einem Park aufgefunden, nur wenige Meter von seinem Zuhause entfernt. Ein gewisser Gunther S. Erschlagen, wie die Medien am nächsten Tag berichteten. Bisher keine Spur zum Täter.

Mit diesem Fall müsste Tassani also derzeit beschäftigt sein – was kratzen ihn dann ein paar verstreute Knochen auf dem Zentralfriedhof?

Beim Weitergoogeln lande ich mindestens dreißig Treffer zu dem Mord im Park; Tassani wird allerdings nur in dem einen Artikel namentlich erwähnt. Ich schenke mir ein Glas Rotwein ein, setze mich auf die Couch und betrachte die Visitenkarte, die er mir mitgegeben hat.

Wenn ich das Symbol entschlüssle, soll ich mich melden, hat

er gemeint. Wäre interessant zu wissen, warum das für ihn wichtig ist. Mir fällt nur ein plausibler Grund ein: dass bei der Leiche von Gunther S. das gleiche Zeichen gefunden wurde.

In den Nachrichten wird die Grabschändung nur kurz erwähnt, die Fernsehteams haben Bilder von möglichst pittoresken Grabreihen geschossen, keines von dem geschändeten Grab selbst und schon gar nicht von dem Schädel mit dem Hühnerkopf zwischen den Zähnen. »Die Schmierereien auf dem Grabstein lassen nicht auf politische Motive der Täter schließen«, heißt es. Was so viel bedeutet wie: keine Hakenkreuze.

Auf dem Handy öffne ich das Foto und ziehe es mit zwei Fingern größer. Kreuz oder Schwert? Es ist nahe der Mitte in der linken Schleife der liegenden Acht platziert. Ist die Asymmetrie Absicht, oder hatte der Maler es eilig?

Mit Handy und Wein setze ich mich wieder an den Computer. Gebe *Unendlichkeitszeichen* erst in Kombination mit dem Wort *Kreuz,* dann mit *Schwert* ein. Der erste Versuch bringt mir hauptsächlich Bilder von Schmuckanhängern ein, bei denen der Querbalken des Kreuzes die liegende Acht ist. Der zweite läuft – abgesehen von ein paar Tattooentwürfen – ins Leere. Ich ändere die Suchanfrage noch drei Mal, doch erst als ich den Teufel als Suchbegriff mit ins Spiel bringe, finde ich etwas, das dem Geschmiere auf dem Grabstein zumindest ähnelt.

Das Symbol heißt Leviathan-Kreuz, wird auch Satanskreuz genannt und ist das alchemistische Zeichen für Schwefel. Was perfekt zu Pentagramm und Hühnerkopf passen würde. Allerdings hat dieses Kreuz zwei Querbalken, und der Längsholm sitzt exakt in der Mitte der Unendlichkeitsacht.

Ich vertiefe mich noch einmal in das Foto des Grabsteins. Der fünfzackige Stern, das Omega und die Sechsen sind sehr sorgfältig gemalt, das vierte Symbol eigentlich auch. Wurde der Grabschänder beim Zeichnen überrascht und musste sein Werk unvollendet zurücklassen? Oder haben sich zwei Täter künstlerisch betätigt; der eine begabt, der andere nicht? Ich frage mich, ob Tassani schon mehr herausgefunden hat.

Ein Schluck Wein ist noch im Glas. Ich blicke nachdenklich auf das Browserfenster und kämpfe das plötzliche Bedürfnis nieder, nach den Namen aus meiner Vergangenheit zu googeln – meinem eigenen zum Beispiel. Allerdings stünde mir dann eine schlaflose Nacht bevor; ich weiß schon, warum ich das Internet sonst lieber meide.

Meine Finger verharren kurz über der Tastatur, dann gebe ich *Robert Lesch* ins Textfenster ein. Vielleicht finde ich in den Weiten des Netzes den Grund, warum er sich nach den Ereignissen in München nicht bei mir gemeldet hat – sieht man von dem angsteinflößenden Blumengruß ab, der mich bei meiner Rückkehr erwartet hat.

Die Suche fördert keine aktuellen Meldungen zutage. Nur Altbekanntes, darunter eine Kurzmeldung, etwas mehr als ein Jahr alt, die meine Stimmung sofort auf Grabestiefe senkt. Er wird im Zusammenhang mit Leichenfunden erwähnt, zu denen er keinen Kommentar abgeben will.

Die dürren Worte sind geradezu eine Verhöhnung dessen, was damals geschehen ist. Mit einem schnellen Mausklick schließe ich den Browser; ich wusste, es war ein Fehler, in der Vergangenheit herumzukramen. Soll Robert doch zum – ha, ha – Teufel gehen. Keine Nachrichten sind gute Nachrichten, so heißt es doch.

Allerdings würde ich ihm gerne die Meinung sagen, er soll wissen, wie ich es finde, dass er mich den Karpins wie einen Köder vor die Nase gehalten hat. Und ich wüsste gern, ob Pascha noch hinter Gittern sitzt.

Ihn anzurufen kommt nicht infrage. Nach den Ereignissen in München habe ich mir wieder ein gebrauchtes Handy zugelegt und mit gefälschtem Ausweis eine Guthabenkarte besorgt. Die Nummer kennt Robert nicht, aber er weiß, dass er mich auch auf andere Art erreichen kann.

Es wird eine lange Nacht. Ich liege im Bett, und alle paar Minuten fällt mir ein neuer Grund dafür ein, dass Robert sich nicht meldet. Mein Favorit: Er hat eine Spur nach Wien gelegt, die Karpins werden bald hier auftauchen, und er will keinesfalls, dass eine Kontaktaufnahme das Unternehmen gefährdet. Er weiß, dass ich beim kleinsten Verdacht voller Panik abhauen würde.

Ich presse das Gesicht ins Kissen und rufe mir den Moment ins Gedächtnis, zu dem ich die Zeit gern zurückdrehen würde. Den Sommerabend, an dem ich verhaftet wurde und Robert zum ersten Mal gegenübersaß.

»Haben Sie die gemacht?« Er hielt mir zwei Geburtsurkunden unter die Nase.

»Natürlich nicht«, sagte ich. »Wie kommen Sie darauf?«

Und dann stellte sich heraus, dass ich in eine Falle gegangen war. Dass man mich schon länger im Blick hatte und einer meiner letzten Auftraggeber für die Polizei tätig gewesen war.

»Sie werden ins Gefängnis gehen, Herzchen«, sagte Robert damals. »Obwohl es schade ist um so viel Talent. Es gäbe da eine Alternative ...«

Ich hätte mich für den Prozess und die Strafe entscheiden sollen, denke ich jetzt nicht zum ersten Mal, während ich im Bett liege und meine Herzschläge zähle. Beides läge nun wahrscheinlich schon hinter mir. Ich hätte an diesem Abend den Kopf schütteln und mich verhaften lassen sollen. Stattdessen bin ich einen Deal eingegangen, der mir in gewisser Weise lebenslang eingebracht hat. Oder vielleicht sogar eine Art von Todesstrafe.

Um ein Uhr fünfunddreißig quäle ich mich wieder aus dem Bett und öffne auf dem Computer die Seite meines üblichen

Blumenversandhandels. Iris für »Ich warte auf Nachricht«.
Akelei für »Du Feigling«. Und, um dem Ganzen ein bisschen
Pfeffer zu verleihen, Petunien. Die stehen für »Überraschung«
und werden Robert eine harte Nuss zu knacken geben. Wer
hat eine Überraschung für wen? Dann noch mit Zittergras
garnieren – das wenig originell für Unruhe steht –, und der
Strauß ist fertig. Er geht ans BKA in Wiesbaden, und ich lege
mich wieder ins Bett.

Am nächsten Tag betritt kurz nach zehn Uhr Tassani den
Blumenladen. Ich gieße gerade die Topfpflanzen und habe
keine Chance, in Deckung zu gehen, denn er entdeckt mich
schon beim Hereinkommen.

»Guten Morgen!« Matti lächelt und breitet die Arme aus.
»Womit kann ich Ihnen helfen?«

»Sehr freundlich, aber ich bin nicht der Blumen wegen
hier«, erwidert Tassani. »Ich wollte mich kurz mit Ihrer Mit-
arbeiterin unterhalten. Frau Bauer?«

Ich stelle die Kanne beiseite. Habe ich mich ihm gestern
vorgestellt? Ich glaube nicht. Ganz sicher weiß ich, dass ich
ihm nicht erzählt habe, wo ich arbeite. »Ja?«

»Wäre es okay, wenn wir ein paar Minuten rausgehen?«

Mir ist klar, dass Matti platzt vor Neugierde, aber er nickt
mir aufmunternd zu. »Mach nur.«

Also folge ich Tassani vor den Laden. Möglicherweise hat
er ja herausgefunden, was das dritte Symbol bedeutet, will es
mir erzählen und hat deshalb nachgeforscht, mit wem er sich
gestern unterhalten hat. Klingt sehr wahrscheinlich.

»Sie waren gestern schon ganz frühmorgens bei dem
Grab.« Er zieht den Reißverschluss seiner Lederjacke etwas
höher. »Noch bevor wir eingetroffen sind.«

»Ja.« Ich muss nur ein bisschen das Kreuz durchdrücken,
dann bin ich größer als er. »Ist das verboten?«

»Natürlich nicht. Ich habe Sie dort allerdings nicht gesehen, im Unterschied zu ungefähr zwanzig anderen, die gar nicht genug von dem Anblick bekommen konnten.«

Ich zucke mit den Schultern. »Ich bin nicht so versessen auf zerbröselnde Leichen. Und ich verstehe noch immer nicht, was Sie von mir wollen.«

»Ach, nichts Besonderes. Mich hat das nur erstaunt. Dass Sie gehen, kurz bevor die Polizei eintrifft, aber am Abend zurückkommen und Fotos vom Tatort machen. Fast so, als wollten Sie uns nicht begegnen. Fast so, als hätten Sie etwas damit zu tun.« Er strahlt mich an. »Haben Sie?«

Ich grinse trotzig. »Ihnen ist klar, dass die Antwort auf jeden Fall Nein sein wird, oder? Jetzt müssen Sie nur noch herausfinden, ob das auch der Wahrheit entspricht.« Bin ich bescheuert? Was mache ich da? Lustiges Geplänkel mit der Polizei? Ich lasse das Lächeln in sich zusammenfallen. »Sie fragen mich das nicht ernsthaft, oder?«

Es wirkt, als würde er sich die Antwort darauf gründlich überlegen. »Um ehrlich zu sein, ich weiß es nicht. Aber etwas an Ihnen ist eigenartig. Erst habe ich Sie für eine Journalistin gehalten – oder für jemanden aus einem der nahe gelegenen Büros. Ich war ehrlich erstaunt, als einer der Totengräber mir gesagt hat, dass Sie in der Blumenhandlung arbeiten.«

Ich schweige, also fährt er fort: »Nachdem sich unsere Wege gestern getrennt haben, ist er von seinem Bagger geklettert und hat Ihnen hinterhergesehen. Da habe ich ihn gefragt, ob er Sie kennt.«

Das war vermutlich Mirko. Lieber Kerl auf der verzweifelten Suche nach einer Frau in seinem Leben. Ich seufze. »Sie ahnen gar nicht, wie gut ich hierher passe. Und jetzt sollte ich weiterarbeiten.« Durch die Scheibe sehe ich Matti die Töpfe gießen und immer wieder zu uns herblinzeln.

»Dann halte ich Sie nicht länger auf.« Tassani wirft einen

Blick auf seine Uhr. »Haben Sie noch etwas zu dem Zeichen herausgefunden?«

»Es ähnelt einem Leviathan-Kreuz, aber das ist Ihnen bestimmt schon aufgefallen.« Ich verschränke die Arme vor der Brust und mustere ihn von oben bis unten. »Haben Sie eigentlich italienische Wurzeln?«

»Mein Großvater stammte aus Caserta. Er war Brigadiere bei den Carabinieri. So nahe an Neapel war das eine halsbrecherische Berufsentscheidung.«

Gleich werden wir in unserem Gespräch die Mafia streifen, die ist allerdings das Letzte, worüber ich mich unterhalten möchte. »Dann haben Sie es ja besser erwischt.«

Er blickt zum Himmel, an dem sich allmählich Wolken vor die Sonne schieben. »Wien ist ruhiger. Aber auch kühler. Und das Zeichen ist kein Leviathan-Kreuz.« Er reiht die Fakten sachlich aneinander, beinahe erwarte ich eine vierte Feststellung im gleichen Ton: *Und Sie sind nicht Carolin Bauer.* Aber er streckt nur die Hand aus. Ich ergreife sie. »Auf Wiedersehen«, sage ich. »Viel Glück bei Ihren Ermittlungen.«

Sein Lächeln ist schief. »Grazie. Ciao.«

»Was hat er erzählt? Was will er von dir?« Matti hat den Arm voller Tulpen, als ich den Laden wieder betrete.

»Nichts Besonderes. Es ging nur um eines der Symbole, die auf den Grabstein gepinselt worden sind.« Ich hätte Tassani auch ein paar Fragen stellen sollen. Nach dem Mord im Park und ob das Zeichen eine Verbindung darstellt. Nur hätte er daraufhin wohl erwidert, dass mich das nichts angeht. Was absolut stimmt; ihm wäre dann aber klar gewesen, dass ich mich über ihn schlaugemacht habe, und er hätte sich zu Recht gefragt, warum.

Im Grunde ist meine Neugierde auch bloß ein ungesunder Reflex. Je weniger ich mit alldem zu tun habe, desto besser.

2.

Nach Feierabend fahre ich mit der Straßenbahn nach Hause, aber die Vorstellung, den Abend alleine vor dem Fernseher zu verbringen, drückt mir schon die Luft ab, bevor ich die Wohnung betrete. Also checke ich nur schnell meine Mails – keine Nachricht von Robert, aber eine Bestätigung des Blumenversandshops, dass der Strauß beim Empfänger abgeliefert worden ist. Immerhin. Ich schalte den Rechner aus, nehme die Autoschlüssel vom Haken und bin schon wieder draußen.

Der kleine Mazda ersetzt mir derzeit den Therapeuten. Er vermittelt mir das Gefühl, etwas unter Kontrolle zu haben, und das beruhigt mich mehr, als ich mir hätte vorstellen können. Wenn ich damit herumfahre, fühle ich mich anonym, bin einfach nur einer von Tausenden Verkehrsteilnehmern. Trotzdem habe ich häufig den Blick im Rückspiegel, vor allem die ersten fünf Minuten lang. Ich will sicherstellen, dass niemand mir folgt.

Spätestens, nachdem ich aus der Stadt hinausgefahren bin und die Landstraße erreiche, habe ich Gewissheit. Hier würde jedes Verfolgerauto sofort auffallen, denn außer mir sind nicht viele Menschen unterwegs.

Mein Ziel liegt etwa zwanzig Kilometer östlich der Wiener Stadtgrenze, ich habe es während einer meiner ersten Ausfahrten entdeckt, als ich möglichst nah an den Wald gelangen und dort spazieren gehen wollte.

Eine Nebenstraße, von der eine schmälere Straße abzweigt, danach ein holpriger Feldweg. An einer Stelle muss man nach rechts in die Wiese ausweichen, um nicht mit dem linken

Vorderreifen in ein knietiefes Schlagloch zu geraten. Doch am Ende des Wegs, halb schon im Schatten des Waldes, halb auf einer Wiese mit meterhohem Gras, liegt meine Entdeckung.

Ein geducktes, ebenerdiges Haus, ehemals wohl ein kleiner Bauernhof. Jetzt ein Abbruchobjekt, das offenbar keiner haben will. Das »Zu verkaufen«-Schild hinter einer zersprungenen Fensterscheibe ist verblasst. An der Außenwand lehnt noch verrostetes Werkzeug, in einem Schuppen liegen alte Traktorreifen. Das Dach hängt an zwei Stellen durch. Beim ersten Mal musste ich auf dem Weg zum Eingang Büsche überklettern und Ranken aus dem Weg zerren, bis ich vor einer alten Holztür stand, von der grüner Lack abblätterte.

Dort stehe ich auch jetzt. Der Wagen parkt hinter einer Gruppe junger Fichten, die Straße ist außer Sichtweite. Ich öffne die Tür und bin sofort in der Wohnküche: ein gemauerter Holzofen mit rußig schwarzer Kochplatte, grün-grau bezogene Stühle rund um einen Resopaltisch. Die habe ich dort hingestellt, zuvor lagen sie kreuz und quer im Raum, ebenso wie ein paar brüchige Ziegelsteine und ein altes Ofenrohr.

Jedes Mal, wenn ich herkomme, mache ich das Haus ein wenig wohnlicher. Natürlich ist mir klar, dass das Gemäuer jederzeit über mir einstürzen kann, aber ich vertraue darauf, dass es das nicht tun wird. Ich habe es entdeckt, ich erwecke es wieder zum Leben. Wir sind Verbündete.

Neben der Wohnküche gibt es ein Schlafzimmer mit einem schäbigen Holzbett und löchrigen Matratzen, in denen vermutlich einiges lebt.

Erstaunlicherweise verfügt das Haus über zwei Toiletten. Eine steht direkt im schwarz-weiß gekachelten Badezimmer, die andere im Keller, der zur Hälfte gemauert, zur anderen Hälfte ein Erdkeller ist. Vielleicht war er früher eine Kombination aus Weinkeller und Werkstatt, jedenfalls gibt es einen rostigen Kühlschrank, der wider Erwarten funktioniert. Und eben ein Klo, ebenfalls intakt, kaum zu glauben. An einer der Wände lehnt ein alter, verwitterter Mühlstein. Er muss mindestens eine Tonne wiegen, ich frage mich, wie er hier heruntergeschafft wurde. Vielleicht stand früher ja eine Mühle hier.

Wenn es so weit kommen sollte, wenn es wirklich passiert und die Karpins meine Spur aufnehmen, werde ich hierher flüchten. Es ist Niemandsland, kein Mensch kann mich hier finden. Ich muss nur darauf achten, dass niemand den kleinen schwarzen Mazda bemerkt, wenn er auf den Feldweg einbiegt.

Wie die letzten Male habe ich auch heute Vorräte für den Ernstfall mitgebracht. Ein paar Dosen Ravioli, die man notfalls kalt essen kann. Sechs Liter Wasser – obwohl es im Haus immer noch läuft, erstaunlicherweise; es gibt auch funktionierende Steckdosen. Eine Flasche Rotwein, die ich zu den beiden anderen stelle. Zwei Dosen mit Linsen, zwei mit Bohnen, zwei mit Sauerkraut. Beim nächsten Mal werde ich Knäckebrot mitbringen, das sollte eigentlich nicht schimmeln, auch wenn es in diesem Keller alles andere als trocken ist.

Ich betaste die feuchte Wand und lehne die Stirn dagegen. Fünf Atemzüge lang das Gefühl von Sicherheit. Sechs. Sieben.

Putzmittel wären auch eine gute Idee. Die beiden Toiletten sind nicht auf eklige Weise schmutzig, aber jahrzehntealter Staub und Feuchtigkeit haben dunkle Krusten hinterlassen. Ich mache mir innerlich Notizen, füge eine vakuumverpackte Decke und ein Kissen hinzu. Außerdem eine Isomatte, denn eine Matratze hierherzutransportieren, wird schwierig.

Dann setze ich mich auf den Boden und genieße das Verschwundensein. Lehne mich mit geschlossenen Augen gegen den alten Kühlschrank und lasse die Stille in den Ohren rauschen. Lasse die Zeit stillstehen.

Was sie in Wahrheit leider nicht tut, ich muss hier wieder

weg, bevor es so dunkel ist, dass ich die Autoscheinwerfer einschalten muss. Wenn der Zufall es will, bemerkt jemand die Lichter, die aus dem Nichts auf die Straße zufahren, und kommt auf die Idee, sich die Ecke ein wenig genauer anzusehen.

Voller Bedauern steige ich die Kellertreppe hinauf, rücke noch mal die Stühle rund um den Tisch zurecht, dann bin ich draußen. Schließe die grüne Tür hinter mir und gehe zum Auto.

Auf dem Weg zurück nach Wien ergänze ich meine mentale Liste. Klopapier. Und eine Taschenlampe.

Als ich nach Hause komme, klebt ein Post-it an meiner Wohnungstür. *Habe Quiche gemacht. Wenn du eine Portion willst, kannst du jederzeit kommen. Norbert.*

Mein freundlicher Nachbar aus der unteren Wohnung. Er ist der Einzige im Haus, zu dem ich Kontakt habe, und den sollte ich gelegentlich pflegen. Ein paar Minuten später stehe ich in seinem sparsam eingerichteten Wohnzimmer. Es sieht nicht aus, als gehöre es jemandem, der bald siebzig wird – keine Kinkerlitzchen, die an vergangene Zeiten erinnern, sondern moderne Drucke an den Wänden. Und zwei hohe Bücherregale.

Norbert tischt Quiche und Weißwein auf, fragt mich nach meinem Tag, erzählt mir, was er zuletzt gelesen hat. Manchmal habe ich das Gefühl, er will in mir die Tochter sehen, die er nie hatte. Testet an, wie es sein könnte, Kinder zu haben, auch wenn sie jetzt schon erwachsen wären.

Er ist angenehme Gesellschaft, denn er fragt fast nichts; ihm genügt es, reden zu können. Ich muss nur nicken und ab und an zustimmende Geräusche von mir geben.

Doch dann, während ich gerade hingebungsvoll mit der Quiche beschäftigt bin, wechselt er das Thema. »Ich habe gehört, auf dem Zentralfriedhof sind Gräber geschändet worden, hast du davon was mitbekommen?«

Ich kaue, schlucke und seufze. »Nicht viel. War auch nur eine einzige Grabschändung, bestimmt ein paar besoffene Jugendliche, denen langweilig war.«

Norberts Blick bleibt erwartungsvoll, also fahre ich fort: »Sie haben einen Sarg ausgebuddelt und ein paar Knochen herausgeholt. Außerdem den Grabstein beschmiert. Idioten eben, die Polizei ist dran.« Unwillkürlich fällt mir Tassani ein und sein entspannter Humor. Leider auch seine scharfe Beobachtungsgabe. *Etwas an Ihnen ist eigenartig.*

Ich dränge die Erinnerung an das Gespräch beiseite und stecke mir den nächsten Bissen in den Mund. Totenschädel und Pentagramme sind nicht mein Problem, ebenso wenig wie Kriminalbeamte mit italienischen Großvätern und dunkelbraunen Augen. Mein Fokus sollte weiter östlich liegen. Bei stiernackigen Russen mit wasserblauen Augen und Händen wie Baggerschaufeln.

Am nächsten Tag binde ich gerade vier Sträußchen aus Rosen und Schleierkraut, die bei einer Beerdigung ins Grab geworfen werden sollen, als die Ladentür sich öffnet. Der junge Mann, der eintritt, trägt die Jacke eines Lieferdienstes. Er sieht sich um und lacht auf. »Da hat jemand echt Sinn für Humor.« Sein Blick bleibt an mir hängen. »Carolin Bauer?«

»Ja.«

»Ich habe etwas für Sie.«

Aus den Augenwinkeln habe ich es bereits gesehen, und ich muss ihm recht geben. Ist höchst merkwürdig, einen Blumenstrauß in einen Blumenladen zu liefern.

»Ich fürchte, Ihr Love-Interest hat nicht wirklich mitgedacht«, sagt der Bote, während ich den Empfang quittiere. »Trotzdem alles Gute. Falls Sie Geburtstag haben.«

»Habe ich nicht.« Ich drücke ihm einen Euro Trinkgeld in die Hand und wickle das Papier vom Strauß. Hyazinthen und Märzenbecher, ergänzt mit Dotterblumen – optisch eine eigenartige Kombination, die inhaltlich aber Sinn ergibt. Hyazinthen symbolisieren Abweisung, Märzenbecher Ungeduld, und Dotterblumen weisen auf eine baldige Kontaktaufnahme hin. Ich übersetze das für mich so, dass Robert kein Verständnis für mein Drängen hat und sich bald melden wird.

»Was is'n das?« Matti kommt aus der Werkstatt nach vorne und wirft einen skeptischen Blick auf den Strauß. »Das ist nicht von uns, oder?«

»Nein. Keine Sorge.« Am liebsten würde ich die Blumen wegwerfen, aber das haben sie nicht verdient. Also gebe ich sie der nächsten Kundin als Draufgabe mit und freue mich, dass sie sich freut.

Tassani lässt sich den ganzen Tag über nicht blicken, was ich halb erleichtert, halb enttäuscht zur Kenntnis nehme. Wobei die Enttäuschung mich selbst erstaunt – ich sollte froh sein, dass sein Fokus nicht so stark auf mir liegt, wie ich befürchtet habe, und die Dinge wieder ihren normalen Lauf nehmen. Der Presse ist die Grabschändung nur noch da und dort eine Kurzmeldung wert, und die Schaulustigen halten sich ebenfalls in Grenzen.

Auch der darauffolgende Tag bleibt ereignislos, was ihn für mich zu einem guten Tag macht. Je weiter die Münchner Ereignisse in die Vergangenheit rücken, ohne dass Andreis Killer auftauchen, desto größer wird meine Hoffnung, dass ich mit einem blauen Auge davongekommen bin.

Wie dünn mein Vertrauen darauf ist, zeigt sich bereits am nächsten Abend: Das kräftige Klopfen an meiner Tür lässt mich so heftig zusammenzucken, dass mir beinahe mein Glas aus der Hand rutscht.

Ich atme tief ein und aus. Starre auf die Salamischeiben,

mit denen meine Pizza belegt ist. Norbert klopft nicht, er klingelt. Außer ihm kenne ich die Nachbarn nur vom Aneinander-Vorbeischauen.

Das Klopfen wiederholt sich. Lauter diesmal. Und dann beginnt jemand zu singen. »Sweet Caroline – taaataaataaa – good times never seemed so good!« Es klingt schräg und falsch, und ich kenne die Stimme. So schnell hätte ich nicht mit ihm gerechnet, aber umso besser.

Ich gehe zur Tür, öffne sie. »Hallo, Robert.«

Er schnuppert, bevor er eintritt. »Da habe ich ja den perfekten Zeitpunkt erwischt. Ich verhungere.«

Sobald wir am Küchentisch sitzen, schiebe ich ihm den Teller mit der halben Pizza hin, und er verschlingt sie innerhalb von zwei Minuten. Ich beobachte ihn dabei und staune, dass ich jedes Mal wieder vergesse, was für eine Beleidigung Robert fürs Auge ist. Es liegt nicht an seinen Genen – er könnte durchschnittlich bis okay wirken, wenn er wollte. Wenn er sein kaum noch vorhandenes Haar abrasieren würde, statt es in dünnen Strähnen bis über die Ohren hängen zu lassen. Wenn er die Fingernägel nicht zu lang werden ließe, zumal die der rechten Hand gelb vom Nikotin sind. Wenn er kein gestörtes Verhältnis zu Deodorants hätte.

»Du hattest es eilig, hier bin ich«, sagt er, kaum dass er mit Essen fertig ist. Sieht mich erwartungsvoll an, während er mit den Fingernägeln Salamireste zwischen den Zähnen hervorstochert. »Also?«

»Du bist extra deshalb hergekommen? Eine schriftliche Nachricht hätte mir genügt.«

Robert zieht eine Augenbraue hoch. »Nicht nur deshalb. Ich habe ein paar Gespräche mit Wiener Kollegen. Es gibt da einen grenzübergreifenden Fall. Was war denn meiner Diva so wichtig? Und was wolltest du mir mit den Petunien sagen? Von wegen Überraschung und so?«

Diva. Ich habe große Lust, ihm den Teller um die Ohren zu schlagen. »Du bist mir noch eine Menge Erklärungen schuldig. Das mit München war ein ziemliches Meisterstück von dir. Ich löse für dich die Baustellensache und mache dir gleichzeitig den Köder für die Karpins. Richtig?«

Roberts Augen werden groß und rund. »Köder? Aber das stimmt doch gar nicht! Wäre es nach mir gegangen, hättest du Tag und Nacht bei zugezogenen Vorhängen in der Agnesstraße sitzen können, aber du wolltest ja auf Charity-Galas gehen – und dich dort fotografieren lassen.«

Der Punkt geht an ihn, aber unsere Abmachung hat er trotzdem gebrochen. »Du hattest mir versprochen, du würdest mir Bescheid geben, sobald sich irgendwer von Andreis Truppe in meine Nähe bewegt, und das hast du nicht getan. Du warst selbst in München, weil du wusstest, du würdest vielleicht Pascha dort schnappen können. Oder den Big Boss selbst. Und du hast mich nicht gewarnt.«

Endlich, jetzt wirkt er etwas schuldbewusst. »Stimmt. Aber wie du schon sagst, ich bin extra persönlich hingefahren. Ich hätte niemals zugelassen, dass dir etwas passiert.«

Meinen Lachanfall nimmt er erst stoisch hin, dann senkt er lächelnd den Blick. Wir wissen beide, dass er Unsinn redet. Er hätte mich nicht schützen können. Ich habe Pascha töten gesehen, so schnell, dass ich erst begriffen habe, was passiert war, als das Opfer schon reglos in seinem Blut lag. Wobei das nicht Paschas bevorzugte Vorgehensweise ist. Viel lieber nimmt er sich Zeit, vor allem, wenn er Zuseher hat. Nicht umsonst fällt mir wieder die Rosenschere ein.

»Ihr habt ihn noch? Pavel?«

Robert nickt. »Ja. Ist aber nicht so einfach. Es gibt kaum Beweise gegen ihn; die Clans killen sich zwar gerne gegenseitig, aber sie schwärzen einander nicht an. Wenn wir die Leichen überhaupt zu Gesicht bekommen, hat man vorher dafür gesorgt, dass wir keine verwertbaren Spuren an ihnen finden. Weißt du ja.«

Und ob. Dafür gesorgt, mit Feuer oder Lauge. Sobald ich die Augen schließe, habe ich die großen Fässer wieder vor mir. Ich hätte auf die Pizza verzichten sollen.

Ich lehne mich über den Tisch und stelle Robert die Frage aller Fragen. »Sie wissen es, nicht wahr? Sie wissen, dass ich noch lebe.«

Er hält meinem Blick stand. »Sie ... na ja, sie vermuten es. Ganz sicher sind sie nicht, nachdem dich keiner von ihnen wirklich zu Gesicht bekommen hat. Aber sie kennen die Fotos, davon müssen wir ausgehen.«

Die Fotos. Die von der Gala und die von verschiedenen Überwachungskameras. Auf denen ich mich allerdings fünfzehn Kilo schwerer, blond und zur Brillenträgerin gemacht habe.

Doch für jemanden wie Vera reicht das womöglich nicht. Sie hat einen unglaublich scharfen Blick für Gesichter, und auch, wenn wir uns früher gut verstanden haben – ihre Angst vor Andrei ist zu groß, als dass sie mir zuliebe lügen würde.

Apropos. »Wie sieht es mit Andrei aus? Habt ihr von ihm irgendwelche Lebenszeichen?«

»Er ist nicht aus der EU ausgereist«, sagt Robert vage. »Jedenfalls nicht unter seinem Namen. Auch nicht mit Dokumenten, die von dir gefälscht worden sind.«

Das muss nichts heißen. Er hat bestimmt noch andere, mittlerweile wahrscheinlich ganz neue. »Er steht nach wie vor auf der Fahndungsliste?«

»Natürlich. Allerdings nur wegen Verdachts der Mitgliedschaft in einer kriminellen Vereinigung und Verdachts auf Menschenhandel.«

Wieder lache ich auf. Mitgliedschaft ist eine hübsche Untertreibung, und die Liste ist weit entfernt von vollständig. Es fehlt vor allem Mord mit denkbar grausamen Mitteln. Den ich ihn allerdings nie habe eigenhändig ausführen sehen.

»Wie wahrscheinlich ist es, dass sie meine Spur nach Wien nachverfolgen können?«

»Es gibt keinerlei Anzeichen dafür.« In Roberts Blick liegt mehr Ernsthaftigkeit, als ich von ihm gewohnt bin. »Es tut mir leid, dass ich dich in München nicht gewarnt habe. Aber ich verspreche dir, dass du dich beim nächsten Mal auf uns verlassen kannst. Wenn es ein nächstes Mal überhaupt geben sollte. Im Moment sieht es so aus, als würden sie dich in verschiedenen deutschen Städten suchen. Unmittelbar nach Pavels Verhaftung sind Leute aus dem Clan nach Stuttgart, Hamburg und Leipzig gefahren. Eine Woche später in Richtung Nürnberg und Hannover. Niemand, nicht einer, nach Österreich oder gar Wien.«

Zumindest niemand von denen, die ihr im Auge habt, denke ich und nicke. »Du rätst mir also, vorerst hierzubleiben?«

»Ja. Bleib hier. Bleib, Carolin. Ich werde dich nach Möglichkeit auf dem Laufenden halten.« Er deutet auf den trockenen Strauß, der am Fenster hängt. »Über Blümchen und notfalls über Mail, nachdem du mir deine neue Handynummer nicht gibst.«

»Ist zu riskant, sorry.« Mein Blick ist an den dürren Tagetes hängen geblieben. Totenblumen. »Warum hast du mir die eigentlich geschickt? Mich hat fast der Schlag getroffen.«

Er hebt die Schultern. »Ich dachte, es wäre klar. Ich wollte mich bedanken und dir sagen, dass du jetzt wieder in Ruhe tot sein darfst. Aber offenbar lässt sich über Blumengrüße kein Humor transportieren.«

Humor. Ich könnte Robert seine spärlichen Haare ausrupfen. »Besser, du gehst jetzt.«

Als er weg ist, bedaure ich meine spontane Reaktion. Fassungslos über Roberts mangelndes Einfühlungsvermögen zu sein ist besser als alleine in Gesellschaft meiner düsteren Gedanken. Würde er mir diesmal wirklich Bescheid geben, wenn ich in Gefahr bin?

Im Grunde habe ich nur zwei Möglichkeiten: ihm zu vertrauen oder schnellstmöglich die Stadt zu wechseln. Ohne Garantie, dass ich dort sicher sein werde.

Wien hat mir bisher nichts angetan, es hat sich als Unterschlupf bewährt. Und nun habe ich sogar noch meinen persönlichen Notfallbunker, von dem niemand weiß.

Alles spricht dafür, zu bleiben.

Nach fünf Stunden unruhigen Schlafs krieche ich aus dem Bett und stürze zwei Tassen schwarzen Kaffee hinunter. Es ist so früh, ich werde den ersten Bus erwischen und noch vor der Öffnung der Tore am Friedhof sein. Gute Sache, ich könnte ein bis zwei Kränze fertig haben, bis Matti auftaucht. Oder …

Ich könnte auch außen ein wenig herumspazieren und nachsehen, ob es nicht doch Stellen an der Mauer gibt, die man überklettern kann.

Der letzte Schluck Kaffee ist kalt und bitter. Draußen geht die Sonne auf.

Diesmal steige ich nicht wie sonst bei Tor 2 aus, sondern bei Tor 3. Ich schlendere die Friedhofsmauer entlang. Wenn ich keine Stelle finde, die sich zum Überklettern eignet, werde ich bis zu Tor 9 spazieren, das dann schon geöffnet sein sollte.

Ich bin etwa eine halbe Stunde unterwegs, als mir am Fuß der Mauer, direkt neben einem Baum etwas ins Auge springt. Jemand hat einen Klapphocker hingestellt, ein altes Ding aus Holz, das es einer normal großen Person leicht erlauben sollte, über die Friedhofsmauer zu kommen.

Sind hier die Vandalen eingestiegen? Wenn Tassanis Leute

diesen Hocker im Zuge ihrer Ermittlungen übersehen haben, waren sie nicht sehr gründlich.

Ich schieße ein Foto mit meinem Handy, um es Tassani unter die Nase zu halten, falls er noch einmal im Laden vorbeikommt. Dann steige ich auf den Hocker. Die Mauer reicht mir jetzt nur noch bis zum Bauch, und ich habe einen ausgezeichneten Ausblick auf die Gruppen 164 und 165. Einmal hochstemmen, ein Bein nach dem anderen hinüberschwingen, ein Sprung ins Gras, und schon stehe ich auf dem Friedhof und schlage den Weg zu Tor 2 ein. Ich muss mir überlegen, wie ich Tassani meine Entdeckung am besten verkaufe – die Wahrheit, dass ich aktiv nach einer geeigneten Einstiegsstelle gesucht habe, möchte ich ihm nicht erzählen.

Diesmal ist weit und breit wirklich niemand zu sehen. Die Sonne steht noch so tief, dass die Grabsteine lange Schatten werfen, das Gras ist feucht, und ein feiner Dunst liegt darüber. Es riecht nach frischer Erde und frühem Sommer. Außer meinen Schritten höre ich nur den Vogelgesang aus den Baumkronen.

Es ist eine gute Entscheidung, in Wien zu bleiben, denke ich wieder. Ich fühle mich hier mit jedem Tag mehr zu Hause, meine Umgebung ist mir so vertraut geworden, dass ich sofort bemerken würde, wenn etwas seltsam ...

Ich bin stehen geblieben und weiß im ersten Moment nicht genau, warum. Etwas in meinem Blickfeld hat exakt zu meinen Gedankengängen gepasst – eine Veränderung, eine Unregelmäßigkeit. Ein Detail, das nicht stimmt.

Ich blicke mich um. Gehe drei Schritte zurück, drehe mich um die eigene Achse. Und dann weiß ich, was mich beim ersten Vorbeigehen irritiert hat: Bei Gruppe 133, Reihe vier, liegt ein Schuh. Ein schwarzledderner Herrenschuh mit spitz zulaufender Kappe.

Aus der Nähe betrachtet sieht er zu sauber aus, um schon

länger hier zu liegen. Mein erster Gedanke, dass ihn vielleicht ein Beerdigungsbesucher verloren hat, ist natürlich Unsinn; er hätte ihn wieder angezogen. Und wenn er einem der Typen gehört, die das Grab verunstaltet haben? Und er ihn verloren hat, als er überstürzt flüchten musste? Bloß sind der oder die Täter von niemandem beobachtet worden, soweit ich weiß. Warum also wegrennen?

Noch bevor ich mich bücke, um den Schuh aufzuheben, fällt mein Blick auf etwas anderes. Etwas, das auf einem der hinteren Gräber in Reihe vier liegt.

Ich kann meine Beine kaum spüren, während ich einen Schritt nach dem anderen darauf zugehe, und obwohl mir im tiefsten Inneren bereits klar ist, was ich gleich sehen werde, versucht mein Gehirn immer noch, mich mit harmlosen Erklärungen zu beruhigen. Alte Kleidung. Arbeitsgewand eines Friedhofsmitarbeiters. Ein schlafender Obdachloser.

Doch es ist der Besitzer des Schuhs. Dass er den anderen noch trägt, ist das Erste, was ich registriere. Dann das bleiche Gesicht, auf dem halb getrocknetes Blut klebt, aber nicht nur das. Außerdem Erde. Vielleicht auch Hirnmasse, denn die linke Schädelseite ist eingedrückt.

Der Mann liegt auf dem Grab, als hätte man ihn verkehrt herum gekreuzigt. Der Kopf hängt über die Grabeinfassung, die Füße stoßen an den Grabstein, die Arme sind nach rechts und links ausgebreitet. Die ausgehobene Erde, die in kleinen Haufen danebenliegt, lässt mich eine Sekunde lang denken, dass die Grabschänder diesmal eine frischere Leiche exhumiert haben, aber das ist natürlich Unsinn. Erstens wird jeder Tote gewaschen, bevor man ihn beerdigt. Niemand wird blutverschmiert in den Sarg gelegt. Zweitens ist das Loch, das durch den Körper zum Teil bedeckt wird, kaum tiefer als zwanzig Zentimeter. Die Spaten der Grabenden können den Sargdeckel nicht einmal gestreift haben.

Mein Blick wandert höher. Ein heller Stein mit goldener Schrift. Und roten Schmierereien. Die dreifache Sechs. Das Pentagramm. Das Omega. Ein paar Zacken, als hätte jemand versucht, eine Bergkette zu skizzieren. Und das Leviathan-Kreuz, das keines ist. Aber es ist diesmal nicht Blut, sondern wahrscheinlich Permanentmarker, mit dem die Symbole angebracht wurden.

Mit tauben Fingern ziehe ich mein Smartphone aus der Jackentasche. Der morgendliche Kaffee kriecht sauer meine Speiseröhre hoch.

Ich habe wirklich gehofft, in diesem Leben keine blutüberströmten Toten mehr sehen zu müssen, keine Mordopfer, eigentlich überhaupt keine Leichen. In Wien ist mir das bisher gelungen. Bisher.

Ich schieße drei Fotos, dann gehe ich, ohne etwas anzurühren. Die Sonne strahlt schräg durch die Blattkronen, es wird ein schöner Tag werden. Ein Tag, an dem jemand eine Leiche finden und die Polizei informieren wird. Doch das werde nicht ich sein. Nicht Carolin Bauer. Die läuft stattdessen durch den neuen jüdischen Friedhof und versteckt sich im Schatten der Zeremonienhalle. Hier ist noch kein Mensch, in fünfzehn Minuten wird es sieben Uhr sein.

Ich warte, bis es so weit ist, dann gehe ich los, will den Eindruck erwecken, dass ich gerade erst ankomme. Dass ich gelassen durch den *Park der Ruhe und Kraft* spaziere, auf Tor 2 zu. Ohne jedes Anzeichen von Verstörtheit. Erst nachdem ich die Blumenhandlung aufgesperrt und mich nach hinten in die Werkstatt verkrochen habe, öffne ich noch einmal die Fotos auf meinem Handy.

Zuallererst ziehe ich den Kopf des Toten größer, betrachte sein Gesicht. Ich schätze den Mann auf etwa Mitte vierzig und bin so gut wie sicher, dass ich ihn vorher noch nie gesehen habe. Die Jacke, die er trägt, ist von Ralph Lauren und war somit nicht billig. Die Marke der Uhr an seinem linken Handgelenk kann ich auch bei maximaler Vergrößerung nicht erkennen.

Wieso ist jemand wie er nachts auf dem Friedhof? Nicht einmal ich kann meine Fantasie so sehr strapazieren, dass mir dieser Mann als Grabschänder plausibel erscheint. Vielleicht aber jemand, der die Möchtegern-Satansjünger überrascht hat? Der ihnen gefolgt ist, um sie von ihrem Tun abzuhalten?

Dazu müsste er ebenfalls über eine Mauer geklettert sein. Vielleicht an derselben Stelle wie ich, vielleicht ist der Hocker seiner.

Ich wünschte, ich hätte ihn nicht gesehen oder hätte zumindest die Kletterei bleiben gelassen. Dann ginge es mir jetzt besser. Dann wäre mir der Anblick des erschlagenen Mannes erspart geblieben.

Ich wische die Fotos hin und her und suche das heraus, auf dem man den Grabstein am besten sieht. Ja, es sind die gleichen Zeichen auf dem Stein wie beim letzten Mal, und wieder steckt das Kreuz nicht in der Mitte der liegenden Acht, sondern ein Stück weiter links. Auch diesmal gibt es nur einen Querbalken. Damit ist die Option Zufall gestorben.

Neu ist das Zackenmuster. Vier Spitzen nach oben, vier nach unten. Sieht nicht sehr satanistisch aus.

Beinahe lasse ich das Handy fallen, als ein Schlüssel ins Schloss der Ladentür fährt. Matti, heute zusammen mit Paula, seiner Frau, die sich nur selten in der Blumenhandlung blicken lässt. Weil sie nach einer Brustkrebserkrankung kürzertreten sollte, bin ich eingestellt worden.

Hastig schließe ich die Fotoapp und stecke das Handy weg. Paula kommt nach hinten und drückt mich. »So früh schon da! Aber ich kann dich verstehen, ich schlafe auch schlecht.« Sie hat selbst gebackenen Kuchen mitgebracht, der vegan ist und zitronig schmeckt. Ich esse mein Stück aus reiner Höflichkeit und gebe mir den Anschein, als würde ich dem Gespräch zwischen ihr und Matti folgen, in Wahrheit ist meine ganze Aufmerksamkeit auf den Parkplatz gerichtet. Noch keine Polizeiautos. Aber vielleicht parken die auch bei Tor 9, das ist näher an der Fundstelle.

Natürlich weiß ich nicht, ob es überhaupt schon einen Fund gegeben hat. Je später es wird, desto wahrscheinlicher ist es, dass ein Besucher auf die Leiche stößt. Vermutlich eine der alten Damen, die regelmäßig die Gräber ihrer toten Ehemänner gießen. Das würde tatsächlich mein Gewissen belasten, ich will nicht, dass jemanden vor Schreck der Schlag trifft. Ich will aber auch keine Schlüsselfigur in den bevorstehenden Polizeiermittlungen sein.

Um neun Uhr ist es immer noch ruhig. Eileen sitzt auf dem Arbeitstisch und lässt die Beine baumeln, während sie mir von ihrem gestrigen Date erzählt. Pizzeria, Kino, Romantik. Ich arbeite an einem Kranz in Gelbtönen und nicke nach jedem zweiten Satz.

Um halb zehn fahren drei Polizeiautos gleichzeitig über den Parkplatz, bleiben dort aber nicht stehen, sondern durchqueren den Haupteingang. Einer der Wagen ist ein Kleinbus, und ich schätze, dass sich darin ein Transportsarg aus Aluminium befindet.

Außer mir bekommt niemand im Laden es mit. Matti und Paula haben Kunden, Eileen schwärmt immer noch von Lukas, dem hinreißenden Maschinenschlosser. Erst eine halbe Stunde später stürzt Albert herein. Er ist mit Matti befreundet und weiß, wie wild der auf Neuigkeiten ist. »Sie haben einen Toten gefunden! Gruppe 133, sieht nach Mord aus!«

»Echt jetzt?« Matti stellt einen Eimer mit Rosen ab. »Wer hat ihn gefunden? Einer von euch?« Totengräber wie Albert müssen mit ihren Kleinbaggern auch in die entlegeneren Ecken des Friedhofs.

»Nein.« In seiner Stimme schwingt echtes Bedauern mit. »Einer von der städtischen Gärtnerei. Er sollte zwei Reihen weiter ein Grab neu bepflanzen. Aber ich habe noch einen Blick auf die Leiche werfen können, bevor sie abgesperrt haben!« Er zückt sein Handy. »Willst du …«

»Du spinnst, oder?«, fällt Paula ihm ins Wort. »Sag nicht, du hast ein Foto gemacht.«

Alberts schuldbewusster Blick spricht Bände. Er streicht sich durch den langen Bart, mit knapp sechzig ist Albert der älteste Hipster Wiens. »Äh. Nein. Nur vom Grabstein, der ist wieder beschmiert worden.«

Matti zieht seinen Kumpel am Arm zum Ausgang. »Ich gehe nur schnell raus, eine rauchen.« Bevor Paula protestieren kann, haben sie die Tür schon hinter sich zugezogen. Durch das große Frontfenster sehen wir, wie sie zwanzig Meter weiter stehen bleiben und sich ihre Zigaretten anzünden. Dann beugen sie sich über Alberts Handy.

»Idioten«, schimpft Paula. »Als hätten wir nicht genug Tote um uns herum.«

»Aber keine so frischen«, erklärt Eileen lächelnd; sie ist derzeit wirklich durch nichts von ihrer Wolke zu holen. »Du weißt doch, wie gern Matti Krimiserien schaut, und jetzt hat er den Mord direkt vor der Tür.«

Paula murmelt etwas vor sich hin, das nicht freundlich klingt, doch dann betritt eine Kundin den Laden, und sie setzt ihr professionelles Lächeln auf. »Wie kann ich helfen?«

Als Matti zurückkommt, bin ich mit meinem Kranz fast fertig. »Ganz großes Polizeiaufgebot«, sagt er und deutet in Richtung Tor 2. »Zum Glück ist in dem Sektor heute kein Begräbnis geplant.« Er wirft einen Blick über die Schulter, sieht, dass Paula beschäftigt ist, und tritt näher an mich heran. »Albert hat an die zwanzig Fotos von der Leiche und dem Grabstein. Er überlegt, ob er sie an die Zeitungen verkaufen soll, oder ans Fernsehen. Die deutsche Bildzeitung würde irre viel dafür zahlen, sagt er.«

Ich stecke die letzten drei Calla in den Kranz. »Solltest du ihm wieder ausreden. So was macht man nicht.«

Pflichtschuldiges Kopfnicken. »Finde ich auch, aber du weißt ja, Albert braucht immer Geld.«

Nein, das wusste ich nicht. »Hat er teure Hobbys?«

»Wie man's nimmt, vor allem hat er Schulden. Er kann das Spielen nicht lassen. Also sei nicht zu streng mit ihm, wir sind doch alle …«

Er unterbricht sich, denn Paula hat gerade ihre Kundin verabschiedet und würde Alberts Vorhaben alles andere als gutheißen.

Ich nehme mir den nächsten Kranz vor. Rot und weiß, Rosen und Nelken.

Großes Polizeiaufgebot, sagt Matti. Tassani ist sicher auch diesmal im Team, wenn er es nicht sogar leitet. Habe ich eigentlich darauf geachtet, keine Spuren zu hinterlassen? Der Boden rund um die Gräber ist weich, man könnte meine Schuhabdrücke finden. Unwahrscheinlich, beruhige ich mich selbst. Noch unwahrscheinlicher, dass irgendjemand eine Verbindung zu mir herstellt. Auch Tassani nicht.

Trotzdem erwarte ich halb und halb, dass er im Laufe des Tages auftauchen wird, um mit mir zu sprechen. Doch als wirklich ein Polizist die Blumenhandlung betritt, ist es nicht er.

Sondern Robert.

»Hallo!« Er schüttelt Matti die Hand. »Ich bin wieder einmal im Lande, und da muss ich doch bei meiner Cousine vorbeischauen!« Er zieht mich von meinem Stuhl hoch und drückt mich. »Wie sieht es aus, Chef«, sagt er, zu Matti gewandt. »Darf ich Carolin auf einen schnellen Kaffee entführen?«

Ich begreife zwar nicht, was er will, schließlich haben wir uns gestern Abend erst unterhalten, aber ich nicke. »Ja, das wäre nett.«

»Na, sicher.« Matti winkt uns hinaus. »Du hast heute ja noch gar keine Pause gemacht.«

Direkt bei Tor 2 gibt es ein Café, erstaunlich schnörkellos und hell für die Umgebung, mit sensationellen Kuchen und Torten. Robert steuert darauf zu, er hat mir einen Arm um die Schultern gelegt.

»Was ist los?«, frage ich leise. »Gibt es etwas Neues?«

»Allerdings. Einen Toten gleich in deiner Nähe, hast du das noch gar nicht mitgekriegt?«

»Doch.« Wir gehen die paar Stufen zum Eingang hinauf. »Aber der hat mit mir nichts zu tun. Oder?«

»Nein.« Robert wählt einen Tisch am Fenster. »Und keine Sorge, ich will diesmal nicht, dass du dich einmischst; das ist alles Sache der österreichischen Kollegen.« Er zieht die Karte mit den Kaffeespezialitäten aus dem Halter und betrachtet sie mit sichtlichem Unverständnis. »Im Gegenteil, halte dich von diesen Friedhofsschändereien fern. Das wird Staub auf-wirbeln; ein bisschen auch bei uns, fürchte ich.« Mit ratlosem Blick legt er die Karte wieder weg. »Und du willst doch nicht schon wieder ein hübsches Fotomotiv für die Presse abgeben, oder? In dem Fall würde man vielleicht doch noch jemanden nach Wien schicken.« Er blinzelt treuherzig. »Da, siehst du? Ich halte mich an unsere Abmachung und warne dich.«

Man. Robert vermeidet es, die Karpins beim Namen zu nennen. Ich reibe mir den Nacken, der vom gebeugten Arbei-ten schmerzt, und denke an das Geld, das Albert von den Boulevardmedien für Fotos bekommen würde. »Keine Sorge. Ich halte mich von allen Journalisten fern, und in Alarmbe-reitschaft bin ich sowieso immer.«

»Gut.« Robert blickt zu dem Kellner hoch, der eben bei unserem Tisch aufgetaucht ist. »Könnte ich einfach ein Kännchen Kaffee haben?«

»Äh ...«

»Eine Melange für den Herrn«, springe ich ein. »Und für mich bitte auch.«

Ein paar Sekunden lang dreht Robert schweigend den Zuckerstreuer zwischen den Händen. Blickt dann hoch. »Sag mal, dieses Snipergewehr in deiner Münchner Wohnung – hat das dir gehört?«

Er meint die Barrett, die ich so widerwillig zurücklassen musste. »Natürlich nicht. Aber möglicherweise Carolin Springer. Frag doch sie.«

»Sehr witzig.« Der Zuckerstreuer landet mit einem Knall auf dem Tisch, die Gäste am Nebentisch drehen sich zu uns um. »Was wolltest du mit einem so irren Gerät? Damit muss man umgehen können, außerdem hast du keinen Waffenschein.«

Ich beuge mich zu ihm vor. »Erstens«, sage ich leise, »weißt du genau, wie gut ich schießen kann. Und zweitens – möchtest du gerne, dass ich mir einen Schein bastle? Schläfst du dann besser? Kein Problem, kostet mich höchstens zwei Stunden.«

Ich werde von dem Kellner unterbrochen, der unseren Kaffee bringt, dazu jedem einen Keks auf einem kleinen Tellerchen. Robert bedankt sich lächelnd, aber der freundliche Gesichtsausdruck verschwindet sofort, als er sich wieder mir zuwendet. »Vor allem möchte ich, dass du so etwas von nun an unterlässt. Das Ding hätte dich beinahe in Teufels Küche gebracht. Künftig keine Schusswaffen mehr, verstanden?«

Ich blicke ihn treuherzig an. »Versprochen. Ich werde mir künftig kein Gewehr mehr zulegen.« Nicht zwingend gelogen. »Auch keine Pistole. Sind Steinschleudern erlaubt?«

»Kauf dir Stricknadeln, wenn du nervös bist«, brummt Robert und rührt den Milchschaum unter seinen Kaffee. »Oder lass dich noch mal umsiedeln. Wie wär's mit der Schweiz?«

»Da kriege ich die Sprachfärbung nicht hin«, murmle ich. »Das schaffe ich hier ja auch bloß, weil mein Vater aus Wien war.«

»Wie du möchtest.« Er wirft einen Blick auf seine Armbanduhr. »Ich werde mich dann auf den Heimweg machen. Sicher, dass du mir deine Handynummer nicht geben willst?«

»Ganz sicher.« Ich trinke meinen Kaffee aus. »Und deine habe ich ja für den Notfall.«

Draußen schütteln wir uns die Hände, und ich kehre in den Blumenladen zurück. Es gibt noch nichts Neues, wie Matti mir leicht enttäuscht mitteilt. Die Presse ist mittlerweile aufgetaucht. »Die werden sie aber nicht zu der Fundstelle vorlassen. Und ich bin sicher, Albert wird ihnen seine Fotos nicht zeigen.« Unter Paulas strafendem Blick verstummt er.

»Du hättest es dir anschauen sollen«, flüstert er mir ein wenig später zu, als sie gerade draußen ist. »Es hat ausgesehen, als wäre er geopfert worden!«

Eigentlich wollte ich nach der Arbeit zu meinem Abbruchhaus fahren und die Vorräte weiter aufstocken, aber der Mord treibt mich nach Hause vor den Fernseher. Natürlich zeigt niemand das Grab, aber sie interviewen den Gärtner, der auf den Toten gestoßen ist. Sein Deutsch ist brüchig, und ihm ist sichtlich nicht wohl dabei, in eine Kamera sprechen zu müssen.

Der Name des Toten wird nicht genannt. Es heißt, es handle sich um einen bekannten achtundvierzigjährigen Anwalt mit einer Kanzlei in der Wiener Innenstadt. Ein Zusammenhang zwischen seinem Tod und den Klienten, die er vertritt, werde aber nicht vermutet. Eher eine Verbindung zu der kürzlich entdeckten Grabschändung.

Es folgt ein Interview mit dem Pressesprecher der Polizei und danach eines mit einem Experten für Religionsfragen. Allzu sehr ins Detail geht niemand. Die Symbole auf dem Grabstein werden weder gezeigt noch diskutiert.

Bei einer der Kamerafahrten, die Friedhofsatmosphäre einfangen sollen, entdecke ich Tassani, oder glaube das zumindest. Er steht mit verschränkten Armen und gesenktem Kopf neben einer marmornen Familiengruft. Ich frage mich, ob er das vierte Zeichen schon entschlüsselt hat.

Am darauffolgenden Nachmittag, als ich eigentlich nicht mehr damit rechne, betritt er die Blumenhandlung. Matti nimmt ihn sofort in Beschlag, wiederholt mindestens dreimal, wie schrecklich er findet, was passiert ist. »Wir halten alle die Augen offen«, versichert er Tassani und nickt dazu mit dem Kopf. »Ich zum Beispiel kenne ja jeden hier. Wenn Sie Hilfe brauchen – ich stehe Ihnen zur Verfügung!«

Tassani hat lächelnd zugehört. »Das weiß ich sehr zu schätzen.« Er klopft Matti auf den Oberarm. »Melden Sie sich bitte unbedingt, wenn Ihnen etwas Ungewöhnliches auffällt.«

Das versichert Matti ihm mehrfach, und Tassani wendet sich mir zu. »Frau Bauer. Hätten Sie eine Minute?«

Wir gehen vor die Tür. »Ich vermute, Sie haben auch diesmal einen schnellen Blick auf das betreffende Grab geworfen? Heute, nachdem die Polizeimeute abgezogen ist?«

Nein, gestern, bevor die Meute überhaupt informiert war, aber das werde ich ihm nicht auf die Nase binden. »Ich habe Fotos gesehen. Und es ist wieder das gleiche Zeichen auf dem Stein, das ist mir nicht entgangen. Ich weiß aber noch immer nicht, was es bedeutet.«

»Dann sind wir ja schon zwei.« Zu meiner Überraschung zieht er sein Handy aus der Hosentasche und öffnet den Bilderordner. Wählt ein Foto, auf dem das Symbol bildfüllend zu sehen ist. »Wissen Sie, was ich mir überlegt habe? Es könnte eine Nachricht sein: das Zeichen für Unendlichkeit, kombiniert mit dem Kreuz für Tod.«

»Unendlich tot?« Ich setze ein schiefes Grinsen auf, das mein Misstrauen verbergen soll. Bespricht Tassani seine Gedankengänge tatsächlich mit mir? »Was für eine Art Botschaft soll das denn sein?«

Er steckt sein Telefon wieder ein. »Möglicherweise eine, mit der Satanisten etwas anfangen können. Vielleicht geht es ja um ein Ritual, das den Begrabenen daran hindern soll, wiederaufzuerstehen ... irgend so etwas.«

»Dann wären die Teufelsanbeter aber ziemlich spät dran. Dieser Klessmann ist 2004 gestorben, wenn der bisher nicht auferstanden ist, wäre das sowieso nichts mehr geworden.«

Er lacht auf. »Stimmt natürlich. Der Mann, auf dessen Grab wir gestern die Leiche gefunden haben, ist auch schon elf Jahre tot.«

Darauf habe ich noch gar nicht geachtet. »Gibt es eine Verbindung zwischen ihm und Klessmann?«

»Das versuchen wir gerade herauszufinden. Nicht auf den ersten Blick.« Mit schief gelegtem Kopf sieht Tassani mich an. »Ich finde, Sie stellen merkwürdig gezielte Fragen für eine Blumenverkäuferin.«

Aha. Er hat das Gespräch also tatsächlich inszeniert, um mir auf den Zahn zu fühlen. »Liegt wahrscheinlich daran, dass ich so gerne Krimis lese«, sage ich und lächle, als hätte er mir ein Kompliment gemacht.

»Hm.« Er wirft einen Blick in Richtung Blumenhandlung, wo Matti an der Scheibe klebt. »Ich habe mit ein paar Leuten hier gesprochen, und niemand konnte mir etwas über Sie erzählen. *Verschlossen* ist ein Wort, das häufig fällt, wenn man hier rumfragt. *Eigenartig* kommt knapp danach.«

»Sie sagen *eigenartig*, als würden Sie *verdächtig* meinen«, entgegne ich. »Dann sollte ich Ihnen vielleicht nicht erzählen, dass ich etwas fotografiert habe, das mir seltsam vorgekommen ist.« Nun zücke ich mein Handy und öffne das Bild mit der Trittstufe an der Mauer.

Er nickt. »Ja, die haben wir auch gefunden.« Er sieht näher hin und blinzelt erstaunt. »Um sechs Uhr zwei haben Sie das aufgenommen? Was tun Sie denn so früh hier? Wenn ich das Schild am Laden richtig interpretiert habe, öffnet der doch erst um acht!«

Ich stecke mein Handy wieder ein. »Stimmt. Aber ich schlafe schlecht.«

Tassani schiebt die Hände in die Jackentaschen und sieht mich forschend an. »Vielleicht«, sagt er, »sollten Sie dann weniger Krimis lesen.«

3.

Ich versorge beide Toiletten mit Papier. Ich baue eine perfekte Dosenpyramide aus Fertiggerichten: Ravioli, Sauerkraut, Linsensalat. Ich lege die Taschenlampe und eine Packung Ersatzbatterien zum Treppenabsatz, dann rolle ich die Isomatte aus und drapiere Kissen und Decke darauf.

Es ist Freitag, morgen muss ich nicht in die Blumenhandlung, und ich habe beschlossen, hier Probe zu schlafen. Mein Auto steht zwischen Büschen und Bäumen und ist gewissermaßen unsichtbar, der Keller verfügt über kein Fenster, das Licht nach außen dringen lassen würde. Mein Handy hat überprüfterweise keinen Empfang. Ich bin für die Welt verschwunden, und es fühlt sich herrlich an.

Neben der Taschenlampe habe ich zwei Bücher mitgebracht, eine Thermoskanne mit Kaffee, eine Flasche Rotwein und eine Tafel Schokolade. Ich fühle mich ähnlich aufgekratzt wie als Kind, wenn ich mich nachts unter die Bettdecke verkrochen habe, um heimlich zu lesen.

Doch solange es draußen hell ist, setze ich mich ans Fenster der Wohnküche und sehe der Sonne dabei zu, wie sie hinter dem Wald versinkt. Als das Licht orangefarben wird und der Himmel dunkelblau, treten drei Rehe auf die Wiese hinaus. Sie kommen ganz nahe ans Haus, ich halte völlig still, um sie nicht zu verschrecken, und wünschte, ich müsste niemals wieder hier weg.

In der Nacht liege ich auf meiner Isomatte in vollkommener Dunkelheit und warte darauf, dass meine Dämonen mich heimsuchen. Doch nicht einmal die scheinen mich zu finden. Es ist so ruhig, dass ich beinahe meinen Herzschlag hören kann, die Geräusche des Waldes dringen nicht bis zu mir herunter. Es ist, als würde ich mit der Finsternis verschmelzen. *You want it darker*, geht mir ein alter Leonard-Cohen-Song durch den Kopf. *We kill the flame.*

Ich lasse bewusst die Erinnerung an einen anderen Keller zu, einen weiß gefliesten, in den ein paar Neonröhren ihr schmutziges Licht warfen. Dort habe ich zwei Tage und zwei Nächte verbracht, ohne Essen und ohne Gesellschaft. Auch ohne Toilette, wie ich der Vollständigkeit halber erwähnen sollte. All das, weil einer von Andreis Kunden mit meiner Arbeit nicht ganz zufrieden war. Zwei Personalausweise für ihn und seine Freundin, und der Idiot wollte, dass ich ihn zehn Jahre jünger mache. Blanke Eitelkeit, die jeden zweimal hinsehen lassen würde, der diesen Ausweis in die Finger bekam.

Dass ich ihm in Wahrheit einen Gefallen getan hatte, sah der Mann nicht ein, er jammerte Andrei die Ohren voll. Woraufhin der mich in den Keller stecken ließ. »So dumm von dir, Koschetschka. Dabei ist es wirklich einfach: Du bekommst Anweisungen und befolgst sie. Ich lasse dich ein Weilchen alleine hier, warum denkst du nicht ein bisschen darüber nach?«

Zu Beginn war ich noch sauer, rechnete mit drei oder vier Stunden, die Andrei mich in diesem Loch sitzen lassen würde. Doch es wurden mehr und immer mehr. Irgendwann dachte ich, dass sie mich vergessen hätten, und rief um Hilfe.

Allerdings war der Raum schalldicht, das zeigte sich bei dieser Gelegenheit und bei zwei anderen, bei denen ich als Zuschauerin zugegen war. Er war zudem leicht zu säubern. Fliesen einfach mit einem Schlauch abspritzen – zack, fertig.

Ich hole die Erinnerung so klar wie möglich heran, aber sie macht mir keine Angst. Nicht hier, wo ich mich so unangreifbar fühle. Möglicherweise liegt es auch daran, dass die Keller sich grundsätzlich unterscheiden. Undurchdringliche Dunkelheit gegen stechendes Licht, das sogar durch die geschlossenen Lider drang. *A million candles burning for the help that never came. You want it darker*, rotiert Cohen in meinem Kopf, und es klingt, als käme es aus einem Grab. *We kill the flame.*

Als ich am nächsten Morgen aufwache, bin ich so ausgeruht wie seit Langem nicht. Tatsächlich habe ich neun Stunden geschlafen, ohne zwischendurch hochzuschrecken, ohne Albträume.

Ich rolle meine Isomatte zusammen und stecke sie gemeinsam mit Kissen und Decke in eine große, wasserdichte Plastiktasche. Im oberen Stockwerk scheint die Sonne durch die trüben Fensterscheiben. Das lange Gras biegt sich im Morgenwind, und ich versuche zu vergessen, dass ich in die Stadt zurückmuss, dorthin, wo man Tote aus ihren Gräbern holt.

Doch den Tag verbringe ich im Wald. Sitze auf Steinen, die warm sind von der Sonne, und lausche auf die Geräusche menschlicher Zivilisation. Es gibt sie, weit entfernt. Das Rauschen einer Straße und einmal, mehrere Kilometer von meinem Abbruchhaus entfernt, der Dieselmotor eines Traktors. Als es zu dämmern beginnt, kann ich mich nicht losreißen. Noch einen Abend mit Rotwein und einem Buch, noch eine Nacht durchschlafen. Ich rolle meine Isomatte wieder aus und reiße die Verpackung von der Schokolade. Noch ein paar Stunden lang die Illusion, dass alles gut ist.

Es ist später Nachmittag, als ich am Sonntag nach Hause komme. Ein Blick ins Netz zeigt mir, dass sich in Sachen Friedhofsmord nichts getan hat. Die Pressesprecherin der Polizei gibt die üblichen Worthülsen von sich: »Wir gehen allen Hinweisen nach«, »Es gibt einige vielversprechende Spuren«, »Wir gehen von religiös motivierten Taten aus«. Tassani taucht in keinem der aktuellen Beiträge auf.

Dass die Welt übers Wochenende trotzdem nicht für alle so stillgestanden hat wie für mich, stellt sich am nächsten Tag heraus. Eileen ist noch fröhlicher als zuletzt, sie singt, während sie Gestecke nach draußen räumt und damit die Tische vor dem Laden dekoriert.

»Gibt's was Neues?« Ich würde mich auch gerne hinaus in die Sonne stellen, aber meine eigenen Instinkte und Roberts Abschiedsworte halten mich davon ab.

»Nichts Besonderes.« In einer gespielt verlegenen Geste zuckt Eileen mit den Schultern. »Der Sonntag mit Lukas war superschön, aber seit Kurzem gibt es noch jemanden, der sich für mich interessiert.« Sie hört für einen Moment auf, die Gestecke nach Farben zu ordnen. »Ist es schlimm, wenn ich das genieße? Ich würde nie mit einem anderen etwas anfangen, aber ein bisschen herumflirten darf ich, oder?«

Ich nicke und komme mir uralt vor. Flirten. Ein Wort aus einem anderen Leben. »Pass nur auf, dass du Lukas nicht vor den Kopf stößt. Wenn er dir immer noch wichtig ist.«

»Natürlich!« Sie wirkt regelrecht erbost. »Die werden sich außerdem nie begegnen. Alex ist Student und war am Samstag auf dem Begräbnis seiner Großtante. Er hat eine weiße Rose gekauft, fürs Grab, und ist später noch zweimal da gewesen. Er wollte am Abend mit mir ausgehen – aber ich habe ihm gesagt, dass ich einen Freund habe.« Sie strahlt, sichtlich stolz, sowohl über ihre Wirkung als auch ihre Loyalität.

»Und? Was hat er darauf gesagt?«

»Dass ihn das nicht wundert und dass er sich freuen würde, wenn er mich hier trotzdem ab und zu besuchen kommen darf.«

»Sehr höflich, da extra zu fragen.« Ungewöhnlich höflich, bei genauerer Betrachtung. »Wie alt ist dieser Alex denn?«

»Sechsundzwanzig oder siebenundzwanzig, schätze ich.«

Eileen zupft eine verwelkte Margerite aus einem Blumentopf. »Er studiert Informatik und sagt, er ist bald fertig.«

Also ein Beinahe-Akademiker gegen einen gerade der Pubertät entwachsenen Lehrling. Ich frage mich, wie lange es dauern wird, bis Eileen beginnt, Vergleiche zu ziehen. Und was Alex von einem zehn Jahre jüngeren Mädchen will. Obwohl Eileen natürlich hübsch ist, auf ihre dunkle Goth-Art.

»Und du?«, fragt sie prompt. »Dieser Kommissar – gefällt dir der?«

»Was?«

»Na, der war doch jetzt auch schon zweimal deinetwegen hier. Matti ist jedes Mal ganz geknickt, weil er immer mit dir reden will und nicht mit ihm, aber mir ist völlig klar, woran das liegt.« Sie zwinkert mir zu. »Habt ihr euch getroffen am Wochenende?«

Die Vorstellung ist so abwegig, dass ich das Lachen nicht zurückhalten kann. »Na klar! Wir haben direkt bei den beschmierten Gräbern gepicknickt, war unglaublich romantisch!«

»Jaja, mach dich nur lustig.« Aus Eileens Miene strahlt pure Überlegenheit. »Mir ist jedenfalls aufgefallen, wie er dich ansieht. Interessiert nämlich.«

Ich nicke, in der Hoffnung, dass sie das Gespräch dann beendet. »Wenn du meinst.« Leider gibt sie sich damit nicht zufrieden.

»Du bist doch Single, stimmt's? Bei ihm habe ich auch keinen Ehering gesehen. Ihr wärt ein hübsches Paar. Du trägst sowieso nie hohe Schuhe.«

Ich tue, als wollte ich einen Blumentopf nach ihr werfen, und sie duckt sich kichernd. Hüpft danach zurück ins Geschäft; ich bleibe im Hausschatten stehen und lehne mich an die Wand. Kämpfe die Erinnerung nieder – an dich und daran, wie es zuletzt war, Teil eines Paars zu sein. Das wird es für mich nicht mehr geben, ich könnte es nicht, allein deshalb, weil ich ständig lügen müsste. Ich belüge alle Menschen, denen ich begegne, schon wenn ich mich vorstelle.

Schlimmer aber wäre die Angst, die damit einhergehen würde, wieder zu lieben. Im Moment gibt es einige Menschen, die ich mag, manche davon sogar sehr, wie Eileen. Aber ich kenne die entsetzlichste Kehrseite von Glück, also meide ich es. Zufriedenheit ist das Maximum, das ich anstrebe. Die letzten zwei Tage waren in dieser Hinsicht perfekt.

Tassani taucht den ganzen Tag über nicht auf, eine Tatsache, die ich Eileen genüsslich unter die Nase reibe, doch sie ist nicht beeindruckt. Dafür steht gegen vier Uhr nachmittags ihre neue Bekanntschaft in der Tür. Alex. Mit kleinen Muffins in einem kleinen Korb, an den eine rote Schleife gebunden ist, deren Farbe auch Eileens Gesicht prompt annimmt. »Wenn du nicht mit mir ausgehen willst, muss ich dich eben hier versorgen«, erklärt er und reicht ihr das Körbchen. Dann erst streckt er mir die Hand entgegen. »Hallo, ich bin Alex. Die Muffins reichen sicher für uns alle.«

»Carolin.« Sein Händedruck ist fest, seine Frisur ebenso schick wie seine Jeans. Dass seine Nase nicht hundertprozentig gerade ist, macht ihn nur attraktiver. An seiner Seite sieht Eileen aus wie eine Problemschülerin neben dem Junglehrer, auf den alle Mädchen in der Klasse fliegen.

Und der nun sie unter allen anderen auserwählt hat. »Voll nett von dir!«, sagt sie und greift nach dem obersten Muffin. »Aber ... ich habe dir gesagt, dass ich einen Freund habe.« Wenn ich mich nicht irre, höre ich diesmal ein wenig Bedauern in ihrer Stimme mitschwingen.

»Das hast du. Aber ich darf dich doch trotzdem füttern, oder?« Er sieht sich um. »Können wir uns hier Kaffee machen, oder soll ich uns welchen holen?«

Ich bin schon auf dem Weg ins Hinterzimmer. Obwohl die

Maschine lautstark Bohnen zerreibt, kann ich die beiden im Laden lachen hören, und merkwürdigerweise ist es gerade dieses Lachen, das meinen Beschützerinstinkt weckt. Ich will nicht, dass dieser Alex Eileen verletzt, aber ich kann mir kaum vorstellen, dass es anders kommen könnte. Interessiert er sich wirklich für sie? Würde er sie mit seinen Freunden bekannt machen? Oder steht er einfach auf Teenager und hält Eileen für leichte Beute? Auf mich wirkt er wie ein aufstrebender Jungunternehmer, der eine Beziehung mit jemandem wie ihr nur schwer mit seinem Image vereinbaren könnte.

Aber vielleicht denke ich ja zu oberflächlich.

Als ich mit zwei Tassen Cappuccino zurückkehre, bedient Eileen einen Kunden. Alex blättert durch den Katalog mit Kränzen und Trauergestecken. Ich reiche ihm seinen Kaffee. »Sie studieren Informatik?«, erkundige ich mich.

»Ja. Hoffentlich nicht mehr lange.« Er lächelt. »Derzeit schreibe ich meine Masterarbeit.«

»Ja?« Ich rücke ein Stück zur Seite, denn nun gesellt sich auch Matti zu uns. »Über welches Thema denn?«

Alex seufzt, blickt zur Seite, als würde die Frage ihm ständig gestellt werden. »Ist ein bisschen kompliziert. Der Titel lautet *Parallele Algorithmen in heterogenen Umgebungen mit OpenCL*. OpenCL steht für Open Computing Language.«

Matti schüttelt den Kopf. »Klingt grauenvoll. Da bin ich echt froh, dass ich nur mit Blumen zu tun habe. Obwohl das weniger friedlich ist, als man sich vorstellen würde.« Er beugt sich zu Alex vor. »Haben Sie von dem Mord gehört? Seit Neuestem treffen sich Teufelsanbeter auf dem Friedhof. Ich habe die Leiche selbst gesehen!«

Wie nett von Matti, dass er das anspricht, sonst hätte ich es gleich getan. Ich achte genau auf Alex' Gesicht, doch diesmal wendet er den Blick nicht ab. »Die Leiche gesehen? Du

liebe Güte, da beneide ich Sie nicht. Mich hätte das fertigge-
macht.« Er nippt an seinem Kaffee.

Eileen hat kassiert und kommt zu uns. Ich mache ihr Platz
und deute zur Tür. »Ich geh schnell raus, die Töpfe gießen.«

Der späte Nachmittag ist warm, ein Vorgeschmack auf die
Sommerabende, die vor uns liegen. Mit dem Gartenschlauch
gehe ich die Reihen der Blumentöpfe ab. Nach dem Gespräch
eben bin ich noch irritierter von Alex.

Als Matti den Mord und die Grabschändungen erwähnt
hat, war seine Reaktion … nun ja, sagen wir, nicht ganz im
Rahmen des Üblichen. Weder hat er betroffen gewirkt noch
nach Details gefragt. Insgesamt war er deutlich weniger neugierig, als man das erwarten könnte.

Vielleicht, um nicht versehentlich etwas zu erwähnen, das
er eigentlich nicht wissen dürfte? Weil er den Toten ebenfalls
gesehen hat. Oder mehr als nur gesehen.

Quatsch. Ich bin viel zu misstrauisch.

Als ich den Hahn am Schlauchanschluss zudrehe, tritt Alex
aus dem Blumenladen. Er hebt kurz die Hand in meine Richtung und geht dann auf die Straßenbahnstation zu. Geht an
ihr vorbei. Ich blicke ihm nach, aber er dreht sich nicht noch
einmal um. Will er zu Tor 3?

Alex erfüllt keines der Klischees, die ich mit einem Satansjünger verbinden würde. Kein merkwürdiger Schmuck, keine
Teufelsfratzentattoos, nichts dergleichen. Trotzdem werde
ich den Verdacht nicht los, dass er Eileens Nähe nicht deshalb sucht, weil er so bezaubert von ihr ist. Sondern eher, weil
die Lage der Blumenhandlung interessante Möglichkeiten
bietet, wenn man eine Einstiegsmöglichkeit auf den Friedhof
braucht. Unser Hinterhof ist an einer Seite von der Friedhofsmauer begrenzt, im Geräteschuppen würde man eine Aus-
ziehleiter finden. Nachts könnte man gemütlich hinüberklet-
tern, ohne entdeckt zu werden.

Weil im Laden sowieso gerade nichts los ist, beschließe ich, einen Abstecher auf den Friedhof zu machen. Gruppe 16D, Reihe sieben. Sollte ich Alex dort vor Roland Klessmanns Grab stehen sehen, habe ich Tassani etwas zu erzählen, wenn er wiederauftaucht.

Alex ist nicht da, trotzdem scheint sich jemand für das Grab zu interessieren. Eine gebückte Frau mit weißem Haarknoten steht davor und befühlt das Absperrband, als wollte sie feststellen, woraus es gemacht ist. Als sie mich näher kommen hört, dreht sie den Kopf. »Er hat Besuch gehabt.« Sie lächelt, als würde diese Tatsache sie zufriedenstellen.

»Aha«, sage ich und trete zwei Schritte näher.

»Ja. Ich habe auch Besuch gehabt.« Sie nickt, als wollte sie diese Feststellung vor sich selbst bestätigen. »Besuch.«

Ich stehe jetzt neben ihr. Sie ist klein und dünn, an den Fingern stecken typische Altfrauenringe. Halbedelsteine, verschnörkelt eingefasst. Ihr Blick ist auf den Grabstein gerichtet, ich sehe ebenfalls hin. »Haben Sie Herrn Klessmann gekannt?«

Sie nickt, dann schüttelt sie den Kopf, um unmittelbar darauf wieder zu nicken. »Weiß nicht.« Sie sieht zu mir hoch, ihre Augen sind strahlend blau. »Das hab ich dem Besuch auch gesagt. Junger Mann, hab ich gesagt, ich erinnere mich nicht mehr. Mein Kopf, wissen Sie?« Sie legt eine Hand an die Stirn.

Junger Mann. Ich muss an Alex denken.

»Ein junger Mann hat Sie besucht?«

»Ja. Einer. Oder ... sogar zwei. Es hat Erdbeertorte gegeben.« Sinnierend betrachtet sie den Stein, und ich starte einen Versuch ins Blaue.

»Diese Bemalungen da«, sage ich, »wissen Sie, was die bedeuten?«

Sie nickt. »Roland Klessmann, 1937 bis 2004«, liest sie laut.

»Und das daneben ist bestimmt ein Flugzeug«, stellt sie Sekunden später fest. »2004 werden die Autos alle fliegen, glauben Sie nicht?«

Ich unterdrücke ein Seufzen. Was die nette alte Dame erzählt, wird für Tassani keine Relevanz haben, denn, wie sie richtig sagt: ihr Kopf. In dem Alzheimer oder zumindest Demenz Raum und Zeit zu einem Brei ohne System und Chronologie verwirbelt haben.

»Ich kenne seine Frau«, erklärt sie und deutet auf den Grabstein. »Sie ist wütend. Oder die andere. Ich weiß nicht mehr, welche. Das habe ich auch dem jungen Mann gesagt.«

»Die Frau von Roland Klessmann?«

»Oder eine andere, das weiß ich eben nicht mehr. Sie ist Witwe. Das weiß ich.« Die alte Dame greift nach meiner Hand, ihr Griff ist erstaunlich fest. »Wie heißt du?«

Fast bin ich versucht, ihr meinen richtigen Namen zu sagen, im Vertrauen darauf, dass er in ihrem Gedächtnis keinerlei Halt finden wird. Aber wer weiß. »Ich heiße Carolin.«

»Und ich Maria.« Sie drückt meine Hand, als wären wir ab sofort Schulfreundinnen. »Soll ich dir ein Geheimnis verraten, Carolin?«

»Ja, bitte!«

»Ich habe sie nie gesehen. Nur davon gehört. Nie gesehen. Und ich bin so froh!« Sie bewegt den Mund, so wie Menschen mit falschen Zähnen es häufig tun.

»Wen haben Sie nie gesehen?«

Maria hebt die Hand, die nicht in meiner liegt, als wolle sie auf den Grabstein weisen, als stünde dort die Antwort auf meine Frage. »Judith hat sie gesehen. Heißt sie Judith? Ja. Ich glaube. Biblisch, so wie ich. Sie hat sie gesehen und hat geweint.«

Vom Hauptweg her hastet eine Frau mit aufgestecktem, dunklem Haar auf uns zu. Sie wirkt aufgebracht, schüttelt immer wieder den Kopf. »Wir haben doch ausgemacht«, schimpft sie, »dass Sie nicht einfach weglaufen!« Das richtet sich an Maria. Mich hingegen lächelt die Frau an. »Danke, dass Sie auf sie aufgepasst haben. Ich musste nur schnell auf die Toilette – tja. Und schon war sie weg. Sie ist wirklich noch gut zu Fuß.«

Maria sieht betreten drein. »Bin nur spazieren gegangen.«

Die Frau mit dem dunklen Haarknoten legt ihr eine Hand um die Schultern. »Zum Glück kenne ich ja die Orte, wo Sie besonders gern hingehen.« Sie dreht sich zu mir um. »Schlimm, was mit dem Grab passiert ist, nicht wahr?«

»Ja. Sehr schlimm. War Roland Klessmann denn ein Verwandter von ... Maria?«

»Nicht, dass ich wüsste.«

»Oder ein Freund? Sie sagte, sie würde seine Frau kennen.« Ich lächle Maria an; insgeheim finde ich es schauderhaft, in ihrer Gegenwart über sie zu reden, als wäre sie nicht dabei.

»Weiß ich leider auch nicht.« Die Frau, ich schätze, sie ist Pflegerin oder zumindest Betreuerin, sieht auf die Uhr. »Früher muss sie einen riesigen Bekanntenkreis gehabt haben. Sie war eine große Kulturförderin. Drei Ehemänner hat sie überlebt, nicht wahr?« Sie drückt die alte Frau kameradschaftlich an sich. »Und keiner davon war arm. Ich wünschte, ich wäre so clever gewesen wie Sie.«

Maria kichert in sich hinein. Wird wieder ernst. »Wir müssen zurück zu Gottfried. Der kann doch nicht mit dem Herd umgehen.«

»Wir gehen schon«, sagt die Betreuerin. Und, wieder zu mir gewandt: »Gottfried war der Letzte der drei. Ist leider auch vor zwei Jahren gestorben.«

Ein Windstoß löst eine Strähne aus Marias weißem Dutt. Ich strecke ihr die Hand hin. »Auf Wiedersehen. Und liebe Grüße an Judith.«

Ihre blauen Augen weiten sich. »Wer ist Judith?«

Ich war länger fort als geplant, trotzdem verliert Eileen darüber kein Wort, als ich zurückkomme. Sie interessiert etwas völlig anderes. »Wie findest du ihn?«

In Gedanken bin ich noch ganz bei Maria und dem, was sie gesagt hat. »Wen?«

»Na, Alex!«

Mit siebzehn darf man diese Frage noch stellen. »Nett, auf den ersten Blick. Aber ein anderer Typ als Lukas. Der passt besser zu dir, wenn du meine ehrliche Meinung hören willst.«

Sie nickt, sieht aber trotzdem ein wenig enttäuscht aus. »Finde ich ja auch. Ich hätte nie gedacht, dass jemand wie Alex auf mich stehen könnte.« Ihr Blick wandert über die Lilien, die Tulpen, die Freesien. »Denkst du, das tut er überhaupt?«

Ihr zu sagen, dass ich mir eben erst die gleiche Frage gestellt habe, bringe ich nicht übers Herz. »Na ja. Immerhin ist er extra vorbeigekommen, um dir etwas zu essen zu bringen. Ganz ohne Grund wird er das nicht getan haben.«

Mit nachdenklichem Blick zieht sie den Korb an sich heran, in dem noch drei letzte Muffins liegen. »Ist es komisch, wenn ich die für Lukas aufhebe?«

Ich tätschle ihr den Arm. »Überhaupt nicht. Ist eine gute Idee.«

»Okay.« Sie wendet sich ab, aber mir ist noch etwas eingefallen. »Eileen? Sag mal, wie heißt Alex eigentlich mit Nachnamen?«

»Äh – gute Frage. Keine Ahnung.«

»Wenn du ihn das nächste Mal siehst, frag ihn doch.«

Ich verbringe den Abend damit, die Cadex mehrmals auseinander- und wieder zusammenzubauen. Ich möchte Routine dabei entwickeln, und die bekomme ich nur durch Übung. *Ich habe sie nie gesehen. Nur davon gehört. Nie gesehen. Und ich bin so froh,* hat Maria gesagt. *Judith hat sie gesehen.*

61

Ich sollte aufhören, nach einem Sinn in ihren Worten zu suchen. Schließlich denkt sie auch, dass seit 2004 alle Autos fliegen würden.

Als ich das Gefühl habe, dass jeder Handgriff sitzt, packe ich das Gewehr wieder in seinen Koffer und setze mich mit Wein und zwei Schinkenbroten vor den Fernseher. In den Nachrichten wird dem Friedhofsmord nur noch eine Kurzmeldung gewidmet – intensive Ermittlungsarbeit, bisher keine Verhaftung –, also zappe ich durch die Kanäle und bleibe schließlich bei einer Dokumentation über ein Gefängnis in Russland hängen. Ein Gefängnis, in dem nur Mörder sitzen. Die Verhältnisse sind furchtbar; ich stelle mir vor, dass Andrei den Rest seines Lebens dort verbringt, und obwohl ich weiß, dass es nicht wahr ist, ist diese Reportage meiner Laune förderlicher, als jede Komödie es wäre.

Am nächsten Morgen betrete ich den Friedhof durch Tor 9. Das ist denkbar weit von der Blumenhandlung entfernt, aber ich bleibe damit meinem Vorsatz treu, nie zwei Tage hintereinander denselben Weg zu nehmen. Und nebenbei sehe ich dann, ob gerade Polizei vor Ort ist. Es sieht nicht danach aus, der Parkplatz ist praktisch leer. Umso besser. Dann kann ich mir das Grab in Gruppe 133 noch einmal ansehen.

Die Absperrung ist entfernt, der Grabstein mit einer Plane verdeckt, die ich lüfte, um noch ein paar Fotos zu schießen, diesmal ohne Leiche. Danach verdecke ich den Stein wieder und gehe in Richtung des evangelischen Friedhofs. Dort, nahe der Mauer, bin ich von Blicken abgeschirmt, es ist eine der entlegensten Ecken. Hier kann ich in Ruhe die eben geschossenen Bilder betrachten.

Der Name auf dem Stein lautet Ingmar Harbach, er wurde 1932 geboren und starb 2009. Wie es aussieht, ist außer ihm niemand dort begraben.

Ich will gerade wieder aufstehen, als mein Blick auf eines

der Gräber in der gegenüberliegenden Reihe fällt. Es ist efeu-
überwachsen und dürfte lange nicht mehr gepflegt worden
sein. Die Marmorumrandung ist schmutzig, nur an einer
Stelle in der Mitte scheint jemand sie kürzlich blank gewischt
zu haben.

Ich sehe mir das Grab genauer an, schiebe den Efeu zur
Seite, doch dahinter findet sich weder die 666 noch das Pentagramm oder das Omega, und schon gar nicht das mysteri-
öse vierte Zeichen. Nur eine ehemals goldene, jetzt verblasste Gravur. Neben der blanken Stelle an der Einfassung dagegen ...

Ich bücke mich. Es sieht doch nicht so aus, als hätte jemand bewusst geputzt, eher, als hätte er sich ebenso hinge-
setzt wie ich vorhin – mit dem gleichen Gedanken wie ich,
nämlich, die Abgeschiedenheit dieser Friedhofsecke zu nutzen. Wofür, ahne ich, als ich vor dem Grab dunkle Flecken im
Gras entdecke, ein paar auch an den staubigen Bereichen der
Marmoreinfassung.

Ich könnte schwören, dass das Blut ist. Ist die Spurensicherung nicht bis hierher vorgedrungen? Wohl kaum, wäre auch
zu viel verlangt, sie den ganzen riesigen Friedhof durchkäm-
men zu lassen.

Der Gedanke, dass ich schon wieder so ähnliche Wege
gehe wie jemand, der womöglich den Anwalt auf dem Gewissen hat, behagt mir nicht. Ticken wir ähnlich? Weil wir immer auf der Suche nach den verborgenen Winkeln sind?

Unschlüssig blicke ich auf die Spuren im Gras. Ich müsste
Tassani von meiner Entdeckung berichten, oder nicht? Obwohl es natürlich auch sein kann, dass ein Friedhofsbesucher
Nasenbluten bekommen und sich an den Rand dieses Grabs
gesetzt hat, bis es vorbei war.

Wenn die Verletzung allerdings schwerwiegender war und
weitergeblutet hat ... dann könnte es eine entsprechende

Spur geben. Ich suche das Gras in der Umgebung ab. Finde zwei Flecken neben dem Weg, auf dem ich gekommen bin. Und sehe dann etwas glänzen.

Dass ich nichts mit bloßen Händen anfassen darf, ist mir klar, also ziehe ich ein zerknittertes Papiertaschentuch hervor und hebe damit den Gegenstand vorsichtig auf.

Ein silberner Ring, ein wenig breiter als ein durchschnittlicher Ehering. Tatsächlich ist etwas auf der Innenseite eingraviert, allerdings kein Datum, sondern vier Worte: *Ultra posse nemo obligatur.*

Latein. Meine Kenntnisse sind rudimentär, obwohl ich mich in der Schule vier Jahre lang mit dem Fach abgequält habe. Nemo heißt »niemand«, so viel weiß ich noch. Ultra ... könnte so etwas wie »äußerst« bedeuten?

Latein. Satanismus. Da gab es doch immer einen Zusammenhang, nicht wahr? Ich wickle den Ring fest in das Papiertuch und versenke ihn tief in meiner Tasche. Wenn ich den Spruch entziffert habe, überlege ich mir, was ich damit tue.

4.

Eine halbe Stunde später könnte ich mich für meine Entscheidung ohrfeigen. Es wäre so einfach gewesen, die Spuren zu ignorieren und mich aus allem rauszuhalten. Was mache ich jetzt mit dem Ring? Wem erzähle ich von den Blutspuren? Der nächste Regen wird sie wegwaschen, auch wenn sie womöglich wichtige Beweise waren.

Nicht mein Problem, sage ich mir, während ich zwei fertige Kränze zum Lieferwagen trage. Ich kann immer noch so tun, als wäre nichts gewesen. Und den Ring später ins Gras zurücklegen, dahin, wo ich ihn gefunden habe. Denn wenn ich ihn Tassani überreiche, wird der sich zu Recht fragen, wie das Stück zu mir gelangt ist. Warum ich in entlegenen Bereichen des Friedhofs herumstöbere. Ob ich nicht doch irgendwie in die nächtlichen Geschehnisse verstrickt bin. Und dann müsste ich Robert einschalten, damit er Tassani zurückpfeift.

Da ist es sehr viel verlockender, einfach nichts zu tun. Feige ist es natürlich auch, aber das darf mir niemand übel nehmen.

Als Kompromiss gibt es noch die Möglichkeit eines anonymen Hinweises, und je weiter der Tag voranschreitet, desto vernünftiger erscheint sie mir. Es ist nicht allzu viel los im Laden, Eileen ist nach wie vor abartig guter Laune, und Matti wirkt ebenfalls entspannt. Er nickt nur gnädig, als ich ihn um eine kurze Pause bitte.

Ich laufe zur Telefonzelle bei Tor 1, mit fünf Ein-Euro-Münzen in der Tasche. Auf dem Weg versuche ich, mich zu entscheiden, ob und wie ich meine Stimme verstellen soll. Diese Art Anrufe wird aufgezeichnet, das ist kein Geheimnis.

Ich wähle nicht die Notrufnummer, sondern die des Landeskriminalamts. »Hallo?«, piepse ich in den Hörer, sobald am anderen Ende abgenommen wird. »Ich habe eine Information zu dem Mord am Zentralfriedhof.«

Der Beamte, mit dem ich spreche, klingt, als wäre er noch sehr jung. »Sagen Sie mir bitte Ihren Namen? Dann verbinde ich Sie gerne weiter.«

Einen Namen zu verweigern wäre Quatsch. »Laura Koch.«

»Danke. Einen Moment, ich stelle Sie durch.«

Warteschleife. Zehn Sekunden, zwanzig. Ob ich Tassani direkt an die Leitung bekomme? Ich hoffe nicht, ich hoffe …

»Landeskriminalamt Wien, Sie sprechen mit Marlies Hollabeck.«

»Ich bin gerade am Zentralfriedhof«, hauche ich. »Dort ist doch neulich jemand umgebracht worden, ich habe auch den angepinselten Grabstein gesehen. In der Nähe, in Gruppe 129, Reihe fünf, habe ich Blutspuren gefunden. Auf einem Grab und im Gras. Geben Sie das bitte weiter, vielleicht ist es wichtig.«

»Vielen Dank für diese Information, können Sie mir noch …«

»Auf Wiedersehen.« Ich lege auf. Alles Wichtige bin ich losgeworden, und die Polizei hat es hundertprozentig auf Band. Ich habe getan, was ich konnte.

Wenn man den Ring außer Acht lässt.

Die nächsten paar Stunden arbeite ich so unkonzentriert, dass Matti mich fragt, ob ich krank bin.

»Nein, wieso?«

»Du starrst dauernd Richtung Parkplatz, und eben wolltest du der Kundin Tulpen statt Pfingstrosen in den Strauß binden.«

»Tut mir leid, ich war abgelenkt.«

»War nicht zu übersehen. Wodurch eigentlich?«

»Nicht wichtig. Ich reiße mich jetzt zusammen, okay?«

Die nächste Stunde über funktioniert das ganz gut, aber als um halb fünf noch immer kein Polizeiwagen auf dem Parkplatz steht, bitte ich Matti um eine zweite Pause.

»Mach nur«, brummt er. »Wenn du willst, kannst du auch gleich nach Hause gehen, du bist sowieso nicht wirklich hier.«

Ich schlüpfe hinaus. Husche die Mauer entlang und scanne die Autos auf dem Parkplatz, aber auch das Zivilfahrzeug, das Tassani letztens benutzt hat, ist nirgendwo zu sehen.

Auf dem Weg vorbei am evangelischen Friedhof schnappe ich mir eine verwaiste Gießkanne und versuche den Eindruck zu erwecken, in Sachen Grabpflege unterwegs zu sein. Als ich Gruppe 127 erreiche, kann ich in einiger Entfernung drei Personen zusammenstehen sehen, zwei weitere machen sich am Boden zu schaffen, ganz in der Nähe des Grabs mit den Blutspuren.

Also ist meine Nachricht doch bis zu den richtigen Ohren gelangt. Gut, mehr wollte ich nicht wissen. Erleichtert drücke ich meine Gießkanne an mich und mache mich auf den Rückweg, nur um zweihundert Meter weiter in Tassani hineinzulaufen.

Sich jetzt auf einen der Nebenwege zu verdrücken wäre ebenso sinnlos wie lächerlich, also schwenke ich fröhlich meine Gießkanne in einer Hand und winke ihm mit der anderen zu. Er winkt nicht zurück, weil er drei Coffee-to-go-Becher auf einem Papptablett balanciert.

Ich schüttle in gespielter Überraschung den Kopf. »Sie sind ja schon wieder hier! Haben Sie etwas Neues herausgefunden?«

Sein Blick wandert von meinem Gesicht zur Gießkanne und wieder zurück. »Wissen wir noch nicht. Ist das Zufall, dass Sie sich ausgerechnet in diesem Teil des Friedhofs herumtreiben?«

»Ich treibe mich nicht herum, ich arbeite.« Mit der freien Hand deute ich auf die Kaffeebecher. »Ihnen ist schon klar, dass die total umweltschädlich sind?«

Einen Moment lang sieht er mich an, als wäre er nicht sicher, ob er richtig gehört hat. »Danke für den Hinweis. Ich verspreche, ich werde sie bestmöglich entsorgen.«

»Dann ist es ja gut.« Ich lächle gnädig und will weitergehen, doch er macht einen Schritt zur Seite und stellt sich mir in den Weg. Dezent, ohne jede Aggression. Mehr so, als wolle er verhindern, dass die Kaffeebecher umkippen.

»Sagen Sie, Frau Bauer, Sie haben nicht zufällig heute im Landeskriminalamt angerufen?«

»Ich? Nein. Warum?«

»Ach, das war nur so eine Idee von mir. Es hat sich jemand gemeldet, und als ich die Aufzeichnung gehört habe, musste ich sofort an Sie denken. Sagt Ihnen der Name Laura Koch etwas?«

Ich tue, als müsse ich kurz überlegen. »Koch? Puh. Nicht, dass ich wüsste.« Ich deute über die Schulter zurück, dahin, wo die Spurensicherung arbeitet. »Was ist denn passiert?«

Er blinzelt irritiert. »Sie kommen doch gerade aus der Richtung. Haben Sie nicht die Kollegen gefragt?«

Guter Einwand. »Die waren alle beschäftigt, ich wollte nicht stören. Und natürlich müssen Sie mir nichts sagen, tut mir leid, wenn ich zu neugierig war.«

»Hm.« Tassani klopft gegen meine Gießkanne. »Eigenartig, Ihr Chef hat gesagt, dass sein Betrieb keine Grabpflege anbietet. Hat sich das nicht bis zu Ihnen herumgesprochen?«

Ich weiche seinem Blick nicht aus, auch wenn seine Frage mich kalt erwischt. »Doch«, sage ich langsam. »Ich tue nur einer alten Dame einen Gefallen. Sie liegt im Krankenhaus. Hüftoperation. Sie hat mich persönlich gebeten, das Grab ihres Mannes zu gießen. Möchten Sie sehen, welches es ist?«

Tassanis Lächeln könnte wissender nicht sein. »Normalerweise sehr gerne, aber dann wird der Kaffee kalt.« Er nickt mir zu. »Mit Ihrer angeborenen Neugierde wären Sie bei der Polizei gut aufgehoben gewesen.«

Ich bin froh, dass er weitergeht und weder einen Kommentar zu diesem letzten Satz erwartet noch meine Gesichtszüge entgleisen sieht. Wenn ich die Hand in die Hosentasche stecke, kann ich dort den eingewickelten Ring ertasten, den ich ihm jetzt hätte geben können. *Ultra posse nemo obligatur.* Sobald ich zu Hause bin, werde ich herausfinden, was das bedeutet.

Bei der nächsten Gelegenheit stelle ich die Gießkanne ab und spaziere auf das Haupttor zu. Mache einen schnellen Schlenker bei Beethoven vorbei und schlendere die marmornen Gräber unter den Arkaden entlang und dann nach draußen. Kurz bevor die Blumenhandlung in Sicht kommt, bleibe ich stehen. Ist das dort vorne Alex? Er lehnt an der Mauer, mit dem Rücken zu mir, und es macht ganz den Eindruck, als würde er den Laden beobachten.

Möglicherweise wartet er auf Eileen und will sehen, ob sie mit oder ohne Lukas herauskommt. Nun warten wir also gemeinsam; ich beziehe Stellung bei den Automaten für die Parktickets und wünschte, ich hätte die Gießkanne behalten.

Eine Viertelstunde lang passiert nichts. Ich sehe immer wieder auf die Uhr, normalerweise hätte Eileen vor fünf Minuten herauskommen müssen; sie macht nur selten später Feierabend, und Matti schließt sowieso um sechs.

Schließlich schwingt die Tür auf, und Eileen tritt heraus, alleine. Kopfhörer auf den Ohren, den Blick stetig auf ihr Smartphone gerichtet, geht sie auf die Haltestelle zu.

Ich erwarte, dass Alex sich jetzt von der Mauer lösen und ihr nachlaufen wird, doch er rührt sich keinen Millimeter. Bleibt einfach stehen, obwohl er Eileen gesehen haben muss.

Der Verdacht, den ich seit gestern hege, fühlt sich nun fast wie Gewissheit an. Viel mehr als an einem siebzehnjährigen Mädchen mit gefärbtem Haar und Vorliebe für Metal-Musik ist Alex an der Blumenhandlung interessiert. Wer sie wann verlässt. Wo eventuell ein Ersatzschlüssel deponiert wird. Wann es im Bereich rund um den Haupteingang ruhiger wird und man die Tür des Ladens unauffällig aufbrechen kann. Für ein Sicherheitsschloss ist Matti zu sparsam, zumal er die Kasse ohnehin jeden Abend mit nach Hause nimmt.

Andererseits – logisch ist das nicht, widerspreche ich mir selbst. Um elf oder halb zwölf Uhr nachts könnte Alex auf jeden Fall damit rechnen, hier ungestört zu sein.

Nach fünf weiteren Minuten, in denen er sich nicht von der Stelle rührt, treffe ich eine Entscheidung. Ich weiß nicht, ob sie klug ist, aber ich hoffe, ich werde anschließend schlauer sein. Ich marschiere auf Alex zu und tippe ihm von hinten auf die Schulter.

Er fährt herum. »Oh. Hey. Du bist es.«

»Ja«, sage ich fröhlich. »Hatte auf dem Friedhof zu tun. Und du?«

Dass ich so plötzlich aufgetaucht bin, ist ihm sichtlich unangenehm. »Ich, äh, warte hier nur.«

»Ja? Auf wen denn?«

»Na ja, auf Eileen.«

Das war ungeschickt und wäre ihm vermutlich nicht passiert, wenn er ein paar Sekunden mehr Zeit zum Überlegen gehabt hätte. »Ich fürchte, da hast du Pech, sie ist schon gegangen. Hat mir eben eine WhatsApp aus der Straßenbahn geschickt.«

»Oh«, sagt er und blickt zu Boden. »Das ist natürlich schade. Dann ... mache ich mich am besten auch auf den Weg. Richtest du ihr bitte Grüße von mir aus?«

Ich lächle ihn an, als wären wir Verschwörer. »Na klar. Also dann, schönen Abend!«

Er dreht sich um und geht auf die Straßenbahnhaltestelle zu, ich verschwinde im Laden, von dessen Fenster aus ich beobachte, wie er zwei Züge vorbeifahren lässt. Immer wieder sieht er in Richtung Blumenhandlung, zieht dann ein Handy hervor und beginnt zu tippen. Meine Chance, ungesehen nach draußen zu kommen. Ich verabschiede mich hastig von Matti, der gerade Kasse macht, und bin aus der Tür, bevor er meinen Gruß erwidern kann. Auf dem Parkplatz schleiche ich so lange geduckt hinter den Autos vorbei, bis ich von der Haltestelle aus nicht mehr zu sehen bin.

Nach Hause fahren kann ich jetzt aus zwei Gründen nicht: Erstens, weil ich zur selben Haltestelle müsste, an der Alex steht. Zweitens, weil ich wissen will, was er als Nächstes tut. Der Friedhof schließt um sieben, bis dahin kann ich mich bei der Portiersloge herumdrücken, von wo aus ich den Großteil des Straßenabschnitts überblicke – hoffentlich ohne gesehen zu werden.

Matti verlässt die Blumenhandlung um Viertel nach sechs, steigt in seinen Wagen und fährt vom Parkplatz. Keine fünf Minuten später steht Alex vor der verschlossenen Tür. Er späht durch die Fenster nach innen, tritt zurück, schüttelt den Kopf. Dann wendet er sich ab, entsperrt einen silbergrauen Kombi und fährt davon.

Ich versuche, das Nummernschild zu lesen, doch dafür ist das Auto zu weit entfernt, und als ich mein Handy fotobereit habe, biegt Alex bereits auf die Straße ab. Meine ganze Ausbeute besteht aus einem mäßig scharfen Bild, das den halben Wagen von der Seite zeigt.

Und dafür habe ich, entgegen allen meinen Instinkten, fast zwanzig Minuten lang an derselben Stelle verharrt, sichtbar für jeden. Ich bin um nichts klüger als vorher, ich habe bloß die Bestätigung, dass Alex sich hauptsächlich für den Laden interessiert.

Während ich langsam auf die Straßenbahnhaltestelle zugehe, ziehe ich ein Resümee. Eileen ist für Alex, wenn er denn wirklich so heißt, nur Mittel zum Zweck. Ich sollte entweder sie warnen oder ihm mit der Polizei drohen. Für die es sicher interessant wäre, zu erfahren, wer sich neuerdings auffällig oft an der Friedhofsmauer herumdrückt. Ja, eigentlich sollte ich Tassani einen Tipp geben. Und ihm gleichzeitig deutlich machen, dass ich trotzdem keine Zeugin bin, dass ich in nichts involviert werden möchte. Am besten gebe ich ihm dann auch endlich den Ring, den ich nie hätte einstecken sollen.

Zu Hause schalte ich den Computer ein und google nach den eingravierten Worten. *Ultra posse nemo obligatur.*

Die Übersetzung lautet: »Unmögliches zu leisten ist niemand verpflichtet« oder, hübscher formuliert: »Niemand kann zu dem genötigt werden, was seine Kraft übersteigt.«

Ich starre auf den Bildschirm und fühle, wie etwas in mir hochsteigt, das Wut sein könnte. Ich sollte den Satz zu meinem Motto machen, ich sollte ihn mir quer über die Stirn tätowieren lassen, denn alles, was in den letzten dreieinhalb Jahren passiert ist, hat meine Kraft überstiegen. Und zu allem wurde ich genötigt.

Wie sich herausstellt, ist dieser Spruch ein Grundsatz im deutschen Rechtssystem, angeblich festgelegt in Paragraf 275 des Bürgerlichen Gesetzbuchs.

Moment. Gesetzbuch. War nicht der Tote auf dem Grab von Ingmar Harbach Anwalt? Meine nächste Google-Suche bestätigt das. Sogar ein bekannter Anwalt, achtundvierzig Jahre alt, dessen Name ärgerlicherweise nirgends genannt wird. Eine Andeutung finde ich nur auf der Seite einer der Boulevardmedien, demnach hieß er Gernot N.

Gehörte der Ring ihm? Oder eher demjenigen, der sich ein Stück weit entfernt blutend auf einer Grabeinfassung ausgeruht hat? Weil es vielleicht einen Kampf gegeben hat? Ist einer der Täter dabei, sich Eileens Vertrauen zu erschleichen?

Mir geht der lauernde Alex nicht aus dem Sinn, und ich ahne, dass das die Nacht über so bleiben wird. Die Morde gehen mich zwar nichts an, Eileen aber sehr wohl. Und nun formt sich eine Idee in meinem Kopf, die von Minute zu Minute verlockender wird.

Du bist keine Polizistin, sage ich mir noch, während ich bereits unterwegs zu meinem Auto bin. *Setz dich vor die Glotze und gib Ruhe.*

Wahrscheinlich würde ich nicht zurück zum Friedhof fahren, wenn ich dafür die Straßenbahn nehmen müsste. Aber ich habe ja jetzt meinen Fluchtwagen, in dem ich mich sicherer fühle, als ich sollte. Und mit dem ich um diese Zeit leicht einen unauffälligen Parkplatz nahe der Blumenhandlung finde.

Ich stelle das Auto zweihundert Meter entfernt ab, direkt vor einem Steinmetzbetrieb. Noch ist es nicht ganz dunkel, doch die Straßenlaternen sind schon an. Ich steige aus und sehe mich um.

Kaum Fußgänger unterwegs, die Straße ist allerdings immer noch stark befahren. Jemand, der über die Mauer klettern möchte, wird das vermutlich erst in zwei oder drei Stunden tun.

Bevor ich den Ersatzschlüssel aus seinem Versteck hole, laufe ich noch eine kleine Runde über den Parkplatz vor dem Haupteingang. Sieht aus, als wäre alles in Ordnung. Kein grauer Kombi in Sichtweite, auf der gegenüberliegenden Straßenseite spazieren nur zwei ins Gespräch vertiefte junge Frauen vorbei.

Der Schlüssel befindet sich in einem magnetischen Kästchen im Inneren eines der eckigen Aluminiumbeine der Außentische. Ich ertaste ihn schon beim ersten Versuch, schlüpfe in den Laden und versperre die Tür hinter mir. Licht anschalten kommt nicht infrage, aber ich kenne die Inneneinrichtung gut genug, um auch im Halbdunkel nicht gegen die Möbel zu stoßen.

Die Tür zum Hinterhof ist von innen verriegelt, beim ersten Schritt nach draußen stolpere ich über eine Harke. Das blecherne Geklapper kommt mir entsetzlich laut vor, wird aber vermutlich von den Motorengeräuschen der Straße übertönt.

Bald halb neun. Ich drehe eine der hölzernen Lieferkisten um und setze mich darauf, lehne den Rücken gegen die Friedhofsmauer. Was mich hergetrieben hat, war das Gefühl, dass Alex es eilig hatte. Dass er geradezu gestresst war, und das wiederum lässt mich denken, dass sein nächster Einsatz mit Spaten und Hacke für die kommende Nacht geplant sein könnte.

Wenn er die Tür zur Blumenhandlung aufbrechen sollte – was nicht schwierig ist –, schieße ich ein Foto von ihm, wie er über die Mauer steigt. Das bekommt dann Tassani, und wenn es ihm als Beweis genügt, ist das nicht mein Problem. Hauptsächlich will ich Alex los sein, ich will, dass er aus Eileens Dunstkreis verschwindet.

Auf der Kiste wird es nach einer halben Stunde unbequem, nach einer Stunde spüre ich, wie die Müdigkeit nach mir zu greifen beginnt. So werde ich die Nacht nie durchstehen. Andererseits – muss ich das? Wenn ich mich auf die Couch im Hinterzimmer lege, bemerke ich einen Einbruchsversuch noch schneller. Mein Schlaf ist nicht tief.

Ein paar Minuten lang ringe ich mit mir – schlafen war eigentlich nicht der Plan –, dann hole ich mir wenigstens die staubige, alte Decke von der Couch und lege mich draußen auf ein Stück ausgerollte Abdeckplane. Es ist so grauenvoll unbequem, dass an richtigen Schlaf nicht zu denken ist. Mit einem Beutel Gartenerde unter dem Kopf liege ich auf dem Rücken und blicke in den Nachthimmel über Wien. Auf die blinkenden Lichter der Maschinen, die den Flughafen Schwechat ansteuern. Auf ein paar vereinzelte Sterne, die hell genug sind, um sogar über der Stadt sichtbar zu sein.

Wie viel schöner wäre eine Nacht im Freien bei meinem Abbruchhaus. Vielleicht wage ich das irgendwann im Laufe dieses Sommers.

Dass ich doch eingeschlafen sein muss, erkenne ich nur daran, dass ich plötzlich hochschrecke. Was es war, das mich aus dem Schlaf gerissen hat, muss ich immerhin nicht überlegen, denn das Geräusch ist nach wie vor da. Kein Knirschen oder Krachen, wie ich vermutet hatte, sondern die Schreie von Krähen. Erstaunlich laut. Dafür ist von der Straße her kaum noch etwas zu hören.

Ein schneller Blick auf die Uhr, es ist kurz nach zwei. Die Krähen hören sich sehr aufgebracht an. Mühsam und mit schmerzendem Rücken stehe ich auf. Dass es jede Menge Krähen hier gibt, weiß ich, überhaupt ist der Zentralfriedhof belebter, als man denken sollte. Hier leben Eulen, Füchse, Rehe und Hasen. Die sind in der Dämmerung aktiv und möglicherweise auch nachts, aber Krähen?

Nach wie vor empörtes Krächzen von jenseits der Mauer. Etwas muss die Tiere aufgeschreckt haben.

Ich habe eine winzige Taschenlampe als Schlüsselanhänger, die mache ich an und hole die Leiter aus dem Schuppen. Eine Minute später sitze ich oben auf der Mauer. Leichter Wind weht mir das Haar aus dem Gesicht.

Meine Kletteraktion scheint die Krähen nicht irritiert zu haben. Sehen kann ich sie nicht, aber ich höre sie immer noch krächzen. Vielleicht war es ja einer der Füchse, der sie aus ihrer Nachtruhe aufgeschreckt hat.

Der Zentralfriedhof liegt dunkel da, die roten Lichtpunkte

75

der Grabkerzen sind wie letzte glühende Kohlestücke eines erloschenen Feuers. Ich strecke den Rücken und lasse das Bild auf mich wirken. Allein dafür hat sich die Nachtschicht gelohnt, auch wenn sonst nichts dabei herausgekommen ist.

Der nächste Windstoß ist heftiger und mich fröstelt. Kurz nach zwei Uhr, und bisher hat Alex sich nicht blicken lassen. Ich will gerade zurück nach unten steigen, als ein Lichtpunkt zu meiner Rechten mich innehalten lässt. Er ist weiß, nicht rot. Und er bewegt sich, verschwindet, taucht wieder auf. Ein zweiter gesellt sich dazu.

Taschenlampen. Ich verenge die Augen in der Hoffnung, dann mehr erkennen zu können. Die Lichter tanzen durchs Dunkel, bei einer der Gruppen in der Nähe der Aufbahrungshalle 2, in der Finsternis kann ich nicht sagen, bei welcher genau. Möglicherweise 11 oder 12B. Jedenfalls nicht allzu weit vom Haupteingang entfernt.

Ich wäge meine Möglichkeiten ab. Am vernünftigsten wäre es, die Polizei zu rufen, das kann ich aber nur über mein Handy oder das Telefon der Blumenhandlung. Das Mobiltelefon lässt sich zwar nicht zu mir zurückverfolgen, aber meine Nummer haben sie dann trotzdem.

Als hätte der Gedanke an die Polizei sie herbeigerufen, fährt in diesem Moment ein Streifenwagen die Straße entlang. Langsam, als suchten die Beamten etwas, wahrscheinlich Leitern oder andere Kletterhilfen. Ich presse mich dicht an die Mauerkrone. Der Wagen hält vor dem Haupteingang, ich höre eine Tür schlagen.

Hat jemand sie gerufen? Oder behalten sie den Friedhof einfach im Auge, nach allem, was passiert ist? Letzteres scheint der Fall zu sein, denn nach kurzer Zeit höre ich wieder die Autotür zuschlagen, und der Wagen fährt weiter.

Die Eindringlinge scheinen von der oberflächlichen Kontrolle nichts mitbekommen zu haben. Ihre Taschenlampen sind nach wie vor eingeschaltet, aber von draußen wohl kaum zu sehen gewesen.

Ich richte mich wieder auf. Am einfachsten wäre es, hier auf Beobachtungsposten zu bleiben und mich damit zu begnügen, die Lichtkegel beim Hin- und Herzucken zu betrachten. Die andere Option: Ich ziehe die Leiter herauf, lege sie an der anderen Seite der Mauer an und klettere hinunter.

Zweifellos die dümmste aller Ideen. Trotzdem die, die mich am meisten reizt. Ich hätte dann so etwas wie Gewissheit, was Alex angeht. Denn Tatsache ist, ich habe keine Angst vor den Menschen, die dort unten über den Friedhof schleichen. Sie gehören nicht zu den Karpins, und damit fühle ich mich ihnen gewachsen. Was ein schauderhafter Fehler sein kann – immerhin haben sie einen Mann getötet und ihn effektvoll auf einem fremden Grab drapiert. Ungefährlich sind sie bestimmt nicht.

Es würde auch schwierig werden, mich an sie heranzuschleichen. Am leisesten bin ich auf den asphaltierten Hauptwegen, dort bin ich aber auch am sichtbarsten. Sobald ich ins Gras zwischen den Gräbern trete, wird man ein Rascheln hören. Es sei denn ...

Es sei denn, die Eindringlinge graben wieder.

Es ist einer der Momente, in denen ich mich dafür hasse, wie ich gestrickt bin, in denen ich aber trotzdem nicht gegen meine Unvernunft ankomme. Ich ziehe die Leiter zu mir hoch, was nicht ganz ohne Geräusche abgeht, und lasse sie auf der anderen Seite wieder nach unten.

Bevor ich hinuntersteige, präge ich mir die Position der weißen Lichter möglichst gut ein. Im Moment ist nur eines davon zu sehen. Ich muss mich rechts halten, an Halle 2 vorbeilaufen, dort habe ich noch Deckung. Danach ...

Danach werde ich improvisieren müssen.

Ich stecke das Handy in die Hosentasche und montiere die

Mini-Taschenlampe von dem klimpernden Schlüsselbund ab. Damit ausgerüstet, steige ich aufs Friedhofsgelände hinunter.

Mich geräuschlos vorwärtszubewegen klappt besser als gehofft, dafür fehlt mir jetzt aber der Überblick, den ich von der Mauer aus hatte. Hinter Halle 2 halte ich einen Moment inne. Ich muss weiter nach rechts und von hier aus versuchen, meinen Weg nur mithilfe der Grabkerzenlichter zu finden. Die mir gleichzeitig zu schwach und zu verräterisch erscheinen. *You want it darker*, wiederholt mein nervöses Hirn die Liedzeile, meinen Ohrwurm aus dem Abbruchhaus. *We kill the flame.*

Vor jedem Schritt prüfe ich nun vorsichtig mit dem Fuß den Boden. Vermeide es, auf Äste zu treten. Atme, so leise ich kann, und lausche nach Geräuschen, die mir die Richtung anzeigen könnten. Aber alles, was ich höre, ist der Wind in den Baumwipfeln.

Erst, als ich schon mitten in Gruppe 2 stehe, trägt besagter Wind mir einen Laut zu, der wie ein Scharren klingt. Ich korrigiere meinen Kurs, offenbar muss ich mich doch ein wenig weiter links halten.

Alle paar Schritte werden die Grabegeräusche deutlicher, und nun sind auch Stimmen zu hören. Gedämpft, die Worte sind noch nicht zu verstehen. Ich drücke mich zwischen zwei Gräbern durch. Da, gerade habe ich den Lichtkegel einer Taschenlampe gesehen – höchste Zeit, sich auf alle viere zu begeben.

Nun ertaste ich mir meinen Weg mit den Händen, in gewisser Weise ist das einfacher, und ich komme schneller voran. Drei Grabreihen weiter kann ich einzelne Worte des Gesprächs verstehen, das die Schaufelgeräusche begleitet.

»... nicht alleine arbeiten.«

Undeutliches Gemurmel als Antwort.

»Du kannst ... nicht hier ... du selbst ... machen.«

Noch zwei Grabreihen näher ran. Von hier aus ist der Lichtschein zumindest einer Taschenlampe permanent zu sehen, was heißt, dass ich keinesfalls weiterkriechen sollte. Ich lege mich flach zwischen zwei steinerne Einfassungen, an keinem der beiden Gräber brennt eine Kerze.

Nun ist deutlich zu hören, wie Werkzeug in Erde gestoßen wird. Etwas anderes bemerke ich jetzt zum ersten Mal. Ein leises, kehliges Geräusch. Hühner?

Damit ist jeder Zweifel beseitigt. Die Männer, die keine fünfzig Meter mehr von mir entfernt sind, exhumieren eine weitere Leiche. Ob Alex einer von ihnen ist, kann ich leider nicht sehen. Aber eventuell hören, wenn sie das nächste Mal sprechen?

»Dreh dem Vieh endlich den Hals um«, keucht einer der Männer. Er klingt nicht wie Alex, aber das kann täuschen; seine Stimme ist rau vor Anstrengung.

»Wenn wir fertig sind.«

Heftigeres Keuchen. »Wann löst du mich ab? Der Drecksack liegt verdammt tief!«

Nun meldet sich jemand Drittes zu Wort. »Bisschen schaffst du schon noch. Schluck Wasser?«

Auch diese Stimme ist tief, aber sie gehört zweifellos einer Frau. »Was haltet ihr davon, dass wir diesmal die andere Seite nehmen?«, fährt sie fort. »Zur Abwechslung einmal Schmetterling?«

»Dort war ich nie«, keucht der Mann, der gräbt. »Schatten. Was sagst du, Biber?«

»Ganz klar Schatten. Vielleicht beim nächsten Mal Schmetterling«, antwortet Biber. Wenn das sein Name ist, habe ich einen Anhaltspunkt.

»Er ist immer ein großer Fan von Schatten gewesen«, keucht der Erste.

»Meinetwegen«, entgegnet die Frau. »Bist du immer noch nicht tief genug?«

Ein dumpfer Laut. »Nein«, blafft der Mann, der gräbt. »Aber mir bricht gleich das Kreuz, und deshalb ist jetzt er dran.«

»Na gut«, sagt Biber, danach schweigen sie. Ich höre nur, wie der Spaten wieder und wieder in die Erde fährt. Obwohl die Feuchtigkeit des Grases allmählich mein Shirt durchdringt und meine Liegeposition immer unbequemer wird, wage ich es nicht, mich zu rühren.

Keiner der beiden Männer ist Alex, da bin ich sicher. Nicht nur die Stimmen sind andere, auch die Ausdrucksweise unterscheidet sich stark. Sie klingen älter, und in ihrer Sprache höre ich viel deutlicheren Wiener Dialekt.

Was mich aber noch mehr beschäftigt, ist die Tatsache, dass sie überhaupt nicht wirken wie Menschen, die einem Satanskult angehören. Keine lateinischen Gesänge, keine Sprüche, keine Dämonenbeschwörungen. Sie erwecken eher den Eindruck, als wären sie zu einer ungeliebten und anstrengenden Arbeit verdonnert worden. Kann es sein, dass sie nur die Vorhut sind? Und für die richtigen Satanisten die Drecksarbeit machen?

Dann auch noch die Sache mit dem Schmetterling. Kein sehr teuflisches Symbol. Schatten passen da schon besser.

»Das hier«, sagt Biber schwer atmend, »hätte ich eigentlich gern Rudi überlassen.«

»Hätte ihm Spaß gemacht«, brummt der andere. »Aber na ja. Friede seiner Asche.«

Rudi, notiere ich in Gedanken. Noch ein Grabschänder? Der an diesem Grab besondere Freude gehabt hätte, wäre er nicht selbst schon tot. Ich hebe den Kopf ein Stück; in dem Moment schwenkt der Lichtkegel einer Taschenlampe in meine Richtung und über mich hinweg. Ich halte die Luft an.

»Was suchst du?«, fragt die Frau.

»Nichts. Dachte nur, ich hätte was gehört.«

Mein Puls beschleunigt sich. Ich war ruhig, habe mich nur ganz wenig bewegt, keinen Ton von mir gegeben, wieso …

»Wahrscheinlich ein Tier. Es wimmelt hier vor lauter Viehzeugs«, höre ich sie sagen. »Hast du die Eulen vorhin gehört? Und die Krähen?«

Der Mann seufzt. »Wir sollten schnell machen. Biber?«

Ob und was der Angesprochene darauf antwortet, höre ich nicht, denn ich stehe mit einem Schlag vor einem unlösbaren Problem. Mit meinem letzten Atemzug muss ich etwas eingeatmet haben, das nun in meinem Hals sitzt. Der Hustenreiz ist fast nicht zu unterdrücken, ein paar Sekunden noch, und sie werden mich bemerken.

Ich versuche, nicht zu atmen, während ich langsam rückwärtsrobbe. Huste nach innen, doch das lässt den Auslöser nicht verschwinden. Weiter zurück. Weiter.

Wenn ich es bis hinter Halle 2 schaffe, bin ich außer Hörweite, aber lautlos kriechend brauche ich dorthin noch zehn Minuten.

So lange kann ich das Husten nicht zurückhalten. Ich fühle, wie Schweiß mir auf die Stirn tritt, während ich mich zentimeterweise zurückbewege. Ich Idiotin. Niemand hat diesen nächtlichen Ausflug von mir verlangt, niemand wird davon profitieren. Alex ist keiner der Grabschänder, ich kann Tassani keinen Tipp zu den tatsächlichen Tätern geben. Außer, dass sie einen von ihnen *Biber* nennen und es einen Rudi gab, der aber selbst schon Asche ist.

Meine Augen tränen, der Hustenreflex wird in ein paar Sekunden den Sieg davontragen. Vor mir am Grab sind sie zu dritt, ich bin alleine; meine einzige Chance zu entwischen besteht darin, den Umstand zu nutzen, dass sie nichts von meiner Anwesenheit wissen. Ich werde auf den Überraschungseffekt und meine Ortskenntnis setzen statt auf Lautlosigkeit, denn mit der wird es in Kürze vorbei sein.

Langsam richte ich mich auf, noch haben sie mich nicht bemerkt. Ein Schritt zurück, zwei, dann umdrehen und rennen, so schnell es die Dunkelheit und der Husten erlauben.

Jetzt höre ich sie hinter mir fluchen, durcheinanderrufen. »Bleib stehen, Arschloch«, brüllt der Mann, der nicht Biber heißt.

Ich ringe nach Luft, renne den Weg an 12A vorbei, Richtung 13A, höre die Männer hinter mir schreien. Je lauter sie sind, desto besser.

»Er ist nach rechts gelaufen«, ruft die Frau.

Er? Dann haben sie mich also nur schemenhaft wahrgenommen, ausgezeichnet. Ich haste weiter. Der Hustenreiz ist verebbt, trotzdem bin ich außer Atem, stolpere immer wieder über Hindernisse, die ich in der Dunkelheit nicht sehen kann.

Die Laufschritte hinter mir kommen näher, und nun setzt die Angst ein, leider zu spät, um mich von meiner waghalsigen Aktion abzuhalten. Ich biege nach rechts ab, kurz danach noch einmal, dort sind ein paar hohe Grabmale, hinter denen ich mich theoretisch verstecken könnte. Mich eng an den Marmor pressen und hoffen, dass Stein und Dunkelheit mich verbergen.

Nein, zu riskant, dafür habe ich eine andere Idee; ich weiß nur nicht, ob ich hier in der Finsternis die richtige Stelle finde.

Bei der nächsten Gelegenheit halte ich mich links und versuche trotz Seitenstechen, an Tempo zuzulegen. Ich bin nicht sicher, aber ich glaube, der Verfolger, der näher an mir dran ist, hat den Richtungswechsel nicht mitbekommen. Das wäre ein Geschenk des Schicksals, es würde mir die Zeit verschaffen, um den Platz zu finden, an dem ich Albert heute habe arbeiten sehen. Das war bei Gruppe 15F, da bin ich mir ziemlich sicher.

Ich stolpere wieder, stürze und verbeiße mir einen Schmerzenslaut, meine Handflächen brennen, doch dafür kann ich jetzt schemenhaft den kleinen Bagger erkennen, etwa hundert Meter entfernt. Ein schneller Blick über die Schulter – kein Mensch zu sehen, aber ich höre die Männer noch, ihre Schritte, ihre Rufe. Sie versuchen, mich in die Zange zu nehmen.

Da! Das offene Grab ist mit Brettern abgedeckt; mit zitternden Fingern schiebe ich eines davon zur Seite und gleite mit den Beinen zuerst nach unten.

Das Loch muss knapp zwei Meter tief sein; ich lande auf lockerer Erde und schiebe schnell das Brett in seine ursprüngliche Lage, dann ducke ich mich in eine der Ecken. Das Versteck ist genau so lange genial, wie keiner der drei es als solches wahrnimmt. Tut es doch einer, ist es eine Falle, aus der ich nie wieder herauskomme.

Laufschritte nähern sich, und plötzlich fühle ich mich wie eingekerkert. Ich habe mir selbst jede Fluchtmöglichkeit genommen, viel besser wäre es gewesen, mich irgendwo zwischen Gräbern flach auf den Boden zu legen. Nun bleibt mir nichts, als darauf zu warten, dass der Mann langsamer wird und vor dem Grab innehält, doch das passiert nicht. Er rennt weiter. Ich lasse die Luft aus den Lungen. Atme langsam ein und aus, bis das Zittern nachlässt.

Gerade, als ich beginne zu überlegen, wie lange ich hier bleiben muss, bis ich mich wieder an die Oberfläche wagen darf, höre ich Schritte aus der anderen Richtung. Kurz darauf eine gedämpfte Stimme. »Biber. He, Biber! Ich habe ihn aus den Augen verloren.«

»Na toll, Idiot. Wo hast du ihn zuletzt gesehen?«

»Irgendwo dort vorne. Denkst du, er hat wirklich noch einen geschickt?«

Der Mann namens Biber schnaubt verächtlich. »Was denn sonst? Er weiß genau, die Hölle holt ihn ein.«

Der Mann lacht kurz auf. »Stimmt. Ich bin sicher, die alte Hilde geht ihm nicht mehr aus dem Kopf.«

»Genau. Und das macht ihn dauergeil.« Biber gibt ein weiteres Schnauben von sich, danach kehrt kurz Ruhe ein. Wenn man von den Schrittgeräuschen absieht, die jetzt wieder lauter werden. Ich schließe die Augen. Biber scheint der Hellere der beiden zu sein, wenn er das abgedeckte Grab sieht …

Allerdings haben die Männer einen konkreten Verdacht, wer sie bei ihrer Schaufelei bespitzelt hat, und sie liegen falsch damit. Ob mir das im Fall des Falles den Hals rettet?

»Ich frage mich, wer ihm verraten hat, dass wir heute weitermachen«, überlegt Biber. Ich höre ihn jetzt viel deutlicher, er muss wirklich nah stehen.

»Keiner. Er schickt die Kerle auf gut Glück, denke ich. Oder – könnte es sein, dass er selbst hergekommen ist?«

Biber muss darüber offenbar nachdenken, es dauert ein paar Sekunden, bis er antwortet. »Hm. Kann mir nicht vorstellen, dass er die Eier dazu hat. Aber wenn …«

Weitere Schrittgeräusche. Sie sind noch näher herangekommen. Ich beiße mir auf die Unterlippe.

»… dann sollten wir jetzt sofort zurückgehen. Einer von uns jedenfalls. Denn was, wenn das ein Ablenkungsmanöver war und sie zu zweit sind?« Seine Worte sind jetzt hastig. »Dann setzen wir gerade alles aufs Spiel.«

»Oh shit«, ruft der andere, unmittelbar darauf höre ich sie rennen, beide in die gleiche Richtung, fort von mir. Ich lehne die Stirn gegen eine der erdigen Seitenwände des offenen Grabs. Geschafft. Sie sind fort. Jetzt muss ich nur noch entscheiden, wann ich wieder hier hochsteige. Und wie.

Sofort, beschließe ich, denn im Moment kann ich sicher

sein, dass die beiden Männer anderswo beschäftigt sind. Wer weiß, wie lange.

Das Hinaufklettern erweist sich als mühsam und bei Weitem nicht so geräuscharm wie das Hinuntersteigen, doch beim dritten Versuch gelingt es mir. Ich rücke die Bretter zurecht und laufe geduckt in Richtung Präsidentengruft.

Ich höre keine Schritte mehr, keine Stimmen. Das Grab, an dem die drei sich zu schaffen gemacht haben, ist zu weit entfernt, als dass ich mitbekommen würde, was dort passiert.

Alles, was ich jetzt noch will, ist zurück über die Mauer und mich in der Blumenhandlung verbarrikadieren. Über den direkten Weg wage ich es nicht, ich setze meinen Zickzackkurs zwischen Gräbern und rotem Kerzenlicht fort.

Was, wenn sie die Leiter gefunden haben? Und nun jemand dort wartet, um zu sehen, wer sie benutzt hat?

Doch zumindest diese Sorge ist umsonst. Sie lehnt noch da, rundherum ist nichts und niemand zu erkennen. Mit dem Gefühl, ungestraft davongekommen zu sein, klettere ich auf die Mauer und ziehe die Leiter nach oben. Aber statt sofort in den Hof hinunterzusteigen, verharre ich auf meinem Aussichtspunkt. Die weißen Lichtkegel tanzen immer noch an der gleichen Stelle. Verschwinden, erscheinen wieder, malen Muster in die Dunkelheit, von denen man glauben könnte, sie würden etwas bedeuten.

5.

Ich bleibe die Nacht über in der Blumenhandlung, eingerollt auf dem löchrigen Sofa im Hinterzimmer. Die Vorstellung, jetzt zu schlafen, ist absurd, aber ich will mich wenigstens ein bisschen ausruhen, bevor die Sonne aufgeht.

Schmetterling und Schatten. Ich habe keine Ahnung, was damit gemeint sein könnte. Was ich weiß, ist, dass Alex keiner der beiden Männer war. Aber ... vielleicht gehört er zu denen, die angeblich im Auftrag eines ominösen Unbekannten unterwegs sind? *Er schickt die Kerle auf gut Glück.*

Sie haben mich nur als Schemen in der Dunkelheit wahrgenommen, trotzdem waren sie überzeugt davon, zu wissen, wer sie bespitzelt. Wollte Alex deshalb Zutritt zur Blumenhandlung? Um den dreien in die Quere zu kommen?

So erleichtert ich darüber bin, dass weder die Frau noch die beiden Männer mich gesehen haben, so ärgerlich ist, dass es sich umgekehrt genauso verhält. Ich könnte weder zu ihrem Alter noch zu ihrer Größe oder besonderen Merkmalen etwas sagen. Ganz jung dürften sie nicht mehr gewesen sein, aber das mache ich mehr an ihrer Ausdrucksweise fest. Zwischen dreißig und fünfundsechzig ist aber alles möglich.

Als draußen die Vögel zu singen beginnen, stemme ich mich von der Couch hoch. Es dämmert, und nun hört man bereits die ersten Autos fahren. Die Leiter steht noch dort, wo ich an ihr hinuntergeklettert bin, jetzt steige ich wieder hinauf und setze mich auf die Mauer.

Da, wo nachts die Lichtkegel getanzt haben, scheint alles ruhig zu sein. Hinter mir geht die Sonne auf, und als es hell genug ist, hebe ich die Leiter noch einmal auf die andere Seite. Ich muss schnell sein, denn bald werden die ersten Friedhofsmitarbeiter auftauchen, und ich will nicht, dass sie mich bei meinen Nachforschungen ertappen.

Je näher ich der Stelle komme, desto klarer wird, dass die drei nicht mehr da sind. Damit war zu rechnen. Fröstelnd nähere ich mich Gruppe 15F. An welchem Grab sich Biber und seine Kumpane letzte Nacht zu schaffen gemacht haben, sehe ich auf den ersten Blick.

Trotz meines Auftauchens müssen sie sich sicherer gefühlt haben, als ich erwartet hätte, denn sie haben ihr Werk noch vollendet. Erdhaufen und morsche Holzreste liegen neben der Grube. Der Grabstein ist mit exakt den gleichen Symbolen beschmiert wie die beiden anderen, wenn man von den Zacken auf dem zweiten Grab absieht. Und obenauf liegt ein Schädel mit einem abgeschnittenen Hühnerkopf zwischen den Zähnen. Hühnerblut und Federn kleben auf der Gravur und der Umrandung. Hat das arme Tier also doch dran glauben müssen.

Mein Handyakku ist nur noch zu sieben Prozent geladen, aber für ein paar Fotos reicht es. Vom Grab als Ganzem und vom Inneren der Grube. Beim Entfernen des Kopfes dürften die Täter nicht sehr behutsam vorgegangen sein; das verbliebene Skelett sieht verdreht und unvollständig aus. Ich mache eine Großaufnahme des Namens auf dem Grabstein, dann gehe ich zur Leiter zurück. Versetze in und um die Blumenhandlung herum alles in Normalzustand, in zweieinhalb Stunden wird Matti auftauchen. Dass ich meist die Erste im Laden bin, sind die anderen gewohnt. Ich lasse mich auf das Sofa fallen und hänge mein Handy an den Strom.

Die Fotos sind von eigentümlicher Schönheit. Das verwüstete Grab ist in orangefarbenes Morgenlicht getaucht, es liegt noch leichter Nebel über dem Friedhof, der alles weich wirken lässt. Der Totenschädel samt Hühnerkopf sieht wie gezeichnet aus.

Der Name des herausgezerrten Toten ist gut zu lesen:

Edwin Berkel
1929–2013

Ich wische über das Display, suche nach den anderen Grabsteinfotos. Ingmar Harbach. Roland Klessmann.

Berkel war der Älteste von ihnen und gleichzeitig der Langlebigste. Keiner der Toten wurde nach 1940 geboren. Ich frage mich, ob das ein Kriterium ist, nach dem die Grabschänder die Stätten ihres Wirkens wählen.

»Bist du krank?«, fragt Eileen, kaum dass sie mich zu Gesicht bekommt. Matti wirft ihr einen vorwurfsvollen Blick zu, er hat sichtlich keine Lust, mich gleich wieder nach Hause schicken zu müssen.

»Nein, nicht krank«, sage ich mit bemühtem Lächeln. »Ich habe bloß kaum geschlafen letzte Nacht.«

»Dabei war gar kein Vollmond«, brummt er und drückt mir das Bestellbuch in die Hand. »Kränze stecken kannst du auch im Schlaf, hm?«

Froh darüber, dass mir heute der Kundenkontakt erspart bleibt, ziehe ich mich wieder ins Hinterzimmer zurück und beginne, Draht und Blumen für den ersten Kranz vorzubereiten. Calla, Lilien, Palmblätter. Weiß, rosa, grün.

Bisher gab es noch keine Aufregung rund um das neu geöffnete Grab, was mich erstaunt, denn es liegt relativ zentral. Der Parkplatz, den ich vom Laden aus überblicken kann, liegt nah am Tatort.

Ich habe den Gedanken kaum zu Ende gedacht, als sich der Wagen langsam nähert, in dem Tassani und seine zwei Kollegen beim ersten Mal angekommen sind. Und auch jetzt sehe ich ihn aussteigen, seine Haltung drückt Unwillen aus, um seinen Gesichtsausdruck erkennen zu können, ist er zu weit entfernt.

Er und ein zweiter Polizist gehen auf den Eingang zu, innerhalb einer Minute sind sie aus meinem Blickfeld verschwunden.

Ich widme mich wieder meinem Kranz und versuche, meine Gedanken nicht abschweifen zu lassen. Es ist zum Aus-der-Haut-Fahren, warum mische ich mich in Dinge ein, die mich nichts angehen? Auch wenn Biber und seine Freunde sämtliche Tote auf dem Zentralfriedhof ausbuddeln, ist das nicht meine Angelegenheit. Und darüber sollte ich froh sein.

Aber wahrscheinlich ist das ja der Grund. Die Grabschänder stellen keine Bedrohung für mich dar, ihr Tun ist wie eine Ablenkung für mich. Wie etwas, an dem ich gefahrlos herumdenken kann. Andererseits musste ich mich letzte Nacht in einem frisch ausgehobenen Grab verstecken. Gefahrlos sieht anders aus.

Und jetzt, was für eine Überraschung, stürzt Albert herein. »Sie waren wieder da!«, ruft er. »Haben noch einen ausgegraben. Die Polizei hat schon alles abgesperrt.«

»Wirklich?« Mattis Enttäuschung ist unüberhörbar. »Das nächste Mal hol mich früher, okay?«

»Hätte ich ja gemacht, aber ich war selbst spät dran. Habe nur zwei Fotos schießen können, bevor sie mich verscheucht haben.«

Kurz wird es ruhig im Verkaufsraum, offenbar zeigt Albert, was er auf dem Handy hat. »Weißt du, was ich glaube?«, sagt er dann. »Dass das jemand von uns ist. Ein Totengräber oder so, jedenfalls jemand, der weiß, wie er auf den Friedhof kommt. Er gräbt mit der Schaufel, kannst du dir das vorstellen? So wie früher. Ein paar Stunden muss er jedes Mal beschäftigt sein, auch, wenn er sehr kräftig ist.«

Ich notiere im Geiste mit. Was die Theorie angeht, dass der

Täter Kollege ist, liegt Albert falsch; was die Kraft betrifft, hat er allerdings recht. Biber und der andere müssen ziemlich gut in Form sein. Vielleicht hilft die Frau zwischendurch auch mit.

»Wieso denkst du, dass es nur einer ist?«, wirft Matti richtigerweise ein. »Satansanbeter feiern ihre schwarzen Messen doch nicht alleine. Die machen das in Gruppen.«

Ich stecke Lilien und Calla und wieder Lilien, während Albert und Matti über Teufelskulte fachsimpeln, bis eine Kundin den Laden betritt. »Bis später«, sagt Albert. »Ich halte dich auf dem Laufenden!«

Gegen Mittag kann ich kaum noch gerade stehen. In der Zeit, in der ich den Verkaufsraum übernehmen muss, weil Matti doch einen schnellen Blick auf das neue Werk der Schänder werfen will, irre ich mich dreimal beim Herausgeben des Wechselgelds. Eileen mustert mich von oben bis unten. »Bist du sicher, dass du nicht krank wirst?«

»Ziemlich. Und du? Was von Alex gehört?«

Sie lächelt. »Bloß eine WhatsApp bekommen, in der er mir einen schönen Tag wünscht.«

Ich nicke, weil mir nichts Besseres einfällt. Dass mit Alex etwas nicht stimmt, ist für mich völlig klar, aber meine Beobachtung am Tor gestern wird Eileen nicht überzeugen. »Ich weiß nicht, wieso«, sage ich deshalb vorsichtig, »aber ich habe ein komisches Gefühl, was Alex angeht. Ist wirklich besser, wenn du bei Lukas bleibst, denke ich.«

Sie sieht mich mit einem Blick an, als wäre ich ihre Großmutter, die zwar nett, aber definitiv nicht mehr auf der Höhe der Zeit ist. »Weiß ich doch. Und ich hab Lukas total lieb, immer noch. Ist aber süß, dass du dir Sorgen machst.«

Zehn Minuten später taucht Tassani auf. Er steuert direkt auf die Blumenhandlung zu; sein Gesicht ist ernst. Dass ich gerade eine Kundin bediene, ignoriert er. »Frau Bauer, ich möchte Sie kurz sprechen.«

»Sofort, ich ...«

Eileen ist schon herangesprungen und zwinkert mir verschwörerisch zu. »Geh nur. Ich übernehme.«

Draußen zieht Tassani mich ein Stück zur Seite, weg vom Laden. »So. Und wir reden jetzt einmal Klartext, okay?«

Ich kratze alles an Konzentration zusammen, das meiner Müdigkeit noch nicht zum Opfer gefallen ist. Er kann nicht wissen, was ich letzte Nacht getrieben habe. Kann er nicht. »Ja, gerne«, sage ich also gelassen. »Ich nehme an, es geht um das nächste Grab, das geöffnet worden ist?«

»Ganz richtig.« Sein Blick ist finster. »Ich bin schon recht lange Polizist, und wenn mir im Laufe einer Ermittlung immer wieder die gleichen Personen unterkommen, steckt normalerweise etwas dahinter. Meistens haben die Leute einen Grund, den Stand der Polizeiarbeit im Auge behalten zu wollen.«

Ich lache auf. »Sie glauben, ich buddle alte Knochen aus und beschmiere Grabsteine?«

»Es gibt auch einen aktuellen Todesfall, das wollen wir nicht vergessen«, sagt Tassani, ohne auf meinen lockeren Ton einzugehen. »Sie sagten gestern, Sie hätten nicht angerufen, um die Polizei über Blutspuren an einer Grabumfassung zu informieren.«

»Richtig.«

»Das Gespräch wurde aufgezeichnet, ich habe mir die Aufnahme angehört. Nur ein Idiot würde nicht merken, dass da jemand seine Stimme verstellt. Um ehrlich zu sein: Ich tippe stark auf Sie.«

Ich hoffe, er sieht mir nicht an, wie ertappt ich mich fühle. »Wissen Sie, ich bin von Natur aus neugierig«, erkläre ich. »Wenn Sie es also komisch finden, dass ich mir angesehen habe, was so nah an meinem Arbeitsplatz passiert, dann ist das eben so. Aber deswegen habe ich noch lange nichts da-

91

mit zu tun.« Sein Gesichtsausdruck bleibt unbewegt, also fahre ich fort: »Außerdem – Leute, die die Polizei informieren, sind meistens keine Täter. Oder irre ich mich da?«

Sein Handy klingelt, bevor er antworten kann, und er nimmt den Anruf an, ohne sich abzuwenden, ohne mich aus den Augen zu lassen. »Ja? Okay, verstehe. Ja, ich bin gleich wieder da. Sag Deniz, er soll ein Team zusammenstellen, für die kommenden Nächte.« Tassani legt auf, und ich frage nicht nach. Ich kann mir ausrechnen, dass die Polizei den Friedhof erst mal auch von innen überwachen wird.

»Um auf Ihre Frage zurückzukommen«, sagt Tassani, »es gibt durchaus Täter, die so tun, als wollten sie mit uns zusammenarbeiten. Es gibt aber auch Leute, die mehr wissen, als sie an uns weitergeben. Ich bin ganz ehrlich: Ich halte Sie für Typ zwei.«

Ultra posse nemo obligatur, denke ich und lächle. »Ich kann Sie beruhigen: Alles, was ich weiß, habe ich Ihnen gesagt. Ohne verstellte Stimme.«

Ein paar Sekunden lang sieht er mich prüfend an. »Ich hätte gern Ihre Handynummer, für eventuelle weitere Fragen.«

Ich versuche mir nicht anmerken zu lassen, wie sehr es mir gegen den Strich geht, sie ihm zu diktieren. Er speichert sie in sein Telefon ein, dann dreht er sich ohne ein weiteres Wort um und geht.

Das Intermezzo hat mich meine letzte Energie gekostet. Ich gehe zurück in die Blumenhandlung und sinke im Hinterzimmer auf einen Stuhl.

Tassani wittert also, dass etwas mit mir nicht stimmt. Wäre nicht verwunderlich, wenn er demnächst ein wenig in meinen Daten herumstöbern würde. Und herausfinden, dass Carolin Bauer ein merkwürdig unbeschriebenes Blatt ist.

Diesmal kann ich nicht Robert die Schuld an der Misere

geben, ich habe mir das alles selbst eingebrockt, ohne dass es nötig gewesen wäre. Habe meine Nase in Dinge gesteckt, die mich überhaupt nicht betreffen. Habe den Ring behalten, einfach so. Wahrscheinlich wäre es am vernünftigsten, ihn wieder auf dem Friedhof zu deponieren und zu hoffen, dass die Polizei ihn findet.

Danach werde ich mich von allem fernhalten, was weiter passiert. Egal, ob sie noch fünf oder zehn oder fünfzig Leichen ausgraben; egal, ob sie ihnen Hühner- oder Truthahnköpfe in den Mund stecken – ich werde mir nicht den Kopf darüber zerbrechen. Sondern meine Reflexe aus früheren Jahren unterdrücken und einfach nur Blumen verkaufen.

Ich ziehe seine Visitenkarte aus meiner Tasche, schon leicht zerdrückt. *Oliver Tassani, stellvertretender Leiter des Ermittlungsdienstes,* steht da. Was hat er vorhin gesagt? *Nur ein Idiot würde nicht merken, dass da jemand seine Stimme verstellt.*

Ich drehe die Karte zwischen den Fingern. Nur ein Idiot würde nicht wissen, wann er sich zu weit vorgewagt hat, aber das war schon immer mein Problem.

»Bist du mit dem Biedermeierkranz fertig?«, ruft Matti nach hinten.

Ich stecke die Karte in die Hosentasche. »Gib mir noch zehn Minuten!« Der Kranz wird kein Meisterwerk, und Matti verzieht das Gesicht. »Was is'n los mit dir seit gestern?«

»Habe ich doch gesagt. Schlecht geschlafen.«

»Okay.« Er wirft einen Blick auf die Uhr. »Kannst du mir dann wenigstens etwas zu essen holen? Zwei Schinkensemmeln wären fein, oder eine Pizzaschnitte.« Er drückt mir fünf Euro in die Hand. »Ich sehe mir so lange an, was sich an diesem Kranz noch retten lässt.«

Ich bin nicht unglücklich über seinen Auftrag. Auf dem Weg zum Supermarkt komme ich an meinem Auto vorbei und kann meine Jacke herausholen. Trotz des schönen Wetters fröstelt es mich schon den ganzen Tag.

Mit zwei Schinkensemmeln, einer Dose Red Bull und einer Bonustafel Schokolade bin ich zehn Minuten später auf dem Rückweg. Der Spaziergang hat mich wieder etwas wacher gemacht; der Energydrink wird hoffentlich den Rest erledigen, und dort vorne kommt schon mein Auto in Sicht ...

Neben dem jemand steht. Er beugt sich vor und lugt durch eines der Seitenfenster, dann schießt er ein Foto des Kennzeichens.

Ich weiche drei Schritte zurück, schlüpfe hinter einen parkenden Lieferwagen und spähe möglichst unauffällig dahinter hervor. Ich kenne den Mann, der jetzt noch einmal meinen Wagen umrundet und einen Blick von der Beifahrerseite hineinwirft. Es ist Alex, der mit seinem Handy ins Innere des Autos fotografiert, sich das Foto kurz ansieht und danach schnell die Straße überquert. Er geht in Richtung Feuerhalle, wendet noch ein- oder zweimal den Kopf, dann ist er außer Sichtweite. Ich lehne mich gegen das schmutzige Heck des Lieferwagens.

Er muss mich beobachtet haben. Hat dann gesehen, wie ich meine Jacke aus dem Auto geholt habe. Ist mir vielleicht in einiger Entfernung gefolgt und hat mich in den Supermarkt gehen sehen. Damit war klar, dass es ein wenig dauern würde, bis ich wiederauftauche, und diese Zeit hat er genutzt, um mein Auto zu inspizieren.

Warum? Ich begreife es nicht. Will er sich über mich schlaumachen, weil ich ihn gestern auf seinem Beobachtungsposten überrascht habe? Denkt er, ich habe ihm nachspioniert? Oder ...

Ich wage es nicht, den Gedanken zu Ende zu denken. Kann es sein, dass Alex sich Eileen nicht deshalb angenähert hat, um Zugang zum Laden zu bekommen ... sondern Zugang zu mir? Ist es möglich, dass die Karpins ihn geschickt haben?

Dann müssten sie irgendwie herausgefunden haben, wo ich lebe. Was bedeuten würde, es ist mir doch jemand aus München gefolgt. Aber wie? Ich habe Haken geschlagen wie ein Hase, ich habe in Salzburg alle meine Spuren verwischt.

Und selbst wenn sie erfahren haben sollten, dass ich in Wien wohne – die Stadt ist groß, und ich gehe kaum unter Leute.

Wahrscheinlicher ist, dass bloß meine alte Freundin, die Paranoia, wieder zuschlägt. Langsam schiebe ich mich hinter dem Lieferwagen hervor und setze meinen Weg fort. Bei meinem Auto bleibe ich stehen. Inspiziere es von allen Seiten. Kann es sein, dass Alex einen Sender angebracht hat? Weil sie zwar wissen, wo ich arbeite, aber nicht, wo ich wohne?

Ich taste unter beide Stoßstangen. Nichts. Eben. Ich mache mich völlig umsonst verrückt. Aber warum fotografiert er meine Kennzeichen? Und den Wageninnenraum?

»Sag mal, hast du die Semmeln erst selbst backen müssen?«, fährt Matti mich an, als ich die Blumenhandlung wieder betrete.

»Tut mir leid«, murmle ich und reiche ihm die Einkäufe. »Mir ist schlecht.« Was zumindest im Moment die Wahrheit ist.

»Sag ich doch, sie ist krank!«, ruft Eileen von hinten. »Oder ... schwanger?«, fügt sie spitzbübisch hinzu.

»So was von nicht schwanger.« Ich klammere mich an meine Red-Bull-Dose. »War Alex wieder hier?«

»Nein. Wieso?«

»Ich dachte, ich hätte ihn gesehen. Da habe ich mich wohl geirrt.«

Matti wirft mir einen vielsagenden Blick zu. »Halluzinationen also auch noch.« Erst nachdem er die Hälfte seiner Mahlzeit verschlungen hat, wird sein Gesichtsausdruck milder.

»Wenn's dir wirklich nicht gut geht, kannst du früher Feierabend machen. Aber ein Kranz muss noch drin sein, die Bestellung liegt auf dem Tisch.«

Ich gebe etwas vage Dankbares von mir und verdrücke mich nach hinten, wo ich meine aufkeimende Wut abbaue, indem ich Rosen enthaupte und Drähte zurechtbiege. Alles war so gut, bevor Robert mich nach München geschickt hat. Allerdings hatte ich größere Angst als jetzt, was paradox ist, aber vielleicht damit zusammenhängt, dass ich es von München tatsächlich zurück nach Wien geschafft habe. Ich fühle mich unverwundbarer als zuvor, und das ist ein riesengroßer Fehler, denn Andrei Karpin weiß jetzt, dass ich lebe. Es ist klar, dass er das schnellstmöglich ändern will.

Und was tue ich? Ich schnüffle nachts auf dem Friedhof herum, um Grabschänder zu beobachten. Ich nehme potenzielle Beweisstücke an mich. Ich mache die Polizei auf mich aufmerksam, und wer weiß, wen noch. Ich könnte mich ohrfeigen, aber vermutlich wird das ohnehin bald das Schicksal übernehmen.

Ab sofort ist Schluss damit, schwöre ich mir und stecke eine weiße Rose in den Kranzrohling. Nur, was es mit Alex auf sich hat, muss ich noch herausfinden. Denn wenn mein Verdacht stimmt, sollte ich schleunigst die Stadt verlassen.

Der Kranz wird überraschend gut, und Matti schickt mich mit gnädigem Nicken nach Hause. Wohin ich nicht fahren werde, ich habe klare Pläne für den Rest des Tages, und sie führen mich als Erstes in einen Elektromarkt.

Eine Dashcam bekommt man schon für fünfundzwanzig Euro, aber ich leiste mir eine teurere, die unauffällig anzubringen ist und einen möglichst großen Winkel rund um mein Auto erfasst. Sie soll nicht meine Fahrten aufzeichnen, sondern als Parkmonitor dienen. Wenn jemand bei meinem Wagen herumschnüffelt, will ich das wissen.

Als Nächstes fahre ich in den sechzehnten Bezirk und kaufe ein paar Kleidungsstücke. Die Verkäuferin ist erstaunt, aber hilfsbereit; innerhalb von zwanzig Minuten habe ich alles beisammen.

Was mich noch nicht loslässt, ist die Frage, ob Alex nicht doch einen Sender am Wagen angebracht hat. Einen magnetischen GPS-Tracker an der Bodenplatte, zum Beispiel, das wäre in wenigen Sekunden erledigt gewesen.

Ich fahre aus der Stadt. Nicht in Richtung meines Abbruchhauses, sondern zum Flughafen. Wenn die Karpins meine Bewegungen verfolgen, sollte sie das nervös machen.

Auf einem der zahlungspflichtigen Parkplätze stelle ich das Auto ab und verdrücke mich ins Flughafengebäude. Die Dashcam ist installiert und mit meinem Handy verbunden. Ich kaufe mir einen Coffee to go, suche die nächste Damentoilette und warte, den Blick fest aufs Display gerichtet. Eine halbe Stunde lang, dann kommt die Putzkolonne, und ich muss notgedrungen in die Ankunftshalle hinaus, aber auch das ist kein übler Ort. Die Polizei ist hier allgegenwärtig, niemand würde mich angreifen.

Bisher hat sich niemand dem Auto genähert. Ich weiß, wie schnell sich Informationen unter den Karpins und ihren Gehilfen verbreiten – wenn Alex Alarm geschlagen und durchgegeben hat, dass ich drauf und dran bin, das Land zu verlassen, müsste in der nächsten Stunde jemand auftauchen.

Ich kaufe mir noch einen Kaffee und fahre damit ein Stockwerk höher, in die Abflughalle. Wenn sie mich suchen, dann dort. An den Fenstern hinter dem Economy-Check-in finde ich einen Sitzplatz, verborgen durch die Schlangen der Reisenden.

Gleichzeitig die Halle und das Handydisplay im Blick zu behalten ist keine kleine Herausforderung, aber an keiner der beiden Fronten tut sich etwas. Nach neunzig Minuten gebe ich auf. Wohl doch kein Sender am Auto.

Bevor ich vom Parkplatz fahre, gehe ich neben dem Wagen in die Hocke und streiche die Bodenplatte entlang, so gut es eben geht. Aber das Einzige, was sich dort findet, ist schmieriger Dreck, den ich so schnell nicht wieder von der Haut bekommen werde.

Glückwunsch, sage ich mir, während ich das Flughafengelände verlasse. Wie es aussieht, ist Alex nur ein Spitzel, kein Killer.

Die Vorstellung, in die Wohnung zu fahren und dort hinter geschlossenen Vorhängen in den Fernseher zu glotzen, senkt meine Laune derart, dass ich meine Pläne spontan ändere.

Ich werde im Abbruchhaus schlafen. Matte und Schlafsack sind noch im Kofferraum, frische Verpflegung besorge ich unterwegs. Der Gedanke beflügelt mich und hat unmittelbar einen zweiten im Gepäck. Auf dem Supermarktparkplatz zücke ich mein Handy und rufe Matti an. »Hör mal, es wird schlimmer statt besser. Ich muss mir ein Magen-Darm-Virus eingefangen haben. Ich hoffe, ich habe keinen von euch angesteckt.«

»Oje«, brummt er. »Dann bleibst du morgen besser zu Hause.«

»Ich denke auch. Tut mir wirklich leid.«

»Kannst ja nichts dafür«, seufzt er. »Gute Besserung.«

Mit frischem Gebäck, ein paar Stücken Käse, einer Tafel Schokolade und einer Flasche Rotwein treffe ich bei der Ruine ein. Das Gras ist noch höher geworden, und ich achte darauf, die Wiese an einer anderen Stelle zu überqueren. Es soll kein Trampelpfad entstehen.

Beim Eintreten knirscht es unter meinen Schuhen: Staub und ein wenig Schutt bedecken den Boden, beides war beim letzten Mal noch nicht da. Ein Blick nach oben, und alles ist klar: Ein Riss in der Decke weitet sich aus, der Verputz bröselt.

Muss ich mir Sorgen machen? Kann es sein, dass die Hütte über mir zusammenbricht, wenn ich die Tür zu fest zuschlage? Ich klopfe ein wenig gegen die Wand, weiterer Staub rieselt herab. Aber es sieht nicht aus, als würde die Decke einstürzen. Das passiert wahrscheinlich nur dann, wenn der morsche Dachstuhl in sich zusammenfällt.

Mit Rotwein in einem Wasserglas mache ich es mir am Fenster bequem. Hoffe darauf, dass bei Dämmerung wieder Rehe aus dem Wald kommen, oder vielleicht sogar ein Hirsch. Aber bislang ist das einzige Tier eine große Spinne, die vor der trüben Scheibe ihr Netz webt.

Von hier aus würde ich es auch sehen können, wenn jemand das Auto doch geortet haben sollte und sich nun heranschleicht. Ob es dann Alex wäre? Vermutlich nicht. Und wenn, dann nicht alleine.

Aber es bleibt ruhig und einsam. Als ich mein Glas geleert habe, tritt tatsächlich ein Reh aus dem Schatten der Bäume, minutenlang bleibt es alleine, dann folgt ein zweites.

Ich beobachte sie, wie sie langsam die Wiese entlangstaksen und immer wieder die Köpfe senken, um zu äsen. Erst als es dunkel wird, steige ich im Licht der Taschenlampe in den Keller hinunter. Die Erinnerung an die vergangene Nacht ist wieder da. An fremde Taschenlampen.

Nicht meine Angelegenheit, ermahne ich mich. Nicht mein Spiel, ich habe ein anderes, und meinen nächsten Zug habe ich mir bereits überlegt.

BRÜCKE

Es war dunkler als anderswo in der Großstadt und viel einsamer. Unter ihnen rauschte die Donau, aus der Entfernung hörte man die Autos auf der A22.

Er hing mit dem Oberkörper über dem Brückengeländer und rang nach Luft.

»Ich will die Namen wissen«, sagte der Fremde.

»Aber die kenne ich nicht!«

»Erzähl mir keinen Scheiß. Ihr steckt doch unter einer Decke, denkst du, keiner hat kapiert, was ihr vorhabt?«

»Bitte«, stöhnte er. »Ich habe keine Ahnung, worum es geht.«

Der Fremde lachte. »Aber du siehst bestimmt fern? Oder liest Zeitung, Internetnachrichten, irgendwas? Dann weißt du auch, was auf dem Zentralfriedhof passiert.«

Ja, das wusste er. Er hatte sogar einen kurzen Abstecher dorthin gemacht, um einen Blick auf die Grabsteine zu werfen. Hatte die Zeichen gesehen und sich eingeredet, dass das auch Zufall sein konnte. Aber offenbar …

»Ich habe darüber gelesen«, presste er hervor. Der Fremde drückte seine Rippen so fest gegen die Metallstreben des Brückengeländers, dass das Atmen immer schwieriger wurde.

»Dann sag mir, wer sie sind. Stehen sie auf der Liste?«

Die Liste. Er selbst hatte sich draufsetzen lassen, voller Hoffnung, doch die war rasch verflogen. Sinnlos war das gewesen, und nun brachte es ihn sogar in Gefahr. »Ich weiß nicht, wer sie sind. Warum fragen Sie ausgerechnet mich? Ich habe mit niemandem mehr Kontakt!«

Der Fremde lachte. »Du bist Totengräber. Denkst du, ich kann nicht zwei und zwei zusammenzählen?«

»Aber ...« Er bäumte sich auf, um besser Luft holen zu können, und wurde sofort wieder schmerzhaft gegen das kantige Metall gedrückt. »Aber doch nicht auf dem Zentralfriedhof! Ich arbeite am Friedhof Sankt Marx!«

»Sankt Marx spielt keine Rolle, das weißt du genau.«

»Woher soll ich das wissen?«

Der Schlag ließ sein rechtes Jochbein gegen die Geländekante knallen. Er schrie auf.

»Du bist einer von denen, die sich am lautesten beschwert haben«, stieß der Fremde hervor, ganz nah an seinem Ohr. »Der die meisten Schwierigkeiten gemacht hat. Und jetzt willst du nichts damit zu tun haben? Das soll ich glauben?«

Er schrie wieder auf, als der Fremde ihm den Arm auf den Rücken drehte. Die Haut über dem Jochbein musste aufgeplatzt sein, dort brannten nun Tränen. »Ich habe keine Ahnung! Alles, was ich versucht habe, war legal!«

»Du willst mir also nicht sagen, wer die Gräber geöffnet hat?«

»Ich weiß es nicht! Wirklich!« Er atmete auf, als der Fremde den Druck auf sein Schultergelenk verringerte. Sein Mund war wieder ganz nah an seinem Ohr. Er konnte den Atem des anderen auf der Haut spüren.

»Kannst du schwimmen?«

6.

Wieder eine paradiesisch friedvolle Nacht. Ich rolle meine Matte zusammen und stecke sie in die Hülle; Kissen und Decke packe ich in einen großen Stoffsack. Ich möchte sie hierlassen, ohne dass sie staubig werden. Danach widme ich mich meiner heutigen Garderobe.

Die Idee hatte ich schon vor einiger Zeit, und ich glaube, sie könnte zu meiner Lieblingsidee werden. Sie wird mich in gewisser Weise unsichtbar machen.

Das Kleidungsstück heißt Abaya und ist ein locker fallender Kittel mit langen Ärmeln, der bis über die Knöchel hängt. Ich habe ihn in Schwarz gekauft, gemeinsam mit einem braun-roten Tuch in Paisley-Muster.

Nachdem ich noch nie einen Hijab gebunden habe, brauche ich mehrere Versuche und schaffe es überhaupt nur, weil die freundliche Verkäuferin in dem Geschäft für muslimische Frauenbekleidung Zettel mit diversen Stylinganleitungen aufliegen hatte. Ich entscheide mich für die einfachste, bei der man nur zwei Haarnadeln zum Fixieren braucht, trotzdem dauert es eine gute halbe Stunde, bis das Kopftuch so aussieht, wie es soll.

Danach stelle ich mich vor den halb blinden, mehrfach gesprungenen Spiegel beim Eingang und finde das Ergebnis perfekt. Menschen in Uniform nimmt man erst mal als Vertreter ihres Berufs wahr und nicht als Individuen. Die Abaya und der Hijab erfüllen diesen Zweck ebenso, und sie bringen einen weiteren Effekt mit sich. Der ist zwar grundsätzlich beklagenswert, mir aber höchst willkommen: Sehr viele Menschen europäischer Herkunft sehen bei einer

Frau in muslimischen Gewändern eher weg als genauer hin.

Exakt das wünsche ich mir. Dass sie wegsehen.

Wie es manchmal passiert, spielt mir das Schicksal auf dem Weg zurück in die Stadt eine perfekte Requisite in die Hände. Ich fahre durch einen kleinen Ort, wo jemand sein gebrauchtes Gerümpel vor den Zaun seines Hauses gestellt hat. Scheint eine Art Privatflohmarkt zu sein. Eine zerkratzte Gitarre, zwei Gartenstühle, ein alter Grill, diverse Kleidungsstücke. Und ... ein Kinderwagen.

Ich bleibe mit dem Auto stehen und steige aus. Prompt erscheint ein Kopf am Fenster, und wenige Sekunden später taucht eine voluminöse Frau in geblümtem Shirt und Jogginghosen an der Tür auf. »Wenn Sie etwas stehlen, rufe ich die Polizei. Verstanden? Du stehlen – Polizei kommen!«

Ich nicke, insgeheim beeindruckt von der durchschlagenden Wirkung, die ein Kittel und ein Stück Tuch haben können. »Vielen Dank für den Hinweis«, sage ich lächelnd. »Ich hatte nicht vor, etwas zu stehlen, ich würde gern diesen Kinderwagen kaufen. Auf dem Preisschild steht fünfzehn Euro, wo soll ich sie Ihnen hinlegen?«

Schon bei meinen ersten Worten fährt die Frau sich verlegen durchs Haar und kommt langsam auf den Zaun zu. »Äh ... geben Sie sie mir einfach.« Sie streckt die Hand aus. »Sind Sie gar keine Türkin?«

Ich überreiche ihr die Scheine. »Nicht, dass ich wüsste.«

»Hm«, macht sie. »Aber ...«

Ich seufze, bevor ich lüge. »Aber mit einem verheiratet. Vielen Dank und schönen Tag noch.« Ich klappe den Wagen zusammen, der leicht säuerlich riecht, und verstaue ihn im Kofferraum.

Ich denke, ich kann es riskieren. Die Frau hat weder auf

meine hellen Augen noch auf die aschblonde Strähne geachtet, die versehentlich unter dem Hijab hervorlugt. Mit dem Gefühl, optisch kugelsicher zu sein, mache ich mich auf den Weg zum Zentralfriedhof.

Nachdem Alex es zweifellos wiedererkennen würde, parke ich das Auto ein Stück entfernt bei der Feuerhalle. Dort nehme ich den Kinderwagen aus dem Kofferraum, lege meine Handtasche hinein und decke sie liebevoll zu.

Direkt neben Tor 2 stehen Parkbänke, auf eine davon setze ich mich und schaukle den Wagen. Von hier aus habe ich nicht nur den Eingang im Blick, sondern auch die Blumenhandlung und den Parkplatz. Es ist neun Uhr und schon einiges los. Innerhalb der ersten zehn Minuten sehe ich zweimal uniformierte Polizisten durch das Haupttor ein und aus gehen, als wollten sie aller Welt die Anwesenheit der Exekutive demonstrieren. Mich nehmen sie höchstens am Rande zur Kenntnis.

Nach einer halben Stunde wird mir das Herumsitzen zu eintönig, und ich schiebe meinen Kinderwagen auf den Friedhofseingang zu – wo mir prompt Matti entgegenkommt. Ich erstarre innerlich, doch sein Blick gleitet ohne Anzeichen des Erkennens über mich hinweg. Dann sind wir aneinander vorbei.

Kurz ist mir zum Lachen zumute. Matti ist bei aller Neugierde nicht der schärfste Beobachter, trotzdem bin ich perplex. Immerhin sieht er mich fast täglich. Mir ist auch klar, dass ich diesen Stunt bei Eileen nicht versuchen sollte, aber das habe ich ohnehin nicht vor.

Ich schiebe den Kinderwagen in Richtung Halle 2. Dahin, wo ich vorletzte Nacht Deckung gesucht habe, bevor ich zu Gruppe 12B gerobbt bin. Wenn ich ehrlich sein will, würde es mich ziemlich reizen, mir das geöffnete Grab noch einmal anzusehen, aber ich klopfe mir innerlich auf die Finger. Ges-

tern habe ich mir geschworen, mich aus der Sache herauszu-
halten, und das war ein guter Vorsatz. Einer, den ich nicht
gleich wieder über Bord werfen sollte.

Ich umrunde den Ort des Geschehens also mit größerem
Abstand, als ich gern würde, zum Glück, denn es macht den
Eindruck, dass die Polizei immer noch am Grab zu tun hat.
Tassani kennt mich zwar viel weniger gut als Matti, trotzdem
bin ich überzeugt davon, dass ein paar Meter Stoff ihn nicht
täuschen würden.

Schon bald biege ich nach links ab; um meiner Verkleidung
gerecht zu werden – und Zeit totzuschlagen –, steuere ich auf
Gruppe 27B zu, den muslimischen Teil des Zentralfriedhofs.
Ich drehe eine Runde, nicke einigen Frauen zu, die ähnlich gekleidet sind wie ich, und wandere durch den Park der Ruhe
und Kraft zurück zum Eingang. Wo ich eigentlich bleiben sollte.

Gerade, als ich mich zu fragen beginne, wie ich das einen
ganzen Tag lang durchhalten soll, ohne nicht doch jemandem aufzufallen, fährt ein silbergrauer Kombi auf den Parkplatz und bleibt auf einer der äußersten Positionen stehen.
Ohne das Auto aus den Augen zu lassen, beuge ich mich über
den Kinderwagen. Als würde ich meinem Baby den Schnuller
zurück in den Mund stecken.

Es ist tatsächlich Alex, der aussteigt. Er checkt sein Handy,
tippt ein wenig darauf herum und geht dann in die Blumenhandlung. Wie es aussieht, hat er wieder in der Bäckerei eingekauft.

So nah, dass ich durch die Fenster sehen könnte, was sich
drinnen abspielt, kann ich mich nicht heranwagen. Es bleibt
mir also nichts anderes, als abzuwarten. Fünf Minuten vergehen, zehn. Nach einer knappen Viertelstunde kommt Alex
wieder heraus, in Begleitung von Eileen. Küsschen links,
Küsschen rechts, und er marschiert zu seinem Auto zurück.

Ich schiebe meinen Kinderwagen näher, schaukle ihn heftig und mache *shhh, shhh,* um mein imaginäres Baby einzuschläfern.

Alex hat das Handy gezückt, er nimmt mich nicht einmal mit einem Seitenblick wahr. »Hi. Nein, leider wieder nichts.« Es piepst, als er die Autotüren entsperrt. »Ich kann es dir nicht sagen. Ungewöhnlich ist sie jedenfalls. Aber es könnte sein, dass sie misstrauisch geworden ist.«

Shhhh, mache ich und komme noch ein bisschen näher, den Kopf so über den Wagen gebeugt, dass eine Bahn des unprofessionell fixierten Hijab sich löst und mein Profil verdeckt.

»Ich bleibe dran, das wird schon noch. Eigentlich hatte ich gehofft, dass es heute klappt, aber ... wie bitte?« Er klingt jetzt weich, fast ängstlich. »Ja, sicher schicke ich es dir. Ich weiß doch, was wir vereinbart haben, das vergesse ich nicht.« Alex steigt in den Wagen, doch der steht in der prallen Sonne, und es ist warm heute, also lässt er die Tür offen. Senkt den Kopf, während er seinem Gesprächspartner zuhört.

»Ja«, sagt er nach einiger Zeit. »Ja, natürlich nehme ich das ernst. Ich weiß ... ja. Ja, ich weiß. Ich halte euch ... was? Nein, habe ich nicht. Wen soll ich denn deiner Meinung nach fragen? Das würde auffallen, denkst du nicht?«

Wieder eine Pause, in der er nur zuhört. »Beim nächsten Mal«, sagt er schließlich. »Und wenn sie nicht will, werde ich versuchen, ihr unauffällig zu folgen. Gebt mir noch zwei Tage. Oder drei, okay?«

Wenn sie nicht will. Was nicht will? Ich bin immer noch über den Kinderwagen gebeugt, mein Mund ist trocken. Alex spricht nicht über Eileen, das würde keinen Sinn ergeben.

Wie wahrscheinlich ist es, dass er über mich spricht?

»Ich tue, was nötig ist, im schlimmsten Fall werde ich ...« Nun zieht er die Tür zu, ich höre nicht mehr, wie der Satz endet.

Mein Herz schlägt nicht schneller als sonst, aber härter. Ich zähle bis zehn, dann richte ich mich auf und schiebe den Kinderwagen ein Stück weiter. Zu einer anderen Bank, die nah an der Mauer im Schatten steht. Zwei Frauen, stärker verschleiert als ich, gehen vorbei. Eine alte und eine junge. Die junge nickt mir lächelnd zu, und ich habe schon Angst, sie will einen Blick auf mein Baby werfen, doch die ältere zieht sie weiter.

Sekunden später lässt Alex den Motor an. Die Fenster gleiten nach unten, und Watskys *Talking to myself* schallt über den Parkplatz. *You didn't get to pick the rules or pick the past or set the pace, or cast the cast and crew, you didn't get to pick your starting place.*

Ich sehe dem Auto hinterher und richte meinen Hijab. Alex biegt nach links ab, und ich beschließe, dem verklingenden Songtext das Gegenteil zu beweisen. Sobald ich besser durchblicke, werde ich diesem Spiel neue Regeln geben.

Ich sitze in meinem Mazda und fahre ins Nirgendwo. Soll heißen, ich fahre irgendwelche Straßen entlang, biege gelegentlich nach links oder rechts ab und lasse Alex' Worte in Dauerschleife durch meinen Kopf laufen.

Leider wieder nichts.

Ungewöhnlich ist sie jedenfalls. Aber es könnte sein, dass sie misstrauisch geworden ist.

Und wenn sie nicht will, werde ich versuchen, ihr unauffällig zu folgen.

Ich bleibe dran, das wird schon noch.

Was wird noch? Das ist es, was ich mich hauptsächlich frage. Denn dass es bei Alex' Telefonat um mich gegangen ist, halte ich mittlerweile für sehr wahrscheinlich. Und dafür kann es nur einen Grund geben: Andrei hat ihn auf mich angesetzt. Er schickt diesmal niemanden aus seinem engeren

Kreis, keinen von den Killern, sondern einen jungen Kerl, der die Lage sondieren und herausfinden soll, wo die anderen idealerweise zuschlagen können, später.

Ich sollte also verschwinden. Mich doch in die Schweiz absetzen, solange ich noch kann. Wo ich dann wieder ein knappes Jahr lang unentdeckt vor mich hin leben darf, bevor sie mich aufspüren.

Vor mir bremst unerwartet ein roter Golf; ich steige so heftig auf die Bremse, dass die Reifen quietschen.

Nein. Bis Robert mir eine dritte Identität geschaffen und alles vorbereitet hat, vergeht zu viel Zeit. Um auf eigene Faust abzuhauen, fehlt mir das Geld.

Vor der Sache in München hatte ich die Idee, nach Griechenland zu gehen, auf eine der Inseln, und mich dort als Kellnerin durchzuschlagen. Das ist immer noch verlockend, und ich behalte es als Ausweg Nummer eins im Kopf. Dann denke ich an dich. An einen ähnlichen Plan, den ich für uns hatte, und den du in den Wind geschlagen hast. Wofür wir beide bezahlen mussten, du noch teurer als ich.

Oder auch nicht. Ich habe die Tage im vergangenen Jahr nicht gezählt, an denen ich gern mit dir getauscht hätte.

Auch deinetwegen wird die Flucht meiner Wahl diesmal die Flucht nach vorne sein.

Auf einem abgelegenen Parkplatz außerhalb der Stadt ziehe ich die Abaya aus und schlüpfe in meinen gewohnten T-Shirt-und-Jeans-Schlabberlook. Es ist Zeit, mich zu orientieren, und Zeit, noch einmal einkaufen zu gehen. Diesmal wird es nichts so Harmloses wie ein Schleier sein.

»Mir geht's besser, aber ich würde heute lieber im Hinterzimmer bleiben.« Am nächsten Morgen war ich mal nicht die Erste im Laden. »Will ja keine Kunden anstecken. Ich versuche dafür, so viele Kränze wie möglich hinzukriegen.«

Matti zuckt die Schultern, Eileen sieht mich mitfühlend an. »Du siehst immer noch blass aus.«

Könnte daran liegen, dass ich fast nicht geschlafen habe, so beschäftigt war ich damit, mir einen Plan zurechtzulegen. Jetzt habe ich einen, der mir in manchen Punkten gegen den Strich geht, aber das lässt sich nicht ändern. »Ich fühle mich schon wieder ganz gut. Gibt's was Neues? Hat wieder jemand ein paar Leichen ausgebuddelt?«

Eileen verzieht missbilligend das Gesicht. »Sei nicht so respektlos, Caro.«

»Entschuldige.«

»Der Polizist war gestern wieder da. Er hat uns darüber informiert, dass sie den Friedhof in der nächsten Zeit intensiver überwachen werden.«

»Wieso ist das wichtig für uns?«

Sie lächelt. »Das habe ich mich auch gefragt. Aber ich glaube sowieso, er war nur da, um dich zu sehen.«

Der Vormittag verläuft ruhig, doch das ändert nichts an meiner Nervosität. Ich fühle mich wie vor einem unfreiwilligen ersten Date, blicke jedes Mal alarmiert auf, wenn jemand die Tür zur Blumenhandlung öffnet. Ich bin sicher, dass Alex auftauchen wird. Ich werde ihn nicht aus den Augen lassen, auf jede Regung, jedes Wort achten. In der letzten Nacht habe ich mir alle Erklärungen für sein Verhalten durch den Kopf gehen lassen, die mir eingefallen sind. Auch die, dass sein Gespräch gestern nichts mit mir zu tun hatte, und dann darf ich meinen Plan nicht in die Tat umsetzen. Was weiß ich denn schon? Wenn meine Angst vor den Karpins hochwallt, ist sie wie ein Fotofilter, der alles in erschreckende Farben taucht.

Es ist kurz vor zwei Uhr, als Alex' Wagen tatsächlich auf den Parkplatz fährt und an der gleichen Stelle zu halten kommt wie gestern. Diesmal trägt er einen Rotkäppchen-

Korb über dem Arm, zugedeckt mit einem karierten Geschirrtuch. Kuchen und Wein, denke ich. Mit Grüßen vom bösen Wolf.

»Hey!« Eileen fällt ihm um den Hals, kaum dass er die Tür geöffnet hat. »Voll schön, dass du heute wirklich wiedergekommen bist.«

»Hab ich doch versprochen.« Er drückt sie an sich, gleichzeitig wandert sein Blick suchend durch den Laden. Findet mich schließlich, bleibt an mir hängen. »Hallo, Caro! Ich freue mich, dass du nicht mehr krank bist!«

»Ja. Danke.« Die geköpfte Calla in meiner Hand zittert, ich lege sie zurück auf den Tisch.

»Ich habe zur Abwechslung einen Obstkorb mitgebracht!« Er zieht das Tuch vom Korb, holt einen Apfel heraus und hält ihn mir entgegen. »Vitamine!«

Wie er da steht, erinnert Alex mich wirklich an eine Märchenfigur. Gleichzeitig an die böse Stiefmutter aus Schneewittchen und Paris, der Aphrodite den Apfel reicht. »Nein, danke. An frisches Obst traue ich mich noch nicht. Muss jetzt auch weiterarbeiten.«

Er nimmt meine Zurückweisung mit einem Lächeln zur Kenntnis und gibt den Apfel stattdessen Eileen. »Hier, Prinzessin. Er ist bildschön und süß. Erinnert mich sehr an dich.«

Dass Eileen auf so plumpe Komplimente hereinfällt, schreibe ich ihrem jugendlichen Alter zu, vielleicht liegt es aber auch an Alex' Filmstarlächeln. »Ich mag Äpfel«, sagt sie und nimmt die Frucht in beide Hände.

»Du könntest ja ein paar für Lukas aufheben«, rufe ich aus meinem Hinterzimmer. »Der freut sich bestimmt.«

Eileen wirft mir einen wunden Blick zu; Alex' Strahlen hingegen bleibt unverändert. »Das ist eine gute Idee. Was meinst du, Eileen, wenn ich ihm die schönsten Exemplare heraussuche, verzeiht er mir dann, wenn ich dich frage, ob du heute mit mir weggehst? Die Summerstage hat seit ein paar Tagen geöffnet.«

Ich weiß, dass Eileen Ja sagen würde, wenn ich nicht hier wäre. Alex' Aufmerksamkeit macht sie zu gleichen Teilen stolz und fassungslos, und sie fürchtet, dass sein Interesse nachlässt, wenn sie Nein sagt.

»Weiß noch nicht«, murmelt sie. »Klingt echt gut.«

»Ist es auch.« Er legt ihr eine Hand auf den Arm. »Überleg es dir ruhig. Muss nicht heute sein, uns läuft ja nichts davon.«

Die Uni-Anekdote, die er ihr danach erzählt, höre ich nur noch zur Hälfte, denn Matti schickt Eileen nach draußen, die Töpfe wässern. Als die beiden bei der Tür sind, kommt er zu mir ins Hinterzimmer. »Weißt du, was der Jungunternehmertyp von ihr will? Ich mag sie sehr, die Kleine, aber der könnte doch ganz andere Mädels haben.«

Ich verbeiße mir eine böse Replik Mattis Frauenbild betreffend und nicke. »Wir sollten das Ganze im Auge behalten. Und du könntest mit Alex ein Gespräch unter Männern führen, hm?«

Der Gedanke scheint Matti nicht zu gefallen, und er ist sichtlich erleichtert, als eine Kundin das Geschäft betritt und ihm damit eine Antwort erspart. Er kämpft noch mit ihrer Kreditkarte, als Eileen und Alex zurückkommen.

»Ich muss dann wieder los«, sagt Alex mit einem Blick auf die Uhr. »Wir sehen uns morgen, okay?« Er drückt ihr rechts und links Küsschen ins Gesicht und wendet sich zur Tür, nur um im letzten Moment innezuhalten. »Eigentlich wollte ich noch ein gemeinsames Selfie mit dir machen.« Er nestelt sein Handy aus der Hosentasche. »Magst du?«

In einer verlegenen Geste fährt sich Eileen durchs Haar. »Ich weiß nicht …«

»Ach komm, du siehst so hübsch aus. Und es wäre ein kleiner Trost für den Fall, dass du doch nicht mit mir ausgehen möchtest.« Er legt ihr den Arm um die Schulter und zieht sie an sich. Tritt mit ihr ein Stück zur Seite, hebt das Smartphone – und mir wird im selben Moment klar, dass das Objektiv jetzt auch mich erfasst. Klein, im Hintergrund, aber wahrscheinlich erkennbar, nach ein wenig Bildbearbeitung. Ich springe auf, beide Hände vor dem Gesicht. Täusche ein Niesen vor.

»Gesundheit«, brummt Matti.

Ohne hinzusehen, angle ich nach der Taschentuchbox und putze mir ausgiebig die Nase. Achte penibel darauf, mein Gesicht nicht wieder in Schusslinie zu bringen.

»Ich mache ein Bild von euch beiden, wenn ihr wollt«, schniefe ich. »Gibst du mir dein Handy?«

Für die Dauer eines Wimpernschlags wirkt Alex irritiert, dann hat er sich wieder gefangen. »Das ist total nett von dir, Caro. Aber hey, weißt du was? Vielleicht fotografiert Matti ja uns alle drei!«

Ich bleibe dran, das wird schon noch.

Ja, sicher schicke ich es dir.

Ein Foto. Von mir. Das muss es sein, wovon er gesprochen hat.

»Sorry, aber ohne mich. Ganz sicher nicht so, wie ich heute aussehe.«

»Ach komm, du siehst gut aus. Warte, ich zeige es dir.« Er hebt das Handy, und meine Reflexe funktionieren unmittelbar. Ich drehe mich blitzschnell um, bin mit zwei Schritten im Hinterzimmer und schlage die Tür hinter mir zu.

Hat er mich erwischt? War er geistesgegenwärtig genug, sofort auf den Fotoauslöser des Displays zu tippen? Ich glaube nicht, aber möglich ist es. Mein Magen krampft sich zusammen.

»Caro?« Eileen klopft an die Tür. »So eitel bist du doch sonst nicht! Hey, komm wieder raus, Alex tut es leid.«

Ich denke nicht daran. Ein Bild ist so schnell geschossen, ich wäre verrückt, ihm noch eine Chance zu geben.

Vermutlich ist es folgendermaßen: Die Karpins haben Wind davon bekommen, dass ich in Wien bin, auf welche Art auch immer. Bevor sie die schweren Geschütze auffahren und riskieren, dass wieder einer von ihnen geschnappt wird – wie Pascha in München –, wollen sie sicher sein, dass kein Irrtum vorliegt. Ein Foto wäre ein guter Beweis. Sobald es den gibt, schickt Andrei seine Männer los.

Ich lehne mich gegen die Tür. Meine extreme Reaktion muss alle stutzig gemacht haben. Und Alex endgültig bewusst, dass ich ihm nicht über den Weg traue. Ich stoße mich von der Tür ab und steuere die Toilette an. Die man absperren kann.

Kurz darauf höre ich, wie jemand das Hinterzimmer betritt. »Caro?«

»Ich bin auf dem Klo, Eileen. Doch noch nicht ganz gesund. Tut mir leid.«

»Alles klar!« Sie klingt erleichtert. »Ich hab mich schon gewundert. Lass dir ruhig Zeit. Alex ist gerade gegangen, er entschuldigt sich noch einmal.«

Ich stütze den Kopf in die Hände. Alex hat sich selbst gerade keinen Gefallen getan. Mir bleibt keine Wahl mehr. Ich werde den Plan von letzter Nacht schneller in die Tat umsetzen müssen als gedacht.

Der Rest des Tages ist pure Quälerei. Jedes Mal, wenn ich in die Nähe eines Fensters komme, jedes Mal, wenn ich den Verkaufsraum betrete, denke ich an Kameras mit großen Teleobjektiven. Alex könnte mich von der gegenüberliegenden Straßenseite ablichten, ohne dass ich es mitbekommen würde.

Aber vermutlich nicht heute. Wäre er im Besitz einer solchen Ausrüstung, hätte er das längst getan. Könnte aber sein, dass er es schafft, sich eine für morgen zu organisieren. Oder für heute Abend. Wenn ich den Laden verlasse.

»Weißt du schon, ob du Alex' Einladung annimmst?«, frage ich Eileen, nachdem sie von ihrer Pause zurückkommt.

Sie schüttelt den Kopf. »Du würdest es nicht tun, oder?«

»Wahrscheinlich nicht. Aber ich werde dir bestimmt nichts vorschreiben.«

Sie schiebt ein paar Rosen zur Seite und setzt sich mit einer Pobacke auf meinen Arbeitstisch. »Ich finde ihn einfach so interessant. Er erzählt tolle Geschichten aus seinem Leben.«

»Ach ja?« Ich blicke auf. »Welche denn zum Beispiel?«

»Er ist viel herumgekommen.« Eileen macht es sich bequemer auf meinem Tisch. »Ein Jahr lang war er mit dem Rucksack rund um die Welt unterwegs. In Südamerika und in Asien, mit ganz wenig Geld. Zwischendurch hat er Gelegenheitsjobs gemacht, richtig heftige Sachen zum Teil. War Erntehelfer in Australien und Kellner in Bangkok. In Kentucky hat er in einem Schlachthof gejobbt. Schlimm, sagt er.«

Schlachthof. Das passt ja. »War er auch in Russland?«

Eileen denkt kurz nach. »Weiß ich nicht. Kann sein, aber erwähnt hat er es nicht.«

Ich ziehe eine gelbe Rose aus dem Kranz, an dem ich gerade arbeite, und stecke sie an anderer Stelle wieder hinein. »Was weißt du sonst noch über ihn?«

»Na ja, dass er Informatik studiert und vor zwei Monaten mit seiner Freundin Schluss gemacht hat und im vierzehnten Bezirk wohnt. So Sachen halt.«

»Echt? Im vierzehnten?« Ich tue, als wäre das die Nachricht des Tages. »Ist ja witzig. Da habe ich auch einmal gewohnt, in der Hütteldorferstraße.« Das ist die einzige, von der ich weiß, dass sie in diesem Bezirk liegt. »War ziemlich laut dort.«

»Ist es bei ihm angeblich auch«, sagt Eileen fröhlich. »Er hat mir letztens gesagt, wo er wohnt, ich hab es nur vergessen ... ziemlich nah an der Hadikgasse, knapp bevor es auf die Autobahn geht.« Sie denkt angestrengt nach. »Brüdergasse? Gibt's die?«

»Ich kenne sie jedenfalls nicht. Wird nicht in meiner Nähe gewesen sein.«

Die Ladentür draußen öffnet sich, und Eileen hopst vom Tisch. »Tja. Ich frage ihn, wenn ich ihn das nächste Mal sehe. Und heute Abend ...«

»Ja, triff dich mit ihm«, falle ich ihr ins Wort. »Fühl ihm mal in Ruhe auf den Zahn. Aber lass dich nicht von seinem hübschen Äußeren blenden. Denk daran, es gibt auch noch Lukas.«

Sie überlegt kurz, dann nickt sie. »Stimmt. Zu dem will ich echt nicht unfair sein. Aber wenn ich mich mit einem Freund treffe, kann er eigentlich nichts dagegen haben, oder?«

»Stimmt. Aber weißt du was? Die Summerstage wird an einem Tag wie heute total überlaufen sein. Schlag doch ein Lokal vor, das für dich günstiger liegt. Was hältst du vom Concordia-Schlössel? Du kannst zu Fuß hingehen, und er hat schließlich ein Auto.« Das er benutzen soll, genau darum geht es.

Sobald sie mit der Kundin beschäftigt ist, hole ich mein Handy hervor und öffne Google Maps. Nähe Hadikgasse, hat sie gesagt. Vor der Autobahn.

Nach wenigen Sekunden werde ich fündig. Es gibt keine Brüdergasse in der Gegend, aber sehr wohl eine Brudermanngasse. Kann natürlich sein, dass Alex Eileen irgendein Märchen erzählt hat, aber einen Versuch ist meine Idee wert.

Um Punkt fünf haue ich ab und laufe zum Parkplatz der Feuerhalle, wo mein Auto im Schatten einer Linde steht. Ich hole die Abaya und das Tuch für den Hijab hervor und ziehe mich auf der Toilette um.

Zur Brudermanngasse brauche ich um diese Tageszeit rund fünfzig nervenzehrende Minuten, in denen ich mir meine Schritte gründlich überlege. Die Wahrscheinlichkeit, dass meine Rechnung aufgeht, ist deprimierend gering. Viel eher werde ich nur meine Zeit verschwenden. Angepöbelt werden. Oder, im schlimmsten Fall, enttarnt.

Meine einzige Hoffnung besteht darin, dass Alex es eilig hat, Ergebnisse vorzeigen zu können. Und dass er sich Marke und Kennzeichen meines Wagens eingeprägt hat.

Wenn das nicht der Fall ist, muss ich zurück und ihm vor dem Concordia-Schlössel auflauern.

Es ist sechs Uhr, als ich von der Hadikgasse abbiege und beginne, langsam durch die Nebenstraßen zu fahren, den Blick konzentriert auf die parkenden Autos gerichtet.

Bingo. Kaum bin ich in die Brudermanngasse eingefahren, entdecke ich den silbergrauen Kombi, und weil das Schicksal ausnahmsweise freundlich zu sein scheint, ist genau dahinter ein Parkplatz frei.

Ich stelle meinen Wagen ab, lasse die Beifahrerseite unversperrt, lege aber einen meiner gefälschten Personalausweise auf den Fahrersitz. Dann verziehe ich mich auf die Grünfläche gegenüber, wo eine Parkbank steht. Wenn er zu seiner Verabredung mit Eileen pünktlich sein will, muss Alex in der nächsten halben Stunde auftauchen.

Es dauert exakt achtzehn Minuten, dann sehe ich ihn die Straße entlangkommen. Autoschlüssel in der Hand, Sonnenbrille im Haar, eine helle Jacke lässig über die Schultern gelegt. So sehr Sonnyboy, dass ich kotzen könnte.

Ich stehe auf. Er ist jetzt fast bei seinem Auto angelangt, und ich sehe ihn stutzen. Er hat meinen schäbigen Mazda entdeckt. Wenn er nicht genauer hinsieht, weil es ja massenhaft Autos der gleichen Marke und Farbe gibt – dann wird es schwierig.

Aber Alex' Aufmerksamkeit ist geweckt. Er legt den Kopf schief, prüft das Nummernschild. Blickt sich hektisch um, sieht aber nur eine türkisch gekleidete Frau, die auf ihrem Handy herumtippt. Bückt sich, um ins Innere des Wagens schauen zu können.

Ich komme Schritt für Schritt näher. Jetzt hat er den Ausweis entdeckt. Ein paar Sekunden scheint er nachzudenken, dann zieht er vorsichtig am Griff der Fahrertür. Verschlossen. Aber das Auto gehört zu denen, die noch über einen Knopf zur Türverriegelung verfügen, und der steht an der Beifahrertür in Offen-Position. Wenn Alex genau hinsieht, muss er das erkennen.

Tut er. Mit ein paar schnellen Schritten ist er auf der anderen Seite, sieht sich noch einmal rasch um und öffnet die Tür. Zieht den Kopf ein und gleitet auf den Beifahrersitz.

Genau darauf habe ich gehofft. Er greift nach der Ausweiskarte, betrachtet sie, und jetzt bin ich neben ihm, die Flasche mit dem Pfefferspray in der Hand.

Ich bin nicht zimperlich, was die Dosis angeht. Alex schreit auf, presst sich eine Hand vors Gesicht und will sich mit der anderen aus dem Wagen ziehen, doch ich stoße ihn zurück ins Innere und schlage die Beifahrertür zu. Einen Atemzug später bin ich hinten eingestiegen.

Die Handschellen liegen im Fußraum bereit, ich greife nach einer von Alex' Händen, mit denen er versucht, die brennende Substanz wegzuwischen. Reiße sie nach hinten, der erste Ring schnappt zu. Mit der zweiten Hand ist es schwieriger, er wehrt sich, doch nach einem kräftigen Schlag gegen den Ellbogen kann ich den Arm zurückbiegen und den zweiten Ring schließen.

All das hat höchstens eine halbe Minute gedauert. Niemandem scheint etwas aufgefallen zu sein. Man kann es nicht leugnen, ich habe in meiner Zeit bei den Karpins eine Menge gelernt.

Alex wimmert, zu den Schmerzen in seinen Augen kommen nun auch die an den Handgelenken. Die Lehne des Autositzes ist breit, die Kette der Handschellen straff gespannt. Die Ringe schneiden ihm ins Fleisch.

Ich prüfe noch einmal, ob sie wirklich gut geschlossen sind, setze mich auf den Fahrersitz, verriegle alle Türen, starte den Motor und fahre los.

»Bitte«, murmelt Alex undeutlich. »Sie verwechseln mich sicher.« Er hustet. »Verstehen Sie mich? Do you understand me? Please?«

Er hat mich tatsächlich nicht erkannt. Sieht keinen Millimeter über meine Aufmachung hinweg, und aus der zieht er nun die falschen Schlüsse.

»Are you a terrorist?«

»Sicher«, erkläre ich. »Deshalb sprenge ich uns jetzt beide in die Luft. Weiß bloß noch nicht genau, wo.«

Er dreht mir den Kopf zu, seine Augen sind rot, verschwollen und geschlossen. »Du ...«, sagt er und schluckt. »Das tut verdammt weh«, fügt er leise hinzu, aber mir ist klar, was er ursprünglich sagen wollte. Dass meine Stimme ihm bekannt vorkommt. Doch jetzt ist er nicht sicher, ob das ein kluger Schachzug wäre. Wer seine Entführer identifizieren kann, hat keine großen Überlebenschancen.

»Das Brennen vergeht«, tröste ich ihn und biege in die Wientalstraße ein. Ich muss mir meine Route bestmöglich überlegen, notfalls Umwege fahren, dafür aber Staus vermeiden. Ampeln ebenfalls. Jeder Stillstand des Wagens ist eine Chance für Alex, auf sich aufmerksam zu machen.

»Und du musst mir nichts vormachen, du weißt, dass wir uns kennen. Du hast meine Stimme erkannt, nicht wahr? Ich denke, du weißt genau, wer ich bin.«

»Nein!«, ruft er, deutlich zu schnell. Macht ganz den Eindruck, als hätte Andrei erstmals einen Stümper losgeschickt.

»Wie du meinst.« Bei der nächsten roten Ampel greife ich zu ihm hinüber und taste seine Jeans nach einem Handy ab. Nichts. Aber in der Jacke, die ihm immer noch über den Schultern liegt, werde ich fündig. Bei erster Gelegenheit biege ich in eine Seitenstraße ab, prüfe im Rückspiegel, ob auch niemand hinter mir ist, und werfe das Telefon in weitem Bogen ins Gebüsch.

»Ich verstehe das alles nicht.« Alex presst die Augenlider aufeinander; die Schwellung scheint immer noch zuzunehmen.

»Keine Sorge. Ich werde es dir in Ruhe erklären.«

7.

Wir brauchen etwa fünfzig Minuten bis zu meinem Refugium. Ich stelle das Auto wieder halb verborgen zwischen Büsche und Bäume, dann löse ich meinen Sitzgurt.

Jetzt wird es kniffelig. Ich muss Alex' Handschellen öffnen, und diesmal habe ich das Überraschungsmoment nicht auf meiner Seite. Er wird sich wehren, und er ist stärker als ich. Eine Chance habe ich nur deshalb, weil er nach wie vor nichts sieht.

Ich weiß noch, wie Pascha es immer gemacht hat. Wenn er alleine für jemanden zuständig war, hat er ihn gern mit dem Elektroschocker bearbeitet, bis von Widerstand keine Rede mehr war, dann hat er ihn dahin gezerrt, wo er ihn haben wollte.

Ich verabscheue Elektroschocker und habe daher keinen. Aber ich habe ein Seil, und ich weiß, wie man eine Schlinge knüpft.

»Pass auf«, sage ich. »Wir werden jetzt gemeinsam ein Stück gehen. Du kannst ruhig rumschreien, hier ist niemand, der es hören könnte. Aber wenn du dich wehrst oder versuchst, wegzulaufen, schneide ich dir die Luft ab. Verstanden?«

Er atmet zitternd ein. »Bitte. Lassen Sie mich doch einfach gehen. Ich bin sicher, das ist alles nur …«

Mein Schlag trifft seine Nase, hart und ohne Vorwarnung. Er jault auf, beinahe tut er mir leid, aber so kommen wir am schnellsten weiter. Ich lege ihm die Schlinge um den Hals und wickle mir das Seil ums Handgelenk. Dann klettere ich auf den Rücksitz.

Den Ring um die linke Hand entsperre ich, und Alex zieht sofort beide Arme an den Körper.

»So. Und jetzt raus.« Ich steige hinten aus, öffne die Beifahrertür und ziehe das Seil durch. Ein fester Ruck, Alex kippt halb aus dem Wagen. Greift sich an den Hals, um die Schlinge zu lockern. Aus einem seiner Nasenlöcher läuft Blut.

»Aussteigen. Hände auf den Rücken.«

Den ersten Teil meiner Anweisung befolgt er, den zweiten nicht. Ich reiße wieder am Seil, kräftiger diesmal. Schon aus Reflex greift er nach der Schlinge um seinen Hals, doch seine Hände dürften noch taub sein. Er schafft es nicht, den Strick zu greifen.

Ein Tritt in die Kniekehlen, ein Stoß, und er liegt auf dem Bauch. Sekunden später habe ich den Ring um sein linkes Handgelenk wieder geschlossen. Alex keucht, wimmert, und ich beiße die Zähne zusammen. Das Szenario ist mir viel zu vertraut, nur war es bisher nie ich, die jemanden auf diese Art misshandelt hat.

Ein kurzer Ruck am Seil. »Steh auf.«

»Kann ich nicht.« Immerhin schafft er es, sich aufzusetzen. Ich stütze ihn unter der Achsel, und er kommt mühsam auf die Beine. Wankt. »Ich verstehe das nicht.« Seine Stimme klingt, als würde er jeden Moment zu weinen beginnen. »Ich habe niemandem etwas getan. Ich verstehe das nicht.«

Ich versetze ihm einen sanften Schubs gegen die Schulter. »Los. Wir gehen ein Stück, es ist nicht weit.«

Diesmal gehorcht er ohne Widerstand. Zweimal fällt er bei der Überquerung der Wiese fast hin, weil er immer noch nicht sehen kann.

Die Tür knirscht in den Angeln, als ich sie öffne, Alex schnuppert ins muffige Innere des alten Hauses. »Wo sind wir?«

Ich glaube nicht, dass er eine Antwort erwartet, und er bekommt auch keine. Ich führe ihn zum Abgang in den Keller und helfe ihm beim Hinuntergehen. Unten angekommen, befehle ich ihm, sich auf den Boden zu legen. »Ich bin gleich wieder hier.«

Im Kofferraum des Mazda habe ich meine Einkäufe von gestern verstaut. Im Moment sind vor allem die Kette und die Vorhängeschlösser wichtig. Ich habe die massivsten genommen, die zu bekommen waren, und schon vor Ort getestet, ob sie durch die Kettenglieder passen.

Im Keller liegt Alex immer noch auf dem Boden, Augen und Nase dick geschwollen. Als er mich rasselnd die Treppe herunterkommen hört, rollt er sich zusammen wie ein ängstliches Kind.

Der Anblick verunsichert mich mehr, als er sollte. Mehr, als jede Drohgeste seinerseits es tun würde. Was, wenn alle meine Schlüsse falsch waren? Wenn ich mich geirrt habe?

Ein paar Sekunden lang verharre ich unschlüssig, dann reiße ich mich zusammen. Es ist der denkbar ungünstigste Moment für solche Überlegungen. Ich bin schon zu weit gegangen, um jetzt meine Zweifel die Oberhand gewinnen zu lassen.

Der Mühlstein an der Wand wird der erste Ankerpunkt für die Kette. Ich ziehe ein Ende durch das Loch in der Mitte, verbinde zwei Kettenglieder mit einem Vorhängeschloss und erhalte so eine unlösbare Schlinge. Diesen Stein wegzuziehen würde kein Pferdegespann schaffen, und Alex erst recht nicht.

»Ich denke, du wirst es bequemer haben, wenn ich dir die Hände vor dem Körper fessle«, sage ich und gehe neben ihm in die Hocke. »Dazu muss ich die Handschellen aber noch einmal öffnen. Ein guter Rat: Wehr dich nicht. Das Pfefferspray steht direkt hier neben mir.«

»Okay«, flüstert Alex. »Ich tue nichts. Versprochen.«

Tatsächlich hält er vollkommen still, während ich einen der Ringe aufschließe. Er rollt ein Stück zur Seite, um die Arme nach vorne zu bringen, und lässt mich die Schelle ohne Gegenwehr wieder um sein Handgelenk schließen. Ich stecke den Schlüssel in die Tasche und hole das lose Ende der Kette heran. Ziehe es zwischen Alex' Körper und seinen gefesselten Händen durch. Metall klirrt an Metall. Mit dem zweiten Schloss fixiere ich das Kettenende an einem stabil wirkenden Rohr in der gegenüberliegenden Kellerwand.

Gut fünf Meter, die gesamte Länge des Kellers, kann Alex sich jetzt an der Kette entlangbewegen. Sie hängt leicht durch, das gibt ihm Spielraum. Er kann das Klo erreichen – die Tür aber nicht. Beim Mühlstein ist die Kette in Bodennähe, dort kann er sich hinlegen, dafür aber nur gebückt stehen. Da, wo er im Moment liegt, hebt die Kette seine Hände in den Handschellen fast einen halben Meter hoch.

Er hält immer noch ganz still. Sein Brustkorb hebt und senkt sich unter schnellen Atemzügen, rund um die geschlossenen Augen ist die Gesichtshaut knallrot. Ich hole von oben eine Schüssel, gefüllt mit lauwarmem Wasser, und suche eines der Küchenhandtücher aus meinem Vorrat heraus. Damit tupfe ich Alex' Augenwinkel ab. »Ist es noch immer so schlimm?«

Er antwortet nicht. Zuckt unter jeder meiner Berührungen zusammen. Ich tränke das Tuch noch einmal mit Wasser und drücke es ihm in die Hände. »Abtupfen«, schlage ich vor. »Und dann versuch mal, die Augen zu öffnen.«

Er presst sich den nassen Lappen ins Gesicht. »Ich glaube nicht, dass ich das möchte«, sagt er.

»Weil ich dich töten muss, wenn du mich erkennst?« Ich lache auf. »Ich weiß, dass du weißt, wer ich bin. Wenn du also recht hättest mit deiner Befürchtung, wärst du bereits ein toter Mann.« Ich ziehe ihm das Tuch aus den Händen. Er hat die Augen einen Spalt weit offen, da, wo sie weiß sein sollten, sind sie kirschrot.

»Warum?«, wispert er.

»Das weißt du.«

»Nein. Wirklich nicht. Wirklich.«

Abstreiten ist ein völlig normaler Reflex unter diesen Umständen. Ich habe das immer wieder beobachtet, wenn Andrei einen illoyalen Mitarbeiter oder das Mitglied eines verfeindeten Clans zu sich hat bringen lassen. Niemand stellt sich hin und sagt: *Ja, klar weiß ich, worum es geht. Echt übel, dass ihr mir auf die Schliche gekommen seid.*

Nein, es sind alle vollkommen ahnungslos. Haben nichts getan, gesagt, gewusst. Meine Güte, wer weiß das besser als ich? Ich habe selbst genauso reagiert, als es so weit war. Es hat mir nicht geholfen, und das wird bei Alex ebenso sein.

Ich helfe ihm, sich aufzusetzen und gegen die Wand zu lehnen, dann setze ich mich ihm gegenüber. Er tastet nach der Wasserschüssel, taucht das Handtuch ein und drückt es sich wieder gegen die Augen.

Ich lasse die Stille zwischen uns andauern. Wenn er sich entschließt, gar nichts zu sagen, werde ich in einer halben Stunde gehen. Ihm eine Flasche Wasser in Reichweite stellen, und morgen Abend wiederkommen.

Doch nach ein paar Minuten durchbricht er das Schweigen. Sucht mit den verschwollenen Augen meinen Blick.

»Wenn Sie mich gehen lassen, zeige ich Sie nicht an. Versprochen. Wir sagen einfach, es war alles ein Irrtum, und vergessen die Sache.«

Ich lächle ihn an. »Seit wann sind wir denn wieder per Sie? Hör bitte auf, so zu tun, als wären wir Fremde.«

Er blinzelt durch die verschwollenen Lider und tut ziemlich genau das, was ich erwartet habe. Er versucht, mir weiszumachen, dass er mich erst jetzt erkennt. Lässt den Mund ein Stück aufklappen, legt den Kopf schief. »Carolin? Wieso ... hast du dich verkleidet? Du siehst wie ein ganz anderer Mensch aus.«

»Ich habe mir nur ein Tuch um den Kopf gebunden.« Es klingt bissiger als beabsichtigt. »Wenn deine Beobachtungsgabe wirklich so schwach ist, wird Andrei bald keine Verwendung mehr für dich haben.« Ich beobachte ihn genau, auf die Erwähnung von Andreis Namen reagiert er überhaupt nicht. Kneift nur die Augen zusammen und tupft sie wieder mit dem Tuch ab. Wirkt, als müsse er nachdenken.

»Andrei?«

Okay, dann eben anders. »Mit wem hast du gestern Mittag telefoniert? Auf dem Parkplatz bei der Blumenhandlung?«

»Was?« Wieder blinzelt er. »Ich weiß nicht, was du meinst.«

Ich beuge mich ein Stück vor. »Du warst im Laden, hattest wieder Mitbringsel dabei, irgendwas zu essen. Lange aufgehalten hast du dich nicht, nach einer Viertelstunde bist du zurückgekommen und hast jemanden angerufen. Hast ihm erklärt, dass etwas wieder nicht geklappt hätte, leider.«

Er starrt mich jetzt an, die geschwollenen Augen machen es dummerweise kaum möglich, seinen Gesichtsausdruck zu interpretieren. Aber ich würde schwören, dass mehr Wachsamkeit darin liegt als zuvor.

»*Auf jeden Fall ist sie ungewöhnlich*, hast du danach gesagt. *Aber es könnte sein, dass sie misstrauisch geworden ist.*«

Langsam, sehr langsam nickt er. »Stimmt, jetzt weiß ich es wieder. Ich habe mit einem Studienfreund gesprochen, es ging um eine Dozentin. Die interessante Vorlesungen hält, aber mich nicht besonders mag. Sie glaubt, ich hätte mir bei meiner letzten Seminararbeit Hilfe geholt, und sie hat leider recht.« Er seufzt. »Ich habe mich mit Informatik als Studienfach einfach übernommen, ich schaffe meine Prüfungen nur mit Hängen und Würgen.«

Nach Würgen ist mir gerade auch zumute. Kann das stimmen? Deute ich die Dinge falsch, aus lauter Angst?

Ich rufe mir die Situation auf dem Parkplatz noch einmal ins Gedächtnis. Nein. Alex hat ganz klar wie jemand gewirkt, der etwas erledigen wollte und an den Umständen gescheitert ist. *Ja, sicher schicke ich es dir,* hat er im nächsten Satz gesagt. Und ...

»Wem wolltest du folgen?« Ich rücke ein Stück an ihn heran, aber nicht so nah, dass er nach mir greifen könnte. »Wenn sie nicht will, hast du gesagt, würdest du ihr unauffällig folgen. Hast um zwei oder drei Tage Aufschub gebeten. Wen? Und wofür?«

Die Ketten klirren, als er seine Sitzposition verändert. »Da ging es auch um Unikram. Ihr folgen ... das klingt so drastisch, ich wollte einfach mit ihr reden. Sie hat nicht nur mich im Visier, sondern noch ein paar andere, und die sind ungeduldig. Ich habe versprochen, dass ich die Sache bereinige und der Frau ein bisschen Honig ums Maul schmiere. Das ist alles.«

»Wie heißt sie?«

Die Frage überrumpelt ihn sichtlich. »Wer?«

»Na, deine Dozentin. Die dich nicht mag.«

»Lenck«, sagt er mit ein wenig Verzögerung. »Pauline Lenck.«

»Danke.« Ich stehe auf, streiche die Abaya glatt und hole eine Flasche Wasser aus dem Vorrat, die ich neben Alex abstelle. Dann nehme ich Isomatte und Decke aus ihren Verpackungen und rolle beides neben dem Mühlstein aus. »Die Toilette ist ein Stück links von dir in der Nische, das Wasser wird bis morgen reichen. Beides solltest du im Dunkeln finden.«

»Was? Aber ...«

»Gute Nacht.« Ich gehe die Treppe hinauf, schalte das Kellerlicht aus und mache mich auf den Weg zurück zu meinem

Wagen. Im Haus höre ich seine Rufe deutlich, als ich auf der Wiese draußen bin, nur noch gedämpft. Beim Auto werden sie bereits vom Rauschen des Waldes verschluckt.

Pauline Lenck, google ich, kaum dass ich zu Hause bin, und einer der ersten Links führt mich tatsächlich auf die Seite des Instituts für Informatik. Die Dozentin dürfte Mitte vierzig sein, auf dem Foto trägt sie ihr Haar blond und kurz, dazu weinrote Ohrstecker.

Er hat sie also nicht erfunden. Ich stütze die Ellbogen auf dem Schreibtisch ab und lege das Kinn in die Hände. Ihn schnellstmöglich bei einer Lüge zu ertappen wäre mir lieber gewesen. Dann könnte ich mir sicher sein, dass etwas mit ihm faul ist. Aber so ... haben seine Erklärungen beinahe Hand und Fuß.

Allerdings hat er auf dem Parkplatz ganz klar davon gesprochen, ihr unauffällig folgen zu wollen. Unauffällig. Das ist nicht nötig, wenn man einfach nur mit jemandem sprechen möchte.

Ich wünschte, ich hätte Alex' Handy nicht aus dem Auto werfen müssen. Darauf hätte ich mit Sicherheit ein paar interessante Informationen gefunden. Kontakte, Nachrichten, Fotos. Aber es wird nicht lange dauern, bis jemand ihn vermisst meldet. Und dann darf sein Telefon nicht zuletzt in der Nähe des Abbruchhauses eingebucht gewesen sein.

Wenn ich morgen Abend wieder hinfahre, wird Alex gesprächiger sein, das ist sicher. Ich weiß, wie endlos vierundzwanzig Stunden allein im Dunkel werden können. Wie sehr sie einen verändern. Sollte er wirklich nur ein harmloser Student sein, ist das, was ich ihm antue, unverzeihlich.

»Er ist einfach nicht gekommen.« Eileen umwickelt Gerbera mit Draht, ihr Kopf ist gesenkt, die Stimme trotzig. »Erst drängt er mich, will unbedingt, dass wir uns sehen, und dann taucht er nicht auf. Geht nicht ans Telefon. Das ist doch nicht normal, oder?«

»Stimmt«, sage ich, um einen nachdenklichen Ton bemüht. »Aber ich bin sicher, das hat nichts mit dir zu tun.«

»Mit wem denn sonst?« Eileen blickt hoch. »Er hat es sich eben noch einmal anders überlegt. Vielleicht ist ihm ein Mädchen über den Weg gelaufen, das ihm besser gefällt, und – zack, das war's.«

»Oder«, werfe ich ein, »es hat einen Notfall in der Familie gegeben. Könnte doch sein?«

Eileen steckt eine rote, danach eine weiße Gerbera in den Kranz. »Die Wahrheit ist, ich bin einfach nicht gut genug für ihn. Das habe ich mir die ganze Zeit über gedacht.«

»Falsch.« Es ist die Anspannung, die meine Stimme schärfer klingen lässt als beabsichtigt. »Du bist für jeden gut genug, Eileen. Wirklich für jeden. Und es gibt doch jemanden, der wirklich nett und verlässlich ist, hm? Hast du Lukas ganz vergessen?«

Sie schüttelt den Kopf. »Den kann ich überhaupt nicht vergessen. Es ist nur, ich habe mich so blöd gefühlt, allein im Concordia, mit meinem Apfelsaft. Ich habe eine ganze Stunde lang gewartet, die Kellnerin hat mir dann aus Mitleid einen kleinen Becher Eis gebracht. Weißt du, wie peinlich das war?«

Ich nehme Eileen in den Arm. »Vergiss Alex, okay? Wenn er heute mit Kuchen oder Brezeln oder Obst auftaucht, schmeiße ich ihn raus. Versprochen.«

Ihre Mundwinkel heben sich ein Stück; beinahe lächelt sie. »Okay. Aber vielleicht mache ich das lieber selbst.«

Natürlich taucht Alex nicht auf, sooft Eileens Blick auch zum Fenster wandert. Draußen sind bloß immer wieder Polizisten zu sehen, zwei davon haben Hunde dabei. Sie sind natürlich wegen des Mordes und der Graböffnungen hier, doch obwohl ich das weiß, machen sie mich nervös. Insgeheim erwarte ich, dass jeden Moment einer von ihnen hereinkommt und mich festnimmt. Weil Alex es doch geschafft hat, sich bemerkbar zu machen. Weil er aus dem Keller geholt worden ist und umfassend ausgesagt hat.

Wahrscheinlich sollte ich Robert kontaktieren und ihm beichten, dass ich einen von Andreis Handlangern eingekerkert habe. Oder möglicherweise auch bloß einen Informatikstudenten, der das Pech hatte, mir über den Weg zu laufen.

Je länger der Tag andauert, desto nervöser werde ich. Hat Alex genug zu trinken? Eineinhalb Liter Wasser sollten ihn über den Tag bringen – zu essen habe ich ihm aber nichts gegeben. Könnte er sich selbst verletzen? Habe ich alle potenziell gefährlichen Gegenstände außer Reichweite gebracht?

»Sie haben einen Toten aus der Donau gefischt«, ruft Matti aus dem Verkaufsraum. Es ist gerade nicht viel los, und er hat sich die Zeitung geschnappt. »Wahrscheinlich Selbstmord, Identität kennen sie noch nicht.« Es raschelt. »Oh Mist, und hier listen sie alle Baustellen für den Sommer auf. Freut euch, Leute, Wien wird eine einzige Absperrung.«

Ich höre nur mit einem Ohr hin, denn eben ist Tassani auf dem Parkplatz aufgetaucht, allerdings geht er nicht in unsere Richtung, sondern auf das Friedhofstor zu. Wäre er für mich zuständig, wenn die Sache mit Alex auffliegt?

»Gibt es auch irgendwas zu den Grabschändungen?«, rufe ich.

Weiteres Rascheln. »Nein. Oder warte, doch. Zu dem Mord bei Gruppe 133. Da steht, die Obduktion hätte ergeben, dass der Mann erschlagen worden ist. Mit einem stumpfen Gegenstand, die Mordwaffe fehlt aber noch. Die Leiche ist jetzt zur Beerdigung freigegeben – hey, das heißt, wir sehen ihn bald wieder!«

Trotz all meiner schweren Gedanken muss ich lächeln. Für Matti gibt es nur einen einzigen Friedhof in Wien; dass jemand anderswo begraben werden könnte, kommt ihm überhaupt nicht in den Sinn.

Sein Vortrag der aktuellen Nachrichten wird von zwei Stammkundinnen unterbrochen, die jeden Freitag frische Blumen für die Gräber ihrer Männer kaufen. Und die, nachdem sie ihre Witwenpflicht getan haben, anschließend ausgiebig Kaffee trinken gehen. Luise und Gertrud, zwei fröhliche alte Damen.

»Carolin, Schatzi«, ruft Luise und hebt grüßend ihre Handtasche. »Du schaust schon wieder so blass aus! Geht es dir gut?«

»Bisschen Kopfschmerzen, aber nicht so schlimm.«

Sofort kramt sie eine längliche Tablettenschachtel aus ihrer Tasche. »Hier. Du schluckst eine davon mit einem Glas Wasser, und in zehn Minuten bist du wie neu.«

Ich antworte nicht gleich, denn draußen ist Tassani wiederaufgetaucht, und ein paar Sekunden lang macht es den Eindruck, als ginge er auf den Laden zu.

»Carolin!« So einfach lässt Luise sich nicht ignorieren.

»Ja. Danke.« Ich schlucke die Tablette unter ihrer Aufsicht und verdrücke mich nach hinten zu Eileen, die jetzt nicht mehr aufgebracht wirkt, sondern traurig. »Er hat bis jetzt noch nicht einmal geschrieben. Ich meine, wie schwer ist es, eine WhatsApp zu tippen?«

»Ja.« Ich denke an das Handy im Gebüsch. »Hast du dich bei ihm gemeldet?«

»Gestern Abend drei Mal. Heute habe ich auch versucht, anzurufen, aber es geht nur die Sprachbox ran. Gerade eben habe ich ihm geschrieben, dass er sich seine Muffins sonst wohin stecken kann.«

Ich seufze. Sollte ein ehrlicher Finder das Handy bei der Polizei abgeben, ist es nicht unmöglich, dass es als das Eigentum des verschwundenen Informatikstudenten identifiziert wird. In dem Fall ist sofort die Verbindung zu Eileen hergestellt – und damit über ein paar Ecken auch zu mir. Zumindest wird kein Zweifel daran bestehen, dass wir uns kennen.

»Wie heißt Alex noch mal mit Nachnamen?«

»Schmidt.« Sie zuckt mit den Schultern. »Er sagt, das ist der zweithäufigste Name, nach Meier.«

Und einer der ersten, die einem einfallen, wenn man den eigenen nicht nennen will. Einer, der bei Google Tausende Treffer ergibt. Dagegen hat Robert mir mit »Bauer« beinahe etwas Exotisches ausgesucht.

Alexander Schmidt also. Mal sehen, ob es wirklich dieser Name sein wird, der im Zusammenhang mit der Vermisstenmeldung veröffentlicht wird. Wann das passiert, hängt von einer Menge Faktoren ab: Wie ungewöhnlich es ist, dass Alex länger nirgendwo auftaucht. Wie besorgt seine Familie ist. Wie eng der Kontakt ist, den er zu seinem Freundeskreis hat. Gut möglich, dass schon jetzt die ersten Leute unruhig werden, weil er nachts nicht heimgekommen ist und sie ihn telefonisch nicht erreichen.

»Wohnt Alex eigentlich allein?«, frage ich so beiläufig wie möglich. Eileen sieht mich finster an. »Das weiß ich doch nicht.« Sie geht nach draußen, und ich sehe sie vor dem Laden telefonieren. Ein paar Minuten später kommt sie zurück, sichtlich fröhlicher. »Lukas holt mich heute hier ab«, sagt sie. »Du hast recht gehabt, er hat es überhaupt nicht verdient, dass ich mit anderen flirte. Schon gar nicht mit solchen Idioten!«

Ich streiche ihr flüchtig über den Kopf, froh darüber, dass

ihre Laune so einfach zu heben ist. Muss bei mir ähnlich gewesen sein, als ich siebzehn war.

»Ich habe dir was zu essen mitgebracht. Magst du Huhn?«

Ich wickle es aus mehreren Schichten Alufolie, und der Duft verbreitet sich sofort im ganzen Keller. Alex blinzelt, seine Augen müssen sich erst wieder ans Licht gewöhnen. »Lass mich hier raus«, sagt er. Seine Stimme ist rau, er muss sich heiser geschrien haben.

»Du musst doch Hunger haben.« Ich schiebe das Brathuhn auf der Folie zu ihm hin und stelle eine kühle Dose Bier dazu. Die ich anschließend mitnehmen muss, das darf ich nicht vergessen.

Alex antwortet nicht. Starrt mich nur an, ignoriert das Essen.

»Okay«, erkläre ich. »Die Lage ist folgende: Ich werde dich nicht laufen lassen, jedenfalls nicht, bis ich weiß, was Sache ist. Nimm es nicht persönlich, das ist reiner Selbsterhaltungstrieb, und den solltest du jetzt auch einschalten. Alles, was du an Nahrung haben wirst, kommt von mir, und mir ist es egal, wann du sie verputzt. Jetzt ist das Huhn noch warm und das Bier kalt, in einer halben Stunde nicht mehr. Deine Entscheidung.«

Ich drehe ihm den Rücken zu und überprüfe die Kette und ihre Befestigungen. Das Rohr sitzt nach wie vor stabil in der Wand, dass er es lockern könnte, war meine größte Sorge. Es ist zerkratzt, Alex hat also tatsächlich versucht, es herauszureißen, ist aber gescheitert. Gut.

Der Mühlstein lehnt unverändert am selben Platz, aber das habe ich nicht anders erwartet. Beide Schlösser halten.

Ein schneller Blick zu Alex verrät mir, dass er nun doch zu essen begonnen hat; die Wasserflasche, die ich ihm gestern hiergelassen habe, ist noch zu einem Drittel voll. Er hat sich seine Vorräte eingeteilt.

Ich hole eine neue aus dem Kühlschrank, der zwar im Keller, aber außerhalb von Alex' Reichweite steht. Außerdem eine Schachtel Kekse mit Schokoladenüberzug. Damit setze ich mich an die Wand ihm gegenüber und sehe ihm zu, wie er die Knochen abnagt.

»Was wolltest du von Eileen?«, fange ich an, sobald er fertig ist.

Alex hält die Bierdose zwischen den fettigen Fingern und sieht mich feindselig an. »Ich verstehe die Frage nicht.«

»Du hast ihr gegenüber eine kolossale Charmeoffensive gestartet. Warum? Ich bin ziemlich sicher, du willst überhaupt nichts von ihr.«

»Wieso denn nicht? Sie ist ein hübsches Mädchen.« Sein Blick ist herausfordernd. »Passt dir das etwa nicht?«

»Och, darum geht es nicht. Ich habe bloß etwas dagegen, dass du sie für deine Zwecke benutzt.«

»Welche sollen das denn sein?«

Ich setze mich bequemer hin. »Siehst du, genau das würde ich gern von dir wissen. Aber ich helfe dir auf die Sprünge: Eileen bietet dir einen großartigen Vorwand, ständig in die Blumenhandlung zu kommen. Dich am Friedhof herumzudrücken. Ich habe dich letztens beobachtet, als du beim Tor auf der Lauer gelegen hast, erinnerst du dich?«

Er zögert, dann nickt er.

»Du hast gesagt, du würdest auf Eileen warten, aber die ist ein paar Minuten vorher zur Straßenbahn gegangen. Du hast ihr dabei zugesehen und danach weitergewartet. Auf wen?«

Er wendet sich ab. Führt die Dose an die Lippen.

»Mein Auftauchen hat dich ziemlich erschreckt, nicht wahr? Du dachtest, ich bin noch im Laden.«

Eine von Alex' Augenbrauen wandert spöttisch nach oben. »Es hat mich absolut nicht interessiert, wo du gesteckt hast.«

Wenn er meint, mich mit Herablassung verunsichern zu können, unterschätzt er mich ziemlich. »Dass es dir persönlich egal ist, glaube ich sofort, und es kratzt mich kein Stück. Aber wie steht es um deinen Auftraggeber?«

Irritierter Blick. Schulterzucken. »Welcher Auftraggeber?«

Ich lehne mich zurück an die Wand, ohne ihn aus den Augen zu lassen. Wäre er so ahnungslos, wie er tut, würde er mehr reden, zumindest kenne ich das aus vergleichbaren Situationen so. Er würde auf meine Fragen eingehen, sich bemühen, meine Vermutungen zu widerlegen. Mich bitten, ihn freizulassen. An mein Gewissen appellieren, seine Familie und ihre Sorgen um ihn ins Spiel bringen. Alex spricht möglichst wenig, als habe er Angst, andernfalls etwas Falsches zu sagen. Es sieht ganz danach aus, als lege er es auf ein Kräftemessen an. Das kann er haben.

»Lass uns über Andrei reden«, sage ich und strecke die Beine aus. »Wo hat er dich aufgegabelt? Was hat er dir ver…«

»Ich kenne keinen Andrei«, unterbricht er mich, »was willst du immer mit diesem Andrei?«

»Na gut, dann – Boris? Oder hat dich Pascha angeworben, bevor sie ihn verhaftet haben? Demjan? Hat Vera dich ins Bett gezerrt und dich anschließend um einen kleinen Gefallen gebeten?«

Alex sieht mich aus verengten Augen an. »Keine Ahnung, wen du meinst«, krächzt er. »Ich weiß nicht einmal, ob diese Leute existieren oder ob du Wahnvorstellungen hast. Aber je früher du mich hier rauslässt, desto weniger schlimm werden die Konsequenzen für dich.« Er zwingt sich ein Lächeln ab. »Sieh mal, wahrscheinlich hast du ein psychisches Problem, das behandelt gehört. Dann musst du vielleicht nicht einmal ins Gefängnis, sondern bekommst Therapie, und anschließend geht es dir besser.«

Ich habe ihn ausreden lassen. Warte, ob noch etwas kommt.

Doch er scheint fertig zu sein. Zerdrückt seine leere Bierdose in der Hand.

»Ich habe ganz sicher ein psychisches Problem«, sage ich. »Heißt PTSD. Posttraumatic Stress Disorder. Ich leide unter Angstzuständen, Schlaflosigkeit, Panikattacken, depressiven Verstimmungen – aber Wahnvorstellungen habe ich nicht. Wenn, dann eine leichte Paranoia, aber die bezeichne ich lieber als Wachsamkeit.« Ich öffne die Schachtel mit den Schokokeksen, nehme einen heraus und schiebe Alex den Rest zu. Er sieht nicht einmal hin.

»Nehmen wir mal an, du kennst Andrei wirklich nicht. Haben seine Handlanger dich nicht informiert, mit wem du es zu tun hast? Nein? Oh, das ist Pech für dich.« Genüsslich beiße ich die Schokoladezacken vom Rand des Kekses. »Dann erzähle ich dir ein paar nette Anekdoten, in Ordnung? Eine Geschichte passt zum Beispiel ganz gut hierher, sie hat sich auch in einem Keller zugetragen.« Die Schokolade schmilzt süß in meinem Mund. Ich muss versuchen, die Ereignisse zu schildern, ohne die Bilder wieder vor Augen zu haben, sonst werden sie mich tagelang verfolgen.

»Der Mann hieß Fabiu, er war Rumäne. Und er war Andrei irgendwie in die Quere gekommen, hatte ihm Konkurrenz gemacht bei Drogen- oder Prostitutionsgeschäften. Genau verstanden habe ich es nicht, Fabius Deutsch war nicht allzu gut, und vielleicht war es auch nur ein Vorwand. Jedenfalls ließ Andrei ihn schnappen und ein Stück außerhalb von Frankfurt in ein pleitegegangenes Lokal bringen. Nah an der Autobahn, schlechte Bausubstanz, billig von einem seiner Leute erworben. Die Häuser, in denen Andrei tötet, kauft er nie unter eigenem Namen.«

Ich habe den Schimmelgeruch noch in der Nase, und den von verdorbenen Lebensmitteln, die dort lagerten. »Fabiu wurde also in dieses Haus geschleppt und im Keller von Pa-

135

scha bearbeitet. Mit Zangen und einem Schneidbrenner, ich erspare dir die Details. Danach wusste Andrei so ziemlich alles über die Aktivitäten der rumänischen Clans; das war ihm aber nicht so wichtig wie die Wirkung auf die Zuseher. Auf mich zum Beispiel, ich war zu dem Zeitpunkt noch nicht lange dabei. Einer seiner Kumpane hatte mir vorher gesagt, ich sollte möglichst nicht wegsehen und auf keinen Fall kotzen, weil Andrei den Geruch von Erbrochenem hasst.«

Alex ist bleicher geworden, sein Mund steht ein Stück offen. Ich glaube nicht, dass er es merkt.

»Also habe ich nicht gekotzt, sondern mir die Innenseiten meiner Wangen blutig gebissen. Mich an die Wand gelehnt, um nicht umzukippen. Vor diesem Event war ich nur bei zwei Exekutionen dabei, und da ging es vergleichsweise schnell. Das hier war neu für mich, und ich wusste, dass Andrei mich beobachtete. Er drehte sich immer wieder zu mir um.« Lächelnd, das weiß ich noch genau. Und dass ich irgendwann das Gefühl hatte, Fabius grauenvoll langsamer Tod wurde zum Teil meinetwegen inszeniert. Damit ich ein anschauliches Beispiel dafür bekäme, was mit Leuten geschieht, die Andrei in die Quere kommen.

»Man sollte denken, nach diesem Vorfall hätte die Polizei ermittelt und die Täter innerhalb von Tagen geschnappt. War aber nicht so. Sie haben nicht einmal mitbekommen, dass jemand ermordet worden war. Fabiu wurde nicht vermisst, und gefunden wurde er auch nicht.«

Alex blickt jetzt seitlich zu Boden, als ginge ihn das alles nichts an. Wird ihm gerade klar, mit wem er sich eingelassen hat?

»Natürlich steht auch Andrei Karpin nicht über dem Gesetz«, fahre ich fort, »aber er ist clever genug, um zu wissen, was er sich leisten kann und was nicht. Seine Opfer sind nie *normale* Leute, sondern Kleinkriminelle, Konkurrenten und ziemlich oft seine eigenen Mitarbeiter und Zulieferer. In diesen Kreisen geht man nicht zur Polizei, man regelt seine Angelegenheiten selbst.«

Wenn man das kann. Ich weiß nicht, wie oft es Menschen traf, die er unter falschem Vorwand und ohne Papiere ins Land bringen ließ. Darunter so viele Frauen – und nur für einen einzigen Zweck. Mädchen, die den Kontakt zu ihren Familien verloren hatten. Bei einigen von ihnen wird sich der Vermisstenstatus nie wieder ändern. Die anderen, die den Absprung geschafft und überlebt haben, werden sich hüten, Andrei anzuschwärzen.

»Was Fabiu anging, selbst wenn niemand ihn vermissen würde, Andrei konnte ihn nicht einfach tot herumliegen lassen. Seine Opfer mussten verschwinden, und dafür gibt es eine bewährte Methode: Natronlauge. Es dauert ein bisschen, aber sie zersetzt alles bis auf die Knochen. Das Fass stand schon im Keller bereit, und sie steckten Fabiu hinein, als sie mit ihm fertig waren.« Ich hole tief Luft. »Da hat er sich noch bewegt.«

Jetzt ist Alex wirklich weiß im Gesicht, daraus schließe ich, dass er selbst nie Zeuge einer von Andreis Sonderveranstaltungen geworden ist. Oder dass der Clan vorsichtiger geworden ist, nach dem Fiasko mit mir und Andreis offiziellem Verschwinden.

»Du kannst dir also vielleicht vorstellen, dass ich nicht gerne gefunden werden möchte?«, sage ich freundlich. »Dass ich dir deinen kleinen Trick mit dem Selfie übel nehme? Aber ich werde dich nicht in Natronlauge stecken, versprochen.«

Es dauert ein bisschen, bis Alex wieder etwas sagt. »Das ist eine völlig irre Geschichte. Wenn du die gerade erfunden hast, bist du krank.«

»Wäre mir lieber. Wäre auch Fabiu lieber, denke ich.«

Er fährt sich mit den gefesselten Händen übers Gesicht;

Handschellen und Ketten klirren. »Ich habe mit so was nichts zu tun. Glaube mir das doch einfach. Ich will nichts von dir, wenn du mich hier rauslässt, siehst du mich nie wieder. Aber du solltest dich echt in Behandlung begeben.«

Ich nehme mir noch einen Keks aus der Packung und esse ihn, während ich Alex mustere. »Kann ich nicht riskieren. Aber ich verstehe, dass das jetzt schwierig ist für dich. Du kannst mir nicht beweisen, dass du die Karpins nicht kennst.«

»Wen?«, fragt er nach. Ein bisschen zu gewollt, zu stolz auf seine prompte Reaktion. Ich antworte nicht. Werfe nur einen Blick auf die Uhr. »Gibt es etwas, das ich dir beim nächsten Mal mitbringen soll? Etwas, das du gerne isst?«

Er senkt den Kopf. »Glaub mir, glaub mir doch bitte ...«

»Also nicht.« Ich schiebe ihm eine Packung Toast und eine weitere Flasche Wasser hin, dazu den Rest der Kekse. »Mach's gut.«

»Nein«, ruft er, »geh nicht, bitte geh nicht, lass mich hier nicht schon wieder allein!«

Ich schalte das Licht aus, schließe die Tür hinter mir. Er tut mir leid, ja, aber immerhin geschieht ihm ja nichts. Es ist warm, trocken, er hat Nahrung und eine Toilette. Wenn er wirklich für die Karpins arbeitet, ist er hier sicherer als draußen, denn in ihren Augen hat er bereits versagt. Ich bin ihm schließlich auf die Schliche gekommen.

Während ich durch die Dunkelheit nach Hause fahre, lasse ich unser Gespräch Revue passieren. Zu siebzig Prozent bin ich sicher, dass ich recht habe und er angeheuert wurde, um Informationen zu sammeln und Fotos zu schießen, die beweisen sollen, dass ich ich bin. Und in Wien lebe.

Bleiben dreißig Prozent Zweifel, und die wiegen schwerer, als angenehm ist. Was ich noch vollkommen verdränge, ist die Frage, wie ich die Sache zu Ende bringen soll. Ich musste

Alex schnellstmöglich aus dem Spiel nehmen, bevor es ihm gelingen würde, mich unbemerkt zu fotografieren.

Aber wie weiter? Wenn ich ihn laufen lasse, geht er entweder zur Polizei oder zu den Karpins. Ewig gefangen halten kann ich ihn nicht. Die dritte Möglichkeit lasse ich nicht einmal in Gedanken zu.

Je länger die Fahrt dauert, desto bewusster wird mir die Ausweglosigkeit der Lage. Ich werde Robert fragen. Das ist der einzig vernünftige Weg. Er ist mir noch etwas schuldig, also soll er es irgendwie schaffen, meinen Kopf aus der Schlinge zu ziehen.

8.

Zu Hause schalte ich den Computer ein, noch bevor ich mir die Schuhe ausgezogen habe. Rufe die Seite meines bevorzugten Blumenversands auf und stelle einen Strauß aus sehr viel Blaustern und einigen Iris zusammen. Blaustern bedeutet: *Ich habe einen Fehler gemacht.* Was zwar nicht so ganz stimmt, aber klarstellt, dass es ein Problem gibt. Die Iris ist die übliche Aufforderung zur Kontaktaufnahme.

Danach öffne ich Google und gebe *Alex Schmidt* ein, direkt in der Bildersuche. Die Menge der Ergebnisse ist riesig und besteht zur Hälfte aus Frauen, also ändere ich Alex auf Alexander. Scrolle mich durch die Fotos. Ändere – weil es so großartig passen würde – auf Alexej. Auf Alexis. Immer erhalte ich Treffer, kein einziges Foto ähnelt dem Mann in meinem Keller.

Nachdem ich das Prozedere mit Schmid, Schmied und Schmitt wiederholt habe, fühle ich mich wie gehirngewaschen. Aber immerhin weiß ich jetzt, dass Alex – oder wie er in Wahrheit heißen mag – lügt. Außer, er gehört zu dem verschwindend geringen Prozentsatz an Menschen, die im Netz unauffindbar sind. Als Informatikstudent?

Fast halb elf, ich sollte schlafen gehen. Morgen ist Samstag, aber ich habe bis Mittag Dienst, dafür hat Eileen frei. Matti hat vor fünf Jahren, lange vor meiner Zeit, als einer der wenigen Blumenhändler rund um den Friedhof beschlossen, auch an Samstagen zu öffnen. Da finden zwar keine Beerdigungen statt, aber es lohnt sich trotzdem, sagt er.

Matti, genau. Eine Sache war da noch, die ich mir ansehen wollte.

Der getötete Anwalt ist zur Beerdigung freigegeben worden, stand in der Zeitung. Ich öffne die Seite des Bestattungskalenders von Wien. Der Anwalt hieß Gernot N., mit ein wenig Glück ist er schon im Kalender zu finden.

Ich beginne bei meiner Suche mit dem Mittwoch kommender Woche; früher wird das Begräbnis kaum stattfinden. Weit und breit kein Gernot, auch am Donnerstag und Freitag nicht.

Erst am Dienstag der darauffolgenden Woche finde ich einen Eintrag, der passen könnte. Gernot Nadler, geboren am 15. September 1971. Es wird eine gewöhnliche Beerdigung, keine Feuerbestattung. Die Trauerfeier ist für elf Uhr am Wiener Zentralfriedhof in Halle 3 angesetzt. Also hat Matti recht gehabt, wir sehen ihn wieder.

Um sicherzugehen, google ich auch Nadler über die Bildersuche und werde diesmal sofort fündig. Ein Mann mit langem Gesicht.

Ein schneller Vergleich mit dem Foto auf meinem Handy. Ja, das ist er. Der Tote, der wie gekreuzigt auf dem Grab von Ingmar Harbach lag. Auf meinem Bild sind seine Züge schwer zu erkennen, sie sind verzerrt und blutüberströmt, aber es ist derselbe Mann.

Meine letzte Suche für diesen Abend lautet *Mord* und *Zentralfriedhof*. Die aktuellen Meldungen sind kurz und einhellig: Die Polizei verfolgt einige Spuren, Festnahmen hat es keine gegeben. Ein Zusammenhang mit den Vandalenakten wird vermutet.

Ich schalte den Computer aus und schenke mir ein Glas Rotwein ein. Der Ring liegt in meiner Schreibtischschublade, immer noch in das Taschentuch gewickelt. Ich hole ihn heraus, packe ihn aus und streife ihn über den linken Mittelfinger. Viel zu groß.

Morgen habe ich nicht lange zu arbeiten, danach werde ich

ins Abbruchhaus fahren und Alex' Jackentaschen auf einen Ausweis untersuchen. Vielleicht nehme ich die Pistole mit.

Ein warmer Tag, fast schon sommerlich. Ich bin mit Matti allein im Laden, das bedeutet, ich kann mich nicht ins Hinterzimmer zurückziehen. Keine Kränze, keine Gestecke heute, stattdessen freundlich lächeln an der Kasse. Luise kommt wieder vorbei und streicht mir über die Hand, als ich ihr das Wechselgeld zurückgebe. »Geht es dir gut?«, fragt sie.

Sie ist klein und rundlich, das Alter macht sie dennoch zerbrechlich, und gegen jede Vernunft fühle ich Tränen hinter den Augen brennen. »Bisschen erkältet«, presse ich hervor und blinzle.

»Pass gut auf dich auf, Mädchen.« Ihre Augen sind hellgrün und klug. »Eine Tasse heißes Wasser, eine halbe Zitrone hineinpressen und einen Löffel Honig dazu. Dann wirst du auch sechsundachtzig.« Sie tätschelt mir den Arm, nimmt ihr Grabsträußchen und geht.

Ich atme tief durch. Dass eine simple Geste der Zuneigung mich so aus dem Gleichgewicht bringen kann, ist kein gutes Zeichen. Der letzte Mensch, der mich gebeten hat, auf mich aufzupassen, war ... Elsa.

Ich beiße die Zähne zusammen. Nicht an Elsa denken.

Der nächste Kunde holt mich auf den Boden der Tatsachen zurück, er ist unfreundlich, ungeduldig und behauptet, die Tulpen röchen nicht, wie sie sollten. Beinahe bin ich ihm dankbar, mit diesem Verhalten kann ich viel besser umgehen.

»Weißt du was, geh doch gießen«, sagt Matti mitfühlend, als der Mann draußen ist. »Einer von uns muss.«

Er hat recht, ich sollte das erledigen, solange die Topfpflanzen noch im Schatten stehen. Mit dem langen, gelben Schlauch gehe ich die Reihen ab und verkaufe dabei nebenbei noch eine blaue Hortensie an einen älteren Herrn, der ein schnelles Geschenk für seine Cousine braucht. Nach dem Gießen ist der warme Beton dunkel vom daneben gelaufenen Wasser. Noch zwei Stunden, dann schließt Matti den Laden, und ich kann ...

»Entschuldigen Sie.«

Ich fahre herum und stehe einem groß gewachsenen Mann etwa Mitte fünfzig gegenüber. Schütteres, rötliches Haar, Jeans und Jeansjacke. Er lächelt, und ich trete unwillkürlich einen Schritt zurück. »Ja?«

»Sie verkaufen nicht zufällig Parkscheine? Ich habe meinen Wagen da drüben abgestellt«, er deutet zu den in Reihen stehenden Autos auf dem Parkplatz, »und erst jetzt gesehen, dass da Kurzparkzone ist.«

Ich sammle mich und erwidere sein Lächeln. »Nein, tut mir leid. Keine Parkscheine, nur Blumen. Und Grußkarten. Haben Sie keine App dafür?«

»Nein. Das Zeug liegt mir nicht. Danke für die Auskunft.« Er hebt kurz die Hand, wendet sich um und geht.

Ich halte immer noch den Schlauch, aus dem kein Wasser mehr fließt. Die Stimme des Mannes war nicht markant genug, als dass ich sagen könnte, ob ich sie schon einmal gehört habe. Markant war etwas ganz anderes. Ich sehe ihm hinterher, wie er über den Parkplatz geht, die Tür eines weißen Autos öffnet, etwas herausholt und sie wieder schließt. Dann schlendert er die Straße entlang, wahrscheinlich auf der Suche nach einer Trafik, die Parkscheine führt.

Die Versuchung ist riesig, zu dem Auto hinüberzulaufen und hineinzuspähen, mir die Nummer zu notieren, ein Foto zu schießen. Stattdessen rolle ich den Schlauch auf die Trommel, wische mir die Hände an der Schürze ab und gehe zurück zu Matti. Er telefoniert, und ich setze mich auf den Holzstuhl beim Eingang. Von hier aus sehe ich den Mann vielleicht, wenn er zurückkommt.

Auch wenn mich das alles nichts angeht, wie ich mantra-artig im Geist wiederhole. Nicht meine Sache. Nicht mein Problem.

Tatsache ist aber, dass ich jetzt möglicherweise die Einzige bin, die in der Lage ist, einen der Grabschänder zu identifizieren. Ebenso gut kann es sein, dass ich mich spektakulär irre. Wer weiß.

Ich sehe den Mann nicht mehr zurückkommen, weil eine Kundin meine Aufmerksamkeit in Anspruch nimmt, aber er geht mir keine Sekunde lang aus dem Kopf. Was will er hier? Sollte ich Tassani Bescheid geben?

Bei dem Gedanken schüttle ich unwillkürlich den Kopf, was die Kundin dazu veranlasst zu fragen, ob etwas mit den Blumen nicht stimmt. Als sie draußen ist, stelle ich mich in den Eingang. Nichts zu sehen von dem Mann mit dem schütteren roten Haar. Das Auto steht noch da – zumindest parkt an der Stelle wie zuvor ein weißer Wagen.

Ich könnte unauffällig hinspazieren und das Kennzeichen knipsen. Das Bild an Tassani mailen, aber wie soll ich ihm die Zusammenhänge erklären?

Ich habe keine Beweise, lieber Oliver Tassani, aber der Mann hat mich angelächelt, wissen Sie? Und da war mir alles klar.

Seine Zähne waren leicht gelblich, wie es bei starken Rauchern häufig der Fall ist. Und die mittleren Schneidezähne oben waren deutlich länger als die anderen.

Wie bei einem Biber.

Um zwölf Uhr helfe ich Matti beim Zusammenräumen, dann mache ich mich davon. Es steht immer noch ein weißes Auto an der gleichen Stelle, und ich beobachte mich selbst dabei, wie ich darauf zugehe. Mich nach dem Besitzer umblicke, doch er ist nirgendwo zu sehen.

Ich habe die Foto-App schon geöffnet. Einmal das Kennzeichen – Wiener Nummer –, einmal der Innenraum durch die Heckscheibe. Und dann ertappe ich mich dabei, wie ich nicht in Richtung Straßenbahn, sondern zum Friedhofstor gehe.

Wenn der Mann noch hier ist, wenn es sich bei ihm wirklich um Biber handelt, wird er sich wahrscheinlich um die Gräber herumdrücken, an denen er »gearbeitet« hat. Dort in gebührendem Abstand vorbeizuspazieren, ist nicht riskant.

Weil es am nächsten liegt, schlendere ich zuerst zu dem Grab, an dem ich ihn und seine Freunde belauscht habe, erkenne aber schon aus dreißig Metern Entfernung, dass dort niemand ist. Also nach links wenden. Dahin, wo Gernot Nadler getötet wurde.

Der Friedhof ist recht übersichtlich hier. Keine Prunkgräber, keine Obelisken, kein hohes Gras. Dafür viele Grabstellen, die knapp vor der Auflösung stehen, leicht zu erkennen an den roten Aufklebern. In dieser Ecke wird oft beerdigt zurzeit, und neben einem der frischen, mit Kränzen überhäuften Gräber sehe ich den Rothaarigen knien.

Er betet nicht, er tastet mit beiden Händen das Gras ab. Keine zwanzig Meter entfernt von Ingmar Harbachs Grabstätte, auf die der tote Anwalt drapiert wurde.

Die Übersichtlichkeit hier hat auch Nachteile: Wenn der Mann sich ein wenig umsieht, entdeckt er mich sofort und wird zwangsläufig denken, dass ich ihm gefolgt bin. Also mache ich kehrt und verschwinde in Gruppe 122, die direkt angrenzt. Verdeckt von einem verwitterten Grabstein, setze ich mich auf eine Granitplatte und zähle langsam bis hundert. Dann wage ich einen Blick in die Nachbargruppe. Der Mann hat sich eine Reihe weiterbewegt, immer noch tastet er den Boden ab.

Er sucht den Ring, eine andere Erklärung für sein Verhalten fällt mir nicht ein. Und in gewisser Weise ist damit auch klar, dass er wirklich derjenige ist, den sein Freund *Biber* genannt hat.

Korrekterweise sollte ich jetzt Folgendes tun: mein Handy nehmen, Tassani anrufen und ihm all das erzählen, was ich auf eigene Faust herausgefunden habe. Oder, noch besser, ihn herkommen lassen.

Ich sollte und ich werde. Aber lieber bringe ich noch hundert Meter zwischen mich und Biber, bevor ich Tassanis Karte und das Telefon aus meiner Tasche hole. Ich tue das nur ungern von meinem eigenen Handy aus, aber was soll's. Er hat die Nummer ja ohnehin schon.

Freizeichen. Es läutet zweimal, dreimal. Viermal. Unmittelbar danach springt die Sprachbox an. *Das ist die Nummer von Oliver Tassani, hinterlassen Sie mir Ihre Nachricht bitte nach ...*

Ich lege auf, es kommt nicht infrage, dass ich ihm meine Erklärungen aufs Band spreche – vor allem, weil es sinnlos wäre. Wenn er die Nachricht in zwei oder drei Stunden hört, ist Biber längst fort.

Ich habe nicht bedacht, dass Samstag ist. Irgendwann haben auch Polizisten frei; an seiner Stelle hätte ich das Handy ebenfalls ausgestellt.

Vielleicht ein Wink des Schicksals. Ich soll endlich, endlich die Finger aus dieser Sache rauslassen, in Anbetracht dessen, dass ich mich derzeit selbst ohne Ende strafbar mache. Immerhin halte ich einen Menschen gegen seinen Willen fest. Gefesselt, in einem dunklen Keller. Wenn ich der Polizei erzähle, dass ich nachts auf die Friedhofsmauer geklettert bin und von dort aus die Grabschänder beobachtet habe; dass ich vermutlich die ersten Fotos des toten Gernot Nadler gemacht und das alles für mich behalten habe – von dem Ring ganz zu schweigen –, dann ist es sehr wahrscheinlich, dass sie mir genauer auf den Zahn fühlen werden. Wenn nicht mehr als das. Was bedeutet, dass es nur eine Frage von Tagen wäre, bis man mir ins Niemandsland folgt. Sollte Alex bis dahin nicht mehr zu heiser zum Schreien sein, würde ihn vielleicht jemand hören.

Was ich trotzdem tun könnte – und gern tun würde –, ist, ein Foto von Biber schießen. Dazu muss ich allerdings noch einmal näher an ihn ran. Ich wünschte, ich hätte Abaya und Hijab eingepackt. Zumindest sollte ich mir wieder eine Gießkanne schnappen und sie als Requisit herumschleppen. Leider finde ich keine, stattdessen greife ich mir eine Harke, die an einer Sammelstation für den Biomüll liegt. Damit ausgerüstet, nähere ich mich vorsichtig Gruppe 133.

Auf den ersten Blick ist Biber nirgends zu sehen, aber ich ahne, wo ich suchen muss. Nahe der Mauer zum evangelischen Friedhof, da, wo ich die Blutspuren und den Ring gefunden habe.

Richtig. Biber wendet mir den Rücken zu, der Wind zerzaust sein dünnes, rotes Haar. Er bückt sich, hebt etwas auf, lässt es wieder fallen.

Ich zoome so nah an ihn heran, wie das mit einer Handykamera möglich ist, und schieße vier Bilder. Zwei von hinten, zwei im Profil, danach husche ich davon. Ich will nicht riskieren, dass er sich umdreht und mich sieht.

Im Gehen betrachte ich die Aufnahmen. Damit muss ich Tassani überhaupt nicht kommen, selbst wenn der Mann polizeibekannt ist, kann man ihn anhand der Bilder nicht identifizieren. Dann schon eher anhand der Jacke, auf deren Rücken etwas abgedruckt ist. Könnte ein Wappen sein, eine Art Schild mit gekreuzten Schwertern. Doch um es wirklich erkennen zu können, sind die Fotos nicht scharf genug.

Mit der Straßenbahn nach Hause, dort führt mich mein erster Weg an den Computer. Keine Nachricht von Robert, nur eine Mail des Blumenversands, dass meine Sendung den Empfänger erreicht hat.

Was leider gar nichts bedeutet. Die Blumen sind angekommen, aber das gilt auch dann, wenn Roberts Sekretärin sie entgegengenommen hat. Sollte ich bis Montag nichts von ihm gehört haben, rufe ich ihn an, beschließe ich und hole den Koffer mit den Waffen unter dem Bett hervor.

Die Kraken mitzunehmen wäre Unsinn, aber die Walther? Ohne Munition, nur, um die Dinge ein wenig zu beschleunigen? Ich nehme sie heraus, stecke sie tief in die Tasche und mache mich auf den Weg. Kurz vor der Stadtgrenze bleibe ich bei einem Supermarkt stehen, um Obst – drei Äpfel, zwei Pfirsiche – und frisches Gebäck zu kaufen. Ich habe noch genau in Erinnerung, wie unwürdig die Umstände waren, unter denen die Karpins ihre Gefangenen gehalten haben. Ich will es ganz anders machen. Ihm zwar drohen, ihm aber nicht wehtun. Ihn nicht hungern lassen.

Wenig später stapfe ich mit meinen Einkäufen durchs hohe Gras auf das Haus zu. In mir ist die gleiche Unruhe wie beim letzten Mal; meine Fantasie gaukelt mir Katastrophenszenarien vor. Vielleicht hat Alex es geschafft, sich zu befreien, vielleicht ist er an einem Bissen Toast erstickt, vielleicht hat er sich in Panik an der Wand den Schädel eingeschlagen. Könnte es sein, dass er regelmäßig Medikamente braucht? Epileptiker ist? Asthmatiker?

Es ist totenstill, als ich das Haus betrete. Die Tür zum Keller ist nach wie vor zu. Ich stelle meine Einkäufe auf den Tisch und gehe nach unten.

Er schläft. Liegt auf der Isomatte neben dem Mühlstein, die gefesselten Hände vor sich, und schnarcht leise. Dass ich das Licht anschalte, weckt ihn nicht; erst, als ich den Sitz der Kette an dem Rohr in der Wand prüfe, schreckt er hoch. »Scheiße!« Sein Haar ist wirr, die Bartstoppeln sind viel sichtbarer als beim letzten Mal. Dafür sind die Spuren des Pfeffersprays so gut wie verschwunden. »Mich hätte fast der Schlag getroffen!«

»Tut mir leid.« Die Rohre bewegen sich keinen Millimeter, sind fest eingemauert, das ist beruhigend. »Ich habe nicht damit gerechnet, dass du am Nachmittag schläfst.«

Er wirft mir einen hasserfüllten Blick zu. »Es ist Nachmittag, ja? Woher soll ich das denn wissen? Es gibt ja kein Fenster in diesem Scheißkeller, und ich kann leider nicht auf meinem Handy nachsehen.«

Ich zucke mit den Schultern und gehe die Treppe wieder hinauf, um die Einkäufe zu holen. Er betrachtet die Äpfel verächtlich. »Die kannst du selbst essen.«

»Gar keinen Hunger?« Ein Stück neben ihm liegt die zerknüllte Verpackung, in der sich das Toastbrot befunden hat. Davon scheint nichts mehr übrig zu sein. Die Wasserflasche ist ebenfalls leer.

»Nein«, fährt er mich an. »Ich will nur raus hier. Jetzt. Was denkst du, wie lange du das hier noch durchziehen kannst?«

Ich betrachte ihn lächelnd. »Mir wäre auch lieber, wir könnten es schnell hinter uns bringen.« Die subtile Drohung, die in meinen Worten liegt, entgeht ihm nicht.

»Es gibt aber nichts, was ich dir sagen könnte«, meint er, deutlich freundlicher jetzt. »Glaub mir doch endlich. Wenn ich wirklich mit diesen ... Karpdings unter einer Decke stecken würde, hätte ich es dir längst erzählt. Ich habe mich bei euch einfach so wohlgefühlt, deshalb bin ich immer wieder vorbeigekommen. Und weil ich Eileen mag. Und Blumen.«

Zum Ende hin wird seine Stimme leiser und leiser. Er macht das gut, und ich würde ihm seine Story abkaufen, wenn ich nicht schon so viele Menschen aus Angst hätte lügen sehen. Ich gehe auf ihn zu. »Na gut. Halt jetzt ganz still.«

Seine Augen leuchten auf, sein Körper spannt sich. Denkt

er tatsächlich, er ist mit seiner Nummer durchgekommen, und ich gebe auf? Das ist fast schon rührend naiv, denn natürlich hole ich nicht die Handschellenschlüssel aus meiner Hosentasche, sondern das Portemonnaie aus seiner.

Er reagiert spät, aber umso wütender. »Was machst du?«

»Ich sehe mir an, mit wem ich es zu tun habe.« Zwei Fünfzig-Euro-Scheine, eine Tankrechnung. Die Kartenfächer alle voll. Kreditkarte, Automobilclub, Führerschein, e-Card. Alle lautend auf Alexander Hufschmied.

»Du hast Eileen erzählt, du würdest mit Nachnamen Schmidt heißen.«

»Habe ich nicht!«

»Doch, und das war ziemlich clever. Wenn man nämlich Alexander Schmidt googelt, hat man fast keine Chance, alle Treffer zu sichten.«

»Sie hat mich missverstanden. Ich habe ihr gesagt, dass ich Hufschmied heiße!«

Die Mitgliedskarte eines Fitnesscenters im dreizehnten Bezirk. Und – das ist ein interessanter Treffer – seine Fahrzeugzulassung. Auf der die volle Wohnadresse steht. Alexander Hufschmied residiert in der Brudermanngasse 6, Tür 12.

Als ich das nächste Mal auf ihn zugehe, versucht er, mit den gefesselten Händen nach meinen Beinen zu greifen, aber damit habe ich gerechnet. Ich versetze ihm einen sanften Tritt gegen die Seite, gerade fest genug, um ihn aus dem Gleichgewicht zu bringen. In einer seiner hinteren Jeanstaschen finde ich drei Schlüssel an einem Ring.

»Gib die sofort zurück!« Seine Stimme hat sich erholt, füllt den Keller problemlos mit ihrer Empörung.

»Du bekommst sie wieder.« Ich setze mich ihm gegenüber, lehne mich mit dem Rücken an die kühle Wand. »Warum hast du Eileen nicht gesagt, wie du wirklich heißt?«

Ich kann sehen, wie sehr er sich zusammennimmt, um

nicht loszuschreien. »Das habe ich.« Seine Stimme zittert vor unterdrückter Wut. »Was kann ich denn dafür, wenn sie nur die Hälfte hört? Weiß sie eigentlich, dass sie mit einer Psychopathin zusammenarbeitet?«

Psychopathin, aha. Sieht aus, als wäre jetzt der richtige Zeitpunkt gekommen, um den Druck ein wenig zu erhöhen. Ich ziehe meine Tasche zu mir, krame darin herum, als würde ich etwas suchen. Hole die Walther heraus.

Seine Augen weiten sich. »Ich ... habe es nicht so gemeint!«

»So was ist Psychopathinnen egal.« Ich lächle ihn an, was seine Angst sichtlich steigert. »Aber du musst dich nicht so aufregen. Durch eine Kugel zu sterben ist ein guter Tod, wenn der Schuss sitzt.« Die Waffe glänzt im Licht der Neonröhren. »Das kannst du mir glauben, auf mich hat man geschossen. Es fühlt sich an wie ein Schlag, man begreift erst gar nicht, was passiert ist.«

Mit der Hand, in der ich die Waffe nicht halte, ziehe ich mein Shirt hoch. Am eindrucksvollsten ist die Narbe in der Mitte des Brustkorbs. Der Steckschuss, inklusive Fraktur des Brustbeins. Dort haben die Notfallchirurgen großzügig geschnitten und nicht allzu hübsch genäht. Der Wulst ist dunkelrosa, die Stiche der Naht sind noch deutlich zu sehen. Dagegen ist die runde Narbe in Höhe des Schlüsselbeins nur mäßig spektakulär.

»Hätte Pascha richtig getroffen, wäre der Tod schneller gewesen als der Schmerz.« Ich nicke Alex beruhigend zu. »So nah, wie du sitzt, würde ich sicher nicht danebenschießen. Ich bin eine gute Schützin, und ich würde auf deinen Kopf zielen.«

Er glaubt mir, sonst würde er jetzt nicht zu zittern beginnen. »Tu mir nichts. Bitte.«

»Werde ich nicht. Nur, wenn ich muss. Erzähl mir jetzt einfach, wie du mit den Karpins in Kontakt gekommen bist.«

Er stöhnt auf. »Bin ich nicht. Ich kenne niemanden von den Leuten, die du erwähnt hast. Keinen Pascha, keinen Andrei. Glaub mir doch bitte, ich würde es dir sagen, wenn es anders wäre.«

Ich wende den Blick nicht von Alex' Gesicht. Ein feiner Schweißfilm überzieht seine Haut, obwohl es kühl ist hier unten. »Weißt du, was ein weniger schöner Tod ist?«, frage ich ihn und gebe die Antwort unmittelbar selbst. »Verdursten. Das dauert seine Zeit und macht einen fast verrückt. Auch am eigenen Leib getestet, knappe zweieinhalb Tage lang in einer winzigen Kammer, in der man kaum liegen konnte.« Ich stehe auf. »Wenn ich einfach nicht wiederkomme, was tust du dann? Hier ist niemand, der dich rufen hört, und die Kette kriegst du nicht aus ihrer Verankerung. Mit Handschellen abstreifen sieht es auch schlecht aus. Du hättest den Kühlschrank gerade mal drei Meter entfernt und keine Chance, an den Inhalt zu kommen.« Ohne eine Erwiderung abzuwarten, drehe ich mich um und gehe mit der Walther nach oben.

Er ruft mir nicht nach, weint nicht, sagt nichts. Vielleicht geht es ihm wie mir, und er muss nachdenken.

Ich setze mich auf einen der wackeligen Stühle, stütze die Ellbogen auf den alten Küchentisch und schaue zum Fenster hinaus. Leichter Wind biegt das lange Gras.

Was, wenn Alex die Wahrheit sagt? Bis jetzt hatte er für jeden meiner Verdachtsmomente eine harmlose Erklärung. Hufschmied statt Schmidt, da kann man schon einmal eine Silbe verschlucken. Interesse an Eileen, die freundliche Atmosphäre im Blumenladen. Nichts davon überzeugt mich ganz, aber ebenso wenig kann ich etwas widerlegen. Sein Beobachtungsposten am Haupteingang ... ich bin sicher, er hat mir aufgelauert. Das angebliche Gespräch über seine Dozentin, der Versuch, mich unauffällig abzulichten – es ist zu viel, um Zufall zu sein. Was allerdings sein könnte, ist, dass Alex nicht weiß, wer ihn beauftragt hat. Könnte ein Jobangebot gewesen sein, an der Uni ausgehängt.

Student/in gesucht für diskrete Recherchearbeit. Gute Bezahlung. Zuschriften unter mord@russenmafia.com

Was natürlich Quatsch ist, aber der Gedanke, dass Alex keine Ahnung hat, wer hinter seinem Auftrag steckt, ist nicht einfach vom Tisch zu wischen. Wenn es wirklich nur darum ging, ein aktuelles Foto von mir zu organisieren und meinen Aufenthaltsort zu bestätigen, wird niemand ihm die Hintergründe verraten haben.

In dem Fall belügt er mich nicht, oder nur zum Teil. Und nun muss ihm allmählich dämmern, dass seine Auftraggeber ein paar Nummern größer sind, als er geahnt hat.

Unter diesen Umständen sind meine Horrorgeschichten aus der Zeit mit den Karpins alles andere als hilfreich. Wenn er mehr Angst vor ihnen hat als vor mir, wird er den Teufel tun, mir die Wahrheit zu sagen, und sollte sie noch so harmlos klingen.

Nach etwa zwanzig Minuten gehe ich wieder in den Keller zurück. Alex sitzt genauso da wie vorhin, als hätte ich ihm verboten, sich zu bewegen.

»Wieso hast du eigentlich keine Freundin?«

Die Frage kommt aus dem Nichts, aber wenn Alex überrascht ist, lässt er es sich nicht anmerken. »Ich habe mich vor zwei Monaten getrennt.«

»Wie war ihr Name?«

Er blinzelt. »Lisa.«

»War sie ein ähnlicher Typ wie Eileen?«

»Nein. Völlig anders. Langes, braunes Haar, modebewusst, ehrgeizig, gebildet.«

»Warum habt ihr euch getrennt?«

Jetzt zögert er. »Es hat einfach nicht mehr gepasst. Sie hatte nie Zeit, hat entweder gelernt oder gejobbt und ...«

»Ja?«

Das geht dich gar nichts an, sagt sein Blick. »Ist nicht einfach, wenn jemand so perfekt ist. Dann wiegen die eigenen Unzulänglichkeiten doppelt schwer.«

»Also machst du dich jetzt an eine nicht so gebildete, nicht so perfekte Blumenverkäuferin ran?« Das wäre zumindest eine logisch nachvollziehbare Erklärung. Psychologisch ein bisschen simpel gestrickt, aber denkbar.

»Ich habe mich nicht an Eileen rangemacht!« Die Unterstellung scheint ihn wirklich zu stören. »Ich habe mich ein paarmal mit ihr unterhalten, um sie besser kennenzulernen. Ich mag es, dass sie mir nicht mit jedem Satz beweisen will, wie schlau sie ist; dass sie nicht bei jedem Witz überlegt, ob er unter ihrer Würde sein könnte, bevor sie lacht.«

Sie war also gut für sein Ego. Wären nicht das Telefongespräch, der Fotoversuch und sein Herumlauern am Friedhofseingang gewesen, würde ich ihm die Geschichte abkaufen.

»Wohnst du alleine?«

»Jetzt schon. Was soll die Fragerei?«

»Ach, ich frage mich nur, wann jemand dich vermissen wird. Und wer. Deine Eltern?«

In seinem Gesicht arbeitet es, als wüsste er nicht, ob er lachen oder weinen soll. »Irgendwann sicher«, wispert er. »Meine Eltern, meine Freunde, die Leute an der Uni.«

Ich nicke mitfühlend und hole Butter aus dem Kühlschrank. »Wir sollten jetzt wirklich etwas essen.«

Ich mache aus den Semmeln appetitliche Sandwiches, aber Alex rührt keines davon an. »Du kannst mich nicht freilassen, oder?«, murmelt er, während ich zu essen beginne.

»Ich kenne deinen Namen, und ich könnte dich anzeigen. Deshalb wirst du mich hier verrotten lassen. Oder mich abknallen, mit deiner Walther.«

Nun blicke ich auf. »Ach. Du hast die Marke erkannt? Waffenexperte?«

Er zieht einen Mundwinkel hoch. »Ich kenne nur das Logo. Den Schriftzug in diesem geschwungenen Band.«

Gute Beobachtungsgabe, vermerke ich innerlich. Hat zwar bei meiner Hijab-Verkleidung versagt, scheint aber bei Bedarf zu funktionieren. Alex wird mich detailliert beschreiben können, und dann braucht er keine Fotos für die Karpins. Er wird diesen Keller beschreiben können, wenn ich ihn freilasse. Egal, ob mein Verdacht stimmt oder nicht, ich werde Wien verlassen müssen, wenn ich ihn nicht töte. Robert kann mich vielleicht vor polizeilicher Verfolgung schützen, aber ob er das in diesem Fall schnell genug schafft? Das Sandwich schmeckt plötzlich schal, dafür beginnt die Walther wie eine Lösung auszusehen.

Nein, sage ich mir, nicht einmal der Gedanke ist akzeptabel. Wenn es Boris wäre oder Pascha – dann ja. Ohne Zögern. Bei Andrei sowieso. Aber nicht bei einem traurigen kleinen Handlanger, der immer noch wirkt, als könnte er gleich in Tränen ausbrechen.

Als ich fertig gegessen habe, gehe ich wieder hinauf, zu meinem Platz am Fenster. Die Sonne hat schon begonnen, sich zu senken, und ich behalte den Waldrand im Auge. Warte auf die Rehe.

Doch es zeigt sich kein einziges.

9.

Es wird eine lange Nacht. Ich habe die löchrige Matratze mit brutalen Schlägen entstaubt, sie in den Keller gezerrt und so hingelegt, dass Alex sie nicht erreichen kann. Irgendwann werde ich einschlafen, und dann könnte er mich trotz seiner Handschellen überwältigen.

»Du bleibst wirklich hier?«, fragt er ungläubig.

»Ja. Habe ich schon ein paarmal gemacht. Ich liebe diesen Keller, und glaube mir, ich finde es beschissen, dass ich gezwungen war, dich hier reinzustecken.«

Alex nickt bedächtig. »Da sind wir uns endlich mal einig.« Er greift nun doch zu einem der übrig gebliebenen Sandwiches und beginnt zu essen, während mir die Flasche Weißwein einfällt, die im Kühlschrank steht. Damit allein kann ich ihn nicht betrunken machen, aber wenn ich beim nächsten Mal drei davon mitbringe …

»Lust auf einen Schluck Wein?«

Er sieht mich misstrauisch an. »Die Zuckerbrot-und-Peitsche-Taktik funktioniert bei mir nicht. Ich trinke nicht zusammen mit Leuten, die Waffen auf mich richten. Noch kein Stockholm-Syndrom hier. Sorry.«

Ich zucke mit den Schultern, hole Wein, Korkenzieher und ein altes Wasserglas, das früher einem Kind gehört haben muss. Wahrscheinlich in den Siebzigern, denn es ist mit grünen und orangen Kringeln bedruckt.

»Ehrlich gesagt wäre es mir lieber, du würdest auch nüchtern bleiben.« In Alex' Stimme schwingt Unruhe mit. »Wegen der Walther vor allem. Bitte.«

»Da musst du dir keine Sorgen machen.« Ich schenke mir

das Glas halb voll. »Ich werde dich nicht erschießen. Nicht heute Nacht.« Ich schiebe ihm das Obst wieder hin. »Es ist wirklich besser, solange es noch frisch ist. Wenn du die Toilette benutzen musst, sag es, dann gehe ich raus. Ich werde die obere nehmen.«

Das erste Glas Wein spüre ich nicht, das zweite schon. Alex beobachtet mich, das ist nicht zu übersehen. Wäre ich er, würde ich auf einen Moment der Schwäche warten oder versuchen, mehr über denjenigen herauszufinden, der mich festhält. Es macht ganz den Eindruck, als würde er überlegen, wie er es am besten anfangen soll.

»Dieser Andrei«, sagt er eine halbe Minute später, »von dem du sagst, dass du für ihn gearbeitet hast. Wer ist das? Und wieso hat er dich engagiert, hat er eine ausgeprägte Schwäche für Blumen?«

Meine Einschätzung war tatsächlich korrekt. Ich verkneife mir ein zufriedenes Lächeln. »Du willst wirklich, dass ich dir etwas erzähle, das du längst weißt?«

Er verdreht die Augen. »Tue ich nicht. Ich habe keine Ahnung. Was du mir weiterhin nicht glauben wirst, schon okay, aber ich möchte gerne die Zusammenhänge verstehen.«

Vor allem will er mich bei Laune halten, das ist nicht zu übersehen. Und vielleicht noch ein paar nützliche Details über den eigenen Auftraggeber erfahren. Meinetwegen. »Es war nicht meine Idee. Es war ein Deal mit der Polizei, nicht wirklich offiziell, nicht wirklich gesetzeskonform. Ich war mal Grafikerin, weißt du?«

»Aha.«

»Tja. Und nachdem die Geschäfte nicht so richtig gut liefen, habe ich mir ein zweites Standbein aufgebaut – ich habe begonnen, Ausweise zu fälschen. Die Idee kam von einem Freund, der gerne ein paar Handyverträge unter falschem Namen haben wollte. Der Führerschein, den ich für ihn gefälscht habe, war meine erste Arbeit in der Richtung, aber niemand hat je seine Echtheit bezweifelt. Dieser Freund hatte einen großen Bekanntenkreis und ich bald ein paar gut zahlende Kunden.«

Damals hätte ich aufhören sollen, wie oft habe ich mir das schon gedacht. Bei den Führerscheinen und den Personalausweisen. Ich hätte mich nicht auf die Geburtsurkunden einlassen dürfen, auch wenn die am einfachsten waren.

»Nach einem halben Jahr hatte ich mehr Geld als je zuvor, und jemand kontaktierte mich, weil er zwei Freundinnen aus der Patsche helfen wollte, wie er sagte. Sie bräuchten Papiere, ihre eigenen hätte man ihnen weggenommen. Aber wenn ich jeder von ihnen eine jugoslawische Geburtsurkunde ausstellen könnte, datiert mit etwa 1981 oder 1982, könnten sie einen Pass beantragen und normale EU-Bürgerinnen werden.«

Die Idee fand ich damals ausgezeichnet. Einen Pass zu fälschen ist fast unmöglich. Dagegen ist es geradezu ein Kinderspiel, sich unter Vorweis einer gefälschten Geburtsurkunde einen ausstellen zu lassen.

»Ernsthaft?« Alex macht den Eindruck, als hätte er davon noch nie gehört.

»Ja. Du legst dir eine Reihe von leicht zu fälschenden Dokumenten zu, um dann legal ein unfälschbares zu bekommen. Man muss nur das Land geschickt wählen – am besten ist eines, in dem kürzlich ein Krieg getobt und die eine oder andere Behörde zerstört hat. Noch einfacher: afrikanische Länder, wo es oft keine offizielle Norm für Geburtsurkunden gibt. Manche sind handschriftlich auf normales Papier geschrieben. Einen passenden Stempel druntersetzen, fertig. Aber wer will schon einen nigerianischen Pass? Dokumente für europäische oder amerikanische Länder waren deutlich gefragter und entsprechend schwieriger. Ging aber auch.«

Alex greift kopfschüttelnd nach einem Sandwich.

»Diese Art Urkundenfälschung war ein unglaublich gutes Geschäft«, fahre ich fort, »aber irgendwann hat jemand nicht dichtgehalten, und die Polizei konnte eines der Dokumente bis zu mir zurückverfolgen. Sie haben vor meiner Wohnung gewartet und mich festgenommen, als ich aus dem Auto stieg.«

Ich kann mich noch so gut an den Moment erinnern. Drei Männer, die geschlossen auf mich zukamen. Einer, der seinen Ausweis zückte und mir meine Rechte erklärte. Mich bat, in den dunklen Mercedes einzusteigen, der ein paar Schritte weiter parkte.

Und dann: ein Verhörraum. Kein Anwalt, sondern Robert, der mir einen Deal anbot.

Ich hätte ins Gefängnis gehen sollen.

»Die Polizei war Andrei seit Jahren auf der Spur. Drogen, Prostitution, Menschenhandel – er ist der Kopf eines der erfolgreichsten und brutalsten russischen Clans, aber das weißt du ja. Sein Bedarf an falschen Papieren war enorm, allein für die Mädchen, die er aus der Ukraine und Moldawien hat holen lassen. Er brauchte auch jemanden, der vorhandene Papiere ... änderte. Vor allem die von minderjährigen Mädchen. Das wusste mein Mann bei der Polizei. Er wusste auch, über welche Kanäle er mich an Andrei heranführen konnte.«

Die Erinnerung lässt mich einen Moment innehalten. Wie Robert mir die entsprechenden Lokale nannte. Mir Fotos zeigte von Leuten, die mit Andrei Geschäfte machten und die schon von meiner Arbeit gehört hatten. Sie würden mich wahrscheinlich ansprechen, sagte er, und das taten sie. Leila, Stepjan und Vera.

»Innerhalb von zwei Wochen hatte ich drei Aufträge, in der dritten Woche wurde ich Andrei vorgestellt, der mir die Hand schüttelte und mir erklärte, ich wäre nicht sein Typ, und das täte ihm sehr leid.«

Ich empfand das schon damals als Geschenk des Schicksals. Ich war nicht dicklippig und großbusig und blond genug, ich war nicht einmal annähernd ein Playboy-Bunny.»Robert hatte mich darauf vorbereitet, dass Andrei es vielleicht auf mich abgesehen haben würde. Wenn ich Sex mit ihm verweigerte, könnte es sein, dass mich ein paar Tage später jemand auf der Straße verprügeln würde.«

»Ernsthaft?«, fragt Alex wieder.

»Ja. Vergewaltigen war unter seiner Würde, sich abweisen lassen aber auch. Zum Glück wollte er nicht. Die gefälschten Dokumente wollte er dagegen schon, und vor allem wollte er sicherstellen, dass ich loyal bin. Deshalb musste ich nach vier Wochen erstmals bei einer Exekution dabei sein. Mit so etwas hatte ich nicht gerechnet.«

Es war eine Frau, damit schon von Anfang an klar war, dass Andrei da keinen Unterschied machte. Eine Ukrainerin um die vierzig, die zu einem verfeindeten Clan übergelaufen war.

Ich verstand kein Wort von dem, was gesprochen wurde. Sah nur, wie die Frau weinte, auf die Knie fiel; wie Andrei und Boris lachten, wie Pascha schließlich eine Drahtschlinge nahm und die Frau damit erwürgte. Neben mir stand Stepjan und drückte mir die Finger so fest in das Fleisch des Oberarms, dass der Schmerz mich von der entsetzlichen Szenerie ablenkte. Danach kam Andrei zu mir, bestens gelaunt, und bescheinigte mir, dass ich mich gut gehalten habe.»Immer dran denken!«, sagte er und drohte mir spielerisch mit dem Zeigefinger. Wie ein wohlmeinender Onkel, der die Kinder vom übertriebenen Naschen abhalten will.

Ich dachte daran. Ich dachte an fast nichts anderes mehr, dabei wusste ich damals noch nicht, dass ich gerade einer der gnädigeren Hinrichtungen beigewohnt hatte.

Alex lässt mich nicht aus den Augen, er wartet auf die Fortsetzung meiner Erzählung, die unter der Wucht der inneren

Bilder versiegt ist. »Das Opfer war eine Frau, sie wurde erwürgt«, sage ich. »Es war furchtbar, dabei zusehen zu müssen, aber genau solche Dinge wollte die Polizei von mir wissen. Sie wollten Andrei nicht wegen der kleineren Verbrechen drankriegen, die man ihm eventuell bei Razzien nachweisen konnte. Sie wollten ihn wegen Mordes und Menschenhandels, wegen Drogenhandels im großen Stil. Zum Beispiel wäre es hilfreich gewesen, zu wissen, wo die erwürgte Frau hingebracht worden war – dann hätte es eine Leiche und eine entsprechende Ermittlung geben können.«

Aber die Fässer, deren Inhalt und Zweck ich damals noch nicht kannte, hatten schon bereitgestanden. Die Frau wurde nicht gesucht, galt nicht als offiziell vermisst. Also gab es keine Mordermittlung. Was es gab, war ein brutaler Gegenschlag des verfeindeten Clans – ebenfalls unter dem Radar der Polizeibehörden.

»Und du denkst immer noch, mit einem solchen Monster stecke ich unter einer Decke?«

Alex' Empörung amüsiert mich, auch wenn ich nicht sagen kann, ob sie echt oder gespielt ist. »Ich traue es dir zu. Ich traue es fast jedem zu, unter uns gesagt. Pascha, der zu unvorstellbaren Dingen fähig ist, macht einen extrem sympathischen Eindruck, wenn man ihm die ersten Male begegnet. Hat wunderschöne dunkle Augen und ein sehr einnehmendes Lächeln. Das behält er auch dann bei, wenn er jemandem die Zunge rausschneidet.«

Jetzt schweigt Alex. Blickt auf den Boden zwischen seinen hochgestellten Knien.

»Lass uns die Sache anders angehen«, schlage ich vor. »Wer war es denn, der dich auf mich angesetzt hat? Muss ja nicht Andrei gewesen sein, das ist sogar unwahrscheinlich. Er hat so viele Handlanger. Wenn sie dich nur für diese eine kleine Sache wollten, könnte ich mir vorstellen, dass ein netter Typ dich angesprochen und gebeten hat, doch von dieser Blumenverkäuferin ein Bild zu schießen. Diese Blumenfrau ist eine Ex-Freundin von ihm, oder eine vermisste Verwandte, die sofort abhauen würde, wenn sie ihn sieht. Aber du ... dich kennt sie nicht. Könntest du nicht ein Foto machen? Für fünfzig oder hundert oder zweihundert Euro? Es wäre wirklich, wirklich wichtig.«

Alex sieht immer noch nicht hoch. Im Gegenteil, sein Blick ist starrer denn je zu Boden gerichtet. Sein Kopfschütteln ist kaum wahrnehmbar.

»Du tust dir keinen Gefallen«, sage ich leise. »Du hast das mit dem Selfie einfach zu sehr versucht. Wolltest mich unbedingt mit draufbekommen. Ich will wissen, warum.«

Es klirrt, als er kurz die Hände hebt. »Tut mir leid, das bildest du dir ein. Ich kann es ja verstehen, nach allem, was du durchgemacht hast, ich wäre auch misstrauisch. Aber ich will nichts von dir. Kein Foto, gar nichts. Wäre meine Großtante nicht gestorben und hätte ich keine Blume gekauft, um sie ins Grab zu werfen – wir wären uns nie begegnet.«

Ich trinke noch einen Schluck Wein. Greife nach der Walther, entsichere sie hörbar. Jetzt schnellt Alex' Kopf hoch. »Ehrlich!«

Ich beachte ihn nicht, drehe die Waffe zwischen den Händen. Es ist gut, wirklich gut, dass ich die Munition zu Hause gelassen habe. Gerade hätte ich große Lust, einen Schreckschuss abzugeben, an Alex' Kopf vorbei, so, dass er den Luftzug spüren kann. Aber wer weiß, was ein Querschläger anrichten würde. »Wir sollten uns schlafen legen.«

Das Problem ist, ich bin müde, er nicht. Sein Tag- und Nachtrhythmus ist durcheinandergeraten, und ich kann nicht einschlafen, wenn er alle paar Minuten die Position wechselt und die Ketten klirren.

Dass ich irgendwann doch weggedämmert sein muss, merke ich nur daran, dass ich wieder aufwache. Es ist stockdunkel, und ich höre Alex leise schnarchen. Möglichst lautlos richte ich mich auf. Meine Hand stößt gegen Metall – die Walther. Noch schlaftrunken umschließe ich den Griff und taste nach meinen Schuhen, die ich neben der Matratze abgestellt habe. Alles andere liegt oben. Ich schleiche die Treppe hinauf. Die Tür quietscht in den Angeln, als ich sie öffne. Bevor ich sie wieder zuziehe, lausche ich nach unten. Alex' Atem geht unverändert regelmäßig. Vier Uhr zwölf, zeigt mein Handy mir an. Nur achtzehn Prozent Akku.

Die Sonne ist noch nicht aufgegangen. Das Gras ist nass, die Windschutzscheibe meines Autos taubeschlagen. Ich krame das Ladekabel mit dem Anschluss für den Zigarettenanzünder heraus und starte den Wagen.

Um diese Uhrzeit, in der völligen Stille, erscheint mir das Motorgeräusch monströs laut; ich hoffe, es weckt Alex nicht. Jede Minute Schlaf ist eine Gnade, besonders in seiner Lage. Er wird im Dunkeln aufwachen und nur langsam begreifen, dass ich fort bin. Ohne sich dessen wirklich sicher sein zu können.

Die Straßen sind verlassen hier draußen. Sobald ich mich der Stadt nähere, ändert sich das; es ist Sonntagmorgen, und manche, die sich die Nacht um die Ohren geschlagen haben, kommen jetzt erst heim.

Ich fahre nicht nach Hause. Ich habe Alex' Schlüssel in der Tasche; die Chance, ungesehen in ein fremdes Haus zu kommen, wird lange nicht mehr so groß sein wie an diesem Sonntagmorgen um kurz nach fünf. Im Rückspiegel sehe ich den ersten orangerosafarbenen Schimmer, als ich in die Brudermanngasse einbiege.

Mein Auto stelle ich zwei Straßen weiter ab. Mit Schlüsseln, Handtasche und immerhin halb geladenem Handy marschiere ich zu Haus Nummer sechs. Inspiziere die Namen neben den Türklingeln, finde Hufschmied neben der Zwölf.

Der zweite Schlüssel, den ich probiere, passt in das Schloss der Eingangstür. Im Treppenhaus riecht es nach Putzmittel, nach Chemie und Zitrone. Tür zwölf muss im dritten Stock sein.

Ich gehe zu Fuß, Aufzüge machen mehr Lärm als Sneakers auf Steintreppen; wer weiß, ob es hier nicht schlaflose Mitbewohner gibt, die sofort hinter den Türspion huschen, wenn sie Geräusche auf dem Gang hören.

Dritter Stock. Kein Namensschild, nur die Zwölf an der Tür. Diesmal errate ich den passenden Schlüssel auf Anhieb. Ich drehe ihn zweimal im Schloss und stehe in der Wohnung. Lausche hinein. Alex sagt, er wohnt alleine hier, aber erstens kann das eine Lüge sein, und zweitens heißt das ja nicht, dass er der Einzige im Besitz eines Schlüssels ist. Wenn er Verwandte hat, die über seinen Verbleib besorgt sind und hier warten …

Behutsam schließe ich die Tür hinter mir. Alles ruhig, bis auf ein beständiges Geräusch. Tropfendes Wasser. Es kommt von da, wo ich das Badezimmer vermute, und ist ein gutes Zeichen. Wäre jemand hier, hätte er den Hahn längst zugedreht.

Da ist das Wohnzimmer. Relativ ordentlich, ohne Schnickschnack. Parkettboden, eine Couchgruppe in Hellgrün, ein großer Flachbildfernseher. Beim Fenster ein Schreibtisch mit einem Notebook und einem Desktopcomputer, einem Stapel Bücher, Schreibzeug. Links die Tür ins Schlafzimmer, halb offen.

Schritt für Schritt schleiche ich darauf zu. Wenn doch jemand hier ist, dann da. Aber es ist, wie ich vermutet habe: Das Bett ist leer, allerdings gibt es zwei Garnituren Bettzeug. Was noch aus Lisas Zeiten stammen kann oder auf eine neue

Beziehung hinweist. Zumindest auf gelegentlichen nächtlichen Besuch.

In der Küche stehen ein Teller und ein Weinglas in der Abtropfe, der Kühlschrank beherbergt Butter, Käse, eine Packung Milch und drei Flaschen Bier.

Alles, was ich anfasse, wische ich im Anschluss sorgfältig mit einem Küchentuch ab, wobei ich mir selbst versichere, dass ich das nicht tue, weil die Polizei hier Spuren sichern wird, wenn man Alex tot auffindet. Das ist nicht der Grund. Ich binde mir auch die Haare nur deshalb zusammen, damit sie mir beim Herumstöbern nicht im Weg sind.

In einem Badezimmerschrank finde ich originalverpackte Haushaltshandschuhe und streife sie über. Drehe den Hahn an der tropfenden Dusche zu und kehre ins Wohnzimmer zurück, wo die Computer stehen.

Meine Hoffnung auf einen Rundgang durch Alex' Dateien und Mails ist gering, und sie erfüllt sich natürlich nicht. Beide Rechner sind passwortgeschützt, weiter als bis zum Hintergrundbild komme ich nicht. Auf dem Desktop ist das ein sonnenbeschienener Berghang im Winter, wo Alex in Skimontur posiert. Alleine. Der Notebook-Hintergrund zeigt nur eine verschwommene, grünblaue Fläche und die Aufforderung, ein Passwort einzugeben oder das Gerät per Fingerabdruck zu entsperren.

Meine Zeit mit Passwort-Raten zu verschwenden, kommt nicht infrage. Aufschlussreicher wird es sein, sich durch die Schreibtischschubladen zu kramen. In der ersten finde ich eine Menge alter USB-Sticks, manche davon beschriftet. *Seminar2b, Backup 1–9, Drafts.* Klingt nach Unizeug, das Alex offenbar nicht nur in der Cloud sichert.

Spray für die Displayreinigung, ein Mikrofasertuch. Eine Maus, ein paar USB-Kabel. Nächste Schublade.

Wie es scheint, stopft Alex hier den gesamten Bürokram

165

hinein, der auf dem Schreibtisch keinen Platz mehr hat: Locher, Druckerpatronen, Hefter, diverse Schreibutensilien. Ich will die Lade schon wieder schließen, als mir ein vertrautes Logo ins Auge sticht. Ein großes, weißes C auf einem blauen Kugelschreiber. Ich hole ihn heraus und sehe ihn zwischen meinen Fingern leicht zittern.

Court-Hotel Frankfurt.

Ein modernes, gehobenes Haus nahe dem Messegelände. Das Hotel, in dem Andrei bevorzugt Leute untergebracht hat, bei denen er einen guten Eindruck hinterlassen wollte.

Ich beiße mir auf die Unterlippe, bis es schmerzt. Dieser Kugelschreiber kann nicht zufällig in Alex' Wiener Wohnung gelandet sein. Entweder jemand hat ihn hier vergessen, als er zu Besuch war, oder – viel wahrscheinlicher – Alex war Gast des Hotels und hat ihn eingesteckt.

Dass ich nicht an die Informationen im Computer herankomme, wiegt jetzt schwerer als zuvor. Ich könnte ins Haus zurückfahren, mit dem Notebook unter dem Arm, und ihn zwingen, es für mich zu entsperren.

Das wird er nur tun, wenn ich Gewalt anwende. Ich presse mir die Hände gegen die Schläfen, hinter denen es schmerzhaft zu ziehen beginnt. Ich bin schon so weit gegangen, viel zu weit. Ich habe einen Menschen eingesperrt und angekettet, ohne genau zu wissen, ob er wirklich eine Gefahr für mich darstellt. Nun macht es ganz den Eindruck, als hätte ich recht gehabt. Nur ist diese Information alleine zu wenig, und Alex ist nicht kooperativ. Ich müsste anfangen, ihn zu quälen, um zu erfahren, was ich wissen will, doch dann bin ich auf dem Niveau der Karpins angelangt.

Die nächste Schublade. Druckerpapier, ein paar dünne Mappen, in denen sich Bedienungsanleitungen befinden. Nirgendwo ausgedruckte Mails oder Fotos, aber diese Mühe macht sich heute eben kaum noch jemand. Mich eingeschlossen.

Mein Blick fällt auf das Lowboard; dort liegen neben dem Fernseher ein paar geöffnete Briefumschläge. Ohne große Hoffnung blättere ich sie durch. Hauptsächlich Rechnungen. Für die Autoversicherung, für eine online bestellte Jacke, für ebenfalls übers Netz bezogene Damenohrringe.

Ein Geschenk, offensichtlich. Das auf der Rechnung angeführte Datum ist der Freitag vor zwei Wochen – was bedeutet, der Schmuck kann nicht für Eileen gedacht gewesen sein, denn so lange kennen sie sich noch nicht. Gibt es doch eine Freundin? Das würde auch die zwei Garnituren Bettzeug erklären.

Ein Blick in die Nachttischschublade: Nasentropfen, Taschentücher und Kondome. Die Packung ist bereits geöffnet, zölibatär lebt er also nicht. Hätte mich auch gewundert.

Im Kleiderschrank nichts Auffälliges, im Badezimmer drei verschiedene Herrendüfte, Antihistaminika, ein dunkelblauer Bademantel. Nur eine Zahnbürste. Im Schrank über dem Waschbecken Aspirin, Mundwasser, Rasierschaum, Aftershave, Deo. Kein Hinweis darauf, dass er regelmäßig Medikamente braucht, aber das hätte er mir ohnehin mitgeteilt.

Ratlos setze ich mich auf die hellgrüne Couch im Wohnzimmer. Bis auf den Hotelkugelschreiber habe ich nichts gefunden, das mir weiterhilft. Und selbst der könnte zufällig hier gelandet sein.

Es ist jetzt nach sechs, aber die Straße vor dem Fenster ist immer noch menschenleer. Vielleicht wäre es gut, mich aus dem Staub zu machen. Allerdings nicht ohne Kugelschreiber und Notebook.

Zu Hause sinke ich ins Bett, während um mich herum der Sonntag beginnt. Erlange erst nach zwölf Uhr wieder so etwas wie Bewusstsein. Die Kopfschmerzen, die sich schon in den frühen Morgenstunden angekündigt haben, sind jetzt voll erblüht. Jede Bewegung schmerzt, und als ich aufstehe, wird mir schwindelig.

Eigentlich wollte ich heute Abend wieder ins Haus fahren, aber allein der Gedanke ist unerträglich. Ich schaffe es gerade bis ins Badezimmer, schlucke ein Ibuprofen und wanke zurück ins Bett.

Das passiert, wenn ich zu viel Druck ausgesetzt bin, die Schmerzen kommen zuverlässig, wenn er kurz nachlässt. Es gab Zeiten, in denen ich praktisch von Kaffee und Tabletten gelebt habe. Ich sollte heute im Bett bleiben, das heißt, ich werde Alex nicht besuchen. Die Gefahr, dass ich Fehler mache, ist in dem Zustand zu groß. Ich muss nachdenken, und soweit ich mich erinnere, ist er gut versorgt. Zwei Wasserflaschen stehen nah genug bei ihm, nicht wahr? Ja, da bin ich eigentlich sicher. Und daneben liegt die angebrochene Schachtel Kekse. Ich schließe die Augen. Er wird über die Runden kommen, auch wenn ich erst morgen nach der Arbeit wieder rausfahre.

Ich drehe mich um, voller Dankbarkeit, dass die Tablette zu wirken beginnt. Als ich wieder aufwache, ist es fünf Uhr, und mein Kopf fühlt sich dumpf an. Schwammig. Alex' Laptop steht auf dem Nachttisch neben mir. Immer noch liegend, klappe ich ihn auf. Verschwommenes Grünblau. *Touch-ID oder Passwort eingeben.*

Touch-ID. Natürlich, wieso fällt mir das jetzt erst ein? Die kann ich Alex abzwingen, und dafür werde ich ihm nicht einmal allzu sehr wehtun müssen.

Aber nicht mehr heute.

Nachdem ich den halben Tag verschlafen habe, wache ich nachts mehrmals auf, immer aus verstörenden Träumen. Einmal reißt Alex sich los und stürmt unmittelbar danach mit Boris und Pascha meine Wohnung. Einmal komme ich in den Keller und finde ihn mit blauem Gesicht vor, weil er sich in der Kette erhängt hat.

Gegen fünf Uhr beschließe ich, dass die Nacht zu Ende sein darf. Ich drücke einen doppelten Espresso aus der Maschine und stelle mich ans Fenster. Wieder ein Morgen, der sich anfühlt, als würde er mir alleine gehören. Im Radio sagen sie, dass es heute bis zu dreiundzwanzig Grad werden sollen, danach läuft *Vienna* von Declan Donovan. Wie passend. *You're the perfect stranger in my life,* singt er, was mich an dich denken lässt. Die nächste Zeile *I'll chase you to the end of the world* beschwört Andreis Bild herauf. Ich schalte das Radio aus.

Noch fährt keine Straßenbahn, aber das macht nichts, es ist ohnehin besser, heute das Auto zu nehmen. Dann kann ich nach der Arbeit gleich zum Abbruchhaus fahren. Ohne die Walther diesmal, ich will sie weder mit in den Laden nehmen noch im Mazda lassen. Dafür mit Notebook.

Vor einem der Steinmetzbetriebe finde ich einen Parkplatz und schlendere die Mauer entlang zur Blumenhandlung. Kurz vor halb sieben. Ich könnte jetzt mit den Kränzen anfangen, sie Matti präsentieren und früher gehen. Auch, wenn ich es mir nur ungern eingestehe, ich mache mir Sorgen um Alex. Diesmal sitzt er unverhältnismäßig lange allein im Dunkel, ich hoffe, das zermürbt ihn nicht zu sehr. Es hilft mir nicht, wenn er den Kontakt zu Andrei zugibt, nur, damit ich ihn rauslasse.

Was ich ohnehin nicht tun kann.

Ich wünschte, Robert würde sich endlich melden, ohne ihn komme ich aus der ganzen Sache nicht mehr raus. Ich würde ihn anflehen, nach Wien zu kommen, und dann könnte ich Alex ihm überlassen. Ihm und seiner polizeilichen Recherche; er könnte Telefonverbindungsprotokolle anfordern, ein Bewegungsprofil erstellen lassen, all diese Dinge tun, die mir unmöglich sind. Aber Robert stellt sich tot.

Weil es jetzt schon angenehm warm ist und die frische Luft meinen Kopf klarer macht, verlege ich meinen Arbeitsplatz in den Hinterhof. Dort liegt immer noch die Leiter, mit der ich auf die Mauer geklettert bin. Als ich mir das Material für den ersten Kranz aus dem Kühlraum geholt habe und gerade beginnen will, höre ich von jenseits der Wand Geschrei. Eine helle Stimme ruft etwas in einer Sprache, die ich für Arabisch halte, und hängt ein verzweifeltes »Schnell!« ans Ende.

Ich lasse Draht und Zange sinken. Jemand ist dazugekommen, diese Stimme ist tiefer. »Was ist denn los, ich verstehe dich nicht!«

»Komm!«, ruft der Erste. »Schnell!«

Wieder ein geschändetes Grab, denke ich, aber es fühlt sich nicht richtig an. Dafür war das Entsetzen in der Stimme des ersten Mannes zu groß.

Die Leiter. Ich könnte sie aufstellen und einen Blick über die Mauer werfen, wo sich jetzt immer mehr Menschen zu sammeln scheinen. Unter ihnen meine ich Albert zu hören.

»Was ist …«

»Ich weiß es nicht, ich kenne den da nicht …«

»Wo geblieben?«

»Ich habe keine Ahnung, ich bin gerade erst …«

»Soll jemand die Polizei rufen?«

Und dann, wieder die erste Stimme: »Schnell!«

Ich pfeife auf die Leiter, stattdessen laufe ich hinaus, sperre den Laden ab und husche zum Tor. Es ist kurz nach sieben, es müsste geöffnet sein.

Ist es; der Portier hat sich zu der kleinen Menschentraube gesellt, die nahe dem noch geschlossenen Café steht.

»Hat sonst jemand etwas gesehen?« Einer der Totengräber hat die Hand auf die Schulter eines dunkelhaarigen Jungen gelegt, der immer nur das Wort »schnell« wiederholt und unbestimmt hinter sich weist. In die Richtung, wo die Friedhofskirche liegt, und dahinter Tausende Gräber.

»Zeig es uns!«, ruft Albert. Das dürfte der Junge verstehen, er schüttelt vehement den Kopf und stößt ein paar Worte aus, die keiner der Anwesenden versteht. Ich kenne ihn nicht, aber mir ist der Ausdruck in seinem Gesicht vertraut. Schock. Ungläubigkeit. Er ist wirklich noch jung, sechzehn vielleicht.

»Spricht hier jemand Türkisch?« Der Portier blickt von einem zum Nächsten.

»Kemal ist in der Gärtnerei«, erklärt einer der Gärtner. »Soll ich ihn holen?«

Der Junge schüttelt wieder den Kopf. Er zieht aus seiner Hosentasche eine zerknitterte Supermarktrechnung und streckt fordernd die Hand aus. Albert ist der Erste, der begreift. »Wir brauchen einen Stift.«

Der Portier hat einen, er reicht ihn dem Jungen, und der kritzelt zwei Ziffern aufs Papier, dahinter einen Buchstaben. 47B.

»Okay, danke dir«, sagt Albert. »Äh – wie heißt du?«

Auch das versteht der Junge. »Dariusch«, murmelt er.

»Gut, Dariusch. Danke. Sollen wir die Polizei rufen? Polizei?«

Heftiges Nicken. »Polizei.«

Der Portier holt das Telefon heraus, Albert und drei andere laufen in den Friedhof hinein. Ich lege Dariusch einen Arm um die schmalen Schultern. »Wo kommst du her?«, frage ich langsam. »Iran?«

»Afghanistan.«

Ich nicke. Ob wir jemanden hier haben, der Paschtunisch spricht, weiß ich leider nicht. Seiner Kleidung nach vermute ich, dass Dariusch in der Gärtnerei arbeitet, und einer der Nettesten dort ist Goran. Hoffentlich ist er schon da.

Dahin, wo auf der Rechnung noch Platz ist, schreibe ich eine kurze Nachricht: *Goran, das ist Dariusch, kümmere dich ein wenig um ihn. Ich glaube, er hat gerade einen Toten gefunden. Danke, Carolin.*

Ich drücke dem Jungen den Zettel in die Hand. »Du kennst Goran? Ja? Gut. Geh zu ihm. Gib ihm das Papier.« Dariusch läuft davon, und ich verharre einen Moment lang unschlüssig, bevor ich mich in Bewegung setze. Nicht in Richtung Blumenhandlung, wie es vernünftig wäre, sondern auf Gruppe 47B zu. Im Gehen schüttle ich den Kopf. Irgendetwas stimmt einfach nicht mit mir.

10.

Sie stehen zu viert da und versperren mir den Blick auf das Grab, um das es offenbar geht. Albert sehe ich im Profil, er hat eine Hand vor den Mund gelegt. Einer seiner Kollegen hat sein Smartphone in der Hand. Ob er textet oder fotografiert, kann ich nicht beurteilen.

Im Näherkommen entdecke ich einen blauen Rucksack, der am Nebengrab lehnt, halb geöffnet. Albert dreht sich zu mir um, rote Flecken im blassen Gesicht. »Geh wieder zurück, das hier ist nichts für dich!«

Bestimmt hat er damit recht, aber meine Beine bewegen sich wie von selbst voran. Albert zuckt mit den Schultern und tritt einen Meter zur Seite.

Da liegt ein Arm im Gras, die dazugehörige Hand ist blutverschmiert. Ein Schritt weiter, und nun blicke ich in ein Gesicht mit trüben Augen. Aus der Nase ist Blut geflossen, der Mund ist so weit aufgerissen, dass es wirkt, als wäre der Unterkiefer ausgerenkt.

Der Mann ist schreiend gestorben, oder nach Luft ringend, aber auf dem nächtlichen Friedhof hat ihn niemand gehört. Ich habe den Toten noch nie gesehen. Sein Haar ist schmutzig grau, ein Schnurrbart der gleichen Farbe verdeckt seine Oberlippe.

Erst als ich direkt vor dem Grab stehe, wird mir klar, wie der Mann ums Leben gekommen ist. Dass es vermutlich kein Mord war. Trotzdem braucht mein Verstand einige Sekunden, um die Zusammenhänge zu begreifen.

Von dem Toten ist nur der Torso zu sehen. Alles, was sich unterhalb befindet, muss im Inneren des Grabs hängen, unter dem steinernen Grabdeckel. Halb eingeklemmt unter der Platte sehe ich blaues Metall, an dem zwei Räder und ein langer Griff befestigt sind. Ich bin keine Expertin, aber ich halte das für einen Wagenheber, wahrscheinlich hydraulisch. Einen, mit dem man Lkw anheben kann – oder Grabplatten.

Der Mann muss versucht haben, das Grab zu öffnen, nur hat er sich diesmal keines vorgenommen, von dem man nur Pflanzen reißen und Erde schaufeln musste. Dieses ist mit einer tonnenschweren Granitplatte abgedeckt. Er hat sie tatsächlich auf einer Seite anheben können – und muss dann damit begonnen haben, sich ins Grab hinunterzulassen, mit den Beinen voraus. Und dann ...

Hat der Wagenheber versagt? Ist er abgerutscht? Ich weiß zu wenig über diese Geräte, um ihre möglichen Schwächen zu kennen. Doch offensichtlich war das Gewicht der Grabplatte zu viel für den Heber, und sie ist auf den halb in der Grube befindlichen Mann gestürzt.

Die Vorstellung drückt mir selbst die Luft ab. Sein Rückgrat muss sofort gebrochen gewesen sein, aber wer weiß, wie lange er noch gelebt hat, bis Kreislauf und Organe versagt haben. Ich schlucke, es schmeckt salzig. War er alleine hier? Oder waren sie eine Gruppe, wie beim letzten Mal? Sind die anderen abgehauen, als das Unglück passierte, und haben ihn zurückgelassen? Ihn, seinen Rucksack und den Wagenheber? War Biber dabei?

Niemand achtet auf mich, also schieße ich drei Fotos, aus dem unbestimmten Gefühl heraus, dass ich sie noch brauchen werde. Dann drehe ich mich um und gehe zurück. In meinem Magen rumort es, außerdem friere ich, trotz der frühsommerlichen Temperaturen. Dass Dariusch verstört war, ist kein Wunder, selbst wenn er in Afghanistan schon Tote gesehen haben sollte. Dieser Anblick hier wird uns alle bis in unsere Träume verfolgen. Als hätten wir einen lebendig

Begrabenen gefunden, der vergeblich versucht hat, sich an die Oberfläche zu kämpfen.

Tassani betritt die Blumenhandlung kurz nach Mittag. Er hält sich diesmal nicht mit Höflichkeiten auf, sondern steuert direkt auf mich zu und komplimentiert mich aus dem Laden. »Sie wissen, was passiert ist?«

Abstreiten hat keinen Zweck, Albert hat ihm sicher erzählt, dass ich da war. »Ja. War eine ziemliche Aufregung so früh am Morgen, die konnte ich gar nicht verpassen.«

»Kennen Sie den Toten?«

»Nein.« Das kann ich guten Gewissens behaupten.

Tassani mustert mich prüfend. »Sie haben mich am Wochenende angerufen. Warum?«

Ich habe schon befürchtet, dass dieser Anruf wie ein Bumerang auf mich zurückkommen würde. »Es war ... nur eine Kleinigkeit und sicher nicht wichtig. Vernünftig von Ihnen, am Samstag nicht ans Handy zu gehen.«

Er unterbricht mich mit einer ungeduldigen Handbewegung. »Ich habe keine Nerven mehr für Ihre Ausweichmanöver. Was wollten Sie mir sagen?«

Mein Kopf spielt blitzschnell mehrere Möglichkeiten durch, unter anderem die, zu behaupten, es wäre ein privater Anruf gewesen. Eine Einladung auf Kaffee oder Drinks. Deshalb am Wochenende. Aber was spricht eigentlich dagegen, bei der Wahrheit zu bleiben? Zumindest bei dem Teil davon, der den Samstag betrifft? »Es war jemand bei dem Grab, auf dem der tote Anwalt gefunden wurde. Hat den Eindruck gemacht, als würde er etwas suchen, und ich dachte, das wüssten Sie vielleicht gerne.«

Tassani nickt langsam. »Allerdings. Mann oder Frau?«

»Mann.«

»Können Sie ihn beschreiben?«

Und ob ich das kann, aber ich tue so, als müsste ich erst nachdenken. »Ziemlich groß, rotes Haar, das schon recht schütter wird. Vom Alter her würde ich sagen – irgendwo in den Fünfzigern. Schwer zu schätzen. Er hatte eine Jeansjacke an, mit einem verblassten Aufdruck auf dem Rücken. Sah aus wie ein Wappen.«

Tassani hat sich Notizen gemacht. »Wie genau hat er sich verhalten?«

»Er hat den Boden abgetastet. Das Gras. So, als hätte er etwas verloren, das er wiederfinden will.«

»Wo genau?«

»Gruppe 133. Dann ist er in Richtung des evangelischen Friedhofs gegangen.« Dorthin, wo eine anonyme Anruferin Blutspuren gesehen und der Polizei gemeldet hat. Tassani stellt die gleiche Verbindung her, es ist ihm anzusehen.

»Sie sind ihm gefolgt?«

»Nur ein Stück. Weil er mir eben merkwürdig vorkam.«

»Aber nicht merkwürdig genug, als dass Sie mir eine Nachricht auf der Sprachbox hinterlassen wollten?«

Ich seufze. Nicke. »Ja, das trifft es ziemlich genau.«

»Gibt es sonst noch etwas, das ich wissen müsste?« Seine Stimme ist schärfer als nötig, was mich sofort an Alex denken lässt. Kann Tassani mir am Gesicht ablesen, dass ich etwas zu verbergen habe? Ich lächle demonstrativ; es kostet mich fast körperliche Anstrengung. Wie es aussieht, eigne ich mich nicht zur Entführerin.

»Eine Sache fällt mir noch ein«, murmle ich. Ein Detail, das ich noch nicht erwähnt habe. Das auffälligste von allen. »Die Zähne des Mannes – also, die Vorderzähne oben – sind länger als normal.« Ich blicke zu Boden. »Wie bei einem Biber.«

Am Nachmittag drohen die Kopfschmerzen zurückzukehren. Ich schlucke vorsichtshalber zwei Ibuprofen, unter Eileens fragendem Blick. »Ich hatte Migräne am Wochenende«, erkläre ich.

Sie nickt. Ist ungewöhnlich schweigsam heute. »Und du?«, frage ich. »Alles okay?«

Eileen verzieht das Gesicht. »Glaub es oder nicht, Alex hat sich immer noch nicht gemeldet. Er ghostet mich einfach. Ich habe ihm eine ziemlich böse WhatsApp geschickt, aber die ist nicht angekommen. Sieht aus, als wäre er offline.«

»Aber bestimmt nicht deinetwegen.« Meine Stimme klingt heiser. »Ich bin sicher, er will dich nicht verletzen. Und vielleicht ist es ganz gut so – denk an Lukas. Hattet ihr kein schönes Wochenende?«

»Er war bei seiner Großmutter in Linz.« Sie blickt auf. »Glaubst du, Alex könnte etwas zugestoßen sein? Das wäre ja auch möglich. Dass er einen Unfall gehabt hat oder krank geworden ist.«

Mein Magen zieht sich noch schmerzhafter zusammen als vorhin, wahrscheinlich, weil ich die Tabletten nüchtern eingenommen habe. »Das glaube ich nicht. Matti studiert doch täglich die Zeitung, und wenn da etwas über den schweren Unfall eines Studenten berichtet worden wäre, hätte er uns das erzählt.« Das ist eine sehr dürftige Aufmunterung, und Eileen schnaubt missbilligend. Zu Recht. »Bei allem, was gerade los ist? Er ist doch total beschäftigt mit dem Tratsch rund um die neue Leiche. Er hat noch einen Blick darauf werfen können, bevor die Polizei alles abgesperrt hat. Für ihn wird es heute kein anderes Thema geben.« Sie zieht ihr Smartphone aus der Schürzentasche. »Ich habe selbst schon gegoogelt, nach Unfällen und so. War aber nichts los die letzten Tage. Außer, Alex ist nach Tirol gefahren. Da gab es einen Kletterunfall.«

Ich sollte irgendetwas hinunterwürgen, um meinen Magen zu beruhigen. »Mach dir nicht zu viele Sorgen.« Wenn mir nicht schon allein der Gedanke Brechreiz bescheren würde. »Ich bin sicher, es geht ihm gut.« Jedenfalls den Umständen entsprechend.

Eileen nickt unzufrieden und wendet sich der Kundin zu, die eben den Laden betritt. Draußen fährt der erste Wagen eines Privatsenders vor. Ein paar Minuten später kommt Matti zurück, in merkwürdig betroffen aufgekratzter Stimmung. »So was habe ich noch nie gesehen. Ich weiß gar nicht, ob ich Paula davon erzählen soll, sie regt sich immer so auf.«

»Sie sieht es ohnehin in den Nachrichten. Lass einfach die blutigen Details raus«, schlage ich vor. »Kann ich schnell für zehn Minuten weg?«

Matti bejaht großzügig, und ich trete vor den Laden. Normalerweise scanne ich die Umgebung ganz unbewusst, sobald ich mich nach draußen wage; heute tue ich es mit doppelter Gründlichkeit. Ich halte nicht nur Ausschau nach Leuten, die aussehen, als könnten sie für Andrei arbeiten, sondern jetzt auch nach der Presse, die sicherlich Zeugen sucht, die den Toten gesehen haben. Albert scheinen sie bereits gefunden zu haben, oder er hat sich aufgedrängt: Er steht mit einer bildschönen blonden Frau am Rand des Parkplatzes. Sie hat zwar kein Mikro in der Hand, aber sie redet auf ihn ein, und er ist schon dabei, sein Smartphone herauszuziehen.

Ich drehe mich weg, bevor sie mich sehen, die Aufmerksamkeit von Journalisten ist das Letzte, was ich brauchen kann. Ich werde besser den Weg durch den Friedhof nehmen, auch wenn dort die Gefahr größer ist, Polizisten über den Weg zu laufen. Tassani traut mir ohnehin nicht, und das wird er noch weniger tun, wenn man mich gleich zur nächsten Telefonzelle huschen sieht. Er weiß schließlich, dass ich ein Handy habe.

Ich muss Robert erreichen. Aber seit ich Alex eingesperrt

habe, beunruhigt es mich, dass Tassani meine Nummer kennt. Wenn jemand auf die Idee kommen sollte, sie orten zu wollen, wird er meine regelmäßigen Fahrten in Richtung Abbruchhaus nachvollziehen können.

Wie immer ist die Telefonzelle leer. Ich werfe die ersten beiden Zwei-Euro-Stücke ein. Wähle Roberts Handynummer. Kein Freizeichen, dafür eine künstliche weibliche Stimme: *Ihr gewünschter Gesprächspartner ist derzeit nicht erreichbar. Bitte versuchen Sie es zu einem späteren Zeitpunkt.*

Ich fluche stumm in mich hinein. Also muss ich doch übers Büro gehen. Ich wähle die Nummer des BKA in Wiesbaden, inklusive seiner Nebenstelle, doch abgenommen wird von der Vermittlung.

»Ich möchte bitte Robert Lesch sprechen. Es ist dringend.«

Pause am anderen Ende. »Einen Moment. Mit wem spreche ich?«

»Carolin Bauer«, antworte ich widerwillig.

»Bleiben Sie bitte in der Leitung.«

Ich warte und sehe dem Zähler dabei zu, wie er zehncentweise mein Guthaben verringert. Draußen fährt der Kleinbus eines Privatsenders vorbei; das auch noch. Robert hat mir eingeschärft, auf Distanz zu den Verbrechen am Friedhof zu bleiben. *Man wird auch die ausländische Presse im Auge behalten.*

Mag sein, dass ich dumm genug war, die Polizei auf mich aufmerksam zu machen – mit den Medien wird mir das nicht passieren. Und ich werde mir Roberts Tipps zu Herzen nehmen, wenn ich ihn endlich in der Leitung habe.

»Hallo? Frau Bauer?« Wieder eine weibliche Stimme.

»Ja! Ich möchte mit Robert Lesch sprechen.«

»Das ist zurzeit leider nicht möglich. Kann ich Ihnen weiterhelfen?«

Ich atme tief durch. Vielleicht ist er auf dem Weg hierher.

Nach Wien. Andererseits war er gerade erst hier, gewissermaßen. »Nein, ich muss mit Herrn Lesch persönlich reden. Wann wird er wieder erreichbar sein?«

Die Pause, bis die Frau weiterspricht, dauert viel zu lange. »Das ist leider nicht abzuschätzen. Herr Lesch ist im Krankenstand.«

Wieder einmal weiß mein Körper mehr als mein Verstand, mein Magen schmerzt nun wirklich, Schweiß tritt mir auf die Stirn. Vor ein paar Tagen war Robert noch kerngesund. Natürlich kann er einen Herzinfarkt oder Schlaganfall erlitten haben, das wäre bei seinem Zigarettenkonsum kein Wunder, doch ich befürchte etwas anderes. »Liegt er im Krankenhaus? Kann ich ihn besuchen?« Das ist ein zum Scheitern verurteilter Versuch, aber vielleicht klinge ich ja mitleiderregend genug.

»Tut mir leid. Ich bin nicht befugt, weitere Auskünfte zu erteilen. Aber Sie können mir Ihr Anliegen gerne mitteilen. Entweder, ich selbst kann Ihnen helfen, oder ich leite Sie an die entsprechende Stelle weiter.«

Ich starre auf die abgenutzten Tasten des Telefons. »Hören Sie, Sie müssen mir sagen, was los ist, ohne Robert Lesch ...« In diesem Moment ist mein Guthaben verbraucht. Das Gespräch bricht ab.

Ich würde gern mit dem Hörer auf die Wände der Zelle eindreschen, aber draußen geht jemand vorbei. Ich atme tief ein und aus. Robert ist im Krankenstand, aha. Mit einer Blinddarmentzündung? Oder einem Bauchschuss? Oder das ist alles eine Lüge, und in Wahrheit haben die Karpins ihn geschnappt und ihn in einen ihrer Keller gesperrt. Wenn es so ist, dauert es keine halbe Stunde, bis sie wissen, was sie wissen wollen. Meinen neuen Namen, meine Adresse, alles.

Ich fühle die vertraute Welle aus Panik in mir hochwallen, zuerst beschleunigt sie meinen Puls, dann drückt sie mir den

180

Atem ab. Immer noch halte ich den Hörer in der Hand, schaffe es erst beim dritten Versuch, ihn auf die Gabel zu hängen.

Nein. So gehen die Karpins nicht vor, sie entführen keine Polizisten. Der offene Krieg interessiert sie nicht. Soweit es geht, fliegen die erfolgreichen Clans alle unter dem Radar der Polizei. Gelegentlich versuchen sie, einen Beamten zu kaufen, um sich vorab über geplante Aktionen informieren zu lassen, aber das läuft immer über die Strohmänner von Strohmännern. Sich Robert zu schnappen und ihn im Anschluss – natürlich – zu töten, wäre ein grober Fehler. Den Andrei nicht machen würde ... aber jemand anders? Ich schließe die Augen und lehne mich an die Wand der Telefonzelle. Es ist unwahrscheinlich. Es ist untypisch. Unmöglich ist es aber nicht.

Es dauert fünf Minuten, bis meine Panik sich so weit gelegt hat, dass ich mich auf den Weg zurück machen kann. Vielleicht ist Robert ja wirklich krank. Magengeschwür, Nierensteine oder ein gebrochenes Bein. Auch wenn meine Instinkte mir diese Erklärung nicht abkaufen.

Krankenstand. Länge nicht abschätzbar. Es hat sich wie eine Schutzbehauptung angehört, und mir fällt keine Möglichkeit ein, an die Wahrheit heranzukommen. Robert ist meine einzig richtige Verbindung zu früher. Zwei seiner Vorgesetzten wissen ebenfalls, dass ich noch lebe, aber ich kenne nicht einmal deren Namen. Würde einer von ihnen mich informieren, wenn Robert tot wäre?

Ich könnte googeln, vom Blumenladen aus. Mattis Computer ist zwar eine langsame Krücke, aber ich werde eben geduldig sein. Ohne es zu merken, habe ich mein Gehtempo erhöht. Ich schlage einen Haken, als ich sehe, dass die Sendewagen offenbar aufs Friedhofsgelände fahren durften. Eine Frau mit Mikrofon läuft bereits zwischen den Gräberreihen herum, sie ist ebenfalls blond, aber nicht diejenige, mit der

Albert gesprochen hat. Hinter ihr ein massiger Glatzkopf mit Kamera auf der Schulter.

Ich senke den Kopf und wünsche mir meinen Schleier herbei. Wenn Robert tot ist, lassen die anderen mich dann fallen? Ich weiß, dass vor allem er sich für meinen Schutz eingesetzt hat.

Noch schneller gehen. Da vorne ist schon der Blumenladen, ein schwarz gekleidetes Paar kommt eben mit Grabsträußchen heraus. Im gleichen Moment tritt mir jemand in den Weg.

Ich habe ihn nicht kommen sehen, das erschreckt mich am meisten. Ich habe nur zu Boden und auf mein Ziel gestarrt, deshalb laufe ich nun beinahe in den Mann hinein.

»Wo waren Sie denn?« Tassani mustert mich von oben bis unten.

»Mittagspause«, krächze ich.

»Auf dem Friedhof?«

Ich nicke stumm. Verfluche mich für meine mangelnde Vorsicht, denn so wie Tassani hätte mich auch jeder andere überrumpeln können.

Ein weiterer prüfender Blick. »Ich möchte Sie bitten, mich in etwa zwei Stunden in mein Büro zu begleiten.«

Mein Herz schlägt nicht nur im Hals, sondern auch im Bauchraum, hinter den Schläfen, in den Fingerspitzen. Verdächtigt Tassani mich? Oder hat das BKA ihn kontaktiert und er will mir erzählen, was mit Robert passiert ist? »Warum?«

»Ich möchte Ihnen Fotos zeigen. Vielleicht erkennen Sie auf einem davon den Mann, den Sie letztens beobachtet haben.«

Biber. Ich nicke zögernd. »Wir können auch gerne gleich fahren. Mein Chef hat sicher Verständnis.«

»Mag sein.« Tassani wirkt ungeduldig. »Aber glauben Sie

es oder nicht, ich habe noch zu tun. Ich will diesmal persönlich sicherstellen, dass die Spurensicherung einen größeren Radius bearbeitet als beim letzten Mal.« Ein bohrender Blick aus dunklen Augen. »Damit uns nicht wieder anonyme Anrufer auf Blutspuren aufmerksam machen müssen.«

Ich vermeide es bewusst, auf die Uhr zu sehen, aber es muss bereits knapp drei sein. Wenn ich um fünf mit Tassani losfahre, wenn ich auf der Polizei eine oder zwei Stunden brauche, oder länger ... dann schaffe ich es erst wer weiß wann zu Alex ins Abbruchhaus. Und kann nichts mehr für ihn einkaufen.

Ich blicke zu Boden, als könnte ich dort die Lösung des Problems finden. »Und wenn ein Kollege mit mir aufs Präsidium fährt? Dann hätten wir die Sache schneller erledigt.«

Tassani neigt den Kopf ein kleines Stück zur Seite. »Haben Sie etwa Pläne für heute Abend?«

»Nein. Ich bringe nur unangenehme Dinge gern hinter mich.«

Er schnalzt amüsiert mit der Zunge. »Ich werde versuchen, die Sache für Sie so angenehm wie möglich zu gestalten. Persönlich. Gegen fünf, halb sechs bin ich hier und hole Sie ab.« Seine Stimme ist so sachlich, dass nicht einmal der Hauch einer Zweideutigkeit aufkommt. Es ist klar, Tassani traut mir nicht, ich war von Beginn an zu auffällig.

»In Ordnung. Bis später.« Mit dem Gefühl, dass mir die Fäden einer nach dem anderen entgleiten, kehre ich in den Laden zurück, wo Matti zwei sichtlich faszinierten Kunden seine Eindrücke des heutigen Morgens schildert. »... halb im Grab gesteckt, als würde er herausklettern wollen, aber wahrscheinlich ist er gerade hineingeklettert, und dann ist die Platte ...«

Ich verdrücke mich zum Computer und rufe eine der deutschen Nachrichtenseiten auf. Robert würde nicht namentlich erwähnt werden, aber man würde von einem hohen BKA-Beamten sprechen. Ich scrolle, suche, finde nichts. Keine Schießerei, kein Schlag gegen das organisierte Verbrechen, bei dem Polizisten verletzt oder getötet wurden. Nicht so wie damals.

Schließlich gebe ich bei Google seinen vollen Namen ein. Robert Lesch. Die Suchmaschine spuckt eine Menge Treffer aus, aber keiner der Männer ist der, den ich suche. Erst auf der zweiten und dritten Seite finde ich Links zu Zeitungsartikeln, in denen er namentlich erwähnt ist. Keiner davon neu.

Mit tauben Fingern schließe ich den Browser und setze mich ins Hinterzimmer. Zwei Kränze schaffe ich noch bis fünf Uhr, wenn ich mich beeile.

AUTOBAHNPARKPLATZ

– Das ist viel Geld. Wirklich in bar?
– Natürlich in bar. Fünfzigtausend gleich, zweihundert-
fünfzigtausend nach Erledigung.
– Ich werde ein bisschen Zeit brauchen.
– Ein bisschen ist in Ordnung. Zu lange wäre schlecht,
wir können keine Risiken eingehen.
– Ja. Und danach?
– Wie, danach?
– Na ja, was passiert dann?
– Ich sagte es doch. Sie kriegen den Rest der Summe.
– Werde ich Schwierigkeiten mit der Polizei haben?
– Das hängt von Ihnen ab. Wenn Sie sich geschickt an-
stellen, wahrscheinlich nicht.
– Von Ihnen bekomme ich keine Hilfe?
– Von mir bekommen Sie Geld.

11.

Tassani steht zwanzig nach fünf vor der Blumenhandlung, gemeinsam mit einem Kollegen. Zu zweit führen sie mich zu ihrem Auto und lassen mich hinten einsteigen. Obwohl keiner von ihnen mich anfasst, fühlt es sich merkwürdig nach Festnahme an.

Die Fahrt verläuft schweigsamer, als mir angenehm ist. »Wissen Sie schon, wer der Tote ist?«, frage ich nach ein paar Minuten.

»Ja«, sagt Tassani. Sonst nichts. Er fährt, und kurz treffen sich unsere Blicke im Rückspiegel.

Ich lehne die Stirn gegen das Seitenfenster und schaue hinaus, ohne wirklich etwas zu sehen. Alex ist jetzt seit etwa fünfunddreißig Stunden allein, so war das nicht geplant. Wenn er die zwei Flaschen Wasser, die in seiner Reichweite waren, geleert hat, muss er ohne Flüssigkeit auskommen, wer weiß, wie lange schon. Andererseits kommt er bis zur Toilette. Bevor er verdurstet, wird er dort trinken. Keine erfreuliche Vorstellung, aber eine beruhigende.

Am Präsidium verabschiedet sich der Kollege, und Tassani führt mich in ein kleines, schlichtes Zimmer. Ein Tisch, vier Stühle, Regale mit Aktenordnern. Sein Büro ist das ganz sicher nicht. »Warten Sie bitte hier.«

Ich rechne mit etwa fünf Minuten bis zu seiner Rückkehr, aber nach einer Viertelstunde bin ich immer noch allein. Die Ordner sind mit Jahreszahlen und kryptischen Nummern versehen, ich ziehe einen heraus und blättere darin herum. Verwaltungskram. War klar, dass Tassani mich nicht mit spannendem Lesestoff hier zurücklässt.

Nach einer halben Stunde bin ich knapp davor, nach draußen zu gehen und zu fragen, ob man mich vergessen hat, da kommt er zurück, zwei dicke Mappen im Gepäck. »Tut mir leid, ich musste noch ein wenig sortieren«, sagt er. »Und ich habe Ihnen noch gar nichts angeboten. Kaffee? Wasser? Saft?«

»Wasser.«

Er nickt, legt die Mappen vor mir ab und verschwindet wieder. Ich schlage die erste auf. Fotos, wie erwartet. Aber nicht nur von rothaarigen Männern, auch von blonden, brünetten und weißhaarigen Frauen. Von Menschen beiderlei Geschlechts und jeglicher Haarfarbe. Ich dachte, Tassani hätte sortiert. Was soll das?

Er kehrt mit einer Karaffe Wasser und zwei Gläsern zurück. »Sie haben schon angefangen, wie ich sehe.«

Ich schlage eine Seite um, auf der eine grauhaarige Frau zu sehen ist, der ein Vorderzahn fehlt. »Ja. Eigentlich dachte ich aber, Sie würden mir Bilder zeigen, auf denen ich einen rothaarigen Mann mit auffälligem Gebiss identifizieren soll.«

Er gießt mein Glas voll, mit etwas zu viel Schwung. Es schwappt über, ich ziehe die Fotos weg. »Richtig. Aber dann habe ich mir überlegt, wir könnten doch mal schauen, wer Ihnen hier grundsätzlich vertraut vorkommt.«

Ich blicke hoch. »Inwiefern vertraut?«

Tassani streicht sich über den kahlen Kopf. »Vielleicht ist der eine oder die andere regelmäßig Gast auf dem Zentralfriedhof. Gerade in letzter Zeit. Natürlich suchen wir in erster Linie nach dem auffälligen Mann, den Sie beobachtet haben, aber es wäre doch schön, wenn wir noch ein paar Erkenntnisse zusätzlich gewinnen könnten.«

Schön wäre das, aha. Und weit zeitaufwendiger, als ich gehofft hatte. »An Ihrer Stelle würde ich Matti damit beauftragen«, sage ich. »Herrn Eichinger, meinen Chef. Der hat seine Augen und Ohren überall.«

Tassani beugt sich ein Stück vor. »Wissen Sie, das Gleiche denke ich von Ihnen. Vor allem haben Sie Ihre Augen und Ohren immer dort, wo wir kurz darauf ermitteln müssen.«

Auf Anspielungen dieser Art kann ich verzichten. »Das soll heißen, Sie bringen mich mit den Taten in Verbindung?«

»Das heißt es nicht.«

»Was heißt es dann?« Ich weiche seinem Blick nicht aus, obwohl mit jeder Minute meine Angst wächst, er könnte den Namen Alexander Hufschmied ins Spiel bringen.

»Dass wir häufig von den Beobachtungen besonders neugieriger Menschen profitieren«, antwortet Tassani mit der Andeutung eines Lächelns. »Sie werden nicht abstreiten, dass Sie zu denen gehören, oder?« Er tippt mit einem Zeigefinger auf das Foto der grauhaarigen Frau. »Einfach durchblättern. Und wenn jemand Ihnen bekannt vorkommt, sagen Sie mir Bescheid.«

Ich tue, was er sagt, ohne weiteren Kommentar. Je schneller ich mache, desto eher bin ich hier raus. Nachdem ich mit der ersten Mappe durch bin, blicke ich hoch. »Tut mir leid, die kenne ich alle nicht. Glaube ich zumindest.«

Wortlos schiebt Tassani mir den zweiten Ordner hin, und ich beginne erneut zu blättern. Auffällig ist vor allem eines: Niemand in dieser Fotosammlung ist jung, ich schätze das Durchschnittsalter auf sechzig. Manche sehen deutlich älter aus, aber das kann täuschen. Bei keinem der Bilder steht ein Name, allerdings sind sie auf der Hinterseite nummeriert und meist mit einem Stempel der Stadt versehen. Ich blicke auf. »Wer sind diese Leute?«

»Einfach Leute. Ihre Identität tut nichts zur Sache, interessant ist nur, ob Sie jemandem von ihnen begegnet sind.«

Ich seufze und blättere weiter. Immer wieder der Stempel der Stadt Wien. Sind es pensionierte Beamte? Unwahrscheinlich, aber irgendeine Gemeinsamkeit muss es geben, auch wenn ich bis auf das Alter keine finde.

Was ich ebenfalls nicht finde, ist ein Foto von Biber. Nach dem letzten Bild schlage ich die Mappe zu. »Der Mann ist nicht dabei.«

Falls Tassani enttäuscht ist, merkt man ihm das nicht an. Er nimmt die beiden Ordner an sich und steht auf. »Bitte warten Sie noch.« Damit lässt er mich wieder alleine.

Mit meiner Geduld steht es nicht mehr zum Allerbesten. Es ist gleich halb acht, die Supermärkte schließen. Ich werde es nicht mehr schaffen, für Alex einzukaufen. Außerdem muss ich vorher noch zu mir nach Hause, weil da mein Auto parkt. Ich klopfe mit den Fingern auf die Tischplatte. Stelle mich ans Fenster und blicke auf den Parkplatz hinaus. Tassani bleibt fort.

Als er endlich wiederauftaucht, sind gut zwanzig Minuten vergangen. Er hat einen dünnen Stoß Papiere mit, in denen er blättert. »Es ist wirklich merkwürdig«, murmelt er.

Ich kann ein genervtes Seufzen nicht unterdrücken. »Was denn?«

»Sie, um genau zu sein.« Er legt die Blätter auf den Tisch. »Ich habe schon vor ein paar Tagen versucht, mehr über Sie herauszufinden, aber Sie sind wie ein Schatten. Haben nicht einmal einen Handyvertrag. Versichert sind Sie hier gerade mal seit einem Jahr – haben Sie früher im Ausland gelebt?«

»Ja. In Deutschland«, antworte ich knapp. »Ist das wichtig?«

»Hört man Ihnen kaum an.«

»Mein Vater war Wiener.«

Erneutes Blättern. Er dürfte in Carolin Bauers Papieren keinen Widerspruch zu dem finden, was ich gesagt habe. Die Nationalität der Eltern war eine Sache, die ich aus meinem früheren Leben beibehalten wollte, und Robert fand das unbedenklich.

Robert.

Als ich in München war, konnte er mich vor Nachforschungen durch die dortigen Kollegen schützen; ein Anruf war genug. Diesmal stehe ich allein da. Niemand wird Tassani aufhalten, wenn er beschließt, ein wenig tiefer zu bohren.

»Ich halte Sie nicht für eine Satanistin«, sagt er ein paar Sekunden später. »Auch nicht für eine Mörderin. Aber etwas stimmt nicht mit Ihnen.«

Dieser abwartende Blick. Tassani hat keine Frage gestellt, aber er will eine Antwort.

»Sie stehen unter Druck wie ein Dampfkessel«, sagt er, als von mir nichts kommt. »Ich kenne das Gefühl, geht mir derzeit genauso. Meine Vorgesetzten sitzen mir so was von im Nacken, das können Sie sich gar nicht vorstellen, kein Vergleich zu sonst. Woran liegt es bei Ihnen?«

Das Spiel Vertrauen gegen Vertrauen funktioniert mit mir nicht. »Kein Druck. Ich bin nur ein zurückgezogener Mensch. Am liebsten bin ich alleine, ich habe keine Familie mehr und kaum Freunde. Auch wenn es Ihnen nicht gefällt, solche Leute gibt es.«

Er blinzelt kurz. »Stimmt. Aber meistens hat das einen Grund.«

»Ich bin nicht verpflichtet, Ihnen meine Lebensgeschichte zu erzählen, oder?«

»Nein.« Er faltet die Zettel achtlos zusammen und legt sie auf den Tisch. »Obwohl ich sie gern hören würde. Sie könnten aber immerhin zugeben, dass Sie es waren, die uns die Blutspuren gemeldet hat. Es gibt keine Laura Koch, richtig?«

Ich seufze. »Sorry, aber da sind Sie auf dem Holzweg.« Keine Chance, dass ich eine Lüge gestehe. Dann hinterfragt er im Anschluss alles, was ich sage.

Draußen ist es mittlerweile dunkel. »Kann ich gehen?«

Tassani blickt auf die Uhr. Verzieht den Mund. »Sie waren nicht immer Blumenhändlerin, oder?«

»Nein.« Ich frage mich, ob ich bei völliger Finsternis den schmalen Weg zu meinem Waldparkplatz finden werde.

»Was haben Sie dann gemacht?«

Je weniger Lüge, desto weniger Gefahr, sich darin zu verheddern. »Ich war Grafikerin. Habe Werbeprospekte für kleinere Firmen gemacht, Bezirkszeitungen, solche Dinge.«

»Warum haben Sie es aufgegeben?«

Ich wende den Blick ab. »Persönliche Gründe.«

»Verstehe.« Seine Stimme ist weicher geworden, und mir ist klar, welche Schlüsse er zieht. Die gleichen, die auch andere gezogen haben, nachdem sie mir ein paar knappe Informationen herausgelockt hatten: Misshandelte Frau. Wirkt traumatisiert, meidet Kontakt, hat offenbar Angst. Sicher vor einem brutalen Ex, der ihr immer noch auf den Fersen ist.

Kann mir nur recht sein, wenn Tassani das denkt. Ich könnte ihm ein paar vernarbte Striemen auf dem Oberschenkel zeigen, die diese Theorie unterstützen würden, nur leider würde er dann auch die Schussnarbe sehen. Die sich nicht mit simpler häuslicher Gewalt erklären lässt.

»Es würde mich interessieren, warum Sie der Polizei so sehr misstrauen, aber für heute lassen wir es gut sein.« Tassani öffnet die Tür. »Soll ich Sie von einem meiner Mitarbeiter nach Hause bringen lassen?«

»Nein, danke«, sage ich, obwohl das die Dinge beschleunigt hätte und obwohl meine Wohnadresse für die Polizei natürlich kein Geheimnis ist. »Schönen Abend noch.«

Als ich zu Hause ankomme, ist es kurz nach neun. Ich haste in die Wohnung, hole den Autoschlüssel und fahre los. Bei der ersten Tankstelle kaufe ich Kekse, zwei belegte Baguettes, vier Bananen, Erdnüsse, diverses Schokozeug und – in einer Eingebung – zwei Flaschen Wein und eine kleine Flasche Schnaps. Betrunkene sagen angeblich die Wahrheit.

Ich packe die Sachen ins Auto und fahre weiter. Mit jedem

Kilometer, den ich meinem Ziel näher komme, werden die Fantasien über das, was Alex mittlerweile zugestoßen sein könnte, schlimmer. Am liebsten würde ich kehrtmachen und so tun, als wäre da niemand in diesem Keller, aber den Gedanken lasse ich nur wenige Sekunden lang zu. Mein Gefangener. Meine Tat. Meine Verantwortung.

Die unscheinbare Abzweigung ins Nichts finde ich auf Anhieb, obwohl die Nacht alles fremd wirken lässt. Größer. Im Licht der Scheinwerfer läuft mir ein Fuchs quer über den Weg, die Baumwipfel biegen sich im nächtlichen Wind.

Ich steige aus, Einkäufe in den Händen, Taschenlampe zwischen den Zähnen, die Autoschlüssel tief in der Hosentasche vergraben. Einen Moment lang bleibe ich stehen und horche, weil mir die Polizei ja doch gefolgt sein könnte, aber bis auf die Geräusche des Waldes ist alles ruhig. Schritt für Schritt gehe ich durchs hohe Gras auf das Haus zu.

Es hat keinen Sinn, es hinauszuzögern. Ich lege meine Einkäufe auf dem Küchentisch ab, öffne die Tür zum Keller und schalte das Licht an.

Alex liegt auf seiner Matte, zusammengekrümmt, die Augen geschlossen. Neben ihm die beiden leeren Wasserflaschen, es riecht nach Schweiß und Urin. Langsam und mit entsetzlich schlechtem Gewissen steige ich nach unten. »Alex?«

Keine Reaktion. Ich versuche es noch einmal, lauter. »Alex!«

Er fährt hoch, mit aufgerissenem Mund, presst sich im nächsten Moment die Hände vor die Augen.

»Es tut mir wirklich leid«, sage ich, »ich wollte früher wieder hier sein, aber es ging einfach nicht.«

Er will etwas sagen, hustet, hoffentlich liegt es nicht daran, dass er völlig dehydriert ist. Ich hole eine Flasche Wasser aus dem Kühlschrank, öffne sie und halte sie ihm hin. Er greift mit beiden Händen danach, trinkt, hustet wieder.

»Tut mir wirklich leid«, wiederhole ich lahm.

Er sieht mich an, seine Augen tränen vom ungewohnten Licht. »Die Uhr tickt«, flüstert er. Wahrscheinlich hat er sich heiser geschrien.

»Wie bitte?«

»Die Uhr«, sagt er. »Tickt. Hörst du es nicht? Tick. Tack. Tick.« Ich lege ihm eine Hand auf die Stirn. »Tack. Tick.«

Kühl. Er hat kein Fieber, aber die letzten zwei Tage haben ihm nicht nur körperlich zugesetzt. Es ist nicht nur die Dunkelheit, die das mit Menschen macht. Vor allem ist es die Ungewissheit. Nicht zu wissen, wann wieder jemand kommt. Ob überhaupt. Der Verlust des Zeitgefühls. Die eingeschränkte Bewegungsfreiheit.

»Das, was Geräusche macht, ist der Kühlschrank«, sage ich. »Schau, ich habe dir etwas zu essen mitgebracht, und zu trinken. Ich lasse dir diesmal auch Licht da, ich wollte dich nicht so lange allein lassen.«

Er blinzelt, als würde er mich erst jetzt wirklich sehen. »Duuuu«, keucht er. »Duu.«

»Ja. Ich bin's. Ich hole dir von oben etwas zu essen, bin sofort zurück.« Ich stolpere die Treppe hoch, raffe alles zusammen und laufe wieder hinunter. Alex sitzt jetzt, er schwankt leicht hin und her, wie eine Kobra vor der Flöte des Schlangenbeschwörers.

»Sieh mal«, plappere ich vor mich hin, »die Baguettes sind für dich, beide. Eines mit Schinken und Käse, eines mit Salami. Aber erst trink noch ein wenig. Hat das Wasser gereicht? Hattest du Durst?«

Seine Augen tränen immer noch, sie sind glasig, und es wirkt, als blicke er durch mich hindurch. »Sie tickt«, murmelt er.

Ich lege die Baguettes zur Seite und reiße das Papier von einer der Schokoladentafeln. Zucker, der schnell ins Blut geht. Könnte helfen, bilde ich mir ein. Und dann werde ich Alex ein wenig Zeit geben müssen.

Er isst die Schokolade Stück für Stück, stopft sie nicht heißhungrig in sich hinein. Immer noch wiegt er sich hin und her, ab und zu wirft er mir einen Blick unter halb gesenkten Lidern zu. Hilfe suchend? Prüfend? Berechnend?

Jetzt, nachdem ich erstmals zum Durchatmen komme, drängt sich mir unwillkürlich die Frage auf, ob zwei Tage allein im Dunkel bereits so massive Störungen hervorrufen können. Fast schon Halluzinationen. *Tick, Tack.* Ich habe einige Menschen nach längeren Phasen des Gefangenseins unter schlimmeren Umständen sehen müssen, aber keiner von ihnen war auf diese Weise verwirrt. Sie waren eher starr, apathisch oder voller Panik. Kann es sein, dass Alex mir etwas vorspielt? Dass er sich für meine Rückkehr einen Plan zurechtgelegt hat? Dass er mir Angst einjagen will?

Er hat die Schokolade fast aufgegessen, greift jetzt nach der Wasserflasche und trinkt sie zur Hälfte leer. »Ich dachte, ich muss sterben«, sagt er. Seine Augen scheinen sich an das Licht gewöhnt zu haben. »Dass du nicht zurückkommst und mich einfach hier verrotten lässt. Verhungern und verdursten.«

»Du wärst nicht verdurstet«, werfe ich ein. Er sieht mich verständnislos an, und ich deute auf die Toilette. Sein ungläubiger Blick stellt klar, dass die Idee ihm noch nicht durch den Kopf gegangen ist, was wiederum bedeutet, dass sein Durst nicht allzu groß gewesen sein kann. Gut so.

Er hat sich das Schinken-Käse-Baguette gegriffen und isst mit geschlossenen Augen. Seine Hose sieht fleckenlos aus, woher kommt der Uringeruch? Ich stehe auf, gehe zur Toilette. Ah, alles klar. Die Spülung funktioniert aber. Ich drücke den Hebel, es rauscht, und Alex dreht den Kopf. Sein Blick ist beschämt und herausfordernd zugleich. »Habe ich das vergessen? Mir war schwindelig.«

»Kein Problem.« Ich setze mich wieder an die Wand ihm gegenüber. »Ich kann mir vorstellen, dass du Angst gehabt hast. Aber ich würde dich nicht im Stich lassen, außer natürlich, wenn mir etwas zustößt, doch das wäre dann ja nicht meine Schuld.« Ich warte auf seine Reaktion, darauf, dass er kapiert, was ich meine, aber er kaut nur schweigend, die Augen auf das Baguette gerichtet.

»Wenn die Karpins mich finden, komme ich nicht wieder«, fahre ich also fort. »Das ist dir klar, oder?«

»Ich habe schon verstanden, was du andeuten wolltest«, sagt er. Seine Stimme ist leise und rau, er muss um Hilfe geschrien haben in den letzten Tagen, aber nicht bis zur völligen Heiserkeit. »Was könnte ich eigentlich sagen, damit du mir glaubst, dass ich mit denen nichts zu tun habe? Ich kenne keinen von ihnen, niemand hat mich auf dich angesetzt, ich habe bloß bei euch Blumen gekauft und mich mit Eileen angefreundet.« Er wischt sich die Hände an seinen Jeans ab. »Fragt sie sich eigentlich gar nicht, wo ich stecke?«

»Doch. Aber sie ist die Einzige.« Ich schiebe die Hand in meine Jackentasche, befühle den Gegenstand, der sich dort befindet. »Niemand sucht nach dir, ist das nicht merkwürdig? Sieht nicht so aus, als hätte jemand eine Vermisstenanzeige aufgegeben. Hast du keine Freunde?«

Er geht auf meine Provokation nicht ein. »Schon. Aber die haben keine Babysitterfunktion. Und sie wissen, dass ich manchmal spontan wegfahre. Nach ein paar Tagen denken sie sich noch nichts.«

»Obwohl dein Handy nicht erreichbar ist? WhatsApps kommen nicht an, Anrufe gehen ins Leere – das wundert keinen? Aber kann natürlich sein«, ich ziehe den Gegenstand aus der Tasche, »dass sie auch gerade nicht in Wien sind. Sondern in Frankfurt.« Behutsam lege ich den Hotelkugelschreiber vor Alex auf den Boden.

Ihm ist anzusehen, dass er damit nicht gerechnet hat. Ich glaube ein winziges Zucken zu sehen, einen fast nicht wahrnehmbaren Schreckmoment, dann hat er sich wieder im Griff. Er schüttelt den Kopf, blickt zu mir hoch. »Was soll mir das sagen?«

»Zuallererst, dass ich in deiner Wohnung war. Mich umgesehen habe. Dabei bin ich auf diesen Kugelschreiber gestoßen. Wann warst du im Court-Hotel Frankfurt?«

»Dort war ich nie.« Er betrachtet den Stift mit gerunzelter Stirn. »Keine Ahnung, wie der in meine Wohnung kommt.«

Etwas steigt in mir hoch, so rasend schnell, dass es mich selbst überrascht. Wut. Ich muss sie lange zurückgehalten haben, das war mir selbst kaum bewusst. Nun drängt sie ans Licht, zu heftig, als dass ich sie kontrollieren könnte. »Du lügst«, schreie ich ihn an. »Das ist niemals ein Zufall, du warst dort, als sie dich angeheuert haben. Ich kenne das Hotel, Andreis Gäste wohnen alle dort!«

Alex hat den Kopf gesenkt, angriffslustig. »Es ist bloß ein Kugelschreiber, du blöde Kuh«, knurrt er. »Mir fällt fast nichts ein, das man jemandem leichter unterschieben könnte.«

Meine Wut verfliegt so unmittelbar, wie sie gekommen ist. Aber sie hat ihren Zweck erfüllt. Zum ersten Mal ist Alex aggressiv geworden, hat seine Deckung aufgegeben. Ich muss ein Lächeln unterdrücken. Wir kommen der Wahrheit näher.

»Ich habe noch etwas aus deiner Wohnung mitgebracht.« Ich greife nach den Resten der Schokoladentafel und breche mir ein Stück ab. »Willst du es sehen?«

So wie ich hat auch er sich wieder gefangen. »Tut mir leid, das mit der blöden Kuh.« Es klirrt, als er in einer entschuldigenden Geste die Hände hebt. »Aber ich kann mit ungerechten Anschuldigungen nicht so gut umgehen. Und ich will einfach nur hier raus!«

»Weißt du was?« Ich springe auf. »Du hast eine Chance. Sie

ist klein, aber du hast sie.« Ich gehe die Treppe hinauf, hole das Notebook und lege es vor Alex auf den Boden. »Hier. Ich möchte, dass du es entsperrst. Dann schaue ich mir an, was drauf ist – Mails, Browserhistorie, alles, was ich offline sehen kann. Wenn ich hier nichts finde, was meine Theorie unterstützt, lasse ich dich raus. Heute noch.«

In Alex' Gesicht rührt sich kein Muskel. Er sieht das Notebook nicht einmal an.

»Na los«, dränge ich. »Du willst doch gehen, nicht wahr?«

»Natürlich«, murmelt er. »Aber ich kenne dich inzwischen ein bisschen. Du würdest irgendetwas finden, das du in deinem Sinn interpretieren kannst, und mir einen Strick daraus drehen. So wie aus diesem lächerlichen Kugelschreiber.«

Eine Ausrede, und eine alberne noch dazu. Ich habe mit meinem Verdacht richtiggelegen, ich wusste es. Nun muss ich erst recht wissen, was sich auf dem Computer finden lässt. »Entsperren!«, sage ich.

»Da sind persönliche Dinge drauf, die dich nichts angehen.«

Ich lache auf. »Gerade eben habe ich deine persönliche Pisse im Klo runtergespült, also mach dich locker. Du kannst mir nicht im Ernst erzählen, dass du weiter hier unten sitzen möchtest, bloß damit ich keine Nacktfotos von dir zu sehen kriege.«

Er sagt nichts mehr. Dreht den Kopf von mir weg. Als ob das genügen würde, um mich aufgeben zu lassen. Ich klappe den Notebookdeckel hoch. *Touch-ID oder Passwort eingeben.* »Für wen hast du eigentlich die Ohrringe gekauft?«, frage ich beiläufig. »Das Datum auf der Rechnung, die ich gefunden habe, war ziemlich aktuell, und du bist doch Single?«

Drei Atemzüge lang sagt er nichts, dann räuspert er sich. »Die waren eigentlich für eine alte Freundin gedacht, aber zuletzt habe ich mir überlegt, sie Eileen zu schenken, glaub es oder nicht. Sie hat ja demnächst Geburtstag.«

Das stimmt, in zwei Wochen wird sie achtzehn. »Du wolltest ihr Ohrringe schenken?«

»Ja, sie hat erzählt, sie würde immer nur praktisches Zeug geschenkt bekommen, nie etwas Hübsches, also dachte ich mir ...« Er sieht mich wieder an. Treuherzig. »Du hast ja gesehen, sie waren nicht sehr teuer. Aber ich denke, sie hätte sich gefreut.«

Ich nicke. »Sicher. Und jetzt entsperr den Computer für mich.«

»Nein.«

Ich könnte ihn dazu zwingen, ich könnte ihm wehtun, ich weiß, wie das geht. Ohne großen Aufwand. In zehn Minuten hätte ich Zugriff auf alle Daten und könnte nie wieder in den Spiegel sehen. »Okay«, sage ich, klappe das Notebook zu und lege es außerhalb seiner Reichweite ab. »Muss ja nicht heute sein.« Ich stehe auf, strecke mich und gehe die Treppe nach oben, hauptsächlich, um den Wein zu holen. In zweiter Linie, damit er nicht sieht, wie beunruhigt ich bin. Wenn er trotz der Lage, in der er sich befindet, nicht bereit ist, mir die Daten auf seinem Rechner zu zeigen, müssen sie eine klare Sprache sprechen. Seine Verweigerung ist im Grunde ein Schuldgeständnis.

Genau das möchte er mir ausreden, kaum dass ich wieder zurück im Keller bin. »Ich kann dir den Computer einfach nicht entsperren. Es sind ein paar sehr vertrauliche Sachen drauf, aber nichts davon hat mit dir zu tun. Oder irgendwelchen Russen.«

Ich zucke die Schultern und öffne die erste Flasche. »Wir wissen beide, dass das nicht stimmt«, sage ich und gähne betont. »Aber ich habe heute einfach nicht mehr die Kraft, dich zu irgendetwas zu zwingen. Hier werden sie weder dich noch mich finden, also mache ich jetzt Pause. Du ahnst ja nicht, was derzeit alles los ist.«

Er würde mich gerne fragen, was ich meine, das ist ihm anzusehen, aber klugerweise verkneift er es sich. Sieht mir zu, wie ich Wein in einen Plastikbecher gieße und auf einen Zug hinunterkippe. »Du auch?« Ich halte die Flasche hoch.

Er zögert, dann nickt er. Das habe ich gehofft. Während der Wein mich innerlich zu wärmen beginnt, gieße ich Alex' Becher deutlich voller als meinen. »Auf Eileen und weiße Lilien und einen schnellen Tod«, sage ich feierlich.

Alex hat einen ersten Schluck genommen, nun hält er inne. »Warum sagst du solche Sachen?«

»Welche Sachen? Ich trinke auf Dinge, die ich zu schätzen weiß. Jetzt du.«

Er schüttelt den Kopf, als schäme er sich.

»Na los«, insistiere ich. »Du kannst mir nicht alle Wünsche abschlagen.«

Mein fröhlicher Ton scheint ihn eher zu irritieren als zu beruhigen. Er betrachtet den Inhalt seines Bechers. »Auf ... Sonnenschein. Essen gehen mit Freunden. Auf rote Sportwagen.«

Ich proste ihm lachend zu. Trinke einen kleinen Schluck, während er gleich zwei nimmt. Lässt sich von mir Erdnüsse in die hohle Hand schütteln. An denen bediene ich mich ebenfalls ausgiebig – der Alkohol soll ihm zu Kopf steigen, nicht mir.

»Das mit dem schnellen Tod«, beginnt er vorsichtig, »ist das eine Ankündigung? Willst du mich umbringen?«

Ich warte ein paar Sekunden, bevor ich antworte. »Nein, ich denke nicht. Mein Trinkspruch war ganz generell gemeint. Ein schneller Tod ist eines der wünschenswertesten Dinge, glaub mir das. Du gehst ohne Schmerzen und ohne vorher deine Würde zu verlieren.«

Er betrachtet mich jetzt nicht nur, er studiert mich. »Deine ganzen Geschichten sollen mir Angst einjagen. Alle diese

Horrorverbrechen, bei denen du angeblich dabei warst. Leichen, die in Säure aufgelöst werden ...«

»Natronlauge. Möchtest du noch einen Schluck?« Ich schwenke die Weinflasche, und er nickt, perplex. Ich fülle den Becher bis knapp unter den Rand. Meinen auch, doch der ist ohnehin noch fast voll. »Auf Schneeflocken, die lautlos fallen, und Wellen, die sich an Klippen brechen«, sage ich.

Er hebt eine Augenbraue. »Wie kitschig.«

»Na und? Jetzt du.«

Er gibt ein Schnauben von sich. »Auf ... Dusche und Seife. Auf frisch bezogene Betten. Auf das Ende der Wahnvorstellungen.« Er hebt den Becher, grinst schief und trinkt.

Ich tue das nicht, ich beobachte ihn lieber. Von seinem zerrütteten Zustand bei meiner Rückkehr ist nichts mehr zu sehen. Kein Hin- und Herwiegen, kein wirres Gerede. Entweder Alex hat sich unglaublich schnell gefangen, oder er hat mir etwas vorgespielt.

Wahnvorstellungen also. Meine Geschichten gefallen ihm nicht. Ich tue, als würde ich an meinem Becher nippen. »Du kennst das Court-Hotel Frankfurt wirklich nicht?«

Dass ich das Thema wieder aufgreife, behagt ihm sichtlich gar nicht. »Nein. Das sagte ich doch schon.«

»Schade eigentlich. Ist ein schönes Hotel. Viel Glas, viel Chrom, viele Spiegel, tolles Lichtdesign. Das letzte Mal war ich dort, um jemanden abzuholen. Er hieß Aigars mit Vornamen, das weiß ich noch. Ein Lette, klein, rundlich, mit erstaunlich viel Goldschmuck an den Fingern. Andrei hat mir dafür eines der schönsten Autos aus seinem Wagenpark zur Verfügung gestellt, einen Maybach.«

Alex senkt den Becher. »Wird das jetzt eine Geschichte über tolle Autos oder wieder eine Horrorstory?«

Ich antworte nicht. Habe wieder Andreis Lächeln vor Augen, als er mir die Schlüssel aushändigte, persönlich. *Mach mir keine Kratzer rein, Koschetschka. Sonst bekommst du auch welche.*

»Ich brachte diesen Aigars zum vereinbarten Treffpunkt«, fahre ich fort, »und fuhr so vorsichtig, dass ich ständig ange-hupt wurde. Dass ich den Auftrag und den teuren Wagen an-vertraut bekam, war mir nicht ganz geheuer, denn zu diesem Zeitpunkt war Andrei mir gegenüber schon offen misstrau-isch. Aigars saß auf dem Rücksitz und pfiff die meiste Zeit, immer die gleiche Melodie.« Ich habe sie verrückterweise im-mer noch im Kopf, es klang wie eine verunglückte Version von Joan Baez' *Here's to you*; das Gepfeife war Gift für meine Nerven, dazu die Sorge um das teure Auto und die Angst, dass jeder Fehler mein letzter sein konnte.

»Wir sollten ein Restaurant in Bad Homburg anfahren, aber dann rief Boris an und änderte das Ziel. Wir würden uns auf einem Autobahnparkplatz an der A5 treffen.« Ab diesem Moment wusste ich, was Sache war. Dass Aigars heute wahr-scheinlich zum letzten Mal erwacht war, zum letzten Mal ge-frühstückt hatte. Und jetzt eben sein letztes Lied pfiff. Ich fragte mich, ob ich gerade zum letzten Mal Auto fuhr.

»Auf dem Parkplatz übernahm Stepjan den Wagen, und wir wurden in einen VW-Bus gesetzt. Aigars verstand nicht, was passierte, er hatte zu pfeifen aufgehört und redete auf Pa-scha ein, der neben ihm saß. Pascha lachte, was er sagte, ver-stand ich nicht, aber es klang beruhigend. Doch Aigars war nicht dumm genug, ihm zu glauben. Nachdem wir von der Autobahn runter waren, versuchte er, aus dem fahrenden Auto zu springen.«

Ich glaube, ich habe Pascha vorher und nachher nie wieder so überrascht gesehen. Er hatte den Letten an der Tür sitzen lassen, weil es sich so ergab und er nicht mit Widerstand rechnete. Als Aigars die Tür aufriss, entfuhr Pascha der einzi-ge Schreckenslaut, den ich je von ihm gehört habe. Die eine

Sekunde, in der der Mann zögerte, reichte aber, um ihn zurückzureißen und ihm die Faust ins Gesicht zu schlagen. Danach weinte Aigars nur noch.

Alex sieht mich leidend an. »Ich glaube, ich will das nicht weiter hören.«

Ich ignoriere seinen Protest, die Geschichte will aus mir raus, seit meinen Gesprächen mit Robert habe ich sie niemandem mehr erzählt. »Wir fuhren zu einem alten Schrottplatz, von dem ich dir nicht sagen könnte, wo genau er lag. Auf einem heruntergekommenen Gelände voller Industrieruinen. Dort stießen sie Aigars aus dem Wagen und schleiften ihn in eine Halle, in der noch vereinzelt brauchbare Autoteile herumlagen.«

Mir war zu diesem Zeitpunkt schon kotzübel, obwohl ich noch nicht wusste, was kommen würde. Nicht genau. Nur, dass sie den Mann auf hässliche Weise töten würden, in meiner Gegenwart.

»Ich hatte an diesem Tag nicht damit gerechnet, sonst hätte ich meinen Polizeikontakt informiert. Sie wären mir gefolgt und hätten eine Chance gehabt, die Karpins auf frischer Tat zu ertappen. Aber mein Eindruck der vorhergehenden Tage war gewesen, dass Andrei und Aigars sich gut verstanden und erfolgreich Geschäfte abgewickelt hatten. Im Court-Hotel brachte Andrei üblicherweise nicht die Leute unter, die er im Anschluss loswerden wollte.«

Alex wendet den Blick nicht ab, sondern erwidert meinen, beinahe trotzig, doch das bremst mich nicht. Es ist, als hätte ich ein Ventil geöffnet. Es tut gut, es ist wie die Therapie, die ich nicht hatte, weil ich keinem Therapeuten traute. Trotzdem muss ich für den Rest der Erzählung innerlich Anlauf nehmen. »Weißt du, was Necklacing ist?«

Er überlegt nur kurz. »Nein. Hat das was mit Halsketten zu tun?«

»Necklacing war in Südafrika zur Zeit der Apartheid recht gebräuchlich. Die schwarze Gemeinschaft hat auf diese Weise Verräter bestraft, die mit dem Regime kollaboriert haben. Man übergießt einen Autoreifen mit Benzin und stülpt ihn dem Opfer über. So, dass die Arme an den Körper gepresst werden. Dann zündet man ihn an.« Alex schluckt, ich kann sehen, wie sein Adamsapfel sich bewegt.

»Andrei war ein paar Monate zuvor in Johannesburg gewesen und hatte diese interessante Idee von dort mitgebracht. Pascha und Boris schafften einen Reifen heran, tränkten ihn ausgiebig und zwängten ihn Aigars über.«

»Okay, danke«, sagt Alex mit belegter Stimme. »Ich kann mir den Rest vorstellen.«

Ich lächle ihn an. »Nicht so ganz, fürchte ich. Denn als alles bereit war, kam Andrei zu mir. Legte mir einen Arm um die Schultern. *Hässliche Art zu sterben*, sagte er. *Ein Tod für Spitzel und Verräter. Der dumme dicke Mann hier hat mich an Vassili verraten, und eine ganze Lieferung Koks ist futsch. Hat mich eine halbe Million gekostet.* Er drückte mich an sich, und dann machte er mir einen Vorschlag.«

Während ich spreche, habe ich wieder Andreis Geruch in der Nase. Er verwendete Eau de Toilette mit hohem Moschusanteil, in der Nähe war das nur schwer zu ertragen, in Kombination mit dem Benzingeruch fast gar nicht. »Er stellte mich vor die Wahl: Ich konnte Aigars ein qualvolles Verbrennen ersparen – wenn ich ihn selbst tötete. *Das wäre eine Show, die mir auch gefallen würde*, sagte er. *Dein erster Kill, Koschetschka. Was hältst du davon?*«

Alex' Augen weiten sich. Ich kann die Frage darin lesen und die Angst. Ein erster Kill. Ich schätze, mein Trinkspruch mit dem schnellen Tod geht ihm durch den Kopf.

»Sie gaben mir ein Messer. Lang, aber nicht sehr scharf. Meine Hand zitterte so sehr, dass es mir aus den Fingern rutschte. Pascha und Boris feuerten mich an, als ich mich vor Aigars hinstellte, doch da wusste ich schon, dass ich es nicht schaffen würde. Ich konnte ihm nicht die Kehle durchschneiden oder die Klinge zwischen die Rippen stechen. Ich brachte es einfach nicht über mich. Also zündete Boris den Reifen an.«

Auch jetzt, heute noch, schlinge ich unwillkürlich die Arme um meinen Körper, wenn ich daran denke. Es war grauenvoll, und es dauerte lange, lange Minuten, in denen ich Gelegenheit hatte, meine Entscheidung zu bereuen. Als ich es nicht mehr ertrug, kauerte ich mich in eine Ecke und kotzte; Andrei trat mich dafür in die Rippen, und ich war ihm dankbar für den Schmerz. Für die Ablenkung.

»Am Ende war von Aigars nur noch ein verkohlter Klumpen übrig«, fahre ich stockend fort, »verschmolzen mit dem Gummi des Autoreifens. Andrei zwang mich, hinzukriechen und mir die Leiche anzusehen, danach hatte ich Asche an den Händen, schmierige, fettige Asche.«

Pascha brachte mich nach draußen an die frische Luft, während Boris zufrieden feststellte, dass die Goldringe nicht geschmolzen waren.

Ich nehme jetzt doch einen großen Schluck Wein, was vielleicht nicht klug ist, aber nötig. In Alex' Gesicht arbeitet es. »Ein Tod für Spitzel und Verräter«, sagt er leise. »Denkst du, so würden sie dich umbringen?«

Meine größte Angst. »Wenn sie die Gelegenheit bekommen, es ungestört zu tun, ist das eine der Möglichkeiten. Wenn sie schnell sein müssen, wird es wahrscheinlich ein Stich in den Hals oder eine Dosis Rizin, im Vorbeigehen injiziert.«

Alex verändert seine Sitzposition. Keine Bewegung ohne Kettenklirren. Er trinkt einen Schluck Wein und schüttelt leicht den Kopf. »Nicht sehr geschickt, was du da tust. Wenn ich wirklich für diese Karpins arbeiten würde und in Betracht gezogen hätte, dir das zu gestehen, hätte mich spätestens diese Geschichte von der Idee geheilt.«

»Ja?« Ich strecke die Beine aus, spüre die Müdigkeit in allen Gliedern. »Aber weißt du, wenn du für sie arbeitest, werden sie nicht erfreut sein, dass du so lange nichts hast von dir hören lassen. Und falls sie mich erwischen und nicht sofort töten, werden sie mich fragen, wo du steckst.« Genüsslich trinke ich noch einen Schluck Wein. »Ich würde ihnen das sagen, denke ich. Mit Versagern gehen sie nicht viel freundlicher um als mit Verrätern, und diesen Keller würden sie lieben. Wenn hier jemand schreit, hören es nur die Rehe.«

Alex wischt sich mit den Händen über die Stirn. »Aber ich arbeite nicht für sie.«

»Hast du schon gesagt.«

»Also bist nur du mein Problem. Und ich bin sehr froh, dass du es nicht über dich bringst, jemanden zu töten.«

Es ist keine Frage, aber offensichtlich erwartet Alex, dass ich etwas dazu sage. Dass ich seine Einschätzung bestätige. Ich sehe ihn an. Hebe leicht die Schultern. Denke an die Walther, die ich unvorsichtigerweise immer noch im Auto habe, in einem harmlosen Einkaufskorb.

Alex erwidert meinen Blick, und ich kann sehen, wie sich Unbehagen auf seinen Zügen ausbreitet. »Aigars wäre vielleicht dankbar dafür gewesen«, sagt er, »aber ich will nicht dein erster Kill sein.«

Ich trinke noch einen Schluck Wein. Er wärmt mich innen, ist stark und tröstlich. »Das wärst du nicht.«

12.

Dass danach das Gespräch einseitig wird, weil ich auf keine von Alex' Fragen antworte, hätte ich voraussehen können. »Ich werde dich nicht töten«, sage ich, als es mir zu viel wird. »Nicht heute Nacht.«

»Du denkst nicht wirklich darüber nach? Oder? Dass du es irgendwann doch tun könntest? Carolin?« Zum ersten Mal zerrt er an der Kette, die mit einem dumpfen Glockenton gegen das Rohr schlägt.

Ihn zu sehr in Sicherheit zu wiegen läge nicht in meinem Interesse. »Muss ich doch. Sieh mal, ich glaube dir nicht, dass alles bloß Zufall ist. Dein Telefonat mit wer weiß wem, der Versuch, mich heimlich auf ein Selfie zu bekommen, der Kugelschreiber aus Frankfurt, dein Herumlungern am Friedhofseingang, angeblich wegen Eileen, deren Aufbruch du aber Minuten vorher beobachtet hast. Zu viel für meinen Geschmack, sorry.«

Er lässt sich gegen die Wand sinken. »Ich habe dir doch alles erklärt.«

Ich gieße uns beiden wieder die Becher voll, jetzt schon aus der zweiten Flasche. »Lass uns den Wein austrinken und dann schlafen. Ich bleibe heute Nacht hier.«

Sein Blick wird starr. »Du willst mich im Schlaf töten.«

»Nein. Versprochen.« Ich proste ihm zu.

»Ich glaube dir kein Wort!«

»Tja, da siehst du, wie unangenehm das ist, wenn es ums Ganze geht.« Allmählich beginne ich, den Wein zu spüren, so sollte das eigentlich nicht sein. Aber solange ich auf meiner löchrigen Matratze liege, kann Alex mich nicht erreichen.

Vorsichtshalber räume ich die Flaschen noch ein Stück zur Seite, bevor er auf die Idee kommt, sie als Wurfgeschosse einzusetzen. »Ich hatte einen langen Tag, ich werde jetzt schlafen. Und das Licht ausmachen, aber wenn du möchtest, lasse ich die kleine Campinglampe an.«

Er nickt, und ich mache alles bereit. Stelle noch einmal sicher, dass sich nichts Bedenkliches in seiner Reichweite befindet, und gehe dann nach oben auf die Toilette.

Vor den Fenstern herrscht pechschwarze Nacht; außer dem Wind und einer beharrlich rufenden Eule ist nichts zu hören. Wie sehr habe ich die Einsamkeit hier genossen. Wie sehr fehlt mir das Gefühl, einen Zufluchtsort zu haben.

Ich lasse Alex fast zwanzig Minuten für die Verrichtung aller persönlichen Bedürfnisse, dann gehe ich wieder hinunter. Er sitzt aufrecht an den Mühlstein gelehnt und empfängt mich mit düsterem Blick. »Ich werde kein Auge zutun heute Nacht.«

Ganz wie er meint. Mir saugt die Müdigkeit mittlerweile alle Kraft aus dem Körper. »Ich habe dir gesagt, dir wird nichts zustoßen. Wenn du mir nicht glaubst, bleib eben wach. Mir fallen jedenfalls die Augen zu.« Ein letztes Mal kontrolliere ich alles, was sich in Alex' Griffweite befindet, doch das Gefährlichste ist eine halb volle Wasserflasche aus Plastik. Ich drehe den Schalter an der kleinen blauen Campinglampe an, stelle sie ans Fußende meiner Matratze und mache das Deckenlicht aus. »Gute Nacht.«

Ich höre ihn noch rumoren. Höre das Klirren bei jeder Bewegung. »Meine Eltern werden schon verrückt sein vor Sorge«, ist das Letzte, was ich bewusst von seiner Seite wahrnehme, aber ich weiß, dass er blufft. Wäre seine Verwandtschaft besorgt, wäre die Wohnung nicht so unberührt gewesen. Jemand hätte dort gewartet, oder einen Zettel hinterlegt mit der Bitte, dass er sich melden soll. Im Extremfall wäre die Tür aufgebrochen worden. Wenn er an mein Gewissen appellieren will, muss er sich etwas Besseres einfallen lassen.

Wie lange ich geschlafen habe, weiß ich nicht, aber ich erwache, weil mich fröstelt. Die einzige Decke hat Alex, da soll noch einmal jemand sagen, ich wäre keine rücksichtsvolle Entführerin.

Er ist mittlerweile eingeschlafen. Ich krieche näher. Sein Becher ist leer, der Wein ausgetrunken. Vorsichtig stupse ich mit dem Finger erst gegen seinen Arm, dann gegen die bloße Hand. Keine Reaktion, sein Atem bleibt ruhig und gleichmäßig.

Eine bessere Gelegenheit wird nicht mehr kommen. Ich reibe mir die Augen, warte ein wenig, bis die letzte Schläfrigkeit sich verflüchtigt hat. Dann hebe ich vorsichtig das Notebook vom Boden auf. Es gibt beim Öffnen keinen Signalton von sich, das habe ich bereits überprüft. Matt leuchtet mir das verschwommen grünblaue Display entgegen.

Touch-ID oder Passwort eingeben.

Mit aller Behutsamkeit hebe ich Alex' rechte Hand an. Er ist Rechtshänder, der Fingerabdruckscanner ist auch rechts – wahrscheinlich hat er den Daumen genommen. Ich schiebe das Notebook in Position und drücke den Finger auf die glatte Fläche. Nichts.

Noch einmal leicht anheben, neuer Versuch. Wieder nichts.

Na gut, dann der Zeigefinger. Alex regt sich sachte, vermutlich weil ich ein bisschen mehr Druck ausübe als zuvor, aber ich kann nicht glauben, dass es nicht funktioniert. Beim Mittelfinger das gleiche Ergebnis. Nimmt irgendjemand zum Entsperren seiner Geräte den Ringfinger? Theoretisch möglich, in der Praxis wieder ein Fehlschlag. Mit dem kleinen Finger versuche ich es nur noch der Form halber, natürlich vergebens.

Um an die linke Hand heranzukommen, müsste ich sie

208

über Alex' Körper ziehen, ihn am besten ein Stück herumdrehen, denn der Abstand zwischen ihm und der Wand ist zu schmal, als dass ich mich dort hinkauern könnte. Also balanciere ich das Notebook mit einer Hand knapp über seinem Bauch, während ich mit der anderen vorsichtig nach seiner Linken greife. Sollte ich das Gleichgewicht verlieren, werde ich direkt auf ihm landen.

Aber nun bewegt er sich. Dreht erst den Kopf, dann den Körper. Tatsächlich zur richtigen Seite. Ich weiche zurück, was das offene Notebook ins Schwanken bringt, doch es fällt nicht.

Alex liegt jetzt wieder ruhig da, er wacht nicht auf, der Wein tut seine Wirkung. Trotzdem warte ich ein paar Minuten, bevor ich die Fingerabdrucksprozedur mit der anderen Hand beginne.

Auch hier: kein Erfolg. Wie ist das möglich? Nutzt er diese Funktion bewusst nicht, sondern gibt stattdessen jedes Mal sein Passwort ein? Wer macht das heute noch, wenn es anders viel praktischer geht?

Mit bleischwerer Enttäuschung betrachte ich das verschwommene Hintergrundbild. In meinem früheren Leben habe ich mindestens drei Leute gekannt, die den Rechner innerhalb einer halben Stunde geknackt hätten, heute bin ich auf mich allein gestellt. Bevor ich das Gerät wieder zuklappe, blicke ich auf die Zeitanzeige: 4 Uhr 24. Ich lege mich hin und schließe die Augen. Einschlafen werde ich nicht mehr, aber immerhin kann ich die Zeit nutzen, um eine neue Strategie zu entwickeln.

Und dann muss ich doch geschlafen haben, denn ich fahre aus einem Traum hoch, in dem brennende Autoreifen auf mich einstürzen und das Messer in meiner Hand plötzlich ein Ast ist, der ebenfalls brennt und zu Asche zerfällt.

Alex beobachtet mich. »Du liegst keinen Moment ruhig, wenn du schläfst.«

Ich greife nach einer neuen Wasserflasche, schraube sie auf und trinke einen großen Schluck. »Ich möchte, dass du das Notebook entsperrst.«

»Kann ich nicht, das habe ich doch schon gesagt.«

»Warum hast du die Touch-ID nicht aktiviert?«

Er starrt mich ein paar Sekunden lang an. »Das hast du getestet, ja?«

»Natürlich. Im Gegensatz zu mir schläfst du ziemlich tief.« Ich strecke mich, ziehe das Notebook zu mir heran. »Wenn ich du wäre, würde ich meine Chance nutzen.«

Er betrachtet seine Hände. »Kann ich nicht. Aber aus anderen Gründen, als du denkst.«

Die Akkuanzeige des Rechners zeigt noch vierundsechzig Prozent Ladung – die Uhr daneben 8 Uhr 12. »Scheiße«, entfährt es mir. Die Blumenhandlung ist seit einer knappen Viertelstunde geöffnet, aber ich werde vor halb zehn kaum dort sein. Das passiert zum ersten Mal, wahrscheinlich wird Eileen sich schon Sorgen machen und versuchen, mich anzurufen.

»Ich muss weg, und zwar schnell. Kann dir nicht versprechen, dass ich heute Abend wieder herkommen werde, also teile dir deine Vorräte gut ein.«

Alex, der sichtlich noch auf die Gelegenheit gehofft hat, seine Freilassung ein weiteres Mal zu verhandeln, protestiert, aber ich höre kaum hin. Ich hätte mir den Handywecker stellen müssen, mich nicht darauf verlassen dürfen, dass ich ohnehin nicht würde schlafen können.

Hektisch schiebe ich drei große Flaschen Wasser in Alex' Reichweite und werfe eine Packung Kekse, zwei Päckchen Zwieback und drei Bananen dazu. Zuletzt stelle ich die Campingleuchte neben die Toilette. »Sei sparsam damit, die Batterien halten nicht ewig«, sage ich, klemme mir das Note-book unter den Arm und gehe nach oben, wo die Sonne bereits durch die trüben Fenster scheint.

Als das Auto beim ersten Anlauf nicht startet, verfalle ich beinahe in Panik, doch dann klappt es, und ich fahre – viel zu schnell – über den Feldweg auf die Straße zu. Fünf Minuten später habe ich Handyempfang und rufe sofort im Laden an. Eileen hebt ab. »Ich habe mich schon gefragt, wo du steckst!«

»Bin auf dem Weg«, versichere ich ihr. »Ich habe vergessen, den Wecker zu stellen, das ist mir schon ewig nicht mehr passiert!«

»Kein Problem, ich gebe Matti Bescheid. Hauptsache, du bist nicht auch plötzlich verschollen.« Sie seufzt. »Weißt du, langsam mache ich mir echt Gedanken wegen Alex. Sein Handy ist noch immer nicht erreichbar. Sollten wir nicht der Polizei Bescheid sagen?«

»Was? Nein!« Ich biege auf die Bundesstraße ab. »So gut kennen wir ihn doch gar nicht, wir wissen nicht, ob er nicht manchmal bloß seine Ruhe haben will. Stell dir vor, du würdest ein paar Tage abschalten wollen, und jemand jagt dir die Polizei an den Hals.«

»Stimmt schon«, sagt Eileen nach einer kurzen Pause. »Also, bis gleich.«

Ich beeile mich jetzt noch ein Stück mehr, denn selbst unter ungünstigsten Umständen würde der Weg von meiner Wohnung zum Friedhof nicht mehr als vierzig Minuten dauern. Aber der Morgenverkehr ist in vollem Gange. Erst kurz vor halb zehn fahre ich auf den Parkplatz und laufe zum Geschäft, das Gesicht möglichst gesenkt, die Augen überall. Wer sagt, dass die Karpins nur Alex auf mich angesetzt haben? Dass niemand mich groß beachtet, hat nichts zu bedeuten, ich versuche trotzdem, es als gutes Zeichen zu werten.

Als ich atemlos im Geschäft ankomme, sieht Eileen mich

mitleidig von oben bis unten an. »Hat doch länger gedauert, hm?«

»Ja, weil ... ach, nicht so wichtig.«

Sie runzelt die Stirn. »Du hast die gleichen Sachen an wie gestern.«

»Stimmt.« Ich muss daran denken, Unterwäsche und ein paar Shirts im Abbruchhaus zu deponieren. »Das war einfach das Erste, was ich zu greifen gekriegt habe, nachdem ich aufgewacht bin. Ich wollte ja schnell sein.«

Sie lächelt. »Außer mir fällt's sicher niemandem auf. Obwohl heute viel Betrieb sein wird. Um elf wird der ermordete Anwalt beerdigt, sagt Matti.«

Gernot Nadler. Den habe ich vollkommen vergessen. Ich mache mich auf den Weg ins Hinterzimmer, als Eileen fortfährt: »Für das Begräbnis haben wir noch zwei späte Kranzbestellungen hereinbekommen – fertig wären sie, kannst du sie zu Halle 3 bringen?«

Nein, kann ich nicht. Will ich nicht. Nicht heute. »Was ist mit Matti?«

»Ihr habt euch knapp verpasst, er musste noch einmal nach Hause, Paula hat angerufen. Kreislaufprobleme. Er kommt sicher bald wieder, aber er hat gemeint, du könntest das erledigen.« Sie legt die Stirn in Falten. »Was ist das Problem? Ich kann's nicht machen, ich hab keinen Führerschein.«

»Ja. Klar. Sorry. Aber eigentlich könnte doch der Bestatter die Kränze holen?«

»Ist zu knapp.« Sie streicht sich das Haar aus der Stirn. »Du bist komisch heute, stimmt was nicht?«

»Das frage ich mich auch.« Ich stütze mich mit beiden Händen an der Ladentheke ab. »Der Tag hat einfach mies angefangen, aber kein Grund, sich Gedanken zu machen. Ich fahre die Kränze zu Halle 3, und du hältst hier die Stellung.«

Eileen klopft mir auf die Schulter, als wäre sie die Ältere von uns beiden, dann beladen wir den Wagen. Im Schritttempo fahre ich auf den Eingang zu, der Portier winkt mich durch. Es führt eine lange, kerzengerade Straße bis zu Halle 3, doch auf der sind bereits Trauergäste unterwegs. Sie schlendern langsam in der Mitte des Wegs und weichen nur zögernd aus. Für so etwas habe ich heute keine Geduld, also biege ich an der ersten Nebenstraße rechts ab. Ich werde einen Bogen schlagen und die Halle von der anderen Seite her anfahren.

Vor mir huscht ein Eichhörnchen über den Weg. Und dort, ein Stück links, liegt das Grab, an dem gestern der Tote gefunden wurde. Ich werde langsamer, ohne mir dessen richtig bewusst zu sein. Da steht jemand. Klein, gedrungen, ganz in Schwarz.

Eine alte Frau, mit osteoporosegebeugtem Rücken. Ich rolle ein wenig näher, jetzt kann ich sie besser sehen. Sie trägt Hut und Handtasche, und sie hat die rot-weiß-roten Absperrbänder ignoriert. Ihr ganzer Körper bebt, und erst denke ich, sie weint. Doch als ich auf ihrer Höhe bin, sie im Profil sehe und das Fenster runterkurble, höre und sehe ich, dass sie lacht. Nicht nur ein bisschen, sie kann sich kaum halten, sie lacht Tränen, die sie sich mit einem Taschentuch aus dem Gesicht tupft.

Wäre unsere Lieferung nicht überfällig, würde ich stehen bleiben und sie ansprechen, aber dafür habe ich nicht die Zeit. Im Rückspiegel sehe ich ihre rundliche schwarze Gestalt ein Stück zurücktreten und sich vom Grab abwenden.

Als ich die Halle erreiche, steht der Bestatter davor und raucht. Sobald er mich kommen sieht, wirft er die Zigarette weg und macht sich bereit, die Kränze abzuladen.

Von Mia in ewigem Gedenken
In Dankbarkeit, Familie Haag
In tiefer Trauer, Erwin und Ruth

»Na bestens, damit sind wir vollständig«, sagt er. »Wieder mal ein Blumenmeer da drin. Ich dachte immer, Anwälte werden von allen gehasst.«

Ich will gerade erwidern, dass Bestatter möglicherweise auch nicht die beliebteste Berufsgruppe sind, als passiert, was passieren musste. Ich hatte es befürchtet. Tassani tritt aus der Halle, und sein erster Blick fällt auf mich. Ich kann nicht anders, ich gehe sofort in Angriffshaltung. »Der Herr Kommissar, wie schön. Wir haben uns ja auch wirklich viel zu lange nicht mehr gesehen. Und ja, ich weiß, wer da im Sarg liegt, aber ich bin nicht hier, weil ich so abartig neugierig bin, wie Sie neulich festgestellt haben, sondern weil ich muss. Beruflich. Haben Sie noch Fragen? Oder ein paar Bilder, die Sie mir zeigen wollen?«

Um Tassanis Mundwinkel zuckt es belustigt. »Sie sind heute viel gesprächiger als gestern.« Er bedeutet seinen Kollegen mit einer Handbewegung, sie sollen beim Halleneingang stehen bleiben, und lehnt sich gegen Mattis Lieferwagen. »Dass ich Sie gestern neugierig genannt habe, war kein Vorwurf. In meinem Beruf ist Neugierde Grundvoraussetzung. In Ihrem eher Geduld, sehe ich das richtig? Eine gewisse innere Ausgeglichenheit?«

»Kann sein.«

Er schüttelt den Kopf. »Dann sind Sie ungeeignet, denn die haben Sie nicht. Tut mir leid, wenn das für Sie überraschend kommt.«

Unter normalen Umständen würde ich seinen Humor mögen. Wenn ich nicht jemanden in einem Keller festhalten würde und gleichzeitig fürchten müsste, dass vielleicht jede Minute einer von Andreis Leuten hinter der nächsten Ecke hervorspringt. »Damit kann ich leben«, sage ich knapp und will zurück in den Wagen steigen, aber Tassani versperrt mir den Weg.

»Im Ernst«, sagt er. »Warum sind Sie Blumenhändlerin geworden? Zufall? Verlegenheitslösung?«

Auf manche Fragen kann ich wahrheitsgemäße Antworten geben. Auf diese zum Beispiel. »Weil ich mehr Schönheit in meinem Leben haben wollte.«

Er nickt, als wäre vollkommen klar, was ich damit meine. »Ich würde Ihnen gern etwas zeigen. Nur wenn Sie mögen. Es wird nicht mehr Schönheit in Ihr Leben bringen, aber vielleicht Futter für Ihre Neugier sein.«

Mit einer leichten Berührung am Arm dirigiert er mich von der Halle weg, in Richtung Gruppe 84. In Reihe fünf ist ein Absenkautomat über einem offenen Grab aufgebaut. »Hier wird Gernot Nadler heute bestattet. Fällt Ihnen etwas auf?«

Ich blicke auf den Automaten mit seinen Kurbeln und Riemen. Auf die ausgehobene Erde, die sich neben dem Grab türmt. Auf den Holzrahmen, der das Gerät vor dem Einsinken bewahren soll. Schließlich in die Grube hinein, so gut es geht.

Und da sehe ich es, an einer Seitenwand des Grabes. Es ist nicht allzu deutlich, auf Erde zu malen ist schwierig. Ich vermute, der Zeichner hat Kohle verwendet. Es ist das Symbol, das ich bisher immer nur auf Grabsteinen gesehen habe. Die liegende Acht mit dem versetzt stehenden Kreuz.

Auf dem Rückweg bin es zur Abwechslung einmal ich, die die Fragen stellt. »Bewachen Ihre Leute eigentlich den Friedhof nicht? Nach allem, was hier ständig passiert?«

Tassani blickt stur auf den Weg, antwortet erst, als ich schon nicht mehr damit rechne. »Doch. Vor allem kontrollieren wir nachts die Außenmauern und halten Ausschau nach Kletterhilfen. Wie der Leiter, die Sie einmal entdeckt haben. Wenn wir auf so etwas stoßen, gehen wir sofort rein. Einsatzkräfte innerhalb des Friedhofs bringen leider nichts. Er ist zu groß, und für flächendeckende Wachdienste haben wir nicht genügend Personal zur Verfügung.«

Das ist einleuchtend. »Wissen Sie schon, was das Zeichen bedeutet?«

Er wendet mir den Kopf zu. »Nein. Sie?«

»Keine Ahnung.« Allerdings ist mir aufgefallen, dass das Kreuz sich dieses Mal in der rechten Schlaufe der liegenden Acht befunden hat. Von den anderen Symbolen ist keines zu sehen gewesen.

»Der Mann, der unter der Steinplatte zerquetscht wurde«, fahre ich nachdenklich fort. »Wer war er? Dürfen Sie mir das sagen?«

Unpassenderweise schmunzelt Tassani, als hätte er eine Wette gewonnen. »Ich sage doch, Sie sind neugierig. Informationen werden Sie von mir trotzdem nicht bekommen, aber ich befürchte, man wird morgen einiges in der Zeitung lesen.«

Wir sind nun fast wieder bei der Halle, wo sich bereits die ersten Trauergäste versammeln. Eine Frau mit einem Halbwüchsigen an der Seite nimmt Beileidsbezeugungen entgegen. Hinter der riesigen Sonnenbrille ist ihr Gesicht kaum zu sehen. Ein Stück abseits stehen drei Männer, an denen meine Aufmerksamkeit sich festhakt. Vor allem an dem in der Mitte. Ein groß gewachsener Mann mit buschigem weißen Haar, der mir bekannt vorkommt. Er blickt auf die Uhr, dann sagt er etwas zu einem seiner Begleiter.

»Der Weißhaarige da drüben«, murmle ich. »Kann es sein, dass ich den kenne?«

»Sollten Sie eigentlich«, erwidert Tassani. »Das ist der österreichische Justizminister. Ulrich Pilus.«

Jetzt macht es Klick. Natürlich. Ich habe ihn vor einiger Zeit in den Nachrichten gesehen; es ging um die Personalnot in den hiesigen Gefängnissen. »Warum ist er hier? Muss der

Justizminister immer zugegen sein, wenn ein Anwalt beerdigt wird?«

Tassani schnaubt belustigt. »Kaum. Aber wir wussten, dass er kommt, es hieß, es sei ihm ein Anliegen. Ich dachte nur, er würde sich bis zum letzten Moment Zeit lassen.«

Ich denke an den Ring, der in meiner Schreibtischschublade liegt. *Ultra posse nemo obligatur.* »Gibt es eigentlich Juristenclubs? Geheime Verbindungen?«

»Wahrscheinlich.« Tassani kratzt sich im Nacken. »Aber die sind dann eben geheim. Wieso?«

»Weil …« Ich ringe nach einer Antwort. »Weil Nadlers Tod doch fast etwas Rituelles hatte, und da ist der Gedankensprung zu Geheimbünden dann nicht mehr sehr groß.«

Darauf antwortet Tassani mir nicht mehr; seine Aufmerksamkeit gilt jetzt einem kahlköpfigen Mann, der auf uns zukommt und ihm die Hand schüttelt. »Gut, dass Sie hier sind. Gibt es schon etwas Neues …«

Ich verdrücke mich zum Lieferwagen, höchste Zeit, dass ich zurückfahre, es sammeln sich immer mehr Menschen um die Halle. Die Ersten gehen bereits hinein. Unwillkürlich halte ich Ausschau nach Biber. Was natürlich Unsinn ist – gerade wenn er mit Nadlers Tod zu tun haben sollte, würde er den Teufel tun, sich bei seinem Begräbnis blicken zu lassen.

Den Teufel, ha, ha. Ich krame den Autoschlüssel aus meiner Schürzentasche, halte dann aber inne. Der Minister steht immer noch mit seinen Begleitern an der Hallenmauer; mittlerweile sind zwei dazugekommen. Große Männer mit Mienen, die wie eingefroren wirken. Bodyguards?

Doch jetzt entfernt Pilus sich ein paar Schritte von seiner Gruppe, er hat das Handy am Ohr und hört seinem Gesprächspartner konzentriert zu. Ein paar Meter von ihm entfernt entdecke ich eine verbogene Schaufel und wittere eine Chance.

Ich gehe nicht auf Pilus zu, sondern gezielt an ihm vorbei, beachte ihn gar nicht, werfe nur einen schnellen Blick auf die Hand, mit der er das Smartphone hält. Greife mir die Schaufel und eile zurück. Ein Blick auf die andere Hand. Dann verstaue ich die Schaufel im Wagen und starte den Motor.

Der Minister trägt einen goldenen Ehering, das ist sein einziger Schmuck. Meine Idee, ich könnte an ihm vielleicht das Gegenstück zu dem gravierten Silberring entdecken, war falsch. Nicht schlimm – bloß, wenn ich recht gehabt hätte, wäre das ein guter Anlass gewesen, Tassani meinen Fund endlich auszuhändigen. Dann könnte ich es nicht mehr verantworten, ihn zu behalten. Aber einfach nur so? Nein. Es gibt in meinem Leben genug, worum ich mich kümmern muss. Alex. Der verschwundene Robert. Der allgegenwärtig drohende Schatten der Karpins.

Ohne mich noch einmal umzublicken, fahre ich zur Blumenhandlung zurück. Ich werde den Ring morgen mitnehmen und ihn irgendwo in Gruppe 133 fallen lassen. Wenn ihn jemand anders findet, hat er das Problem.

Dann bricht der Nachmittag an, und Matti macht alle meine schönen Pläne zunichte.

13.

Die Beerdigung stellt sich als langwierige Angelegenheit heraus. Albert steckt irgendwann den Kopf bei uns rein und erzählt, dass sogar ein Minister eine Trauerrede hält.

»Sicher viele bekannte Gesichter dabei«, sagt Matti wehmütig, als Albert wieder draußen ist. »Hast du vorher jemanden erkannt, Caro?«

»Nur diesen Minister. Und die Polizei war wieder da.«

»Tassani?«

»Ja.«

»Sie werden sich bestimmt jeden Besucher genau ansehen.« Matti wischt mit einem Tuch über die Kasse. »Weil Mörder ihre Opfer meistens kennen. Wahrscheinlich steht der Kerl, der den Anwalt erschlagen hat, jetzt vor seinem Grab.« Er seufzt. »Ich wäre ein guter Polizist geworden, wisst ihr? Das Jagen liegt mir im Blut.«

»Sicher«, sagt Eileen ungerührt. »Ich gehe zum Supermarkt, soll ich jemandem was mitbringen?«

Ich schüttle den Kopf, Matti dagegen gibt eine umfangreiche Bestellung auf und drückt ihr einen Zwanziger in die Hand. »Wenn Caro nichts isst, könnte sie anschließend die Stellung im Geschäft halten, und wir machen Pause im Hinterhof, hm?«

Eileens Begeisterung fällt überschaubar aus, aber Matti nimmt ihr Schulterzucken als Ja. »Gut, ich stelle uns den Klapptisch auf!« Er geht, und ich öffne den Browser auf meinem Handy. Suche wieder nach Meldungen, die Robert betreffen könnten, als ich von hinten einen Schrei höre. »Das ist ja … Caro! Caro, komm, das musst du sehen!«

219

Es hört sich alarmierend an, ich stürze hinaus. Erwarte, dass mindestens ein Teil der Friedhofsmauer auf unseren Hof gestürzt ist, aber auf den ersten Blick ist da nichts Ungewöhnliches. Matti steht neben der Mauer und starrt auf den Boden. Starrt auf einen Stein, der zu seinen Füßen liegt. Heller, glatt polierter Marmor.

»Der war heute früh noch nicht da!« Matti geht neben seinem Fundstück in die Knie, sichtlich darum bemüht, professionell zu wirken. »Nicht anfassen!«, ruft er, obwohl ich noch gut fünf Meter entfernt stehe. Er nimmt einen dünnen Ast vom Boden und deutet auf die Bruchkante des Steins. »Siehst du das?«

Ja, leider. Der Marmor dürfte zu einem Grabstein gehört haben, wahrscheinlich wurde das Grab aufgelassen, der Stein wurde zertrümmert oder ist auf andere Weise kaputtgegangen. An der Stelle, auf die Matti zeigt, ist er nicht eierschalenfarben, sondern rotbraun und mit einigen Haaren verklebt.

Shit. Ich sinke auf einen der Gartenstühle, die Matti bereitgestellt hat. Da ist sie, die Waffe, die den Anwalt das Leben gekostet hat. Pünktlich am Tag seiner Beerdigung taucht sie auf. In unserem Hinterhof.

»Ich sage dir, damit wurde der Mann erschlagen«, erklärt Matti gewichtig. »Der Polizist ist auf dem Begräbnis? Ausgezeichnet. Ich hole ihn.« Er richtet sich auf, zögert dann. »Oder ... gehst besser du? Jemand muss hier verlässlich aufpassen. Du dürftest das Beweisstück nicht aus den Augen lassen. Und auch nicht berühren.« Er betrachtet mich sorgenvoll, als würde er mir so viel Selbstbeherrschung nicht zutrauen. Gleichzeitig will er keinesfalls darauf verzichten, der Polizei seine Entdeckung selbst mitzuteilen.

»Geh nur«, sage ich müde. »Ich passe auf. Häng einfach das ›Komme gleich‹-Schild an die Tür und sperr ab.«

»Gute Idee! Sehr gut! Dann laufe ich jetzt los, und du fass

den Stein bitte nicht an. Fingerabdrücke, du weißt. DNA-Spuren.«

»Natürlich.«

»Eileen kannst du reinlassen. Aber lass sie nicht zu der Tatwaffe!«

»Okay.«

Er geht, nein, rennt nach draußen. Ich höre die Tür zuknallen und den Schlüssel im Schloss drehen. Mit dem Gefühl, dass alles sich gegen mich verschworen hat, schließe ich die Augen. Mein und Tassanis Weg kreuzen sich also wieder.

Wahrscheinlich werden sie meine Fingerabdrücke nehmen, und es wird eine Übereinstimmung in der Europol-Datenbank geben. Mit einer Frau, die längst tot ist. Tassani ist leider nicht dumm, er wird zwei und zwei zusammenzählen. Er wird begreifen, dass ich mich tot stelle, aber er wird nicht die richtigen Schlüsse daraus ziehen, sondern vermuten, ich hätte die deutsche Polizei ausgetrickst. Auf die Idee, dass ich in Wahrheit mit ihr zusammengearbeitet habe, wird er nicht kommen. Außerdem – und das ist noch schlimmer –, er wird nicht der Einzige sein, dem der Treffer angezeigt wird.

Robert müsste sie alle zurückpfeifen, müsste Tassani sagen, dass ich gewissermaßen tabu bin, so wie er das mit den Münchner Polizisten getan hat. Ich greife nach meinem Handy, ich könnte noch einmal versuchen, ihn unter seiner Privatnummer zu erreichen. Vielleicht geht es ihm besser, als ich befürchte.

Vielleicht hat ihm aber auch jemand das Telefon abgenommen und wartet nur darauf, dass ich mich melde. Etwas auf die Sprachbox rede. Dann sieht man an der österreichischen Kennung, in welchem Land ich mich befinde. Ich sollte mir eine deutsche SIM-Card zulegen. Oder eine ungarische, warum fällt mir das jetzt erst ein? Lässt sich alles auftreiben, nur kostet mich das ein paar Tage, und die habe ich nicht mehr, dank Mattis Stein.

Es dauert keine fünfzehn Minuten, da ist Matti zurück, noch bevor Eileen sich wieder einfindet. Natürlich hat er Tassani im Schlepptau, ihn und einen Kollegen.

Tassanis Blick streift mich ausdruckslos und richtet sich dann auf Mattis Fund. Sein Kollege reicht ihm Handschuhe, er streift sie über und hebt den Brocken ein Stück an, dort, wo kein Blut klebt. Die beiden nicken einander zu.

Ich bin aufgestanden und versuche lautlos, zurück in den Laden zu verschwinden, aber Tassani bremst mich mit einer Handbewegung. »Tut mir leid, Frau Bauer, wir brauchen Sie hier noch.«

»Ich habe den Stein aber gar nicht gefunden. Und jemand muss die Kunden bedienen.«

Er überlegt kurz. »In Ordnung. Aber bitte bleiben Sie auf dem Gelände der Blumenhandlung. Ich möchte im Anschluss mit Ihnen reden.«

Das war klar. Ich nicke und verdrücke mich. Keine Minute später spaziert tatsächlich eine Kundin herein, kurz darauf Eileen, die sich entschuldigt. Sie hätte eine Bekannte getroffen und sich verquatscht.

Sobald wir alleine sind, gebe ich ihr eine kurze Zusammenfassung der Ereignisse. Irritiert blickt sie Richtung Hof. »Wenn wirklich jemand mit dem Stein erschlagen worden ist, warum wirft der Täter ihn dann bei uns über die Mauer? Warum nicht in die Donau? Hat er ihn die ganze Zeit über am Friedhof gelassen? Oder extra heute mitgebracht?«

Lauter gute Fragen, finde ich, die sie am besten Tassani stellen sollte. Dann sieht er, dass ich hier nicht die einzige neugierige Blumenhändlerin bin.

Zwei weitere Polizisten tauchen auf, mit Spurensicherungsbehältern, nicht lange danach steht Tassani vor mir. »Wo können wir in Ruhe reden?«

Ich blicke mich um. »Hier ist es schwierig, es können jederzeit Kunden reinkommen. Und draußen ... ich weiß nicht.«

Tassani strafft sich auf eine Art, die ich schon an vielen kleinen Männern beobachtet habe. »Von wem wollen Sie nicht gesehen werden?«

»Am liebsten will ich von niemandem gesehen werden.« Ich sage es, als wäre das eine Grundeinstellung meines persönlichen Charakters, aber Tassani nickt, als hätte er das bereits vermutet.

Ach komm, so hässlich bist du auch wieder nicht, hätte Robert an dieser Stelle gesagt, und ich wünschte, er täte es. Ich wünschte, er wäre hier und würde mir diesen dunkeläugigen Polizisten vom Hals halten, der viel zu gute Instinkte hat. Er zieht zwar die falschen Schlüsse daraus, aber das spielt nahezu keine Rolle. Er wird sich nicht mehr ausreden lassen, dass mit mir etwas nicht stimmt.

»Wie wäre es mit meinem Auto?«, schlägt er vor.

»Gute Idee«, sage ich matt.

»Echt, du machst dich schon wieder davon?«, fragt Eileen augenzwinkernd und mit vollem Mund. Sie hat ohne Matti mit Mittagessen begonnen und wahrscheinlich auf andere Unterhaltung gehofft. Kauend wendet sie sich Tassani zu, den sie sichtlich interessant findet. »Caro war heute nämlich echt spät dran, und ich musste alles alleine machen. Ist also nicht fair, wenn Sie ihr schon wieder eine Pause verschaffen.«

Sie weiß nicht, was sie gerade anrichtet, trotzdem würde ich sie gerne erwürgen. »Jeder kann einmal verschlafen.«

Zwinkernd beißt sie von ihrer Semmel ab. »Na ja, du eigentlich nicht. Wissen Sie«, sagt sie zu Tassani, »am liebsten würde Caro das Geschäft schon um fünf Uhr morgens aufsperren, so früh ist sie immer dran.«

Sein Blick gleitet von ihr zu mir. »Hm. Was raubt Ihnen denn den Schlaf?«

»Ich bin ein Morgenmensch«, sage ich schroff. »Wollen Sie mich jetzt befragen oder nicht?«

In seinem Auto riecht es nach Aftershave und angekokeltem Plastik. Ich setze mich auf den Beifahrersitz und blicke nach draußen. Tassani lässt eine gefühlte Ewigkeit verstreichen, bevor er seine erste Frage stellt. »Wieso sind Sie eigentlich so sauer, jedes Mal, wenn Sie mich sehen?«

Beim Eingang taucht Albert auf, redet ebenfalls mit Polizisten und winkt der blonden Journalistin, die ihn schon letztens interviewt hat. Also doch Presse hier. Shit. »Vielleicht, weil Sie denken, ich hätte etwas mit den Dingen zu tun, die hier passieren.«

»Ganz ehrlich?« Ich spüre, dass er sich mir zuwendet. Erst als ich ihn auch ansehe, spricht er weiter. »Ich glaube nicht an Zufälle. Dass ich bei meiner Arbeit hier immer wieder über Sie stolpere, hat einen Grund. Ob Sie etwas mit den Verbrechen zu tun haben? Keine Ahnung. Aber ich bin beinahe sicher, dass Sie etwas verbergen.«

Bingo. *Ultra posse nemo obligatur.*

»Wissen Sie, was ich außerdem glaube?«

Ich antworte nicht. Betrachte meine Knie in den abgewetzten Jeans.

»Dass Sie Angst haben. Aber nicht vor mir.«

Noch ein Treffer. Am Oberschenkel hat der Stoff ein winziges Loch. Rosendornen.

»Sagen Sie mir, vor wem?«

Es ist verlockend. Seit Robert von der Bildfläche verschwunden ist, fühle ich mich wie ein ankerlos dahintreibendes Boot. Ich habe nicht geahnt, wie viel Halt mir das bloße Wissen um seine Existenz gegeben hat. Und mit einem Mal ist alles anders. Niemand mehr da, den ich im Notfall aktivieren kann. Niemand, der mich warnt, wenn die Gefahr näher rückt.

Niemand, der weiß, wer ich wirklich bin.

Kann ich Tassani die halbe Wahrheit auftischen? Ich atme tief ein. »Es gibt ein paar Leute, die mir nichts Gutes wollen. Ich hoffe, sie wissen nicht, wo ich stecke, deshalb bleibe ich gern in Deckung. Deshalb weiß ich aber auch gern, was sich um mich herum abspielt. Was Sie für Neugierde halten, ist Vorsicht. Bei ungewöhnlichen Vorkommnissen möchte ich sichergehen, dass sie nichts mit mir zu tun haben.« Kaum habe ich den letzten Satz zu Ende gesprochen, bereue ich meine Offenheit schon. In Tassanis Blick hat sich etwas verändert.

»Brauchen Sie Schutz?«

Es gibt nichts, was ich mehr brauche. Schutz, ein Versteck, eine Tarnkappe, eine Nachricht von Robert. Eine Idee dazu, was ich mit Alex anstellen soll. Ich lächle, obwohl ich lieber schreien würde. »Nein, vielen Dank. Ich komme zurecht, nur im Moment ist es ein bisschen schwierig. So viel Aufmerksamkeit hier auf dem Friedhof. So viel Presse.« Ich lächle schief. »So viel Polizei.«

»Die hält Übeltäter normalerweise ja eher fern«, stellt Tassani trocken fest.

Ich betrachte wieder den kleinen Riss in meinen Jeans, schweigend. Es ist die Tatsache, dass ich jemanden gefesselt in einem Keller festhalte, die mich davon abhält, ihm von der Nacht auf dem Friedhof zu erzählen und von den Gesprächen, die ich belauscht habe. Ich will nicht, dass er mir das zutraut. Wäre ich Polizist, würde ich eine solche Person anschließend genauer im Auge behalten. Behalten lassen. Erst recht jemanden, der einen Toten findet, sich davonmacht und darauf wartet, dass jemand anders die Polizei ruft.

Allein der Fotoordner auf meinem Handy wäre Grund genug, mich vorsichtshalber festzunehmen.

»Sie haben mir noch immer nicht alles gesagt«, reißt Tassani mich aus meinen Gedanken.

»Sie mir auch nicht, oder?« Ich wende mich ihm wieder zu. »Haben Sie irgendwelche Spuren? Eine Idee, wer die Täter sind? Wie viele Satanssekten gibt es denn in Wien?«

Er lacht kurz auf. »Ich werde Sie nicht in unsere Ermittlungsarbeit einbeziehen. Aber ich halte Sie für relativ klug. Wie passt die letzte Grabschändung ins Konzept? Die, bei der einer der Täter ums Leben gekommen ist?«

Einer der Täter. Damit ist für mich endlich geklärt, dass der arme Kerl nicht alleine war, als er ins Grab steigen wollte und die Platte auf ihn gestürzt ist.

Was automatisch bedeutet, dass die anderen ihren Freund im Stich gelassen haben, als die Sache schiefging. Er muss geschrien haben wie verrückt, und bei seinen Kumpanen war die Angst vor einer Entdeckung größer als der Drang, zu helfen. Was ohnehin zum Scheitern verurteilt gewesen wäre.

Oder … war es gar einer von ihnen, der die Platte hat abstürzen lassen, kaum dass der Mann halb in der Grube steckte?

Tassani sieht mich erwartungsvoll an. Ich könnte ihm sagen, dass ich nicht an Satanisten als Täter glaube, aber dazu müsste ich zugeben, dass ich ihre Gespräche belauscht habe.

»Es waren diesmal keine Symbole auf dem Grabstein«, sage ich zögernd, »was wahrscheinlich an der Sache mit der Grabplatte liegt. Einer wurde eingequetscht, die anderen sind geflohen. Haben ihn im Stich gelassen.« Ich habe das Gesicht des Toten wieder vor Augen, den aufgerissenen Mund, das Entsetzen der letzten Momente in seinen Zügen. Er war nicht sofort tot.

»Den Spuren zufolge«, sagt Tassani wie nebenbei, »waren mindestens zwei weitere Personen bei ihm, aber die sind abgehauen, wie Sie richtig vermuten.«

Ich meine, in seinen Augen eine stumme Frage zu lesen,

auf die ich nicht eingehen werde. Weder war ich eine der beiden Personen, noch kenne ich sie. »Neben dem Grab ist ein Rucksack stehen geblieben«, sage ich stattdessen. »Waren da persönliche Sachen drin? Oder nur Farbe?«

»Sie haben nicht hineingesehen?« Tassani gibt sich übertrieben verwundert.

»Nein. Ich war kurz an der Fundstelle und bin sofort wieder gegangen. Ich habe nicht einmal genau hingesehen. Wenn ich eines nicht bin, dann ist es blutrünstig. Der Anblick war furchtbar.«

»Trotzdem haben Sie ihn sich nicht erspart.« Mit leisem Knacken streckt er die Finger. »Und Sie haben bisher den wichtigsten Rückschluss nicht gezogen.«

Den wichtigsten? Ich lasse meinen Blick nach draußen schweifen, auf den Portier, der sich eine Zigarette anzündet, Trauergäste, die in einer schwarzen Traube den Friedhof verlassen. »Keine Zeichen«, wiederhole ich. »Kein Omega, nichts. Aber das lag sicher an dem Zwischenfall. Bisher gab es ja nie ein Problem …«

Ich halte inne. Ich weiß jetzt, was Tassani meint. Bisher gab es nie ein Problem mit steinernen Grabplatten, weil die Täter sich immer auf bepflanzte Gräber beschränkten. Die man vergleichsweise einfach mit Kraft, Ausdauer und einem Spaten öffnen konnte.

Dass sie sich diesmal eine so viel schwierigere Aufgabe gestellt haben, kann nur eines bedeuten. »Sie suchen sich die Gräber nicht zufällig aus.« Ich wollte es nur denken, habe es aber laut gesagt. »Ich dachte, sie wählen sie nach der Lage. Nicht zu nah am letzten geschändeten Grab, außerdem an Stellen, die nicht sofort vom Weg her einzusehen sind. Doch in Wahrheit suchen sie sich ganz gezielt Gräber heraus.«

Für eine halbe Sekunde verzieht Tassanis Mund sich zu einem Lächeln. »Zu diesem Schluss bin ich auch gekommen.

Es geht nicht darum, einfach irgendwelche Gräber zu zerstören, sondern darum, die Gräber bestimmter Menschen zu schänden.«

Die dann herausgeholt und in ihrem vermoderten Zustand zur Schau gestellt werden. Totenschädel auf Grabsteinen. Verstreute Knochen. »Das heißt, es müsste eine Verbindung zwischen den Toten geben?«

Er neigt zustimmend den Kopf. »Müsste es. Tut es aber nicht, das ist aktuell mein Problem.«

Danach wendet er sich demonstrativ von mir ab, als hätte er zu viel gesagt und würde es bedauern. Ich richte meinen Blick wieder auf den Friedhofseingang. Vielleicht gibt es keine Verbindung zwischen den Begrabenen – dafür aber eine zwischen ihren Nachkommen? Die Idee muss ich Tassani nicht servieren, die hat er sicherlich selbst schon gehabt.

»Heute stand eine Frau vor dem Grab, in dem der Mann eingequetscht wurde«, murmle ich. »Eine alte Frau ganz in Schwarz. Sie hat sich gebogen vor Lachen.«

Tassani dreht mir den Kopf wieder zu. »Vor Lachen?«

»Ja. Als hätte sie eben den besten Witz ihres Lebens gehört.« Unwillkürlich denke ich an eine andere alte Frau vor einem anderen geschändeten Grab. Die nicht gelacht, sondern meine Hand gedrückt hat. *Soll ich dir ein Geheimnis verraten, Carolin? Ich habe sie nie gesehen. Nur davon gehört.*

Tassani zieht die Stirn in tiefe Falten. Bevor er nachhaken kann, fahre ich bereits fort: »Ich weiß nicht, ob die Frau zu den Personen gehört, von denen Sie mir Fotos gezeigt haben. Ich glaube eigentlich nicht, aber da kann ich mich irren.«

»Gelacht«, wiederholt er kopfschüttelnd. Sein Blick ist durch die Windschutzscheibe nach draußen gerichtet. Mir dauert das alles zu lange.

»Der Stein«, sage ich. »Nach dem haben Sie mich noch gar nicht gefragt.«

»Keine Sorge, das hätte ich nicht vergessen.«

»Ich weiß nicht, woher der plötzlich aufgetaucht ist. Und warum ihn jemand ausgerechnet bei uns in den Hof wirft. Aber Sie haben vorhin gemeint, Sie hielten mich für intelligent – würde ich dann meine Tatwaffe an meinem Arbeitsplatz verstecken? Bei einem Chef, der im ganzen Bezirk für seine Sensationsgier bekannt ist?«

Er atmet aus, ein, wieder aus. »Warum sind Sie heute Morgen zu spät gekommen?«

Das beschäftigt ihn also. Unangenehm, denn nun nähern wir uns dem, was ich tatsächlich zu verbergen habe.

»Verschlafen, wie gesagt. Ernsthaft, das finden Sie erwähnenswert?«

»Nur beachtenswert.« Seine Finger klopfen auf die Mittelkonsole zwischen uns. »So wie Ihre Kollegin.«

Ich seufze genervt. »Ich schlafe schlecht, damit hat sie recht. Wenn es gar nicht klappt, nehme ich eine Tablette und stelle mir den Wecker. Was ich letzte Nacht vergessen habe.«

»Welche Marke?«

»Was?«

»Die Tabletten.«

»Ach so. Vivinox.«

Meine schnelle Antwort scheint ihn zufriedenzustellen. »Wir werden jetzt natürlich überprüfen, ob es sich bei den DNA-Spuren auf dem Stein wirklich um die von Gernot Nadler handelt. Wir werden nach Fingerabdrücken suchen, und es ist gut möglich, dass wir dann auch Ihre nehmen müssen.«

Genau das habe ich befürchtet. »Ich habe den Stein nicht angefasst.«

Tassani nimmt meinen Widerspruch mit einer interessiert hochgezogenen Augenbraue entgegen. »Was stört Sie dann? Wenn Sie mit den Vorkommnissen nichts zu tun haben, werden die Fingerabdrücke Sie entlasten.«

Ich verschränke die Arme vor der Brust. »Das heißt, Sie nehmen sie dann von allen, die sich regelmäßig auf dem und um den Friedhof aufhalten? Es ist der Teil eines alten Grabsteins, den können in den letzten Wochen massenhaft Leute angefasst haben.«

»Da haben Sie recht. Aber aus naheliegenden Gründen werden wir mit denen in Herrn Eichingers Blumenhandlung beginnen. Das ist ein normales Vorgehen, es heißt wirklich nicht, dass wir Sie verdächtigen.«

Vor meinem inneren Auge läuft das Szenario in filmischer Deutlichkeit ab. Sie nehmen meine Fingerabdrücke, finden eine Übereinstimmung. Nicht auf dem Marmorbrocken, sondern in der Kartei. Im ersten Moment halten sie es für einen Irrtum – die Frau ist seit über einem Jahr tot. Dann sehen sie sich Fotos an, und ein paar Stunden später habe ich Tassani auf der Schwelle stehen. Stundenlange Erklärungen folgen, in denen ich gezwungen bin, alles zu erzählen. Ich werde mich auf Robert berufen, von dem ich nicht weiß, ob er überhaupt noch lebt. Wenn er imstande ist, die Dinge zu klären, besteht die Chance, dass Tassani und sein Team mich in Ruhe lassen. Wenn nicht, wird es eng. So oder so halte ich seit Tagen jemanden in einem Keller fest; das zu verbergen, wird unendlich viel schwieriger werden. Das alles wird Staub aufwirbeln. Wenn ich recht habe und Alex' Auftauchen ein Zeichen dafür ist, dass die Karpins ihre Augen bereits auf Wien richten, haben sie innerhalb von Stunden die Bestätigung, die sie brauchen. Ganz ohne jemanden, der ungeschickt Selfies schießt.

Und dann ist es nur noch eine Frage von Tagen.

»Frau Bauer?«

Tassanis Stimme reißt mich aus meinen Schreckensfantasien. Ich fahre mir übers Gesicht. »Ja. Entschuldigen Sie. Mir ist eingefallen, dass ich noch drei Bestellungen zu erledigen habe – zwei Kränze und ein Gesteck. Gibt es noch etwas Wichtiges?«

Er glaubt mir sichtlich kein Wort. »Der Mann mit den Biberzähnen«, sagt er. »Wenn Sie ihn sehen, geben Sie mir Bescheid, ja?«

»Natürlich.« Ich steige aus dem Wagen, sehe mich nach allen Seiten um, wobei mir bewusst ist, dass Tassani das beobachtet. Dann gehe ich mit gesenktem Kopf und schnellen Schritten zur Blumenhandlung zurück.

Die Identität des Toten unter der Grabplatte wird nicht, wie von Tassani angekündigt, am nächsten Tag in den Medien enthüllt, sondern noch am selben Abend. Es handelt sich um einen Mann namens Franz K., achtundfünfzig Jahre alt, der polizeibekannt und mehrfach verurteilt ist. Einbruchsdiebstahl, Autodiebstahl, leichte Körperverletzung. Eine klassische Unterweltkarriere: schon als Kind auffällig, Heim für Schwererziehbare, mit sechzehn erstmals verhaftet, nur zweimal für ein paar Jahre in einem bürgerlichen Beruf tätig.

Satanismus oder auch nur Sachbeschädigung habe bisher allerdings noch nie auf der Liste seiner Vergehen gestanden, wundern sich die Medien.

Ich sitze zusammengekauert vor dem Fernseher und fühle die Erschöpfung wie eine schwere, nasse Decke auf meinen Schultern. Ich kann heute nicht zu Alex fahren. Ich weiß nicht einmal, ob ich es schaffe, bis ins Bett zu kriechen.

Da, jetzt interviewen sie Albert, wahrscheinlich steht die hübsche Blonde hinter dem Mikro. »Es war ein riesiger Schock für uns alle«, sagt er und streicht sich über den grauen Hipsterbart. »Ein ganz junger Kerl hat den Mann gefunden, aber als er uns geholt hat, war es schon viel zu spät. Wir konnten nicht mehr helfen.«

»Haben Sie den Mann schon früher hier auf dem Zentralfriedhof gesehen?«, fragt eine weibliche Stimme aus dem Off.

»Puh«, macht Albert. »Das kann ich Ihnen wirklich nicht sagen. Es sind hier tagaus, tagein so viele Leute unterwegs – aufgefallen ist er mir jedenfalls nicht. Aber er hat ja auch eher durchschnittlich ausgesehen.«

Danach folgt ein Interview mit der Pressesprecherin der Polizei, die versichert, dass man mehrere Spuren verfolge. Ich frage mich, ob ich eine davon bin.

Als der Wetterbericht beginnt, schleppe ich mich zum Computer. Google zuerst Alexander Hufschmied, er ist jetzt fast eine Woche lang verschwunden, irgendwann muss ihn doch jemand vermissen. Aber zumindest im Internet ist davon nichts zu erkennen. Keine Suchfotos auf Facebook, keines auf *Österreich findet euch* und schon gar keines auf der offiziellen Vermisstenseite der Polizei. Möglicherweise ist es dafür wirklich noch zu früh, und bisher laufen die Suchaktionen im Verborgenen.

Meine nächste Anfrage an Google gilt Robert. Ich suche nach *Polizist verletzt* und *Polizist getötet* und *BKA-Beamter* und nach seinem vollen Namen. Wieder nichts. Ihm noch einmal Blumen zu schicken ist vermutlich idiotisch, aber ich tue es trotzdem. Blaustern für *Ich habe einen Fehler gemacht,* Iris für *Melde dich bei mir.* Den gleichen Strauß habe ich ihm schon letztens geschickt, ich bräuchte jetzt eine Blume, die für Ratlosigkeit steht, für Panik. Akelei, fällt mir ein. Und dann noch Christrosen, die *nimm mir meine Angst* sagen. Das Ganze schicke ich wieder an seine Dienststelle. Wenn er im Krankenhaus liegt, wird ihm vielleicht jemand den Strauß bringen.

Ich kann morgen nicht zur Arbeit gehen, überlege ich, als ich endlich im Bett liege und im Dunkel an die Decke starre. Erstens muss ich mich um Alex kümmern, das kann nicht bis zum Abend warten. Zweitens darf ich nicht riskieren, dass sie dann meine Fingerabdrücke einfordern.

Also greife ich nach dem Handy und schreibe eine Textnachricht an Matti: *Mir geht es überhaupt nicht gut, ich habe Fieber und Schüttelfrost. Für morgen melde ich mich krank, sorry!*

Ich sinke auf mein Kissen zurück und warte auf den Moment, in dem die Müdigkeit die Angst besiegt.

14.

Es ist ein Tag für Abaya und Kinderwagen. Dass ich gut daran tue, meine Verkleidung erst unterwegs im Auto anzulegen, weiß ich spätestens, als ich Norbert, meinem freundlichen Nachbarn, an der Haustüre begegne. Er kommt gerade vom Bäcker. »Möchtest du mit mir frühstücken? Ich habe genug eingekauft.«

Bedauernd schüttle ich den Kopf. »Gerne ein andermal. Ich habe furchtbar viel zu tun.«

Er greift nach meiner Hand und hält sie fest. »Du wirkst so gehetzt in den letzten Tagen. Vorgestern habe ich dich genauso eilig aus dem Haus laufen sehen wie jetzt – geht es dir gut?«

Er ist ein so netter Kerl, er fragt ohne Hintergedanken. Ich schüttle den Kopf. »Nicht so richtig gut, nein, aber das wird wieder.«

»Natürlich.« Norbert lächelt. »Weißt du, ich habe in letzter Zeit zwei sehr gute Bücher gelesen. Über innere Ruhe und wie man sie findet. Die leihe ich dir gerne, wenn du möchtest.«

Vor allem möchte ich weitergehen. »Das klingt gut, danke.«

Nun strahlt er. »Fein! Ich bringe sie dir demnächst vorbei, wenn du zu Hause bist.« Er tätschelt mir den Unterarm. »Hab einen schönen Tag!« Summend geht er ins Haus, und ich haste weiter.

Vierzig Minuten später schiebe ich, in Hijab und Abaya, meinen leeren Kinderwagen auf das Eingangstor des Friedhofs zu. Mein Auto steht einen halben Kilometer entfernt.

Matti hat mir heute Morgen zurückgeschrieben, dass er mir gute Besserung wünscht; jetzt sehe ich ihn draußen bei den Töpfen die welken Blüten entfernen.

Ich beeile mich, an ihm vorbeizukommen, aber er würdigt mich ohnehin keines Blickes. Zwei Fixstationen habe ich mir für meinen Ausflug vorgenommen: das Grab des toten Anwalts und das Grab, das für Franz K. zur tödlichen Falle geworden ist.

Das erste ist schon von Weitem zu erkennen, an dem Berg von Kränzen und Blumen, den man darauf gehäuft hat. Ich sehe mich um, außer einem Steinmetz, der Grabinschriften auffrischt, ist niemand in Sichtweite, also fotografiere ich so viele Schleifen wie möglich. Von Kollegen, Freunden, Familie. Der Kranz des Ministers liegt obenauf: rote Gerbera und weiße Nelken. Rot-weiß-rot, sehr staatlich. *In tiefer Trauer, Ulrich Pilus,* steht auf der Schleife. Es gibt auch Grabkränze von einer Martina, einem Robert, von Viktoria und Bernd, von Sigrid und Martin. Mal sehen, ob mir einer der Namen in anderem Zusammenhang begegnet.

Bei Franz K.s Grab ist deutlich mehr Betrieb. Offenbar untersucht die Polizei die umliegenden Grabsteine auf Fingerabdrücke und das Gras auf Fußspuren. Einige Schaulustige haben sich ebenfalls versammelt, zwei davon schießen Fotos der arbeitenden Beamten. Tassani kann ich nirgendwo entdecken.

Gut so. Ich schiebe meinen Kinderwagen ein kleines Stück näher, dann hole ich den Ring hervor. Ich habe ihn heute Morgen sorgfältig abgewischt, jetzt lasse ich ihn zwischen zwei Gräbern ins Gras fallen. Wenn die Polizei ihren Suchradius noch ein wenig erweitert, wird sie ihn finden.

Wie schon beim letzten Mal beachtet mich niemand, auch nicht, als ich mich zu den Zuschauern stelle und nach bekannten Gesichtern suche. Die Blicke treffen mich und gleiten sofort wieder von mir ab. Ich schaukle meinen Kinderwagen.

Als Nächstes werde ich zu Alex fahren, und dann ...

Dann tut sich ein riesiges Loch vor mir auf. Ich könnte mir eine ausländische SIM-Card besorgen. Ich könnte einen Ausweis für mein muslimisches Ich fälschen. Ich könnte mich ins Auto setzen und einfach fahren, bis ich in Italien bin oder Kroatien oder Griechenland.

Der Gedanke fühlt sich so schön an, dass er mir beinahe Tränen in die Augen treibt. Nur weiß ich leider, dass eine solche Flucht von Tassani und seinen Leuten als genau das ausgelegt werden würde: als Flucht. Verdächtiger machen könnte ich mich gar nicht, dann würde man wirklich nach mir fahnden.

Und Alex würde verhungern. Nein, das ist keine Option. Trotzdem wärme ich mich an den Bildern, bis ich wieder aus dem Friedhof hinaustrete. Matti steht immer noch vor dem Laden, und ich bin so in meine tröstlichen Gedanken verstrickt, dass ich beim ersten Blick gar nicht begreife, mit wem er sich im Gespräch befindet.

Schütteres rotes Haar, verwaschene Jeansjacke. Biber.

Die beiden lachen, Matti schüttelt den Kopf und hebt bedauernd die Hände. Völlig klar, worum es geht. *Nein, sie ist heute leider nicht hier, hat sich krankgemeldet. Ihre Privatadresse? Hm, weiß nicht, ob ihr das recht ist. Aber Sie sind ein alter Freund/ein Bruder/ein Mitschüler? Na ja, gut, dann kann ich eine Ausnahme machen.*

Ich schaukle den Kinderwagen so heftig, dass mein imaginäres Baby längst brüllen müsste. Biber geht, und ich folge ihm in gebührendem Abstand. Endlich kann ich lesen, was auf seine Jeansjacke gedruckt ist: Schlosserei Berthold; das, was ich für ein Wappen gehalten habe, ist ein Firmenlogo: ein Vorhängeschloss mit zwei gekreuzten Schlüsseln.

Das gleiche Logo ist auch auf eine Seitentür des Wagens geklebt, in den Biber nun einsteigt. Ich präge mir das Kennzeichen ein und sehe ihm dabei zu, wie er davonfährt.

Er hat also einen Schlosserbetrieb oder arbeitet zumindest für einen. Sollte er wirklich meine Adresse von Matti erfragt haben, ist das beunruhigend – mein Türschloss zu knacken, wird kein Problem für ihn sein.

Aber vielleicht, sage ich mir, bilde ich mir das bloß ein, und er hat sich nur auf dem Laufenden halten lassen, was die Polizeiarbeiten betrifft. Hat Matti die Freude gemacht, sein Insiderwissen ausbreiten zu können, und mich überhaupt nicht zur Sprache gebracht. Er hat mich schließlich nur ein Mal gesehen, soweit ich weiß.

Aber sicher sein kann ich nicht. Wäre ja möglich, dass einer aus der Gruppe jemanden über die Mauer hat klettern sehen, zurück in den Hof der Blumenhandlung.

»Es tut mir leid, ich kann Ihnen keine Auskunft erteilen.« Die Beamtin, mit der man mich beim BKA Wiesbaden verbunden hat, kann ihre Ungeduld nicht mehr verbergen. »Herr Lesch ist nicht zu sprechen. Er befindet sich im Krankenstand.«

Ich stehe in einer Telefonzelle auf der Simmeringer Hauptstraße und umklammere den Hörer. »Wissen Sie, wie lange noch? Es ist wirklich wichtig, und ich muss mit ihm persönlich reden.«

Die Frau seufzt. »Das ist ... schwer abzuschätzen. Es tut mir leid, dass ich Ihnen nicht weiterhelfen kann. Ich verbinde Sie aber gern mit einem der Kollegen von Herrn Lesch.«

Vielleicht besser als nichts. Vielleicht einer, der über mich Bescheid weiß. »Okay. Wenn möglich, mit einem seiner Vorgesetzten.«

Es klickt in der Leitung, dann höre ich ein Freizeichen.

Werfe eine Zwei-Euro-Münze nach. »Holger Klencke am Apparat«, sagt eine tiefe Stimme. »Mit wem spreche ich?«

Mein richtiger Name würde ihm vermutlich etwas sagen, bei meinem neuen bin ich da nicht so sicher. »Carolin Bauer. Aus Wien.«

»Aus Wien, aha.« Er räuspert sich. »Wie kann ich Ihnen helfen, Frau Bauer?«

Ich höre kein Zeichen des Erkennens, kein Aha-Erlebnis in seiner Stimme. »Ich müsste dringend mit Robert Lesch in Kontakt treten. Wir kennen uns von früher, beruflich. Können Sie da etwas für mich tun? Ihm zumindest eine Nachricht zukommen lassen?«

Es ist nur eine kurze Pause, die Klencke vor seiner Antwort einlegt, aber ich kann das Unheil darin spüren. »Im Moment ... ist das ein bisschen schwierig, Frau Bauer. Worum geht es denn?«

Mein Kopf ist leer. Wenn Klencke keiner der beiden Kollegen ist, mit denen Robert damals mein Verschwinden in Wien geplant hat, kann ich ihm nicht trauen. Das hat er mir eingeschärft. *Nicht ausgeschlossen, dass es bei uns Maulwürfe gibt. Unwahrscheinlich, aber nicht unmöglich.*

»Um Blumen«, stoße ich hervor. »Außerdem um Leben und Tod. Bitte sagen Sie mir, was mit Robert ist. Er ist nicht tot, oder?«

Wieder eine Pause. »Frau Bauer, wenn Sie in Gefahr sind, wäre es klüger, Sie wenden sich an die Kollegen in Wien. Selbst dann, wenn es ein deutscher Staatsbürger ist, der Sie bedroht.«

Er begreift nicht, er kennt meine Geschichte wirklich nicht. Und er ist ganz offensichtlich nicht bereit, mir auch nur das Geringste über Roberts Zustand zu verraten.

»Danke«, sage ich und lege auf. Wie betäubt schiebe ich den Kinderwagen in Richtung Auto. Zeit, mich um meinen Gefangenen zu kümmern.

238

»Ich werde irre hier unten!« Alex' Augen tränen, er hat die Campinglampe in den letzten Stunden offenbar nicht benutzt, das Deckenlicht blendet ihn. Ich habe wieder meine normale Kleidung an, in meiner Einkaufstasche befinden sich geschnittenes Brot, Käse, Obst und eine Holzzahnbürste nebst Zahnpasta. Außerdem die Walther, immer noch ungeladen. Ich traue mir weniger denn je.

»Sag mir, für wen du mich ausspionieren solltest, und ich lasse dich raus. Ich will wissen, wer dein Kontakt ist.«

Er tritt in meine Richtung wie ein wütender Fünfjähriger. »Das wird dir noch leidtun, so leidtun!«

»Na bitte, da kommen wir der Sache doch näher.« Ich gehe vor ihm in die Hocke. »Wer wird mir denn heimzahlen, was ich dir antue? Sag schon.«

Er zerrt mit beiden Händen an der Kette, aber das Rohr hält bombenfest. »Die Polizei natürlich, du dummes Stück! Dafür gehst du hinter Gitter, und ich hoffe, sie machen dich dann auch an der Wand fest!«

Ich räume die Tasche aus, baue meine Einkäufe neben Alex auf. »Kann sein, dass ich verreisen muss«, erkläre ich. »Wann genau, weiß ich nicht, aber ich würde dann vermutlich nicht zurückkommen.« Ich stelle die gesamten Wasservorräte zu den Lebensmitteln dazu. »Wäre also gut, wenn du sparsam bist.«

Dass er nach dieser Ankündigung immer noch nicht mit der Sprache rausrückt, verunsichert mich, muss ich mir eingestehen, als ich zum Auto zurückgehe. Entweder er ist viel tiefer in die Angelegenheiten der Karpins verstrickt, als ich geahnt habe, oder er ist wirklich unschuldig.

Im Wagen schlüpfe ich wieder in meine Verkleidung. Lehne dann den Kopf gegen die auf dem Lenkrad verschränkten Hände. Das Einzige, was ich derzeit tun kann, um meine Situation zu verbessern, ist, der Polizei ein wenig unter die Arme zu greifen. Wenn sie Biber schnappen, wird ihr Interesse an mir verebben. Es wird mir Zeit verschaffen, in der vielleicht Robert sich meldet. Ich starte den Motor.

Als ich wieder Handyempfang habe, bleibe ich am Straßenrand stehen und google die Schlosserei Berthold. Zehnter Bezirk, das kommt mir entgegen. Dort werde ich mich mit Hijab und Abaya perfekt ins Bild fügen.

Die Schlosserei liegt in der Schröttergasse, ich parke zwei Straßen weiter und mache mich samt Kinderwagen wieder auf den Weg. Es gibt hier einen kleinen Park und eine günstig platzierte Parkbank, von der aus ich den Eingang des Betriebs im Auge behalten kann. Bibers Wagen habe ich bereits entdeckt. Ich habe Zeit, sage ich mir. Die ich auch brauche, denn es dauert über eine Stunde, in der ich den schräg gegenüberliegenden Eingang zur Schlosserei nicht aus den Augen lasse, dann tritt Biber endlich aus der Tür. Geht mit zügigen Schritten auf sein Auto zu, steigt ein und fährt weg.

Ich klappe den Kinderwagen zusammen, lege ihn ins Gras und hoffe, dass niemand ihn mitnimmt. Dann gehe ich los.

Ein kleines Büro, ein vollgeräumter Schreibtisch, hinter dem eine blonde Frau mit Brille sitzt. Ich grüße höflich, mit einem Akzent, der alles sein könnte. Hoffentlich auch türkisch. »Guten Tag. Ich möchte Mitarbeiter von Ihnen sprechen.«

Die Frau seufzt demonstrativ. »Worum geht's?«

»Hat gestern neues Schloss in mein Wohnung eingebaut.« Ich komme mir unfassbar dämlich vor, wie eine schlechte Karikatur. »Aber ist kaputt.«

Sie verdreht die Augen. »Das kann nicht sein, versuchen Sie es noch einmal. Oder lassen Sie es Ihren Mann versuchen.«

»Kaputt«, beharre ich. »Hat Arbeiter nicht gut gemacht.

Mann mit rote Haare und so Zähne.« Ich deute auf meine oberen Schneidezähne.

Noch ein Seufzen. »Wolfgang? Dann ist garantiert alles in Ordnung. Der ist ein Profi.«

Ich ziehe ein finsteres Gesicht, und sie beugt sich vor. »Haben Sie denn die Rechnung mit?«

Ich gebe vor, als müsste ich überlegen. »Rechnung? Nein.«

Sie nickt, als hätte sie nichts anderes erwartet. »Okay, wissen Sie was? Fahren Sie nach Hause und suchen Sie die Rechnung. Dann rufen Sie an, geben mir die Rechnungsnummer durch, und wir schicken jemanden. Wenn wirklich etwas defekt ist, geht das auf uns, wenn nicht, müssen Sie den Handwerker bezahlen.«

Ich sehe mich suchend um, aber es sind nirgendwo Fotos der Mitarbeiter aufgehängt. »Auf Rechnung steht nicht Wolfgang«, sage ich anklagend. »Steht Herr …«

»Herr Waschak.« Sie zwingt sich ein Lächeln ab. »Das stimmt schon. Sie haben ihn leider knapp verpasst. Machen wir es also so wie besprochen, ja? Sie melden sich.«

Ich gebe ein paar missmutige Laute von mir und gehe; halb enthusiastisch, weil ich jetzt den Namen kenne, halb schuldbewusst, weil ich ihn mir auf üble Weise erkauft habe. Beinahe fände ich es fair, wenn mir im Gegenzug für die Ausnutzung eines billigen Klischees der Kinderwagen geklaut worden wäre, aber er liegt immer noch im Gras.

Wolfgang Waschak alias Biber. In Wien existieren noch ein paar Internetcafés; zu einem davon fahre ich jetzt – denn ich wage mich nicht nach Hause. Ich will weder von ermittelnden Polizisten auf der Jagd nach Fingerabdrücken noch von einem rothaarigen Schlosser überrascht werden.

Der Raum ist schmuddelig, die Rechner sind veraltet, und kein einziger davon besetzt. Mittlerweile wieder in Jeans und Shirt, halte ich dem jungen Typen am Eingang einen meiner gefälschten Ausweise vor die Nase. Er telefoniert gerade, notiert sich den Nachnamen und weist mir Computer Nummer drei zu.

Als er fünf Minuten später zu mir kommt und nach meiner Bestellung fragt, bin ich bereits frustriert. Ich habe zwei Männer mit dem Namen Wolfgang Waschak gefunden, aber keiner davon ist Biber, auch wenn der erste – das Universum hat durchaus Humor – in der Holzwirtschaft tätig ist. Ein Mann um die vierzig mit priesterlich anmutendem Haarkranz.

Der zweite lebt nicht in Österreich, sondern in der Schweiz und dürfte etwas mit Buchhaltung zu tun haben. Auch er ähnelt Biber nicht im Geringsten. Von ihm gibt es keine Telefonnummer, keine Adresse, nur ein unscharfes Foto.

Ich durchforste die Bildersuche bis zum Ende, bis nur noch Treffer angezeigt werden, bei denen kein Zusammenhang mehr erkennbar ist. Seniorenreisen. Kuchenrezepte. Gartenpflegetipps. Also anders. Ich kombiniere »Waschak« mit »Schlosser«, und tatsächlich taucht die Schlosserei Berthold als dritter Treffer in der Liste auf, obwohl Biber auf der Seite kein einziges Mal namentlich genannt wird.

Mein bestellter Cappuccino wird serviert und schmeckt schal. Neue Kombination: »Waschak« und »Biber«. Massenhaft Tierfotos. Links zu Hochwasserschutz. Nirgendwo ein rothaariger Schlosser mit großen Zähnen, offenbar führt er kein sehr digitales Leben. Immerhin darin gleichen wir uns.

Weil ich nicht möchte, dass mein Ausflug in dieses Café vollkommen erfolglos war, suche ich als Nächstes nach Franz K., dessen Nachnamen ich nicht kenne, aber in solchen Dingen ist das Internet ja meist indiskreter als die Presse. Und schließlich bringt die Kombination aus »Franz«, »Zentralfriedhof« und »Unfall« ein interessantes Ergebnis. Ein Kaffeehaus im siebzehnten Bezirk hat auf seine ungelenk gestaltete Homepage eine Art Nachruf gestellt. In grauem Comic-Sans-Font auf schwarzem Hintergrund.

Franzl, du wirst uns fehlen!

Wir verabschieden uns von unserem treuen Stammgast Franz Kerschbaum, der bei einem tragischen Unfall auf dem Zentralfriedhof ums Leben gekommen ist.

Wir werden dich nie vergessen und dein Andenken stets in Ehren halten!

Auf ein Wiedersehen in einer besseren Welt!

Susi, Reini, Jaroslav und die Pokerrunde.

Franz Kerschbaum also. Unter den Trauernden aber kein Wolfgang, es sei denn, er hätte zur Pokerrunde gezählt. Dafür wurde zum Text ein Foto montiert, auf dem ein Mann, der ein jüngerer Franz Kerschbaum sein könnte, seine Arme um die Schultern einer Frau und eines zweiten Mannes ähnlichen Alters gelegt hat. Die Wirte, vermute ich.

Ich notiere mir die Adresse des Cafés, das den schönen Namen *Espresso Hollywood* trägt. Die Fotos des Lokals wecken Vorfreude auf Resopaltische aus den Sechzigern, Neonbeleuchtung und einen Glücksspielautomaten mit abblätterndem Lack.

Mein Kaffee ist kalt geworden.

Wieder draußen auf der Straße, wäge ich meine Möglichkeiten ab. Am liebsten würde ich nach Hause fahren und mir im Bett die Decke über den Kopf ziehen, aber sowohl die Polizei als auch Biber könnten problemlos die Tür aufbrechen.

Für Alex und das Abbruchhaus habe ich im Moment nicht die Nerven. Dort hätte ich ständig das Gefühl, dass sich während meiner Abwesenheit Dinge tun, die ich nicht mitbekomme und die mir anschließend das Genick brechen. Zu lange verschwunden bleiben darf ich ohnehin nicht – eine Fahndung nach mir wäre fatal. Als würde man den Karpins meinen Kopf auf einem Silbertablett überreichen.

Vollkommen offene Karten? Tassani alles erzählen, alles, inklusive der Entführung eines harmlosen Studenten? Man würde mich festnehmen, für einige Zeit wegsperren, und das würde das Problem zumindest aufschieben. Vorausgesetzt, Andrei hat unter den russischen Häftlingen nicht noch ein paar Leute, die ihm etwas schuldig sind.

Mitten auf der Straße eine Panikattacke zu bekommen ist nicht gut. Ich lehne mich gegen die nächste Hausmauer und atme tief in den Bauch, denke an einen Bach, an Steine, die in der Sonne glänzen, an die Rehe auf der Wiese, die nicht meine ist.

Eine Option bleibt. Dem *Espresso Hollywood* einen Besuch abzustatten, ist zumindest kein gefährlicher nächster Schritt. Nicht, wenn ich Vorsichtsmaßnahmen treffe.

Ich investiere ein paar Euro in einen schwarzen Schminkstift, ein Secondhandshirt von Humana und ein Nietenarmband. Mit dem Stift bemale ich mir Augen und Lippen, in das Shirt reiße ich drei Löcher. Von einem Klischee zum nächsten, denke ich, als ich mich beim Aussteigen aus dem Auto in einer Schaufensterscheibe betrachte.

Ich betrete das *Espresso Hollywood,* als wäre ich jeden Tag hier. Die beherrschenden Gerüche sind die aus Frittierfett, Kaffee und altem Zigarettenrauch, der die Wände gelb gefärbt hat. Lässig winke ich in Richtung Theke und setze mich an den Tisch direkt neben dem einarmigen Banditen. Außer mir ist nur ein einziger Gast da. Ein fülliger Mann in einem beigefarbenen Strickpullover mit Arbeiterhänden und wässrigen Augen.

Die Zeitung auf dem Tisch ist eine Woche alt, trotzdem blättere ich darin herum, bis die Servierkraft auf mich zusteuert. Die Frau vom Foto, keine Frage, nur zehn sichtbare Jahre älter und mit karmesinrot gefärbtem Haar. »Sie wünschen?«

Es klingt wie eine Kampfansage und lässt mich die selbstbewusste Strategie, die ich eigentlich im Sinn hatte, sofort ändern. »Einen ... einen Pfefferminztee, bitte«, sage ich kaum hörbar.

Nun mustert die Kellnerin mich aufmerksamer. »Du warst noch nie hier, oder?«

Stumm schüttle ich den Kopf. Nehme zufrieden zur Kenntnis, dass sie das förmliche *Sie* unmittelbar ad acta gelegt hat.

»Pfefferminztee«, murmelt sie und verschwindet hinter der Theke. Ich schiebe die Zeitung zur Seite und beginne zum Schein, den Nagel meines kleinen Fingers zu beißen. Betrachte eingehend den Glücksspielautomaten.

Die Frau kehrt mit einer Tasse trüben, dampfenden Wassers zurück, in dem ein Teebeutel schwimmt. »Bist zufällig hier, oder?«, sagt sie und stellt den Tee vor mir ab. »Normalerweise kenne ich die Gäste fast alle.«

Ich sehe weidwund zu ihr hoch. »Du bist Susi, nicht wahr?«

Sofort tritt sie einen Schritt zurück. »Ja. Und?«

»Franz hat so oft von dir gesprochen. Hat immer gesagt, dass er sich im *Hollywood* wohler fühlt als zu Hause.«

Ihre Züge entspannen sich, sie sieht jetzt viel freundlicher drein. »Du hast den Franzl gekannt?«

»Ja. Er hat sich ab und zu um mich gekümmert. Wie ein Onkel oder so.«

»Der Franzl?« In ihren Augen steht blanker Unglaube. »Und er hat im Gegenzug nichts verlangt?«

Ich nicke wissend. »Ja, war nicht typisch für ihn. Stimmt schon. Ich glaube, ich habe ihm einfach leidgetan.« Ich nehme das Löffelchen von der Untertasse und drücke daran den Teebeutel aus. »Ich wüsste so gern, was er am Friedhof gewollt hat. Aber er hat mir vorher nicht erzählt, dass er dorthin wollte.«

Susi zieht den Mund schief. »Wie heißt du?«

»Larissa.« Ich ziehe die Nase hoch.

Sie überlegt kurz. »Ich glaube nicht, dass er dich irgendwann erwähnt hat.«

»Echt nicht? Na ja. Macht nichts. Euch schon, dich und Reini. Er hat gesagt, irgendwann nimmt er mich einmal mit nach *Hollywood*.« Ich rühre in meinem Tee. »Und jetzt bin ich eben allein hergekommen.«

Susi betrachtet mich beinahe mütterlich, dann scheint ihr ein Licht aufzugehen. »Bist du eines von Hildes Kindern?«

»Wie bitte?«

»Na ja. Er hat immer wieder von der alten Hilde und ihren Kindern geredet, wenn er ein bisschen beschwipst war. Und dass sie sie schlecht behandelt hat. Darum habe ich gedacht, du gehörst vielleicht zu ihnen.«

Hilde. Da war etwas, Biber und Franz haben eine Hilde erwähnt. *Ich bin sicher, die alte Hilde geht ihm nicht mehr aus dem Kopf,* hat einer von beiden gesagt. »Nein, meine Mama heißt Christine. Mit ihr ist es auch nicht einfach.« Ich führe pantomimisch eine Flasche zum Mund. »Aber sie hat es nie leicht gehabt.«

»Wer hat das schon.«

Ich seufze leidgeplagt. »Echt niemand, den ich kenne. Aber von der alten Hilde hat der Franz mir nie etwas erzählt.« Ich tue, als fände ich das enttäuschend. »Wer ist das?«

Sie wischt ein paar Krümel vom Tisch. »Weiß ich auch nicht so genau. Er hat sie nicht gemocht. Reini hat ein paarmal nachgefragt, aber da ist Franzl immer böse geworden. Irgendetwas muss sie mit Schmetterlingen zu tun gehabt haben.«

Schmetterling.

Schatten.

Man muss mir die Reaktion am Gesicht ansehen, denn Susi legt mir eine Hand auf die Schulter. »Alles in Ordnung?«

»Äh. Ja. Ich verstehe nur nicht ...«

»Er hat halt gerne getrunken.« Susi ringt kurz mit sich. »Möchtest vielleicht einen Apfelstrudel? Ist von gestern, aber noch gut. Aufs Haus.«

Ich habe nicht die geringste Lust auf Süßes, aber ich nicke freudig. Susi verschwindet hinter der Theke und kehrt mit einem Teller zurück, auf dem ein überraschend appetitlich wirkendes Stück Strudel liegt.

»Wir haben es überhaupt nicht glauben können, als wir gehört haben, was mit dem Franz passiert ist. Er war zwar ein Gauner, aber kein schlechter Mensch. So etwas hat er nicht verdient.«

»Auf keinen Fall«, bestätige ich kauend. »Und jetzt heißt es, dass er bei einer Satanssekte gewesen sein soll. Weil doch immer wieder Tote aus ihren Gräbern geholt worden und Grabsteine beschmiert worden sind.«

»So ein Blödsinn!« Susi fährt sich mit den Händen durchs rote Haar. »Der Franz hat mit dem Teufel genauso wenig am Hut gehabt wie mit Gott. Geld hat ihn interessiert, Kartenspielen und Pferdewetten.«

Ich teile mit der Gabel ein Stück Strudel ab. »Ob ihn jemand auf den Friedhof geschickt hat? Gegen Bezahlung?«

»Das könnte ich mir schon eher vorstellen.« Susi zieht ein Päckchen Marlboro aus ihrer Schürze und zündet sich eine an, dann setzt sie sich zu mir an den Tisch. Das Rauchverbot interessiert hier keinen, wahrscheinlich hat es sich noch gar nicht bis *Hollywood* durchgesprochen.

»Kann auch sein, dass jemand ihn reingelegt hat«, überlegt Susi weiter. »Er war so oft hinter Gittern, da gibt es immer jemanden, mit dem man es sich verscherzt. Ich weiß das.« Sie zwinkert mir verschwörerisch zu. »Also, nicht von mir persönlich, aber von Reini. Der war auch zweimal drin, hat sich zu gern geprügelt. Von da kennt er auch den Franz.«

Dass ich den Mund voll habe, gibt mir Zeit zum Nachdenken. Eine Gefängnisfreundschaft also. Da wäre es nicht ausgeschlossen …

»Franz hat mir noch von einem anderen Freund erzählt, den er nach dem Gefängnis immer wieder sieht.« Ich tue, als müsste ich überlegen. »Hat einen Spitznamen, nach einem Tier …«

Susi nimmt einen tiefen Zug aus ihrer Zigarette. Hebt dann leicht die Schultern.

»Biber«, stoße ich hervor, als wäre es mir eben erst wieder eingefallen. »So haben sie ihn genannt. Kommt der auch manchmal her?«

»Glaube ich nicht. Reini sagt, außer zu Franz hat er zu keinem aus dieser Zeit mehr Kontakt.«

Der letzte Bissen Apfelstrudel. Ich spieße ihn auf die Gabel. »Vernünftig«, sage ich. »Ich habe einfach nur gehofft, ich finde jemanden, der mir erklären kann, warum der Franz auf den Friedhof … aber egal. Lebendig wird er so oder so nicht mehr.«

»Sehr richtig.« Susi schiebt resolut den Stuhl zurück und steht auf. »Darauf trinken wir jetzt einen Schnaps.«

Als ich wieder im Auto sitze, mit dem ich nach zwei Schnäpsen definitiv nicht mehr fahren sollte, krame ich eine alte Tankrechnung hervor und notiere mir, was ich nicht vergessen will.

Die alte Hilde und ihre Kinder?

Gefängnisfreunde?

Eventuell Auftraggeber?

Schmetterling!

Ein Blick in den Rückspiegel zeigt mir, dass das Schwarz auf den Lippen unverändert hält, rund um die Augen aber total verschmiert ist. Ich sehe aus wie ein Panda.

Schlimmer als das ist die Tatsache, dass ich durch meinen Besuch im *Hollywood* nichts gewonnen habe, wenn man von einem vollen Bauch und einem leichten Schwips absieht. Worauf ich insgeheim gehofft hatte, war ein Hinweis, den ich Tassani servieren könnte. Der mich aus dem Fokus nimmt. Wenn der Fall gelöst ist, braucht niemand mehr meine Fingerabdrücke. Hat nur leider nicht geklappt.

Der Alkohol, den ich mehr und mehr zu spüren beginne, pflanzt mir dessen ungeachtet neue Ideen in den Kopf: Jetzt aufs Gas steigen. Schnell nach Hause und die wichtigsten Dinge holen: sämtliche Ausweise, die Kraken in ihrem Koffer, das vorhandene Bargeld. Und abhauen, weg, ins Ausland.

Bleibt Alex, doch auch dieses Problem lässt sich lösen: ein kurzer anonymer Anruf mit einer ungefähren Beschreibung des Ortes, an dem sie ihn finden werden. Ab dann muss ich mich allerdings beeilen, denn er wird nicht mit meinem Namen hinter dem Berg halten. Wieso auch.

Und damit wäre es vorbei, das begreift auch mein leicht benebeltes Hirn. Der Mazda ist auf Carolin Bauer angemeldet, danach lässt sich wunderbar fahnden. Da reichen ein bisschen Pech und eine Tankstellenkamera.

Also bleibe ich erst mal in Wien. Wenn alle Stricke reißen, muss ich mich eben Tassani auf Gedeih und Verderb ausliefern und darauf hoffen, dass er behutsam mit meinem Geheimnis umgeht.

Ich suche eine Telefonzelle und rufe Matti an; er müsste noch im Laden sein. »Hey«, sagt er, als ich meine Begrüßung krächze. »Wie geht's dir?«

»Nicht so gut, das Fieber geht nicht runter. Aber ich war gerade in der Apotheke und habe mich mit Chemie eingedeckt. Morgen musst du noch ohne mich auskommen, fürchte ich.«

»Hm. Na ja, morgen wollte Paula auch wieder mithelfen. Ihr geht es etwas besser.«

»Fein, das freut mich.«

»Allerdings muss ich dann den Kommissar vertrösten. Der hat heute nach dir gesucht und angekündigt, dass er morgen wiederkommt.«

Wusste ich es doch. »Na, auf einen Tag mehr oder weniger wird es ihm nicht ankommen«, sage ich matt. »Hat sonst noch jemand nach mir gefragt?«

Ich kann Matti nachdenken hören. »Nein, gefragt nicht. Aber ein Kunde hat mir ein Kompliment zu meiner hübschen Verkäuferin gemacht. Erst dachte ich, er meint Eileen, aber er hat von dir gesprochen.« Matti lacht. »Entschuldige, das war nicht charmant.«

»Macht gar nichts. Hatte er rote Haare?«

»Ja, aber nicht mehr sehr viele. Und ziemlich hässliche Zähne. Da findest du jemand Besseren, Caro.«

Ich atme durch. »Ja, der hat mich auch schon komisch angequatscht. Du hast ihm nicht meine Telefonnummer oder Adresse gegeben, hoffe ich?«

Matti schnaubt empört. »Wofür hältst du mich? Würde ich nie tun.«

»Danke.« Ich lege auf. Tassani wird heute nicht mehr vor meiner Tür stehen. Biber kann es nicht, selbst wenn er weiter herumgefragt hat. Außer Matti und Eileen weiß niemand, wo ich wohne. Allerdings ist es alles andere als beruhigend, dass Biber sich nach mir erkundigt hat. Wieso? Er hat mich nur einmal nach Parkscheinen gefragt, er kann nicht wissen, dass ich ihn und seine Freunde nachts beobachtet habe.

Ich muss ihm bei anderer Gelegenheit aufgefallen sein. Hat er mich an Franz Kerschbaums Grab gesehen, frühmorgens? Als ich, zumindest äußerlich ruhig, Fotos geschossen habe, statt hysterisch die Polizei anzurufen? Das wäre ein Grund, stutzig zu werden. Nachzufragen.

Ich halte inne. Die Fotos. Jetzt weiß ich, was ich als Nächstes tun werde.

Zu Hause ist alles beim Alten. Keine Kratzer am Türschloss, leider auch keine Blumen auf der Matte. Ich schließe die Tür hinter mir, sperre doppelt ab und tue, was ich lang nicht getan habe. Ich baue die Cadex-Kraken zusammen, positioniere sie so auf dem Bipod, dass sie auf die Tür gerichtet sind, und fühle mich sofort besser. »Release the Kraken«, murmle ich, während ich den Kühlschrank öffne und die traurigen Überbleibsel meines letzten Einkaufs begutachte. Butter, Käse, Oliven, Wein. Ein bisschen Brot ist auch noch da. Jalousien runter, Vorhänge zu, Computer an. Den Bilderordner auf meinem Handy öffnen.

Ich habe mir die Fotos des toten Franz Kerschbaum bisher nicht angesehen, es gab keinen Grund dafür. Ich habe sie nicht geschossen, um mich ungestört in den Anblick seines verzerrten Gesichts vertiefen zu können oder sie gegen zwei Monatsgehälter an die Boulevardpresse zu verhökern. Sondern nur, um sie als Information zur Verfügung zu haben, falls nötig. Deshalb vergrößere ich jetzt auch nicht den Ausschnitt mit der Leiche, sondern den, auf dem der Grabstein zu sehen ist.

Tassani hat vollkommen recht. Wenn man einfach nur alte Knochen ausgraben will, nimmt man sich keine Gräber vor, für deren Öffnung man schweres Gerät braucht. Wenn Friedhofsmitarbeiter die Granit- oder Marmorplatten heben müssen, nutzen sie Kräne. Franz Kerschbaum muss einen guten Grund gehabt haben, es mit einem simplen Wagenheber zu versuchen.

Die Inschrift auf dem Stein ist vergoldet: Siegmund Mechendorff 1944–2012. Darüber gibt es noch eine Marianne Mechendorff, die 1911 geboren wurde, und einen Hermann von Mechendorff, geboren 1903, gestorben 1944. Wahrscheinlich also im Krieg gefallen, unter Umständen hat er den kleinen Siegmund nie zu Gesicht bekommen.

Ich überspiele die Bilder der Grabsteine auf den Computer und ordne sie nach dem Zeitpunkt ihrer Verunstaltung.

Nummer eins, Roland Klessmann, 1937–2004. Totenkopf mit Hühnerschädel im Mund, das Pentagramm, die doppelte 666, das Omega, die merkwürdige liegende Acht mit Kreuz.

Nummer zwei, Ingmar Harbach, 1932–2009. Das Bild wird beherrscht vom toten Gernot Nadler, der mit ausgebreiteten Armen auf dem Grab liegt. Ziemlich sicher mit dem Stück hellen Marmor erschlagen, das gestern bei uns im Hof aufgetaucht ist. Harbach wurde nicht exhumiert, da kam wohl der Anwalt dazwischen, aber der Grabstein weist sämtliche Bemalungen auf: 666, Pentagramm, Omega, das seltsame unbekannte Zeichen und die Zacken, die sonst nirgendwo auftauchen. Kein Huhn, das läuft möglicherweise jetzt frei auf dem Friedhof herum, wer weiß.

Nummer drei, Edwin Berkel, 1929–2013. Als sein Grab geöffnet wurde, war ich gewissermaßen live dabei. Sie waren zu dritt, Biber, eine Frau und ein zweiter Mann. Franz Kerschbaum? Möglich. Aber nicht mit Sicherheit zu sagen. Den fertig gestalteten Grabstein habe ich am Morgen danach fotografiert – auch er hat das volle Programm bekommen. Sämtliche Zeichen, Blut, Totenschädel, Hühnerkopf.

Zu guter Letzt Nummer vier, Siegmund Mechendorff, 1944–2012. Sein Grab ist, was Schmierereien angeht, unbehelligt geblieben, dafür hat es ein Todesopfer gefordert. Dem Foto nach könnte man glauben, es habe Franz Kerschbaum gefressen. Nach ihm geschnappt und ihn halb in die Tiefe gezerrt.

Klessmann, Harbach, Berkel, Mechendorff. Der Jüngste 1944 geboren, der Älteste 1929. Schulfreunde können sie schon mal nicht gewesen sein, aber eventuell Kollegen? Ich gebe die vier Namen gemeinsam bei Google ein.

Es wurden keine Ergebnisse gefunden, die alle deine Suchbegriffe enthalten, teilt der Computer mir mit. Damit war zu rechnen, meine Enttäuschung hält sich in Grenzen. Die nächste halbe Stunde verbringe ich damit, die Namen jeweils in Paaren zu kombinieren, doch auch hier bleiben die Suchergebnisse nichtssagend. Die Namen tauchen da und dort auf, aber immer mit falschen Vornamen. Keine Verbindung zu den Männern, nach denen ich Ausschau halte.

Also nehme ich sie mir einzeln vor. Roland Klessmann. Als er 2004 gestorben ist, war er siebenundsechzig Jahre alt und im Netz sichtlich nicht aktiv. Aber es gibt immerhin einen brauchbaren Treffer: Auf der Homepage der Firma Uhler & Marsch wird er als Gründungs- und Vorstandsmitglied angeführt, mit Foto. Ein streng dreinblickender Mann mit Doppelkinn und Brille. Die Firma stellt Luxusarmaturen her und stattet international Hotels, Ressorts und begüterte Privatleute aus.

Ingmar Harbach starb 2009 im Alter von siebenundsiebzig Jahren. Ihn finde ich über ein öffentliches Facebook-Posting seiner Enkelin; das Bild zeigt einen freundlichen, weißhaarigen Mann, der einem kleinen Mädchen einen Ball zuwirft. *Bester Opa der Welt, miss you so!,* steht als Bildunterschrift darunter. Die Enkelin heißt Laura Harbach und ist mittlerweile fünfundzwanzig.

Was der beste Opa beruflich getan hat, finde ich nur mühsam heraus, durch die uralte Mitgliederliste eines Wiener Kegelclubs. Allem Anschein nach war er Eigentümer des Autohauses Harbach, doch das scheint es nicht mehr zu geben.

Mit Edwin Berkel ist es dagegen einfach, er war Arzt. Bevor er in den Ruhestand ging, leitete er die dermatologische Abteilung eines Wiener Krankenhauses. Die Fotos, von denen es zahlreiche gibt, zeigen einen groß gewachsenen, schlanken Mann mit grauem Haar. Er scheint noch bis ins hohe Alter eine Privatpraxis betrieben zu haben, außerdem hat er zwei Bücher geschrieben. »Allergien verstehen« und »Allergologie in der Praxis«, beide in den Achtzigern erschienen und nur noch antiquarisch zu kaufen.

Bleibt zu guter Letzt Siegmund Mechendorff. Zu ihm gibt es ebenfalls jede Menge Material: ehemaliger österreichischer Adel, Grundbesitz in Niederösterreich und der Steiermark, wo die Ruine Mechendorff zu besichtigen ist. Wie viele seiner Herkunft war er bis zu seinem Tod begeisterter Jäger, seinen Lebensunterhalt bestritt er als Immobilienmakler. Die Firma existiert nach wie vor und wird von seinem Sohn weitergeführt.

Ein Interview mit diesem Sohn – Wieland Mechendorff – findet sich ebenfalls online. »Ich bin zutiefst erschüttert über das Unglück, das sich am Grab meines Vaters ereignet hat. Auch wenn es mich erleichtert, dass seine Totenruhe nicht gestört wurde, bedaure ich sehr, dass einer der Vandalen ums Leben kam.« Es folgen ein paar Sätze, die Unverständnis für das Beschmieren von Grabsteinen und Exhumieren von Leichen ausdrücken, sowie ein Aufruf an die Polizei, satanistischen Sektierern das Handwerk zu legen. Alles wie aus der Bausatzkiste für Betroffenheit gegriffen, Worte so glatt wie Teflon.

Ein Arzt, ein Armaturenerzeuger, ein Autoverkäufer und ein Immobilienmann. Ich fahre den Rechner hinunter, setze mich in die Diele neben die Kraken und lausche den Geräuschen des Hauses. Schritte, das Surren des Aufzugs, Türknallen. In mir ist alles ratlos und müde, zu müde sogar für Angst. Nach einer halben Stunde, in der ich bloß die Wand anstarre, finde ich keinen Grund mehr, vom Boden aufzustehen. Keine Kraft. Ich rolle mich neben meinem Snipergewehr ein und zähle meine Herzschläge.

15.

Gib mir das Passwort.«

»Versuch es mit Alles4Alex. Beide As großgeschrieben.«

»Was heißt: *Versuch es?*«

»Ich bin nicht mehr sicher. Ich weiß nicht mehr, was real ist und was ich mir nur einbilde. Ich verliere den Verstand, Carolin.«

Ich bin schon im Morgengrauen hergefahren, nach einer Nacht auf dem Vorzimmerboden. Alle meine Knochen schmerzen, mein Kopf ebenfalls. Alex war wach, die kleine Campinglampe war an und hängt nun oben an der Steckdose, zwecks Aufladung.

Alles4Alex gebe ich ein. *Falsches Passwort,* antwortet das Notebook.

»Fehlschlag. Beim nächsten Mal solltest du richtigliegen.«

Er krümmt sich. »Ich weiß es nicht mehr. Ich wechsle mein Passwort regelmäßig, und ich kann mich nicht erinnern, welches das aktuelle ist. Versuch Oceans22blue. Twenty-two als Zahl geschrieben.«

Alex hat seit meinem letzten Besuch abgebaut, habe ich den Eindruck. Vielleicht liegt es auch nur daran, dass der Bart sein Gesicht hagerer erscheinen lässt, aber wahrscheinlich wird ihm die Isolation nun wirklich zu viel. Ich habe aus meinem Apothekenschrank Desinfektionsspray für seine wunden Handgelenke mitgebracht, doch er hat es nur verständnislos angestarrt.

Nichts würde ich lieber tun als diese unwürdige Situation beenden, auch wenn ich weniger denn je weiß, wie. Aber vorrangig muss ich herausfinden, woran ich bin. Oceans22blue.

Falsches Passwort. »Du willst, dass ich so lange Blödsinn eingebe, bis der Computer gesperrt ist, oder? Kapierst du nicht, dass ich dich so nicht laufen lassen kann?«

Sein Kopf sinkt seitlich zur Brust. Wie beim toten Jesus am Kreuz. »Doch.«

Meine Hände liegen auf der Tastatur. Gleich neben dem Fingerabdruckscanner. Ich erinnere mich an meine fruchtlose nächtliche Aktion, und plötzlich geht mir ein Licht auf. »Das ist gar nicht dein Notebook.«

Alex reagiert nicht. Atmet in kurzen, hastigen Zügen.

»Wem gehört es?« Ich warte, bis er den Kopf hebt.

»Ist meines.« Er hat die linke Hand zur Faust geballt, sieht mich nicht an. Scheint, als hätte ich einen Treffer gelandet.

»Tut mir leid, das kaufe ich dir nicht mehr ab. Der Scanner akzeptiert keinen deiner Fingerabdrücke, und du kennst das Passwort nicht. Hast du den Computer geklaut?«

Er hustet. Sein Blick kriecht an mir hoch, hasserfüllt. »Passwort, ja? Versuch LeckmichamArsch4ever. Arsch groß, mit einer Vier in der Mitte.«

Die Wucht, mit der das Lachen in mir hochsteigt, überrascht mich selbst. Nun bin ich es, die sich krümmt, ich lache, bis ich kaum noch Luft bekomme. Die alte Frau vor Siegmund Mechendorffs Grab kommt mir in den Sinn. Genauso muss sie sich gefühlt haben – hatte sie einen ähnlich guten Grund dafür?

Die Last meines Gewissens ist ein großes Stück leichter geworden. Alex will den Computer nicht entsperren, behauptet aber weiterhin, es wäre seiner, und geht jetzt zum Gegenangriff über. Niemand, der unschuldig in seine Situation geraten wäre, würde sich so verhalten.

»Okay. Ganz wie du möchtest.« Ich checke die Wasservorräte, schiebe eine Packung Toastbrot, zwei Äpfel und drei hart gekochte Eier in seine Richtung, bringe ihm die halbwegs aufgeladene Campinglampe, klemme mir das Notebook unter den Arm und mache mich wieder auf den Weg.

Das Programm heißt FindMyPassword, und man kann es sich einfach aus dem Netz laden, auf einen USB-Stick kopieren und damit den gesperrten Computer öffnen. In der Theorie. In der Praxis versuche ich nun schon zum vierten Mal, das Notebook von diesem Stick aus zu booten. Erfolglos. Entweder stelle ich mich dumm an, oder der Rechner ist verschlüsselt. Dann funktioniert der Hack nicht, heißt es in der Beschreibung.

Als ich im fünften Versuch bin, klingelt es an der Tür. Ich fahre zusammen. Mein erster Gedanke ist unsinnigerweise, dass sie Alex gefunden haben. Mein zweiter, dass Biber mich gefunden hat. Mein dritter, dass Robert meine Nachricht erhalten hat. Und Blumen schickt.

Ich stehe langsam auf. Wieder klingelt es, und ich wünschte, ich hätte einen digitalen Türspion mit Kamera, so wie in München. Ein Schritt nach dem anderen, lautlos, und dann durch den normalen Spion lugen …

Erst auf dem Weg zur Tür bremse ich mich ein. Die Kraken liegt noch in der Diele, zusammengebaut. Nicht mehr auf potenzielle Eindringlinge gerichtet, aber quer über dem Vorzimmerschrank. Ich sollte besser niemandem öffnen, und der Impuls erweist sich als richtig. Kurz darauf hämmert es gegen die Tür. »Frau Bauer?«

Tassanis Stimme. Ich halte die Luft an. Er wollte es doch heute noch einmal im Blumenladen versuchen …

»Frau Bauer, ich muss mit Ihnen sprechen. Öffnen Sie mir bitte, es dauert nicht lang.« Ich rühre mich keinen Millimeter. »Ihr Arbeitgeber war überzeugt davon, dass Sie zu Hause anzutreffen sind«, fährt er fort. »Ich denke das auch, ich habe Ihr Auto unten gesehen. Aber wenn Sie nicht kooperieren, muss ich Sie eben vorladen lassen.«

Soll er, das verschafft mir Zeit. Mein Blick heftet sich auf das Gewehr. Undenkbar, dass ich die Tür öffne.

»Sie verhalten sich nicht besonders klug, das muss Ihnen doch klar sein.« Nochmaliges Klingeln. Eine Minute später Schritte, die sich entfernen.

Ich schleiche ins Wohnzimmer zurück und sinke aufs Sofa. Es geht um die Fingerabdrücke, ganz bestimmt. Sie haben auf dem Marmorblock welche gefunden und wollen sie nun mit meinen abgleichen. Mit Matti hatten sie es in der Sache sicher einfach, er hat ihnen seine vermutlich aufgedrängt – ist ja eine Geschichte, die man anschließend zum Besten geben kann. Eileen war es wahrscheinlich nicht so angenehm, aber sie wird nicht widersprochen haben.

Bleibe ich. Die mit Händen und Füßen Widerstand leistet. In Krankenstand geht, von der Bildfläche verschwindet. Schön auch, zu erfahren, dass Tassani bereits mein Autokennzeichen recherchiert hat.

Ich haste zurück zum Schreibtisch, wo mein Handy liegt, und öffne die App der Dashcam. Sehe mir Aufnahmen des letzten Tages an.

Ein neugieriges Reh von heute Morgen beim Abbruchhaus. Und ein ebenso neugieriger Tassani, der sich vor zehn Minuten zum Fenster der Fahrerseite hinuntergebeugt hat. Danach zum Fenster der Beifahrerseite.

Ich schließe die Augen und versuche zu rekonstruieren, was er gesehen haben könnte. Die Pistole nicht, die liegt im Kofferraum. Für Kinderwagen und Verkleidung gilt dasselbe. Alles andere ist harmlos.

Ich frage mich, warum er meine Fingerabdrücke nicht einfach von den Mappen nimmt, die er mir zur Ansicht in die Hände gedrückt hat. Vermutlich, weil sicher zig Polizisten sie angetatscht haben und es nur schwer möglich wäre, meine Abdrücke zu isolieren.

Die Mappen. Ich presse mir die Daumenballen gegen die Schläfen. Fotos von Menschen ohne Namen, dafür mit Nummern. Wieso vermutet Tassani, dass ich Biber unter ihnen finden könnte? Wie eine Verbrecherkartei wirken seine Fotoalben nicht.

Die Dashcam-App zeigt mir, dass Tassani auf dem Rückweg mein Auto noch einmal unter die Lupe genommen und sich dabei offensichtlich auch den Reifen gewidmet hat. Scheiße. Das ist übel, denn es klebt bestimmt noch Erde im Profil. Man sieht dem Wagen an, dass er im Gelände gefahren worden ist. Heißt, ich muss mir auch dafür eine plausible Erklärung einfallen lassen.

Eine halbe Stunde später habe ich die Kraken abgebaut, verstaut, fahre den Mazda durch die Waschstraße einer Tankstelle und wünsche mir, nie wieder hier rauszumüssen. Mich für immer hinter Seifenschaum und rotierenden Bürsten verbergen zu können. Das Abbruchhaus, dieses zugewucherte Paradies, ist für mich verloren, das ist eine traurige Tatsache. Sobald ich Alex freilasse, wird er eines von zwei Dingen tun: Wenn er harmlos ist, wird er zur Polizei laufen. Wenn nicht, zu den Karpins. In beiden Fällen kann ich mich nicht mehr dort verstecken.

Und falls der Keller zu seiner Gruft wird, werde ich es nicht wollen.

Das Waschprogramm ist fertig, das Transportband spuckt mich und den Mazda zurück ans Tageslicht. Weil ich schon mal hier bin, tanke ich auch gleich voll. Es ist eine der billigeren Tankstellen am Stadtrand, die immer gut frequentiert sind. An der Kasse sind drei Leute vor mir, also nutze ich die Zeit, um die Schlagzeilen der Tageszeitungen zu lesen. *Der Tote aus der Donau: Doch Mord?*, titelt eines der Blätter. Im obersten Fach des Zeitungsregals sind Wanderkarten, eine davon ausgebreitet an der Wand festgepinnt.

Ich studiere die Hügel und Wege, frage mich, ob ich noch einmal solches Glück haben könnte: zufällig einen Unterschlupf zu finden, den der Rest der Welt vergessen hat.

Und dann plötzlich das Gefühl, etwas gesehen und nicht erkannt zu haben. Was war es? Wo war es? Ich suche die Karte noch einmal ab, genauer, aber das Gefühl stellt sich kein zweites Mal ...

»Sie sind dran.« Die genervte Stimme hinter mir gehört einer jungen Frau, die aussieht, als würde sie mich am liebsten schubsen. Ich zahle, kehre zur Karte zurück, aber der Moment von vorhin wiederholt sich nicht. Vielleicht war er auch nur Einbildung.

Der Rest des Tages verläuft so ruhig, dass es mich nervös macht. Ich scheitere weiterhin am Entsperren des Notebooks. Innerlich bin ich entschlossen, Tassani diesmal hereinzulassen, wenn er noch einmal vor der Tür stehen sollte, aber das tut er nicht. Vielleicht kommt er das nächste Mal mit einem Durchsuchungsbeschluss, obwohl ich vermute, dass dafür die Verdachtsmomente gegen mich zu dünn sind.

Die Wanderkarte geht mir bis in die Nacht nicht aus dem Kopf. Ich habe etwas erkannt und nicht erkannt. Nicht begriffen. Es war, als hätte ich im tiefen Wasser ein Aufblitzen gesehen und wäre beim Hinuntertauchen nur auf stumpfe Kiesel gestoßen.

Am nächsten Tag schleppe ich mich zur Arbeit, aber mit Vorbehalt. Ich habe mich blass geschminkt und lege demonstrativ eine Packung Grippetabletten auf den Tisch. Wenn es kritisch wird, täusche ich einen Schwächeanfall vor und haue wieder ab. Gehe vielleicht wirklich zum Arzt und lasse mich krankschreiben.

Eileen freut sich, dass ich zurück bin. Alex erwähnt sie nicht mehr, dafür Lukas umso schwärmerischer. Sie zeigt mir gerade den Anhänger, den er für sie gelötet hat, als Albert hereinstürzt und sich hektisch im Laden umsieht. »Matti«, keucht er. »Ist er hier?«

Eileen und ich schütteln unisono die Köpfe. »Was ist denn ...«

»Diesmal haben sie es geschafft. Das Grab, auf dem der Anwalt gelegen hat, weißt du noch? Diesmal haben sie fertig gebuddelt.« Er hat sein Handy schon herausgeholt; zieht eines der Fotos größer.

Es ist das Grab von Ingmar Harbach. Autohändler. Beschmiert war es schon beim letzten Mal, jetzt liegt oben auf dem Stein ein nackter Schädel mit einem weißen Hühnerkopf zwischen den Zähnen. Blut ist auf dem knöchernen Unterkiefer eingetrocknet und diesmal auch auf die Stirn geschmiert worden. In Form von vier Zacken, das gleiche Muster, das sich auf dem Grabstein findet. Nur auf seinem.

»Dass die Polizei das nicht endlich in den Griff bekommt«, murmelt Albert zufrieden und ist schon wieder draußen.

Diesmal werde ich mir das Grab nicht persönlich ansehen, ist auch nicht nötig. Wenn es vorher noch nicht klar war, jetzt ist es eindeutig: Die Gräber werden nicht zufällig ausgewählt. Jemand wollte Ingmar Harbachs Kopf und keinen anderen.

Es wird nicht lange dauern, bis die Polizei auftaucht, und ich mache mich bereit. Murmle etwas von Schwindel und Übelkeit. Eileen, heute extrem gut gelaunt, verdreht nicht die Augen. »Wenn du dich noch schlecht fühlst, geh wieder nach Hause.«

»Mal sehen.« Gerade sind zwei Autos vorgefahren, die nach Dienstwägen aussehen. Einer fährt aufs Friedhofsgelände, der andere bleibt draußen stehen. Tassani steigt aus, und mit ihm zwei Männer, die ihn weit überragen. Niemand wirft auch nur einen Blick in Richtung unserer Blumenhandlung, sie wollen offenbar zum Verwaltungsgebäude. Obwohl Tassani sich aufrecht hält wie immer, meine ich, ihm die innere Unruhe anzusehen. Ich tippe darauf, dass seine beiden Begleiter Vorgesetzte sind, wahrscheinlich von der Staatsanwaltschaft. *Meine Vorgesetzten sitzen mir so was von im Nacken, das können Sie sich gar nicht vorstellen, kein Vergleich zu sonst.*

Sieht ganz so aus, als wäre da was dran. Aber warum tauchen sie jetzt plötzlich auf? Es ist nur ein Grab geöffnet worden, es gibt keinen »frischen« Toten. Wäre es anders, Albert wüsste das.

Oder Matti, der jetzt hereinhastet. »Caro, wieder gesund, das ist schön. Habt ihr schon …«

»Ja, sorry«, sagt Eileen mit echtem Mitgefühl. »Albert war schon hier.«

»Der lässt sich auch gerade wieder interviewen«, grollt Matti. »Aber was soll's. Langsam gewöhnen sich alle an die Pentagramme und Hühnerköpfe. Wird Zeit, dass sich die Teufelsanbeter etwas Neues einfallen lassen.«

Haben sie doch, denke ich, während ich ein paar geknickte Lilien aussortiere. Ingmar Harbach – angeblich bester Opa der Welt – ist der Erste mit blutigen Zacken auf dem Totenschädel.

Den nächsten beiden Kundinnen gebe ich falsches Wechselgeld heraus, der einen zu viel, der anderen zu wenig. Eileen entschuldigt sich für mich und erklärt, ich wäre noch nicht ganz gesund. In Wirklichkeit bin ich in Gedanken bei den vier toten Männern, die nichts zu verbinden scheint. Und bei Tassani, der sich noch nicht hat blicken lassen. Und bei der Frage, ob ich ihm sagen soll, er könnte einem Schlosser namens Wolfgang Waschak mal genauer auf den Zahn fühlen. Ha, wieder so ein gelungener Witz.

Luise, allerbeste Stammkundin, kommt eine halbe Stunde später, kauft einen Veilchenstrauß und erklärt mir, ich würde unter Blutarmut leiden. »Du bist so blass, Kindchen.« Sie drückt mich an ihren kleinen, rundlichen Körper, es riecht nach Haarspray und Maiglöckchen. Nachdem sie abgezogen ist, schickt Matti mich einkaufen. »Frische Luft, Mädel«, sagt er. »Danach fühlst du dich besser.«

Ich schleppe mich mit gesenktem Kopf zum Supermarkt, das werde ich heute noch ein zweites Mal tun müssen, denn Alex' Vorräte neigen sich dem Ende zu. Die Vorstellung, wieder zum Abbruchhaus fahren zu müssen, erschöpft mich. Wir haben eine Pattstellung. Außer Gewalt fällt mir nichts mehr ein, das ich neu ins Spiel bringen könnte.

Ich sehe Biber nur aus Zufall, weil ich mich umsehe, bevor ich auf meinem Rückweg die Straße überquere. Er wendet mir den halben Rücken zu und blickt auf etwas, das er in den Händen hält. Einen kleinen Blumenstrauß? Ja. Rosa und weiße Blüten. Er schnuppert daran und geht in Richtung Krematorium.

Ich lade Mattis Mittagessen auf der Theke ab und lege das Wechselgeld daneben. »Sag mal, war der Typ wieder da, mit dem du gestern über mich gesprochen hast?«

»Wer?«

»Na, der mit den roten Haaren.«

»Ach, weiß schon. Nein, seitdem nicht mehr.«

Mein Blick wandert nach draußen zur Straße, wo Biber nicht mehr zu sehen ist. »Sicher? Warst du jetzt die ganze Zeit über im Laden?«

»Ja!« Matti verzieht das Gesicht. »Interessierst du dich doch für ihn? Ehrlich, Caro?«

»Nein, ich habe ihn nur eben auf der Straße gesehen. Merkwürdiger Kerl. Wenn er öfter hier auftaucht, würde ich es gern wissen. Er ist mir nicht geheuer.«

»Verstehe.« Sofort kehrt Matti seine väterlich beschützende Seite hervor. »Keine Sorge. Ich passe auf.«

Er tätschelt meine Schulter, und ich tätschle geistesabwesend zurück. Also hat Biber einfach nur Blumen gekauft. Aber nicht bei uns.

Es ist halb sieben Uhr abends, als ich mein Auto in sein Gestrüppversteck fahre. Der Einkauf im Supermarkt ist üppig ausgefallen; neben frischem Brot und zwölf Litern Wasser, Obst und Stangensalami habe ich auch Vitaminsäfte gekauft, Schokolade und Kekse. Ich muss zweimal hin- und herlaufen, um alles ins Haus bringen zu können.

Es wird ein kurzer Besuch werden. Ich werde die Sachen nach unten stellen, kein Wort sprechen und wieder gehen. Mehr ist heute nicht drin.

Beladen mit einer Tasche und einem Sechserpack Wasser, schalte ich das Kellerlicht an. Erwarte, dass Alex wieder die Augen zusammenkneift und den Kopf wegdreht, doch er rührt sich nicht. Er liegt auf dem Rücken, das Gesicht leicht abgewandt, den Mund halb geöffnet ...

»Hey«, sage ich, entgegen meiner Vorsätze. »Essen ist da.«

Keine Reaktion. Keine Bewegung. Unter meiner Kopfhaut kribbelt es. »Alex!«

Hebt sich sein Brustkorb? Atmet er? Ich erreiche die letzte Stufe, stelle die Sachen ab und trete zwei Schritte an ihn heran. Er wird doch nicht ... er kann nicht einfach gestorben sein, ohne Grund, ohne Gewalteinwirkung von außen, oder? »Alex, verdammt!«

Würde er schlafen, wäre er jetzt aufgewacht. Mein Puls rast, meine Kehle ist staubtrocken. Ich gehe noch einen Schritt näher, bücke mich und lege ihm eine Hand auf die Brust.

Da! Da ist ein Herzschlag. Langsamer als meiner, also ist es nicht der, den ich füh...

Mit einer blitzartigen Bewegung schnellt Alex hoch, greift

nach mir, reißt mich zu Boden. Seine Körperausdünstungen nehmen mir den Atem, ich stemme mich hoch und spüre im nächsten Moment, wie sich etwas Kaltes um meinen Hals legt. Die Kette.

Ein Ruck, und mein Rücken wird gegen Alex' Brust gepresst, die Metallglieder graben sich in meine Haut, drücken mir die Luft ab. »Das war's jetzt, Prinzessin«, höre ich Alex zischen.

Dumm, so dumm. Ich bin auf den ältesten Trick aller Zeiten reingefallen, das ist unverzeihlich.

Keine Luft.

Meine Sicht wird unscharf, meine Reaktion ist panikgesteuert. Strampeln, nach der Kette greifen, sinnlos Energie verschwenden. Und dann, wie von selbst, erinnert mein Körper sich an das, was er in vielen Trainingseinheiten gelernt hat. Krav Maga.

Ich lasse die Kette los. Werfe den Kopf zurück, es knirscht, Alex heult auf. Ich taste mit gespreizten Fingern hinter mich, suche ein Auge. Drücke zu.

Neues Aufheulen. Wenn er mich abwehren will, muss er die Kette loslassen, zumindest mit einer Hand. Stattdessen zieht er fester. Im Gegenzug drücke ich fester, während die Welt von den Seiten her schwarz wird, das Licht verschwindet ... und dann weicht der Druck um meinen Hals, meine Hand wird zur Seite geschlagen. Mit letzter Kraft lasse ich mich vornüberkippen und krieche, nach Luft ringend, ein Stück auf die gegenüberliegende Wand zu.

Nach und nach weicht die Dunkelheit aus meinem Gesichtsfeld. Das Atmen ist immer noch überraschend schwer, meine Kehle fühlt sich innen und außen wund an, am schlimmsten aber ist meine Wut auf mich selbst. So lange ist Vorsicht schon meine zweite Natur, begleitet mich bei jedem Schritt, jeder noch so kleinen Entscheidung. Und dann lasse ich mich überrumpeln. Aus Angst, jemanden getötet zu haben, aus purem schlechten Gewissen.

Ich atme Staub ein, huste. Nie wieder, schwöre ich mir, nie wieder wird mir das passieren.

Sobald ich mich dazu imstande fühle, krieche ich auf allen vieren zu meiner Matratze, setze mich hin und lehne mich gegen die Mauer. Alex sitzt mir gegenüber, gekrümmt, seine Nase blutet, er presst die flache Hand auf sein rechtes Auge. »Du blöde Dreckskuh«, murmelt er. »Ich hätte ...« Er unterbricht sich selbst. Sagt mir nicht, was er hätte tun können oder sollen, und ich frage nicht nach. Ich warte nur, bis ich wieder sicher aufstehen kann, dann trete ich die Tasche mit den Einkäufen in seine Richtung, werfe den Sechserpack Wasserflaschen hinterher und schleppe mich die Treppe hinauf.

Kellerlicht aus. Kellertür zu. Soll er doch verrotten. Oben lasse ich mich auf einen der wackeligen Stühle beim Esstisch fallen. Erst jetzt wird mir richtig klar, wie knapp das war. Ein wenig länger noch, und er hätte mich erwürgt.

Womit er möglicherweise sein Todesurteil unterschrieben hätte, denn was, wenn ich die Handschellenschlüssel nicht in der Hosentasche habe? Sondern hier oben, in einer anderen Tasche, für ihn unerreichbar?

Er hätte weitergelebt, wahrscheinlich noch gut einen Monat, wenn er nach dem Wasser aus den Flaschen das aus der Toilette getrunken und sich die Nahrungsvorräte gut eingeteilt hätte. Verhungern dauert seine Zeit. Einen Monat oder sogar sechs Wochen neben meiner langsam vor sich hin verwesenden Leiche.

Vielleicht hätte er mich aber auch nur bewusstlos gewürgt, wobei er schon ziemlich viel Erfahrung haben müsste, damit er den richtigen Zeitpunkt zum Loslassen nicht verpasst. Ich befühle meinen Hals, zucke zusammen. Die Kette muss Haut abgerieben haben.

Draußen ist die magische Stunde angebrochen, die ich so liebe: Die Sonne ist bis zu den Baumwipfeln gesunken, die Schatten auf der Wiese sind lang, alles andere golden. Langsam stehe ich auf. Nehme den zweiten Sechserpack Wasser, öffne noch einmal die Tür zur Kellertreppe und werfe ihn mit Schwung nach unten. Ein dumpfer Laut, als er aufschlägt, aber keine der Flaschen dürfte geplatzt sein. Und wennschon. Wennschon. Ihm bleibt immer noch die Toilette.

Ich weiß nicht, ob ich wiederkommen werde.

16.

Zu Hause im Badezimmer. Man sieht meinem Hals deutlich an, dass er mit einer Kette gewürgt wurde, an einer Stelle kann man sogar den Abdruck eines Kettenglieds erkennen. Blaurot. Das lässt sich nicht auf harmlose Weise erklären.

Ich nehme zwei Schmerztabletten und lege mich ins Bett. Krankmelden oder Halstuch. Das werde ich morgen entscheiden.

Am nächsten Tag ist der Ring um meinen Hals blauschwarz. Da, wo die Abschürfungen tiefer sind, rot verkrustet. Jede Berührung tut weh, auch das Desinfektionsspray, das ich großzügig versprühe, schmerzt. Ich umwickle den Hals mit einer Schicht Mull und binde ein breites, dunkles Tuch darüber. Falls eine der offenen Stellen wieder zu bluten beginnt, wird man es auf dem Stoff nicht sehen.

Schlucken tut weh. Ich drücke einen Kühlakku gegen den Verband und treffe eine Entscheidung. Ich werde nicht zur Arbeit gehen. Was auch immer passiert, meine Tage in Wien sind gezählt, das spüre ich. Friedliches Kränzebasteln ist Vergangenheit. Jetzt brauche ich eine Exit-Strategie.

Dass ich noch immer nicht einfach meine Sachen packe, mich ins Auto setze und abhaue, liegt an den Ermittlungsarbeiten rund um die Friedhofsereignisse. Es würde wie Flucht aussehen, wie Schuld. Vor allem würde nach mir gesucht werden, nicht nur landesweit.

Die Versuchung, Tassani reinen Wein einzuschenken, wird größer. Wenn ich ihm erkläre, warum es keine gute Idee ist, meine Fingerabdrücke in die Datenbank aufzunehmen, wird er möglicherweise Verständnis haben.

Oder es für einen kreativen Trick halten. Ich grüble weiter und komme zum selben Entschluss wie beim letzten Mal: Am besten wäre es, ich könnte ihm einen Schubs in die richtige Richtung geben. Sobald die Vorkommnisse geklärt sind, bin ich aus dem Schneider.

Also sollte ich den Namen Wolfgang Waschak fallen lassen. Und noch einmal tanken fahren.

Es fühlt sich an wie ein Wort, das einem auf der Zunge liegt, ohne dass das Hirn es ausspucken möchte. Ich stehe vor der Wanderkarte, die an die Tankstellenwand gepinnt ist, und suche nach dem Auslöser für das Beinahe-Aha-Erlebnis gestern.

Bunte Linien, Höhenangaben. Hütten sind eingezeichnet, in die man einkehren kann. Kirchen, als kleine Kügelchen mit einem Kreuz obenauf. Aussichtstürme. Aber all das war es nicht. Ich betrachte das Gewirr aus Höhenlinien, farbigen Wegen und Bergschattierungen so intensiv, als wollte ich es aus dem Gedächtnis nachzeichnen.

Und dann wiederholt sich der Moment vom letzten Mal; meine Wahrnehmung bleibt an etwas hängen, doch meine Augen sind bereits darüber hinweggeglitten. Nur bin ich diesmal darauf vorbereitet und halte sofort inne. Eine Sekunde später habe ich es.

Ich muss ein Geräusch von mir gegeben haben, denn die Frau, die gerade an der Kasse zahlt, dreht sich um, und auch die Kassiererin wirkt alarmiert. »Kann ich Ihnen helfen?«

Ja. Ja, das kann sie. Ich suche alle Wanderkarten von Wien und Umgebung zusammen, frage sie, ob es noch andere gibt, und lege mit zitternden Fingern achtzig Euro auf die Theke.

Von wegen Satanismus.

Von wegen Omega.

Ich brauche jetzt einen ungestörten Ort, um alles sichten

zu können. Einen großen Tisch, auf dem ich die Karten ausbreiten kann. Beides finde ich im Garten eines alten Gasthofs, schon ein Stück außerhalb der Stadt. Außer mir und einem graubärtigen Mann mit Hund hat sich noch niemand hierher verirrt; das Wirtshaus wirkt wie ein Relikt aus den Siebzigern und dürfte vor allem am Wochenende Anlaufpunkt für Spaziergänger sein. Wie passend.

In der Gaststube gibt es sogar noch ein Telefon, das an der Wand hängt, mit Drehscheibe. Ich wende mich zur Theke hin. »Mein Handy hat keinen Akku mehr, darf ich telefonieren?«

Der Wirt, dessen Schnurrbartmode ebenfalls einige Jahrzehnte alt ist, nickt mit überschaubarer Begeisterung. »Aber nicht zu lange. Und nur, wenn Sie auch etwas konsumieren.«

Ich wähle die Nummer der Blumenhandlung. Eileen ist nach dem zweiten Klingeln am Apparat.

»Hey«, krächze ich. »Ich bin's. Ich komme heute nicht. Richte Matti aus, wenn er mich feuern will, kann ich es verstehen.«

»Ich habe mir schon Sorgen gemacht!« Eileen klingt wie eine empörte Mutter. »Du gehst ja nicht ans Handy. Bist du immer noch krank, hm? Du hast auch gar nicht gut ausgesehen gestern.«

»Ja. Kann noch ein paar Tage dauern. Ich melde mich.« Beim Auflegen fühlt alles in mir sich schwer an. Das hier könnte ein Abschied gewesen sein.

»Wenn du einen neuen Job suchst, ich kann immer Aushilfen brauchen«, sagt der Wirt. »Vor allem am Wochenende.«

Im Gasthausgarten setze ich mich an einen großen runden Tisch unter einen Kastanienbaum und breite die erste Wanderkarte aus. Südliches Wien, Lainzer Tiergarten, Kalksburg und Umgebung. Zentimeter für Zentimeter suche ich die Karte ab. Nichts.

Dass ich mich vorerst auf Wien konzentrieren will, liegt

hauptsächlich an den Stempeln mit den Wappen der Stadt, die ich auf den Fotos in Tassanis Mappe gesehen habe. Auch wenn es in Wien eigentlich keine richtigen Berge gibt.

Das Symbol, das ich suche und das so sehr wie ein Omega aussieht, findet sich in der Kartenlegende zwischen dem für Höhenpunkt und dem für Hotel. Es bezeichnet Höhlen. Rund um Wien gibt es gar nicht so wenige, in der Stadt selbst sieht es schlecht aus. Notfalls werde ich meinen Suchradius erweitern müssen.

Der Wirt kommt, ich bestelle einen doppelten Espresso, was er offensichtlich als ungenügend empfindet. »Wir haben auch Kuchen«, sagt er. Es ist kein Angebot, sondern eine Aufforderung. »Nusskuchen, Mohnkuchen, Rosinenkuchen.«

»Nusskuchen. Danke.«

Die nächste Karte. Nichts. Die übernächste.

Meine großartige Eingebung erscheint mir mittlerweile nicht mehr so überzeugend. Vielleicht haben die Grabschänder ja doch einfach ein Omega gezeichnet, denn das andere Zeichen – die liegende Acht mit dem Doppelkreuz – gibt es als Kartensymbol nicht.

Kaffee und Kuchen werden serviert, der Hund am einzig anderen besetzten Tisch bellt einen vorbeisausenden Radfahrer an. Ich falte die nächste Karte auf, bereits mit dem Gefühl, mir selbst etwas vorgemacht zu haben.

Und dann, gerade als ich die Tasse zum Mund führe, finde ich eines der Omegas, ein Höhlensymbol. Direkt neben einem Höhenpunkt. Ich lese, was danebensteht, und weiß, dass ich einen Treffer gelandet habe.

Die Höhle und der Hügel, in dem sie sich befindet, haben etwas mit den Vorfällen auf dem Friedhof zu tun, auch wenn ich beim besten Willen nicht sagen kann, was das sein könnte.

Die Erhebung liegt im Nordwesten von Wien. Sie trägt den Namen »Hildenhöhe«.

Hildenhöhe und Hildenhöhle, sage ich mir vor, als ich wieder im Auto sitze. Die alte Hilde und ihre Kinder, von denen Franz Kerschbaum angeblich immer wieder gesprochen hat. Die Biber nachts zwischen den Gräbern erwähnt hat. Laut Karte führt eine befahrbare Straße bis hinauf, dort muss auch ein Gebäude stehen. Wahrscheinlich ein ähnlicher Gasthof wie der, den ich gerade überstürzt verlassen habe.

Doch als ich vierzig Minuten später dort ankomme, sehe ich einen schlossähnlichen Bau vor mir, ein zweiflügeliges Herrenhaus, das allerdings dringenden Renovierungsbedarf hat. *Haus Hildenhöhe, Seniorenwohn- und Pflegeeinrichtung,* steht auf dem Schild an der Einfahrt.

Langsam rolle ich auf den Parkplatz und stelle den Mazda ab. Ein Altersheim. Da lassen sich ein paar naheliegende Schlüsse ziehen. Zum Beispiel, dass alle Männer, die aus ihren Gräbern geholt wurden, vor ihrem Tod hier gelebt haben. Die »alte« Hilde ergibt gleich doppelt Sinn.

Durch einen hohen, schmiedeeisernen Torbogen trete ich in den Park. Der warme Frühsommertag hat die Heimbewohner, die noch mobil sind, nach draußen getrieben; viele Bänke sind besetzt. Zwei fröhlich wirkende alte Damen schieben nebeneinander ihre Rollatoren über den Weg.

Alt werden, denke ich. In Frieden alt werden. Das ist schon so lange keine Perspektive mehr, an die ich für mich zu glauben wage.

Als wir auf gleicher Höhe sind, grüße ich die beiden Spaziergängerinnen und deute auf das Gebäude. »Der Eingang ist bei der Treppe, ja?«

»Ja«, bestätigt mir die Größere von ihnen. Ihre Löckchen sind weiß und federleicht, sie blinzelt gegen die Sonne. »Wen besuchen Sie denn?«

»Niemanden. Ich ... möchte vor allem das Haus sehen. Weil ich mich für Kunstgeschichte interessiere. Und für Architektur.«

Die beiden lachen. »Na, Kunst werden Sie da drin keine finden«, sagt die Zweite. »Nur zwanzig Jahre alte Illustrierte. Und Kritzeleien, die keiner übermalt.«

»Ganz zu Beginn war das einmal so ein Jagdschlösschen«, sagt die Erste. »Angeblich. Im Krieg waren die Nazis drin. Und jetzt ist es ein Altersheim.«

Ihre Freundin zieht eine Grimasse. »Also sind wieder ein paar Nazis da. Aber die tun keinem mehr was.«

Ich betrachte die verwitterte Fassade, die Freitreppe, die Säulen auf beiden Seiten des Eingangs. Nach hinten hin erstreckt sich eine großzügige Terrasse, dann senkt sich das Gelände, dahinter lässt sich eine weitläufige Wiese erahnen. Ein Hang, der von einem Wald begrenzt wird.

»Wenn Sie mögen«, sagt die Frau mit den Löckchen, »in zwanzig Minuten gibt es Mittagessen. Danach gibt es Kaffee und Kuchen, den bekommen wir bei so schönem Wetter hier draußen. Wir laden Sie gern ein!«

»Wanda soll sowieso nichts Süßes essen.« Die andere zwinkert. »Wegen ihrem Zucker.«

Ich nicke, gleichzeitig steigt in mir ein Gefühl auf, das ich nicht sofort identifizieren kann. Dann stelle ich fest, dass es Neid ist. Ich wünschte, ich könnte mit Wanda tauschen, Zucker oder nicht, ich wünschte, ich hätte fünfundachtzig Jahre hinter mich gebracht und könnte die letzten ein oder zwei auf der Hildenhöhe spazieren gehen. Kuchen essen. Eines Morgens einfach nicht mehr aufwachen.

»Wir freuen uns über Gesellschaft«, sagt die erste Frau. »Wie heißen Sie denn?«

»Carolin.«

»Fräulein Carolin. So ein schöner Name. Ich heiße Annemarie, und das ist Wanda. Wir werden allen erzählen, dass Sie unser Besuch sind.« Die beiden kichern, als wären sie elf, und setzen ihren gemächlichen Weg fort.

Niemand hält mich auf, als ich das Heim betrete, niemand fragt mich, was ich hier will. Zwei Pflegerinnen unterhalten sich in einer Sprache, die ich für Polnisch halte. Wie alles Slawische lässt sie mir Schauer über den Rücken kriechen.

Ich gehe zielstrebig den Gang entlang, ohne zu wissen, wonach ich eigentlich Ausschau halte. Am ehesten nach jemandem, dem ich Biber beschreiben könnte. Doch jetzt tröpfeln nach und nach die Spaziergänger herein, es riecht auch schon nach Essen. Wer mobil ist, macht sich auf den Weg Richtung Speisesaal.

Ich nehme die Treppe in den ersten Stock, auch hier hängt der Küchengeruch in der Luft. Hackbraten, denke ich. Oder Faschierter Braten, wie es in Österreich heißt. Weich. Auch ohne Zähne essbar.

Die Zimmer sind großteils verlassen, die Betten leer, viele Türen stehen offen. Ich betrete einen der Wohnräume und sehe mich um. Zwei Betten, mit Vorhängen als Sichtschutz. Ein geräumiges Badezimmer mit Hebevorrichtung für die Wanne. Ein Tisch, auf dem Zeitungen und ein zusammengeklapptes Schachspiel liegen. Vom Fenster aus sieht man den Park, am Fensterrahmen entdecke ich eine der Kritzeleien, von denen Wanda gesprochen hat. Eigentlich wurde weniger gekritzelt als geritzt.

E + B
Ich war hier

Solche Graffiti habe ich als Kind fabriziert, wenn mir langweilig war. Die Buchstaben sehen unbeholfen aus, sie passen weder in ein Altersheim noch zu Nazis. In einer Zimmerecke, halb verborgen vom rollbaren Nachtkästchen, stoße ich auf eine weitere Inschrift.

Wo wir uns finden wohl unter Linden zur Sterbenszeit +

Ich hole mein Handy hervor und fotografiere den Satz, dunkel eingeritzt in die weißgraue Wand. Es ist eine Zeile aus »Kein schöner Land in dieser Zeit«, schaurig abgewandelt.

Weil auch das nächste Zimmer gerade leer ist, suche ich dort weiter. Doch ich finde nichts, außer einem einzigen Wort. In Großbuchstaben.

MAMA.

In dem dumpfen Bewusstsein, dass das hier etwas mehr als nur merkwürdig ist, kehre ich ins Erdgeschoss zurück und halte eine Pflegerin auf, die mir entgegenkommt. »Entschuldigen Sie bitte, war das hier früher einmal eine Schule?«

Sie sieht mich verständnislos an, zuckt die Schultern und setzt ihren Weg fort.

»Ja«, krächzt jemand hinter mir. Ein alter Mann, mit rosa und braunen Flecken auf der Glatze. Er sitzt an einem Tisch im Eingangsbereich, vor sich ein Kreuzworträtsel. »So etwas Ähnliches. Eine Anstalt für Schwererziehbare und Waisen. Ist aber länger her, die wurde Ende der Siebziger geschlossen.«

Ende der Siebziger. In mir arbeitet und rechnet es. »Wissen Sie, warum?«

»Hat Ärger gegeben. Weil die Erzieher so waren, wie das früher eben üblich war. Angeblich sind Kinder misshandelt worden. Mit dem Stock verhauen und so.« Er sieht mich aus trüben Augen an. »Mein Vater hat das bei mir auch gemacht, und niemand hat sich aufgeregt.«

»Das tut mir sehr leid für Sie.« Tassanis Mappen fallen mir wieder ein. Die vielen Gesichter, alle etwa zwischen fünfzig und siebzig Jahre alt. Der Stempel der Stadt Wien auf der Rückseite. *Die alte Hilde und ihre Kinder.* Wenn das so ist, wenn die Menschen auf den Fotos alle ehemalige Heimkinder sind, muss Tassani den Zusammenhang kennen, aber woher? Er hält das Höhlenzeichen doch immer noch für ein Omega ...

Dann fällt der Groschen. Natürlich hat die Polizei den toten Franz Kerschbaum durchleuchtet und dabei wohl festgestellt, dass er in einem Heim aufgezogen wurde. Das wäre ein Verbindungspunkt, kennt Tassani einen zweiten?

In den schwindenden Bratengeruch mischt sich jetzt Kaffeeduft. Der Mann mit dem Kreuzworträtsel schnuppert, und ich tappe die Stiegen wieder hinunter in den Park.

Gut, dann ist Franz Kerschbaum eben in einem Kinderheim aufgewachsen, wahrscheinlich unter schlimmen Bedingungen. Ist auf die schiefe Bahn geraten wie so viele ohne Elternhaus. Aber warum betätigt er sich als Grabschänder? Er begeht symbolische Taten, keine gewinnbringenden. Obwohl er mit dem Teufel so wenig am Hut hatte wie mit Gott, wenn man Susi vom *Espresso Hollywood* glauben kann.

Die Fassade der alten Villa ist noch etwas grauer als die Wände im Innern. Immerhin scheint die Bausubstanz stabil zu sein, aber dass seit über vierzig Jahren hier nicht renoviert wurde, ist deutlich zu sehen.

Ich werde jetzt die Höhle in Augenschein nehmen, ihretwegen bin ich schließlich hier. Es muss einen Grund dafür geben, dass Biber und seine Leute das Zeichen auf die Grabsteine ...

»Carolin! Fräulein Carolin!« Wanda winkt mit hocherhobenen Händen. Sie und Annemarie sitzen an einem Tischchen auf der Terrasse, die weit über die Hinterseite des Gebäudes hinausragt. »Wir haben für Sie ein Stück Sachertorte reserviert!«

Ich bringe es nicht übers Herz, den beiden alten Damen einen Korb zu geben, also geselle ich mich zu ihnen. Es lohnt sich, denn die Aussicht ist spektakulär. Direkt vor mir liegt ein Weg, der eine weitläufige Wiese in zwei Teile trennt. Am Ende des Wegs beginnt der Wald, dort lässt sich eine kleine Kapelle erahnen. Das Gelände senkt sich leicht, und über die Baumspitzen hinweg blickt man auf die Stadt, die sich bis zum Horizont erstreckt.

»Sie haben es wirklich schön hier«, sage ich.

»Ja«, bestätigt Annemarie. »Aber wenn ich es sehen will, muss ich mir einen Feldstecher leihen. Die Augen, wissen Sie?«

»Sie haben so ein schickes Halstuch.« Wanda schiebt mir ein Tellerchen hin, auf dem ein gewaltiges Stück Torte ruht. Meinen leicht entsetzten Blick deutet sie falsch. »Ich habe mein ganzes Leben lang auf meine Figur geachtet«, erklärt sie, »aber Sie können sich das wirklich leisten.«

Folgsam führe ich mit der Gabel den ersten Bissen zum Mund, aufmerksam belauert von meinen beiden neuen Freundinnen. »Großartig«, stelle ich fest. Was der Wahrheit entspricht. Wieder flackert kurz etwas wie Neid in mir auf. Die Abgeschiedenheit dieses Orts, die Ruhe; der Wald, der das Gelände wie eine grüne Festungsmauer nach außen hin begrenzt. Menschen, die langsam und zerbrechlich geworden sind, von denen nichts Gefährliches ausgeht – hier könnte ich mich sicher fühlen.

Und würde mich damit gewaltig irren. Als ob ein bisschen Wald Andrei und seine Leute fernhalten könnte.

»Haben Sie schon etwas über das Gebäude erfahren können?«, fragt Wanda, während ich den dritten Bissen Torte im Mund zergehen lasse.

»Nicht viel. Dass es auch einmal ein Kinderheim war, das vor langer Zeit geschlossen wurde. Weil die Zustände zu schlimm waren.«

Annemarie nickt heftig. »Oh ja, von diesen Heimen gab es

viele, und sie wurden eines nach dem anderen zugesperrt. Ich weiß noch, dass damals viel in der Zeitung gestanden hat. Und vor Kurzem auch wieder.«

»Ist das so?«

Sie sieht mich verwundert an. »Haben Sie das gar nicht mitbekommen? Es ist eine eigene Kommission eingerichtet worden, und es gab Entschädigungen für die Opfer. War auch im Fernsehen.«

Die Opfer, von denen ich vermutlich eine Menge Fotos gesehen habe. »Nein, davon habe ich nichts mitbekommen. Aber ich habe auch die letzten Jahre in Deutschland gelebt.«

»Ach, ja, dann«, sagt Wanda. »Dann ist es kein Wunder.«

Wider Erwarten habe ich das monströse Tortenstück beinahe geschafft. »Gibt es denn jemanden hier, der mir noch mehr über das Haus erzählen könnte? Und über seine Geschichte? Der vielleicht Dokumente aus früheren Jahrzehnten hat?«

Die beiden wechseln einen Blick. »Herr Leyrich von der Verwaltung weiß bestimmt viel«, sagt Annemarie. »Aber den habe ich gerade über die Schattenwiese zum Wald gehen sehen. Vor ein paar Wochen hat der Sturm Bäume umgeworfen.«

Ich habe die Gabel mit dem letzten Bissen zu schnell zurück auf den Teller gelegt. Es klirrt. »Entschuldigung – welche Wiese?«

Mit ihrem knochigen Zeigefinger deutet Annemarie auf die Wiese links des Wegs. »Schattenwiese. Die heißt so, weil sie fast den ganzen Tag im Schatten liegt. Und die da drüben rechts heißt Schmetterlingswiese. Die ist sonnig, und es gibt ganz viel Sommerflieder, auf den sind die Schmetterlinge wie verrü… Du meine Güte, was haben Sie denn?«

Ich bin aufgesprungen, nun setze ich mich wieder. Schmetterling und Schatten. Was hat die Frau gesagt, die bei der Öffnung von Ingmar Harbachs Grab dabei war? *Diesmal schlage ich vor, wir nehmen die andere Seite, was meint ihr? Schmetterling?* Doch die beiden Männer wollten nicht, einer von ihnen meinte, dort wäre er nie gewesen. Und dann fiel die Entscheidung auf »Schatten«. Aber welche Entscheidung?

Wir nehmen die andere Seite, ich verstehe den Sinn hinter diesem Satz nicht. Und wie kann es sein, dass jemand hier gewohnt und trotzdem einen Teil der Wiese nie betreten hat?

»Ist alles in Ordnung, Fräulein Carolin?« Annemarie steht die Sorge ins Gesicht geschrieben. »War es doch zu viel Torte?«

»Nein, nein. Mir ist nur gerade etwas eingefallen.« Ich drücke Wandas Hand. »Vielen Dank für die Einladung, ich habe mich sehr gefreut, Sie beide kennenzulernen.«

Annemarie strahlt über ihr ganzes faltiges Gesicht. »Ja, wir uns auch. Besuchen Sie uns doch bald wieder!« Sie stemmt sich unter Anstrengung von ihrem Stuhl hoch, um mich zu verabschieden; die Beine krumm, der Rücken osteoporosegebeugt. Sie weiß nicht, dass ihre Lebenserwartung höher ist als meine.

Ich schlucke. Nicke. »Das würde ich sehr gerne.«

Der Verwalter heißt Leyrich, memoriere ich, während ich den Weg zwischen den beiden Wiesen entlanggehe. Rechts Schmetterling, links Schatten. Vor mir liegt der Wald, in dem sich, der Karte nach, die Höhle befinden müsste, aber den Verwalter auf diesem weitläufigen Gelände zu finden, wird eine Frage des Glücks sein.

Was ich bisher erfahren habe, erklärt vieles, doch bei Weitem nicht alles. Es ist, als hätte ich Teile von zwei verschiedenen Puzzlespielen, die am Ende ein einziges Bild ergeben sollen. Da ist das Puzzle rund um Biber, der vermutlich auch hier aufgezogen wurde, so wie seine zwei Mittäter. Alle kannten sie die Schmetterlings- und die Schattenwiese.

Das zweite Puzzle hat mit den Gräbern auf dem Zentralfriedhof zu tun, aber wo der Zusammenhang sein soll, ist mir schleierhaft. Die Männer, die dort begraben liegen, waren keine Heimzöglinge, soweit ich weiß. Siegmund Mechendorff ganz bestimmt nicht, der kam aus einer wohlhabenden Familie. Sie waren auch keine Erzieher oder Lehrer auf der Hildenhöhe, an denen die Gruppe um Biber nun symbolisch Rache üben könnte.

Doch ein paar interessante Dinge weiß ich jetzt, vielleicht genügend viele, um sie Tassani vorzulegen, im Austausch dafür, dass er mich in Ruhe lässt. Wahrscheinlich aber nicht. Er hat die ehemaligen Kinderheime bereits im Visier. Wenn meine Theorie stimmt, frage ich mich nur, wieso unter den Fotos, die er mir gezeigt hat, keines von Biber dabei war. Was mich zu der Frage bringt, wie die Bildersammlung zustande gekommen ist.

Im Wald ist es um mindestens fünf Grad kühler. Ich bleibe stehen und horche, in der Hoffnung, Leyrichs Schritte oder Stimme zu hören, aber bis auf das Klopfen eines Spechts ist es völlig ruhig. Langsam gehe ich weiter, stetig abwärts. Die Höhle muss ein Stück zu meiner Linken liegen, und ich frage mich, wie das sein kann, denn es gibt hier nirgendwo Felsen.

Tatsächlich sehe ich sie erst, als ich gewissermaßen danebenstehe. An einer Stelle weicht der Hang zurück, hier wird nun doch Gestein sichtbar und ein Eingang in Form eines schiefen Dreiecks. Zu niedrig, um aufrecht durchgehen zu können.

Ich bücke mich und leuchte mit dem Handy hinein. Die Höhle ist klein. Soweit ich erkennen kann, besteht sie nur aus einem einzigen Raum. Keine Gänge, die weiterführen. Auch keine Tropfsteine oder Ähnliches, nur raue Steinwände und ein mit Erde und altem Laub bedeckter Boden. Ich ziehe den Kopf ein und setze einen ersten Schritt ins Dunkel. Taste die Wände ab, die feucht und moosbewachsen sind, meine Handyleuchte malt eine kreisrunde Lichtscheibe auf den Fels.

Als Ausflugsziel ist diese Höhle ein Reinfall, sie hat nichts zu bieten. Keine Malereien, keine Fledermäuse. Doch als Versteck ist sie großartig. Hier könnte man mich höchstens dann finden, wenn man Wärmebildkameras einsetzen würde.

Ich leuchte weiter die Wände ab, den Boden, jede Nische. Die Höhle hat nicht mehr als vierzehn oder fünfzehn Quadratmeter, meine Suche dauert nicht lang. Und sie bleibt erfolglos. Hier ist nichts, wenn man von einem bleichen Eichhörnchenschädel absieht.

Ich zwänge mich zurück ans Tageslicht und versuche, meine Enttäuschung nicht übermächtig werden zu lassen. Immer noch nichts, das ich Tassani servieren kann. Ich aktiviere den Blitz am Handy und schieße drei Fotos in die Höhle hinein, aber schon während ich es tue, weiß ich, dass sie für nichts zu gebrauchen sein werden.

Mutlos setze ich meinen Weg fort. Vielleicht finde ich wenigstens diesen Leyrich, und er hat einen nützlichen Hinweis für mich. Obwohl, wer weiß, ob er mir überhaupt etwas er...

Ich bleibe abrupt stehen. Durch die Baumkronen fällt Sonnenlicht auf eine kleine Lichtung. Auf ein paar sauber abgeschnittene Baumstümpfe, hier hat eine Motorsäge und kein Sturm den Wald gelichtet. Ein Vogel flattert auf. Von ferne höre ich etwas rauschen, vielleicht einen Bach.

Vor mir, auf einem der Baumstümpfe, liegen Blumen. Ein kleines Sträußchen, rosa und weiß.

17.

Ich habe sie fotografiert und dann liegen gelassen. Weiße Margeriten und rosafarbene Malven, ergänzt durch ein bisschen Schleierkraut. Die Margeriten stehen für Natürlichkeit, die Malven für Segen, aber ich denke nicht, dass Biber das bewusst war.

Es ist wichtig, dass ich mir die Stelle merke, dass ich sie wiedererkenne, auch wenn hier später keine Blumen mehr liegen. Drei faustgroße Steine, wie zufällig platziert, sollten als Markierung genügen.

Auf dem Weg zurück muss ich mich ausruhen. Mein Hals schmerzt, die Anstrengung macht es schlimmer. Vorsichtig zupfe ich an dem Tuch, kann spüren, dass sich die Mullbinde darunter verklebt hat. Eigentlich sollte ich zu einem Arzt, aber der würde zu Recht fordern, dass ich Anzeige erstatte, und mir fällt keine harmlose Erklärung für die Abdrücke ein.

Als ich wieder bergauf in Richtung Hildenhöhe gehen will, raschelt es ein Stück zu meiner Linken. Kurz darauf ist eine Stimme zu hören. »... mindestens fünf, aber ich glaube, die kann man nicht mehr verwerten. Höchstens als Brennholz, aber das lohnt ...« Knirschen. »Wie bitte? Nein, das lohnt sich nicht. Ich bin dafür, wir lassen sie einfach liegen. Hm. Genau.«

Die Stimme wird lauter, ich stehe auf und wische mir Erde vom Hosenboden. Der Mann, der jetzt zwischen den Bäumen sichtbar wird, trägt Jeans, ein hellblaues Poloshirt und eine schwarze Baseballkappe. Er entdeckt mich, noch während er das Telefon am Ohr hat. »Hallo! Besser, Sie gehen hier nicht weiter!«

Ich blicke mich um. »Wieso?«

»Der Sturm im letzten Monat hat ziemliche Schäden angerichtet. Da können jederzeit noch Äste abbrechen oder ganze Bäume umstürzen. Ich muss oben ein Warnschild aufstellen.« Er steckt das Handy ein und hält mir die Hand hin. »Leyrich. Ich bin hier der Verwalter. Am besten, Sie kommen mit mir.«

»Okay.« Ich gehe zwei Schritte hinter ihm; wenn er anhält, um prüfende Blicke nach oben zu werfen, bleibe ich ebenfalls stehen. »Ein schöner Wald.«

Er dreht sich zu mir um. »Ja. Leider zu unwegsam für unsere Heimbewohnerinnen. Aber viele lassen sich bis zum Waldrand begleiten und sitzen da in der Sonne. Ich habe extra Bänke aufstellen lassen, die werden sehr gerne genutzt.«

Ich gebe zustimmende Geräusche von mir. In etwa schätze ich Leyrich auf Ende dreißig. Er kann den Job noch nicht sehr lange machen, fragt sich, wie vertraut er mit der Geschichte des Hauses ist.

Er sieht mich von der Seite her an. »Darf ich fragen, was Sie hier tun?«

»Ich habe Wanda und Annemarie besucht. Ach, und Sachertorte gegessen.«

»Verstehe. Schön, dass es Annemarie wieder besser geht, nicht wahr?«

Ich tue, als wüsste ich, wovon er spricht. »Ja, ich bin auch sehr erleichtert. Sagen Sie, stimmt es, dass die Hildenhöhe früher ein Kinderheim war? Das habe ich vorhin zum ersten Mal gehört.«

Leyrich verzieht den Mund. »Ja, das war wohl so. Eines von denen, die dann sehr in Verruf gekommen sind. So ähnlich wie Schloss Wilhelminenberg.«

Wieder gebe ich vor, zu wissen, was er meint. »Schlimm, so was.«

»Ja, letztens hatte ich sogar die Polizei hier, wegen eines ehemaligen Zöglings.« Er grinst schief. »Zögling, so haben die das wirklich ausgedrückt.«

»Echt?« Naives Blinzeln. »Aber Sie können von den alten Geschichten doch gar nichts wissen.«

»Natürlich nicht, es ging eher darum, ob sich jemand von den früheren Heimkindern wieder hier hat blicken lassen.« Leyrich klopft gegen einen Baumstamm, späht prüfend in Richtung Krone. »Ich habe massenhaft Fotos durchsehen müssen, war totale Zeitverschwendung. Logisch, oder? Wenn ich irgendwo aufgewachsen wäre, wo man mich misshandelt hat, würde ich ganz sicher nicht mehr zurückkommen. Außer, um mich bei den Arschlöchern zu revanchieren, aber von denen ist doch längst keiner mehr hier.« Er hält inne, als fände er sich selbst auf einmal zu gesprächig. »Wie sagten Sie noch einmal, dass Sie heißen?«

»Springer.« Der Münchner Name geht mir noch immer recht selbstverständlich über die Lippen. Wieder reichen wir uns die Hände. »Ich gehe dann langsam zurück. Danke für die nette Unterhaltung ...«

»Mir wäre lieber, wir gingen gemeinsam.« Er deutet nach oben. »Ich möchte nicht, dass Sie versehentlich in die gefährlicheren Bereiche wandern. Ich habe jetzt schon eine lange Liste für die Landesforstinspektion.« Er nimmt das Tablet zur Hand, das er bisher unter den Arm geklemmt hatte. »Kommen Sie.«

Der Weg, den Leyrich wählt, geht erstaunlich steil bergauf. Da, wo die Kette mich gewürgt hat, spüre ich meinen Puls schmerzhaft und überdeutlich. Der Abstand zwischen mir und dem Verwalter vergrößert sich mit jeder Minute. Wenn mein Orientierungsvermögen mich nicht im Stich lässt, werden wir am äußeren Rand der Schattenwiese herauskommen – und dort, am Waldrand, sehe ich grauweißes Mauerwerk.

Leyrich verschwindet dahinter, ich höre es rumoren, eine Tür schlägt zu. »Ich suche nur Absperrmaterial, bin gleich wieder da«, ruft er von innen.

Ich bin jetzt auch angekommen und stelle fest, bei dem Gebäude handelt es sich um die kleine Kapelle, die ich von der Terrasse aus gesehen habe. Türmchen und Kreuz sind auch von der Rückseite gut erkennbar. Erstaunlich, dass Leyrich so einfach einen Geräteschuppen daraus machen durfte.

Ich trete aus dem Wald heraus und setze mich ins Gras. Lehne mich an die Mauer, hinter der der Verwalter nach wie vor das Unterste nach oben zu drehen scheint.

Von hier aus sieht man die Hinterseite der Hildenhöhe. Die herrschaftliche Terrasse, die geschwungenen Fensterbögen. Ich schieße ein Foto davon und stehe dann auf, um für ein zweites bessere Sicht zu haben.

»Fertig!«, ruft Leyrich von innen, und ich drehe mich um. Mein Blick fällt auf die Mauer, an der ich eben noch gesessen habe, fällt auf verblasste Farbflächen, verwischte Linien. Ich trete einen Schritt zurück.

Das Bild muss etwa so alt sein wie die Wand selbst. Dort, wo der Verputz abgeblättert ist, weist es Löcher auf. Es erinnert an ein Fresko, aber es wurde kein Heiliger auf die Hinterseite der alten Kapelle gemalt, sondern eine Art Lageplan des Geländes. Das Herrenhaus ist als großer, weißer Klotz am oberen Rand gut erkennbar. Doch mein Blick bleibt an den zwei grüngrauen Wiesen darunter hängen. Schmetterling und Schatten. Sie sind von Wald eingefasst, beide sind ungefähr tropfenförmig, die jeweiligen Tropfenspitzen berühren einander.

Gemeinsam sehen sie aus wie eine nicht ganz symmetrische liegende Acht.

»Frau Springer? Lassen Sie uns zurückgehen.«

»Ja, sofort. Ich sehe mir gerade das ... Kunstwerk hier an der Rückseite an.«

Leyrich lacht auf. »Ach, das. Das ist alt, aber künstlerisch nicht sehr wertvoll, fürchte ich. Im Haus gibt es eine besser erhaltene Version.« Er gesellt sich zu mir. »Was aber interessant ist: Damals hat der Wald an manchen Stellen fast bis zum Haus gereicht. Sehen Sie?« Er legt den Finger an die Stelle, wo die tropfenförmigen Wiesen einander berühren.

Das ist es nicht, was ich in erster Linie interessant finde, aber ich nicke artig. »Wo finde ich denn die besser erhaltene Malerei?«

Er sieht mich verwundert an. »In der Bibliothek. Wollen Sie sie sehen?«

Ich antworte nicht sofort, denn mein Blick ist auf ein weiteres Detail gefallen. Einen Bogen, der das blasse Bild nach unten hin begrenzt. Er besteht aus altdeutschen Buchstaben, die auch deshalb nur schwer zu lesen sind, weil hohe Grasbüschel sie zum Teil verdecken. Ich drücke das Gras zur Seite. In der Mitte der Schrift ist Putz abgeblättert, trotzdem erkenne ich den Satz sofort wieder.

Ultra posse nemo obligatur.

In der Bibliothek ist das Wandgemälde größer und detaillierter. Ich fotografiere es unter dem Vorwand, dass ich es aus kunstgeschichtlichen Gründen bemerkenswert finde, und schwafle etwas über Perspektive und Farbgebung. Leyrich ist erfreut. Sagt, dass ich gerne wieder vorbeikommen kann, wenn ich möchte, es gäbe hier sicher noch mehr zu entdecken.

Die Befürchtung habe ich auch.

Mit meinem Handy werde ich Tassani kein zweites Mal anrufen. Ich muss also wieder einmal eine Telefonzelle suchen. Die, die ich finde, riecht wie ein Pissoir, und jemand hat FUCK U an die Wand über dem Apparat geschmiert. Doch der funktioniert erfreulicherweise. Nach dem dritten Klingeln hebt Tassani ab.

»Hier ist Carolin Bauer.« Ich packe den Hörer fester. »Es gibt ein paar Dinge, die ich Ihnen erzähl...«

»Frau Bauer, wie schön!«, unterbricht er mich, die Wut in seiner Stimme ist nicht zu überhören. »Ich war heute schon an Ihrer Wohnung. Und im Blumengeschäft. Angeblich sind Sie ja krank, aber das wissen wir beide besser, nicht wahr? Sie weichen mir aus, und ich habe das dumpfe Gefühl, der Grund dafür ist kein harmloser.«

»Es ist jedenfalls nicht der, den Sie sich in Ihrem Kopf zurechtgezimmert haben«, gebe ich ebenso scharf zurück. »Ich habe ein paar Dinge herausgefunden, die Ihnen weiterhelfen müssten. Wir könnten uns in einem Kaffeehaus ...«

»Sie sind keine Ermittlerin, pfuschen Sie der Polizei nicht ins Handwerk«, faucht er. »Ich habe keine Zeit für Kaffeekränzchen, ich muss gleich zur Staatsanwaltschaft. Auf meinem Tisch liegen drei Morde, ich lasse mir von Ihnen keine Prügel mehr zwischen die Beine werfen. Fahren Sie in Ihre Wohnung und warten Sie dort, wir kommen zu Ihnen. Etwa gegen fünf, kann auch später werden. Es ist schon zweimal versucht worden, Ihnen eine Ladung als Zeugin zuzustellen. Wenn wir Sie heute wieder nicht vorfinden, werde ich Sie festnehmen lassen.« Ohne ein weiteres Wort legt er auf.

Ich halte den Hörer noch einige Sekunden lang in der Hand, bevor ich ihn langsam zurück auf die Gabel hänge. Ich glaube nicht, dass sein Temperament sehr oft mit Tassani durchgeht, italienische Vorfahren hin oder her. Er muss unter extremem Druck stehen.

Doch das ist es nicht, was mich am meisten beschäftigt. Drei Morde. Drei? Mir fällt auf Anhieb nur der Anwalt ein, Gernot Nadler. Wenn Tassani auch Franz Kerschbaums Tod unter der Grabplatte als Mord einordnet, sind wir bei zwei. Aber auf mehr komme ich beim besten Willen nicht ...

Oder vielleicht doch. Es gibt einen weiteren Mord, an dem

er immer noch arbeiten müsste. Der schon vor den Friedhofsschändungen passiert ist. Mein erstes Google-Ergebnis, Tassani betreffend; ein Mann, der nahe seinem Haus erschlagen wurde. Ich weiß noch, wie erstaunt ich darüber war, dass ein Polizist sich mit ein paar ausgegrabenen Knochen beschäftigt, wenn er eigentlich aktuell in einem Mordfall ermitteln müsste. Doch wenn beides zusammenhängt, ergibt das natürlich Sinn.

Ich setze mich wieder ins Auto und kämpfe das Gefühl der Ausweglosigkeit nieder. *Wir kommen zu Ihnen.* Wir, hat er gesagt. Ich kann also nicht unter vier Augen mit ihm sprechen. Einfach abhauen kann ich auch nicht, wegen Alex. Ich habe mein Versteck verloren. Ich erfahre nichts über Robert. Ich habe keine Ahnung, ob die Karpins schon Leute nach Wien geschickt haben. Anzeichen dafür gibt es keine, aber die gibt es nie. Gewissheit habe ich erst, wenn jemand mich in ein Auto zerrt.

Einige Sekunden lang denke ich, ich werde ersticken. Ich schaffe es nicht, Luft in meine Lungen zu saugen, alles in mir ist wie Stein, gegen den mein Herz verzweifelt anhämmert.

Zum ersten Mal seit Monaten lasse ich wieder den Gedanken zu, die Dinge selbst in die Hand zu nehmen. Sie eigenhändig zu beenden. Dazu braucht es keine Zyankalikapseln, es genügt eine Rasierklinge oder ein Sprung von sehr weit oben. Ich stelle es mir vor, das Loslassen, das Aufschlagen, das Ende, und weiß im gleichen Moment, dass ich es nicht tun werde. Dass sie dann gewinnen würden, ohne sich die Hände schmutzig machen zu müssen. Ich stelle mir vor, wie Andrei sich krümmt vor Lachen. »Koschetschka! Vor lauter Angst krepiert. Da kann ich doch nur Danke sagen!«

So leicht darf ich es ihnen nicht machen.

Die Wut, die bei der Vorstellung in mir hochsteigt, lässt das steinerne Gefühl verschwinden, ich kann wieder atmen, wieder denken. Zum Teufel mit Tassani. Ich hätte ihm einen Namen nennen können, ich hätte ihm die Rückseite der Kapelle gezeigt. Und danach die Stelle, wo der rosa-weiße Blumenstrauß liegt. Nicht grundlos, davon bin ich überzeugt.

All das natürlich nicht ohne Gegenleistung, sondern im Austausch gegen die Form von Immunität, die schon Robert mir gewährt hat. Und – wenn wir schon dabei sind – im Austausch gegen Informationen über Roberts Zustand. Tassani würde man in Wiesbaden nicht abwimmeln.

Egal.

Ich bin nicht wehrlos. Ich habe die Walther immer noch im Kofferraum, allerdings sollte ich die Kraken aus der Wohnung schaffen, für den Fall, dass Tassani mich doch irgendwann dort antrifft. Oder, schlimmer, die Tür aufbrechen lässt. Den richterlichen Befehl, den er dafür braucht, wird er sich notfalls organisieren. Möglicherweise sogar behaupten, es sei Gefahr im Verzug.

Ich könnte das Gewehr ins Abbruchhaus bringen, es dort auch dazu benutzen, Alex ein wenig Angst einzujagen. Gute Idee, beschließe ich, nur muss ich mich ein wenig beeilen, um fünf will Tassani kommen, bis dahin möchte ich wieder fort sein. Ich trete aufs Gas.

Woran genau es liegt, weiß ich nicht, aber ich spüre schon, dass etwas faul ist, bevor ich in meine Straße einbiege. Es fühlt sich an wie ein nahendes Gewitter, Elektrizität, ein Flirren in der Luft. Dabei ist auf den ersten Blick nichts anders als sonst. An der Ecke ein paar Jugendliche, die sich grölend über ein Handy beugen. Ein Mann in schäbigen Hosen mit langem grauen Bart hinkt auf die Bushaltestelle zu. Zwei Frauen mit Kopftuch kommen vom Einkaufen zurück, volle Taschen in beiden Händen.

Ich fahre langsamer, versuche, meine Augen überall gleichzeitig zu haben. Und prompt weckt etwas meine Aufmerksamkeit: Vor dem Haus, nicht weit entfernt von der Stelle, wo ich normalerweise parke, steht ein schwarzer BMW, den ich hier noch nie gesehen habe. Ich halte nicht an, fahre bei nächster Gelegenheit links, umrunde den Wohnblock. Da vorne ist ein Spielplatz, auf dem voller Betrieb herrscht. Nichts Ungewöhnliches. Wieder links abbiegen.

Dort steht ein schwarzer Mercedes Vito, ein Kleinbus von der Art, wie Andrei sie schätzt. Verlässlich, schnell, mit dunkel getönten Seitenscheiben. Das Kennzeichen ist ein deutsches. OF für Offenbach. Die zwei Buchstaben lassen mein Herz einen Schlag aussetzen. Von Offenbach aus sind es etwa zehn Kilometer bis ins Zentrum von Frankfurt.

Ich sehe meine Hände am Lenkrad zittern, obwohl ich mich daran festklammere wie an einem Rettungsanker. Mein Sichtfeld engt sich ein, wird schwarz von den Seiten her; mein Rücken ist schweißnass, dafür ist mein Mund trocken. Ich zwinge mich, gegen die Panik anzuatmen. Langsam und tief. Das Letzte, was jetzt passieren darf, ist, dass ich einen Unfall baue.

Als ich an dem Vito vorbeifahre, wage ich nicht mehr als einen Seitenblick aus den Augenwinkeln, doch der genügt, um mir zu verraten, dass zumindest vorne niemand sitzt. Wie ferngesteuert fahre ich weiter, ohne darauf zu achten, wohin. Also wissen die Karpins jetzt, wo ich stecke. Wahrscheinlich habe ich Alex zu spät eingelocht. Oder sie haben jemand Zweiten in Wien auf mich angesetzt, und der hat sogar meine Adresse herausgefunden.

Vermutlich sind sie längst in der Wohnung, zu zweit oder zu dritt, sitzen auf meiner Couch und warten. Ganz gemütlich, der eine locker die Pistole in der Hand, der zweite die Spritze mit dem Ketamin. Sehr praktisches Mittel: Es betäubt, die lebenswichtigen Reflexe bleiben aber erhalten. Wenn die Sedierung nachlässt, kommt es zu Halluzinationen, die Nahtoderfahrungen ähneln sollen. »Dann üben sie schon mal«, hat Andrei oft gewitzelt.

Vor mir wird eine Ampel rot, ich bremse im letzten Moment. Natürlich könnte ich mich irren. Nicht jeder schwarze Vito mit Offenbacher Kennzeichen gehört Andrei. Das Kennzeichen des BMW habe ich gar nicht sehen können; kann genauso gut ein Wiener Auto gewesen sein. Möglich, alles möglich. Aber ich weiß nicht, wie ich es noch einmal wagen soll, meine Wohnung zu betreten.

Ein Blick in den Rückspiegel. Hinter mir steht ein Lkw, einer von denen, die Supermärkte beliefern. Rechts ein alter Golf. An der nächsten Ampel sind es andere Fahrzeuge. Ich fahre durch kleine Gässchen, über dreispurige Hauptstraßen, einmal sogar auf den Parkplatz eines Baumarkts, checke alle paar Sekunden den Rückspiegel. Niemand scheint mir zu folgen.

Erst nach mehr als einer halben Stunde, in der ich kreuz und quer durch die Stadt und schließlich aus ihr herausgefahren bin, versuche ich, mich zu orientieren. Der Ort, in dem ich gelandet bin, heißt Hennersdorf, hier war ich definitiv noch nie. Auf den ersten Blick besteht er aus Wiesen, Wohnhäusern und einer Durchgangsstraße. Ich parke auf einem Seitenweg.

Es ist nach fünf. Tassani wird demnächst bei meiner Wohnung aufkreuzen, vielleicht ist er schon da. Hoffentlich hat er tatsächlich einen Kollegen dabei, denn ich will mir nicht vorstellen, was bei einer Begegnung mit Andreis Leuten passieren könnte. Für die das Auftauchen der Polizei ja eine hübsche Überraschung bedeuten würde.

Sollten sie sich gegenseitig eliminieren, wäre ein Großteil meiner Probleme gelöst. Ein paar Sekunden lang habe ich die Szene comicartig vor meinem inneren Auge, und, für mich selbst überraschend, krümme ich mich vor Lachen. Kann nicht aufhören, bis mir die Luft wegbleibt.

Hier kommt ein Rätsel: In der Wohnung von Carolin Bauer, die nicht Carolin Bauer heißt, liegen vier Tote: Zwei sind von der Russenmafia, die anderen beiden sind Polizisten. In einem Koffer im Schrank ist ein zerlegtes Snipergewehr versteckt. Was ist passiert?

Der Lachanfall verebbt, ich wische mir die Tränen aus dem Gesicht. Reiner Zufall, dass meine Anspannung sich auf diese Weise entladen hat, und nicht durch einen Heulkrampf.

Aber nun, als ich wieder zu Atem komme, kristallisiert sich auch heraus, was der nächste Schritt sein muss: so viel Klarheit bekommen wie möglich. Am nächsten Supermarkt wechsle ich zehn Euro in Münzen, beim Bahnhof entdecke ich eine Telefonzelle. Halb sechs. Ich sollte noch jemanden erreichen.

»Bundeskriminalamt Wiesbaden, wie kann ich Ihnen helfen?«

Ich lehne mich gegen die Wand. »Ist es möglich, mit Robert Lesch zu sprechen?«

Die kurze, unheilschwangere Pause, die auf diese Frage folgt, kenne ich nun schon. »Tut mir leid, er ist nicht im Haus.«

»In Ordnung. Dann verbinden Sie mich bitte mit Holger Klencke.« Vielleicht erinnert er sich noch an unser Gespräch.

»Einen Augenblick, ich sehe nach, ob er frei ist.«

Ich werfe eine Münze nach. Versuche, meine Fragen zu sortieren, um sie in sinnvoller Reihenfolge stellen zu können.

»Klencke.«

»Guten Abend, hier spricht Carolin Bauer. Aus Wien. Erinnern Sie sich?«

»Natürlich, wir haben vorgestern telefoniert.«

»Ja.« Ich presse den Hörer fester ans Ohr. »Ich weiß, ich kann nicht mit Robert Lesch sprechen, aber ich muss wissen, ob er noch lebt.«

Von Klenckes Seite kommt ein Geräusch wie Zungenschnalzen. »Es hat sich nichts geändert, ich kann Ihnen keine Auskunft geben.«

»Verstehe. Vielleicht können Sie mir aber sagen, ob Roberts Krankenstand mit dem Karpin-Clan zu tun hat? Haben Andrei Karpin und seine Leute ihn erwischt?«

Ich erwarte keine Antwort darauf, ich hoffe nur auf eine hörbare Reaktion. Immerhin holt Klencke kurz Luft. »Mit wem habe ich es hier zu tun?«

»Carolin Bauer. Ich habe eine Zeit lang mit Robert zusammengearbeitet. Gegen die Karpins. Bis es nicht mehr ging. Ich bin ... umgezogen. Habe vieles verändert, mit seiner Hilfe.« Ich drücke mich vage aus, aber selbst das kostet mich enorme Überwindung. »Ich bräuchte jetzt wieder seine Hilfe. Denken Sie, ich kann damit in absehbarer Zeit rechnen?«

Die Pause, die folgt, dauert mindestens zwei Atemzüge lang. »Nein.«

»Das ist ... schlecht.« Meine Stimme ist zittrig geworden. Klenckes Nein ist wie ein Fallbeil oder ein Schuss, es stellt klar, dass hinter Roberts Abwesenheit etwas Gravierendes steckt. Dass sie möglicherweise endgültig ist. »Würden Sie ...«, ich räuspere mich und beginne noch einmal, »würden Sie an meiner Stelle da bleiben, wo ich jetzt bin, oder weggehen? Den Standort wechseln?«

»Dazu müssten Sie mir mehr sagen«, erwidert Klencke. »Was war das für eine Zusammenarbeit zwischen Ihnen und Lesch?«

Ich weiß nicht, was ich antworten soll. Ganz offensichtlich gehört Klencke nicht zu den Kollegen im BKA, die von meinem Überleben wissen. Sonst hätte mein neuer Name wahrscheinlich schon beim ersten Gespräch etwas zum Klingen gebracht. Ob der alte es täte? Ich bräuchte so dringend jemanden, dem ich vertrauen kann ... Aber was, wenn er der Falsche ist?

»Ich habe«, beginne ich zögernd, »Kontakt zu den Karpins gesucht und mich dort umgesehen. Eine Zeit lang ging das gut, dann haben sie Verdacht geschöpft.«

»Und da leben Sie noch?« Klencke hat Respekt in seine Stimme gelegt, bewusst oder unbewusst. »Alle Achtung.«

»Ja. Das würde ich auch gerne so beibehalten.« Zwei weitere Münzen wandern in den Schlitz. »Können Sie mir sagen, ob es verdächtige Bewegungen in Richtung Wien gegeben hat?« Mir ist klar, dass ich bereits zu viel gesagt habe. Die Information, dass in Wien jemand sitzt, der den Karpins entwischt ist und sich jetzt vor ihnen fürchtet, wird Andrei genügen, um die richtigen Schlüsse zu ziehen. Aber gut. Wenn ich mich nicht täusche, weiß er das ohnehin schon. Und hat Schritte in die Wege geleitet.

»Wir haben nichts beobachtet, das auf Wien hindeutet«, sagt Klencke. »Wenn ich Ihnen helfen soll, brauche ich mehr Details. Eine Kontaktadresse oder eine Kontaktperson, an die ich mich wenden kann, sobald ich etwas herausgefunden habe.«

Meine Alarmglocken schrillen, möglicherweise zu Unrecht, aber egal. »Ich melde mich wieder«, flüstere ich und lege auf. Eine Münze fällt ins Ausgabefach. Ich lasse sie liegen.

Zurück im Auto, fällt mein erster Blick auf das Handy, das ich achtlos auf den Beifahrersitz gelegt habe. Drei entgangene Anrufe. Alle drei von Eileen. Wahrscheinlich hat Tassani in der Blumenhandlung angerufen, weil er mich zu Hause nicht angetroffen hat. Dass dann aber nur Eileen es versucht hat, ist beinahe merkwürdig. Warum hat sich Tassani nicht direkt bei mir gemeldet?

Ich habe das Telefon schon in der Hand, um sie zurückzurufen, als ein Klingelton eine Textnachricht ankündigt. SMS, nicht WhatsApp. Ich entsperre das Handy. Die Nachricht kommt von Eileen, und sie schnürt mir den Atem ab.

> Was hast du getan???
> Ich kann das einfach nicht glauben. Warum, Caro?
> Sie suchen jetzt nach dir, also lösch bitte die SMS, sonst bin ich dran wegen Beihilfe oder so.
> Ich versteh das alles nicht. Sie waren zu fünft hier im Laden, und sie hatten einen Haftbefehl mit, glaube ich.
> Am besten, du gehst freiwillig zur Polizei. Vielleicht ist ja alles nur ein Missverständnis!!!

Darunter drei weinende Emojis. Meine Hände sind so taub geworden, dass mir das Telefon fast aus den Fingern rutscht. Sie haben Alex gefunden, ist mein erster Gedanke. Sie haben ihn traumatisiert und stinkend aus dem Keller gezogen, und er hat ihnen sofort erzählt, wer ihn eingesperrt hat. Misshandelt. Psychisch gequält.

Das würde Eileens bittere Enttäuschung erklären – nicht aber, dass sie mich gewissermaßen warnt. Warum beschimpft sie mich nicht? Dafür, dass ich sie belogen und scheinheilig den Kopf geschüttelt habe, jedes Mal, wenn sie mir erzählt hat, dass er sie immer noch ignoriert.

Dann ist er also frei, das macht die Sache deutlich schlimmer. Trotzdem lässt etwas an der Nachricht mich stutzen, Eileen erwähnt Alex überhaupt nicht, sie fragt auch nicht, wie ich ihr so etwas antun konnte.

Ich brauche Gewissheit. Doch zuallererst muss ich das Telefon loswerden, dessen Standort Tassani wahrscheinlich längst nachverfolgen lässt. Ich sollte ihm etwas zum Verfolgen geben.

Der Trick stammt nicht von mir, er ist schon in diversen Filmen verbraten worden, aber ich finde ihn praktisch, und ich bin immer noch nahe am Bahnhof. Ich schalte das Telefon stumm und warte auf den nächsten Zug, der glücklicherweise halb leer ist. Drei Minuten später klemmt das Handy zwischen zwei Sitzpolstern, und ich bin auf dem Rückweg zu meinem Mazda. Den ich auch nicht mehr lange werde verwenden können, die Polizei hält mit Sicherheit schon nach Modell und Kennzeichen Ausschau. Doch erst wird sie hoffentlich einen Zug nach Bruck an der Leitha durchsuchen.

Als ich wieder im Auto sitze, spült Erschöpfung über mich hinweg wie eine Welle, die mich unter Wasser und auf Grund drückt. Weiterkämpfen scheint mit einem Mal unmöglich, Aufgeben verheißungsvoll wie nie.

Aber ich kenne diese Anflüge von früher. Sie gehen vorüber, die Kraft kehrt zurück, nur soll sie sich diesmal bitte damit beeilen. Ich lehne die Stirn gegen das kühle Lenkrad. Zähle bis zwanzig, dann schreckt eine Sirene mich auf.

Ein Einsatzfahrzeug, das ging ja schnell. Bis ich sehe, dass es sich um ein Feuerwehrauto handelt, habe ich den Motor schon gestartet und bin auf die Hauptstraße abgebogen. Gewissheit, denke ich wieder. Da, wo ich sie haben kann, werde ich sie mir verschaffen.

Ich nähere mich dem Abbruchhaus diesmal von der anderen Seite. Bisher ist mir noch kein Polizeiwagen begegnet, aber ich bin sicher, an dem kleinen Feldweg, auf den ich normalerweise immer abbiege, wird mehr als nur einer stehen. Ich muss also auf der anderen Seite des Waldes parken und mich zu Fuß anschleichen.

Ich konsultiere das Navi, finde einen Platz, der mir geeignet erscheint, und steuere ihn an.

Auch hier findet sich eine Stelle, an der ich den Mazda unauffällig abstellen kann. Vor einem sichtlich verlassenen Wochenendhaus mit geschlossenen Fensterläden und unkrautüberwuchertem Garten. Der Waldweg beginnt fünfzig Meter weiter.

Ich nehme eine Stirnlampe mit und das GPS aus dem Wagen, mehr will und brauche ich nicht. Damit ausgerüstet, tauche ich ins Dämmerlicht des Waldes ein.

Die Tage sind jetzt lang; es wird noch für fast drei Stunden hell sein; Spaziergänger sind aber keine mehr unterwegs. Ich werde etwa zwanzig Minuten brauchen, schätze ich, und muss mich tendenziell rechts halten.

Es dauert dann doch eine halbe Stunde, bis sich der Wald vor mir wieder lichtet. Alles ist ruhig, bin ich an der richtigen Stelle?

Beinahe. Ich bin ein Stück weiter von meinem üblichen Abstellplatz entfernt, als ich vermutet hatte. Ich spähe durch die Bäume, über das hohe Gras hinweg. Das Haus ist von hier aus nicht zu sehen, aber wenn sich dort etwas täte, müsste ich es erkennen können. Schritt für Schritt und möglichst leise suche ich mir einen besseren Beobachtungsposten.

Ja, dahinten ist das eingesunkene Dach, der gebrochene Zaun, eines der trüben Fenster. Aber es ist keiner hier. Kein Polizeiauto, kein Krankenwagen, keine Beamten, niemand. Eine Falle?

Ich lausche in den Frühsommerabend. Von ferne kann ich, wie immer, die Landstraße hören. Sonst nur Vogelgezwitscher und gelegentlich ein Rascheln im Gras. Heißt das, sie sind schon wieder abgezogen, mit Alex im Gepäck? Oder waren sie gar nicht hier?

Ich wollte Gewissheit, also werde ich sie mir verschaffen. Immer noch auf Geräuschlosigkeit bedacht, schleiche ich auf das Haus zu. Niemand springt plötzlich hervor, niemand brüllt mich durch ein Megafon an. Ich drücke die Tür auf. Alles unverändert. Auf dem Tisch liegen die zwei Packungen Zwieback, die ich beim letzten Mal hier deponiert habe, direkt neben den Gemüsedosen. Karotten und Erbsen.

Ich lege das Ohr an die Kellertür. Keine Geräusche, keine Stimmen. Behutsam drücke ich die Tür auf, ein schmaler Streifen Tageslicht fällt auf den schlafenden Alex. Immer noch in Ketten. Er liegt verkrümmt und rührt sich nicht, aber er atmet. Ich ziehe die Tür wieder zu. Halb und halb rechne ich damit, dass Tassani hinter mir stehen wird, wenn ich mich umdrehe, und mit ihm drei Beamte, die ihre Waffen auf mich richten. Doch es ist nach wie vor niemand hier. Keiner hat Alex gefunden. Ich verstehe nicht, wovon in Eileens Nachricht die Rede ist.

Was hast du getan? Ich kann das einfach nicht glauben. Warum, Caro?

Ich setze mich auf einen Küchenstuhl, kämpfe gegen die Erschöpfungswelle an, die sich erneut am Horizont abzeichnet.

Sie hat nicht Alex gemeint. Es muss um die Friedhofstaten gehen. Um den Mord an Gernot Nadler. Hat die Polizei Spuren auf dem Marmorblock gefunden, die mich belasten? Aber wie? Ich habe ihn nie angefasst.

Draußen tritt ein Reh auf die Lichtung. Stakst langsam auf das Haus zu. Als ich aufstehe, um zum Fenster zu gehen, scheint es die Bewegung wahrzunehmen und flieht.

Genau das sollte ich auch tun. Nur werde ich mit zwei Verfolgern im Nacken nicht weit kommen. Ich stütze die Hände am Fensterbrett ab und lasse den Blick über den Waldrand gleiten. Hoffe, dass das Reh noch einmal herauskommt.

Als ich mich schon wieder abwenden will, bleibt meine Aufmerksamkeit an dem alten Werkzeug hängen, das neben dem Fenster an der Außenwand lehnt. Ein Rechen, eine Harke … und ein Spaten.

Die Idee, die sich in mir breitmacht, ist die einzige, die ich derzeit habe. Vielleicht ist sie unlogisch oder sogar verrückt, aber wenn ich recht habe, könnte auch sie Gewissheit bringen, auf spektakuläre Art und Weise.

Auf dem Rückweg zum Auto bemühe ich mich nicht mehr um Lautlosigkeit. *Sie suchen jetzt nach dir,* hat Eileen geschrieben. Gut möglich, aber hier tun sie das jedenfalls nicht.

18.

Von einem Wald zum nächsten. Es wird nun dunkel, das beleuchtete Pflegeheim auf seinem Hügel sieht mehr denn je wie ein Schloss aus. Ich stapfe neben dem Weg zwischen den Bäumen bergauf. Noch muss ich die Stirnlampe nicht einschalten, ich hoffe, ich erreiche die Höhle, bevor ich den Boden zu meinen Füßen nicht mehr sehen kann.

Zweimal laufe ich an der Stelle vorbei, stehe plötzlich auf der Schattenwiese und mache wieder kehrt. Dann finde ich die Kapelle und von dort aus den Weg zur Höhle. Ich krieche hinein, breite die Decke aus, die ich vom Auto mitgenommen habe, und lege mich hin. Kein Gefühl genieße ich so sehr wie das, gut versteckt zu sein. Unauffindbar. Ich will es auskosten, möchte noch warten, bis die Nacht wirklich hereingebrochen ist, bevor ich anfange. Binnen Minuten kehrt die Müdigkeit von vorhin zurück. Prompt schlafe ich ein.

Was mich weckt, weiß ich nicht, wahrscheinlich die Schmerzen im Rücken, bedingt durch den harten Boden. Ich richte mich auf. Ein Blick auf die Uhr, gleich ist es zwei, jetzt sollte auf der Hildenhöhe niemand mehr wach sein, der zufällig das Licht meiner Stirnlampe sehen könnte.

Ich schalte sie ein, greife nach dem Spaten und schiebe mich durch den schmalen Höhleneingang. Wenn ich durchziehen will, was ich mir vorgenommen habe, ist jetzt der richtige Zeitpunkt dafür.

Der Strahl der Lampe schneidet einen grellen Keil aus der Dunkelheit. Ein Nachtfalter taumelt ins Licht und verschwindet wieder. Die Bäume werfen groteske Schatten, die mir die Orientierung nicht leichter machen.

Wenn ich falschliege, und das kann gut sein, macht es die Dinge nicht schlimmer. Dann habe ich mich abgeschwitzt und dreckig gemacht, das ist alles. Aber wenn meine Ahnung sich bestätigt, kann ich Tassani ein Indiz auf den Tisch knallen, dass ihm Hören und Sehen vergeht. Nicht, dass es meine Aufgabe wäre, seinen Fall zu lösen. Aber wenn es klappt, bin ich aus dem Schussfeld, viel mehr, als wenn ich ihm bloß einen Namen hinwerfe. Außerdem ist er mir dann einen Gefallen schuldig. Einen Anruf in Wiesbaden plus sicheres Geleit aus dem Land, etwas in dieser Richtung.

Meiner Erinnerung nach muss ich mich von der Höhle weg nach links wenden, nur sieht der Wald nachts völlig anders aus als bei Tag. Es fühlt sich an wie eine Ewigkeit, bis ich die kleine Lichtung finde. Die Baumstümpfe. Den Blumenstrauß.

Wenn ich das Szenario nicht direkt anleuchte, sondern nur die Umrisse jenseits des Lichtkegels betrachte, erinnert der Anblick an einen, der mir sehr vertraut ist: Friedhofssilhouetten. Die Baumstümpfe sind wie hölzerne Grabmale. Dazwischen bewegt der Wind das hohe Gras. Es ist friedlich und still. Ich knie mich vor dem blumengeschmückten Stumpf auf die Erde und richte den Strahl der Stirnlampe auf das Holz. An einer Stelle seitlich ist die Rinde abgeschabt, da ertaste ich Rillen, die alte Schnitzereien sein könnten. Ich bringe die Lampe näher heran. Möglicherweise ist das ein L. Genauso gut kann es die Struktur des vermodernden Stammes sein.

Noch einmal sehe ich mich prüfend um, komme aber zu dem gleichen Schluss wie heute Mittag: Wenn eine Stelle die richtige ist, dann diese hier.

Der Spaten gleitet erfreulich leicht in die Erde. Die ersten zwanzig Zentimeter sind beinahe ein Kinderspiel, danach wird es im wahrsten Sinn des Wortes hart. Der Boden ist lehmig und schwer, ich muss mit meinem ganzen Gewicht auf die Kante der Schaufel treten, um sie ins Erdreich zu drücken.

Nach zwanzig Minuten brauche ich bereits eine Pause. Ich lasse mich schwer atmend auf den Boden sinken und blicke nach oben, hoch zu einem klaren Himmel voller Sterne. So anstrengend habe ich es mir nicht vorgestellt. Wenn ich in diesem Tempo weitermache, werde ich bis zum Morgen nicht fertig sein. Ich habe gedacht, ich könnte mein Glück an mehreren Stellen versuchen, stichprobenartig. Das kann ich vergessen.

Mühsam rapple ich mich wieder hoch. Weiter. Nun stoße ich zu allem Überfluss auch noch auf Stein. Mittelgroße Brocken, die ich erst freilegen und dann mit den Händen wegheben muss. Schweiß läuft mir brennend in die Augen. Die ersten fünfunddreißig Minuten Arbeit haben mir ein etwa vierzig Zentimeter tiefes Loch von einem halben Meter Durchmesser beschert. In dem Loch findet sich nichts außer einem Wurzelstrang und ein paar kleineren Steinen. Ich stütze die Hände auf die Oberschenkel und ringe nach Luft.

Wenn ich ein Stück weiter links noch einmal ansetze, habe ich zumindest für kurze Zeit wieder leichtes Spiel. Und vielleicht lande ich dort einen Treffer.

Die Muskeln in meinen Armen schmerzen schon beim ersten Spatenstich, aber hier sehe ich den Fortschritt, den meine Mühen bewirken, arbeite verbissen weiter – bis ich wieder auf die Lehmschicht stoße.

Die Grabschänder auf dem Friedhof hatten es leichter. Sie waren nicht allein, und die Graberde ist vergleichsweise locker. Der Grund hier wehrt sich förmlich dagegen, aufgerissen zu werden. Als ich schwarze Punkte vor den Augen sehe, kauere ich mich auf den Boden. Warum habe ich nichts zu trinken mitgenommen?

Obwohl ich jetzt nicht mehr damit rechne, zu finden, wonach ich suche, mache ich nach einer kurzen Pause weiter, wieder an meiner ersten mickrigen Grube. Ich schalte alle

Gedanken ab, in meinen Ohren rauscht das Blut, die Innen-
flächen meiner Hände sind wund gerieben. Handschuhe wären gut gewesen, Handschu…

Der Stoß von hinten kommt völlig überraschend, er lässt
mich in die selbst ausgehobene Mulde stürzen, die schartige
Kante des Spatens ritzt mir den Unterarm auf. Meine Stirn-
leuchte verrutscht, strahlt jetzt zur Seite. Ich blicke hoch. Vor
mir ragt ein Schatten auf, groß gewachsen, aber nur schemenhaft zu erkennen, denn ich muss gegen das grelle Licht einer
Taschenlampe anblinzeln. Trotzdem ist es klar, wen ich vor
mir habe. Als der Mann zu sprechen beginnt, beseitigt seine
Stimme die letzten Zweifel. »Du bist das?«, sagt er verblüfft.

Ich habe ihn nicht kommen gehört. Und verstehe nicht,
wieso er hier ist. Wäre er mir gefolgt, wäre er jetzt nicht so
überrascht.

»Wen haben Sie denn erwartet?«

»Niemanden«, murmelt er. Ich richte meine Stirnlampe
und blicke in blaue Augen unter schütterem roten Haar. Die
Zähne wölben die Oberlippe leicht vor. »Aber wahrscheinlich
schnüffelst du für die Polizei herum. Ich habe dich lange mit
dem Kommissar sprechen gesehen.« Er wischt sich mit dem
Handrücken über den Mund. »In seinem Auto. Du bist mit
ihm zusammengesessen, und er hat dir einen Auftrag gegeben, nicht wahr?«

Ich versuche, an Biber Ausbeulungen zu entdecken, die auf
versteckte Waffen hinweisen könnten. Als er ein Messer aus
dem hinteren Hosenbund zieht, bin ich beinahe erleichtert.
Keine Pistole. »Er hat mich befragt«, antworte ich. »Aber ich
arbeite nicht für die Polizei. Wenn es nach denen geht, gehöre
ich eher zu den Verdächtigen.«

Er sagt nichts. Wiegt nur Messer und Taschenlampe in den
Händen, als müsse er sich entscheiden, welches von beiden
er verwenden möchte.

»Aber«, stellt er nach einiger Zeit fest, »du schnüffelst herum, Blumenmädchen. Versteh ich nicht.« Er deutet auf die Grube. »Und das hier erst recht nicht. Was soll der Scheiß?«

Ihm die Wahrheit zu sagen, dass ich nämlich Beweise gegen ihn sammle, die ich bei Tassani gegen ein bisschen Deckung und freies Geleit eintauschen will, wäre idiotisch. »Ich habe eine Theorie«, erkläre ich also. »Ich glaube, die Grabschändungen haben mit der Hildenhöhe zu tun. An der Kapelle habe ich das Zeichen gefunden, das niemand erkannt hat. Und ich weiß, dass hier früher ein Kinderheim war.«

Biber tritt einen Schritt näher. »Stimmt, da gab's eines. Die Hilden*hölle*. Aber das tut jetzt nichts zur Sache. Weißt du, ich habe auch eine Theorie, sogar zwei.« Er hält das Messer hoch. »Erstens: Jemand hat nachts auf dem Friedhof herumspioniert, als ein gewisser Edwin Berkel aus seinem Grab geholt wurde. Ich könnte mir vorstellen, dieser Jemand ist dann über die Mauer einer Blumenhandlung geflüchtet. Und ich glaube, dieser Jemand warst du.«

Ich drehe den Kopf leicht zur Seite, weil seine Lampe mich blendet. »Warum sollte ich so was tun?«

»Keine Ahnung, aber warum solltest du nachts im Wald bei der Hildenhöhe herumgraben?«

Ein Punkt für ihn. Bevor ich mir eine lahme Erklärung aus den Fingern saugen kann, redet er schon weiter. »Am Mittwoch war eine türkische Frau in der Schlosserei, in der ich arbeite. Sie hat behauptet, ich hätte am Tag davor bei ihr ein Türschloss gewechselt, und hat sich beschwert, dass es kaputt sei. Tatsache ist aber, ich habe am Dienstag keine Aufträge bei Privatkunden erledigt, sondern den ganzen Tag Sicherheitstüren in einer Anwaltskanzlei eingebaut. Theorie Nummer zwei: Die Frau, die nach mir gefragt hat, warst auch du.« Er zuckt mit den Schultern. »Das ist jetzt irgendwie unangenehm«, stellt er fest, in einem Ton, als hätte er

304

bloß den Bus verpasst. »Aber ich werde dich loswerden müssen.«

Manchmal überkommen Lachanfälle mich in den unpassendsten Momenten. Das ist nun der zweite innerhalb von zwei Tagen; es steht nicht gut um meine psychische Verfassung. »Stell dich hinten an!«, pruste ich.

Meine Reaktion irritiert ihn sichtlich. »Das war kein Witz.«

»Ist mir klar. Du hast ja auch schon den Anwalt ins Jenseits befördert.« Dass ich nun ebenfalls ins vertraulichere Du gewechselt habe, scheint ihn eher zu entspannen als zu stören. Er protestiert auch nicht gegen die Anschuldigung, die ich in den Raum stelle. Also wage ich mich einen weiteren Schritt vor. »Wieso war der eigentlich mitten in der Nacht auf dem Friedhof? Das frage ich mich schon die ganze Zeit.«

Die Erinnerung an Nadler ist ihm sichtlich unangenehm. »Er ist geschickt worden. Wollte wissen, wer wir sind. Wer *genau.* Wollte uns auszahlen. Wir haben damit nicht gerechnet, sonst hätten wir uns vermummt, und dann wäre es nicht nötig gewesen, ihn …« Biber blickt zu Boden. Dann, als hätte er sich eben daran erinnert, dass er mich einschüchtern möchte, hebt er gleichzeitig den Kopf und das Messer. »Das geht dich alles nichts an, Blumenmädchen. Sag mir lieber, für wen du arbeitest.«

»Für niemanden.«

»Versuch nicht, mich für blöd zu verkaufen!« Er ist lauter geworden; ein kleines Tier im Gebüsch ergreift raschelnd die Flucht.

»Tue ich nicht. Ich sammle nur deshalb Informationen, weil ich die Polizei davon überzeugen möchte, dass ich nichts mit dem ganzen Mist auf dem Zentralfriedhof zu tun habe. Das denken die nämlich.« Meinen Plan, Tassani Bibers richtigen Namen zu verraten, an dessen Durchführung mich nur sein Wutanfall gehindert hat, verschweige ich.

Biber schüttelt den Kopf. »Schwachsinn. Die brauchen Beweise, um dir etwas anzuhängen. Fingerabdrücke, DNA-Spuren, das ganze Zeug. Und dann noch ein Motiv.«

Ich fühle, wie die Feuchtigkeit des Bodens durch meine Hose dringt. »So einfach ist das bei mir nicht. Ich bin auch dann im Arsch, wenn sie mir nichts nachweisen können.«

Er schüttelt den Kopf, die Vorderzähne schieben sich über die Unterlippe. »Warum gräbst du hier herum? Was ist die Theorie, von der du gesprochen hast?«

Nach dem ersten Schreck habe ich jetzt keine Angst mehr vor Biber. Er hat ein Messer, aber ich habe den Spaten, mit dem ich ihn auf Distanz halten und ihm richtig wehtun kann. Er ist kein professioneller Killer, mit ihm komme ich zurecht.

»Ich denke, hier liegt jemand begraben«, sage ich. »Jemand, dem du Blumen gebracht hast. Ich habe dich mit diesem rosa-weißen Strauß beim Friedhof gesehen.«

Vielleicht war ich zu voreilig mit meiner Einschätzung, denn jetzt dreht Biber das Messer in der Hand – auf eine Art, die zeigt, wie selbstverständlich er damit umgehen kann. Die Spitze ist auf mich gerichtet, die Schneide zeigt nach oben. So sticht man zu, wenn man jemanden von unten bis zum Brustbein aufschlitzen möchte.

»Ich verrate es niemandem«, sage ich schnell. »Ich dachte mir nur ... na ja. Wer hier verscharrt worden ist, heimlich und ohne richtiges Begräbnis, ist wahrscheinlich nicht auf natürliche Weise gestorben.«

Ich kann Bibers Augen immer noch nicht sehen, aber in seiner Haltung liegt jetzt etwas Wildes. Etwas, das ich kenne und nachempfinden kann. Mit einem Mal fühle ich mich ihm verbunden, liegt sicher nur daran, dass ich innerlich so erschöpft bin wie lange nicht mehr. Dass ich ständig ins Leere greife, wenn ich Halt suche.

»Stich mich eben ab, wenn du das für nötig hältst. Ich habe

das Davonlaufen so satt, ich kann es dir nicht beschreiben. Ich weiß auch gar nicht mehr, wo ich noch hinlaufen soll.« Er rührt sich nicht, also fahre ich fort: »Der einzige Mensch, der mir helfen könnte, lebt wahrscheinlich nicht mehr, aber nicht einmal das kann ich verlässlich herausfinden. Ich habe mich in eine Sackgasse manövriert, aus der ich nicht mehr rauskomme, und wie es aussieht, bin ich in ein bis zwei Tagen tot. Also kannst ebenso gut du das erledigen.«

Er tritt einen Schritt auf mich zu. In seinem Gesicht spiegeln sich Gereiztheit, Unsicherheit, Misstrauen. »Bist du verrückt? Was erzählst du da für einen Müll?«

»Ist kein Müll, ist eine Tatsache. Ich bin vorhin an meiner Wohnung vorbeigefahren und ziemlich sicher, dass sie da drin auf mich warten.«

»Sie?«

»Genau. Sie.«

Er blinzelt, betrachtet das Messer, senkt es. »Sie haben es auf dich abgesehen, und du kennst nicht einmal ihre Namen?«

»Ich habe ein paar Ideen dazu, aber wen sie tatsächlich geschickt haben, weiß ich nicht.«

Der Lichtstrahl von Bibers Lampe zuckt kurz zur Seite, dahin, wo das Gelände zur Hildenhöhe hin ansteigt. »Scheißgefühl. Kenne ich.« Er sagt es ohne Mitleid, weder für mich noch für sich selbst. »Angeheuerte Schläger?«

So kann man es wahrscheinlich sehen. »Eher Killer als Schläger.«

Biber wirkt wider Willen beeindruckt. »Sind es Geldeintreiber?«, fragt er. »Hast du Schulden?«

»Nein.«

»Ah. Dann ... einen verrückten Ex?«

»Eher einen verrückten Ex-Chef.« Meine Stirnlampe flackert, wahrscheinlich ist die Batterie bald leer. »Ich habe eine

Zeit lang für eine Organisation gearbeitet, die keinen Spaß versteht.«

»Echt jetzt?« Er mustert mich zweifelnd. »So siehst du überhaupt nicht aus.« Kurz dreht er den Kopf in Richtung Hildenhöhe, dann wieder zu mir. »Trotzdem muss ich dich irgendwie loswerden, tut mir leid. Ich schätze, du weißt, wer ich bin. Zumindest, wo ich arbeite, und das ist ein Problem.« Etwas Entschuldigendes liegt in seinem Ton. »Es steht zu viel auf dem Spiel, und es geht nicht nur um mich.«

Dass er diese Entscheidung zu bedauern scheint, macht es schlimmer. Das heißt, er hat sie tatsächlich schon getroffen.

»Du warst auf der Hildenhöhe, nicht wahr?«, sage ich schnell. »Der Polizist, Tassani, hat mir Fotos von ehemaligen Heimkindern gezeigt, aber da warst du nicht dabei.«

»Weil ich keine Lust auf eine *Entschädigungszahlung* hatte«, sagt er verächtlich. »Höchstens fünfunddreißigtausend Euro für ein kaputtes Leben, das ist ein Scheißdeal.«

»Da hast du recht.«

»Wenn alles klappt, wird es viel mehr. Das Problem ist, die meisten Arschlöcher von damals sind krepiert, bevor wir herausfinden konnten, wer sie sind. Wenigstens dazu war der Skandal vor ein paar Jahren gut. Er hat ein paar ... Informationskanäle geöffnet.« Biber drückt auf seine Uhr, das Display leuchtet auf.

Was er sagt, klingt in meinem Kopf nach, ich verstehe es nicht ganz. »Was meinst du mit: Bevor wir herausfinden konnten, wer sie sind? Habt ihr eure Betreuer nicht gekannt? Die können schließlich nicht anonym gearbeitet ...«

»Doch, die kannten wir«, unterbricht er mich ungeduldig. »Betreuer. Nettes Wort. Hör mal, wir müssen jetzt zum Ende kommen. Tut mir wirklich leid, ich finde dich nämlich recht sympathisch. Aber es wird schnell gehen, versprochen.«

Auf einen schnellen Tod. Ich rutsche ein Stück zurück, bis ich an den Baumstumpf stoße. »Ich habe nicht vor, dich zu verpfeifen.«

Sein Lächeln entblößt die langen Vorderzähne. »Blumenmädchen. Das würde mir an deiner Stelle jeder versprechen.«

In meinem Kopf arbeitet es. Was kann ich riskieren – was verraten, was nicht? »Stimmt«, stoße ich hervor. »Deshalb machen wir es anders. Ich gebe dir etwas, das du gegen mich verwenden kannst, falls ich mich nicht an die Abmachung halte.«

Jetzt hat er sichtlich Mitleid mit mir. »Es interessiert keinen, ob du Kunden beklaut oder in deinem Laden Geld aus der Kasse genommen hast. Das wiegt es nicht auf. Wir haben Menschen getötet.«

»Und ich habe einen entführt.« Kaum habe ich es ausgesprochen, möchte ich es zurücknehmen. Ich kämpfe alle meine Instinkte nieder und fahre fort: »Vor etwa zwei Wochen. Er sitzt angekettet in einem Keller in einem verlassenen Haus, und wenn wir uns einigen, sage ich dir, wo genau. Ich führe dich auch hin. Dann hast du mich ebenso in der Hand wie ich dich.«

Wäre die Situation eine andere, fände ich den Ausdruck in seinem Gesicht amüsant. »Ich glaube dir kein Wort«, flüstert er. »Warum solltest du so etwas tun? Du verkaufst Blumen, und du bist eine Spur zu neugierig. Das ist alles.«

»Schön wär's.« Ich stütze mich an dem Baumstumpf ab und stehe auf. Mit einer Hand klopfe ich mir Erde von der Hose, in der anderen halte ich immer noch den Spaten. »Du hast Menschen getötet? Ich auch. Zwei, um genau zu sein. Könnten drei werden, wenn ich den im Keller nicht irgendwann rauslasse.«

Das Licht meiner Stirnlampe trifft jetzt exakt sein Gesicht, und ich kann sehen, wie seine Mundwinkel nervös zucken, bevor er zu lachen beginnt. »Du«, bringt er mühsam heraus, »bist vollkommen irre!«

»Du musst mir nicht glauben«, sage ich langsam. »Ich kann es dir zeigen.«

Er überlegt. Streckt dann die Hand aus. »Gib mir die Schaufel.«

Alles in mir schreit Nein. Meine Waffe aufgeben, ihm eine zweite überreichen? Aber die Alternative ist, sich auf einen Kampf mit ihm einzulassen, und ich habe den Großteil meiner Kraft beim Graben verschlissen.

Ich reiche ihm den Spaten.

»Gut.« Er hebt auffordernd das Kinn. »Ein verlassener Keller ist das, sagst du?«

Der Unterton in seiner Stimme lässt mich denken, dass ich vielleicht eben meinen letzten Fehler gemacht habe. »Ja.«

»Klingt gut. Wir nehmen deinen Wagen. Du fährst.«

So ausgestorben wie um vier Uhr nachts sind die Straßen Wiens sonst nie. Um diese Zeit müssen wir auch nicht mehr mit Fahrzeug- und Alkoholkontrollen rechnen, hoffe ich. Biber sitzt neben mir, das Messer locker auf mich gerichtet, aber seine Aufmerksamkeit lässt keinen Augenblick lang nach. Er würde mir sofort ins Lenkrad greifen, sollte ich versuchen, uns gegen einen Baum zu fahren. Oder falls ich auf die Idee käme, vor einer Polizeidienststelle anzuhalten.

Als ich auf den Feldweg einbiege, sieht er sich gründlich um. »Tote Gegend hier.«

»Ja.« Ich stelle das Auto im gleichen Gestrüpp ab wie immer. »Gibst du mir bitte die Taschenlampe aus dem Handschuhfach?«

Er reicht sie mir, wir steigen aus, und ich leuchte über die Wiese. Denke flüchtig an die Walther, die immer noch im Kofferraum liegt, eingewickelt in ein Geschirrtuch. Selbst wenn ich sie in der Hand hielte, würde sie keines meiner Probleme lösen.

»Da vorne ist es«, sage ich. »Komm, Wolfgang.«

Im Haus öffne ich die Kellertür und trete einen Schritt zurück. »Vielleicht solltest du dein Gesicht vermummen, bevor ich das Licht anmache. Es sei denn, du möchtest, dass er sich an dich erinnert, wenn er eines Tages doch wieder ein freier Mann sein sollte.«

Biber überlegt kurz, findet im Nebenzimmer einen alten Polsterüberzug und bindet ihn sich über Mund und Nase. Ich bleibe oben stehen und schalte die Deckenlampe des Kellers ein, während Biber drei Stufen nach unten geht.

Alex hat gedöst oder geschlafen, jetzt schreckt er hoch, die Kette klirrt. Ich trete einen Schritt zurück, solange er noch die Augen zukneift. Biber steht regungslos da. »Tatsächlich«, sagt er.

»Wer sind Sie?«, höre ich Alex krächzen. »Sind Sie ... können Sie ... Oh Gott, machen Sie mich bitte los! Bitte! Sie ist verrückt, und sie will mich hier krepieren lassen.« Er heult auf, es klingt nach Tier. »Helfen Sie mir!«

Biber steigt eine Treppenstufe zurück, so, dass er eine Hand auf die geöffnete Tür legen kann. Ihm ist wohl eben der Gedanke gekommen, dass ein Tritt genügen würde, um ihn die Treppe hinuntersegeln zu lassen und aus einem Gefangenen zwei zu machen.

Etwa zeitgleich habe ich mich gefragt, was ich tun soll, wenn er auf die Idee kommt, Alex befreien zu wollen. Aber er versucht nichts dergleichen. Sagt auch nichts. Lässt Alex' Flehen an sich abprallen. »Bitte, Sie können mich doch nicht einfach hier ... Oder stecken Sie mit ihr unter einer Decke? Nein, oder? Tun Sie mir nichts! Wer sind ... hat Sie ... wer hat Sie geschickt? Bitte, ich ... brauche Hilfe.«

Es fällt ihm merklich schwerer, vollständige Sätze zu formulieren, als noch beim letzten Mal. Er klingt verstört, gebrochen, und in mir krampft sich etwas zusammen. Bisher war nie ich selbst es, die aus einem funktionierenden Menschen einen wimmernden Haufen Verzweiflung gemacht hat.

311

Es ist Selbstschutz, sage ich mir. Nicht Grausamkeit. Trotzdem scheue ich mich davor, noch einmal nach unten zu sehen. Selbstschutz, ja. Aber dennoch mein Werk, mein hässliches, dreckiges Werk.

Biber dreht sich um und kommt zurück nach oben, schaltet das Licht aus, ohne auf die Schreie zu achten, die ihm hinterherhallen. Er schließt die Tür. »Na, nicht schlecht«, sagt er. In dem Blick, den er mir zuwirft, liegt ein neuer Ausdruck. Eine Mischung aus Respekt und Wachsamkeit.

Ich setze mich auf einen der Stühle, falte die Hände auf der Tischplatte und warte, bis Biber mir gegenüber Platz nimmt. Das Heulen von unten wird leiser.

»Du kannst mich hier ziemlich ungestört killen, wenn du es für nötig hältst«, beginne ich. »Aber es wäre eine dumme Idee. Sicher besteht die Gefahr, dass wir uns gegenseitig verpfeifen, bloß wozu? Viel sinnvoller wäre es, wir würden uns gegenseitig helfen.«

Biber scheint immer noch beeindruckt von dem eben Gesehenen und Gehörten. Seine Augen sind auf die Kellertür gerichtet, er wippt mit dem Stuhl. »Was hat der Typ dir getan?«

»Ich glaube, man hat ihn losgeschickt, um mich aufzuspüren. Er wollte mich fotografieren.«

Er hebt die Augenbrauen. »Du glaubst?«

»Ja. Er gibt es nicht zu. Aber alles spricht dafür.«

Biber lehnt sich zurück, als müsse er das erst einmal sacken lassen, die Stuhllehne knirscht. In der Hand hält er immer noch das Messer. Von Alex ist nichts mehr zu hören. »Man hat ihn losgeschickt, aha. Wer ist man?«

»Es gibt Leute, die mich gern aus dem Weg räumen würden.«

»Hm. Warum?«

»Weil ... ich ein paar Dinge weiß, die jemandem das Genick brechen könnten.«

Er lächelt, die Nagetierzähne schieben sich über die Unterlippe. »Kommt mir bekannt vor.« Er erwartet offenbar, dass ich nachfrage, als ich es nicht tue, schwindet sein Lächeln. Er blickt zum Fenster, hinter dem die Nacht schwarz ist wie Teer. »Einen Kumpel von mir haben sie schon erwischt. Er ist vor Kurzem tot aus der Donau gezogen worden. In der Zeitung steht, man weiß noch nicht, ob es Mord oder Selbstmord war, aber ich sag dir, den hat jemand geschubst.« Mit dem Zeigefinger zeichnet Biber einen Riss im Holz des Tisches nach. »Dabei hatte der Uli keine Ahnung davon, was wir machen. Sie haben ihn sich nur herausgepickt, weil er Totengräber ist.«

Ein Toter in der Donau, ich erinnere mich. Matti hat es erwähnt. »Er war auch auf der Hildenhöhe?«

»Ja.«

»Du weißt, wer ihn getötet hat?«

Biber antwortet lange nicht. Nun fährt er den Holzriss mit dem Messer nach. »Ich glaube, ich weiß, wer den Killer geschickt hat.«

Für einige Zeit kehrt Stille ein, diese Stille, die ich an dem Haus so geliebt habe. Nur durchbrochen durch das Kratzgeräusch von Metall auf Holz.

»Wer liegt auf der Lichtung begraben?«, frage ich leise.

Biber blickt auf. In seinem Gesicht liegt ein Ernst, der ihm so viel Würde verleiht, dass seine Zähne plötzlich nicht mehr ins Gewicht fallen. Der ihn beinahe schön wirken lässt.

»Meine Schwester.«

ZWEITER STOCK

Er stand am Fenster und sah auf die Wiesen hinaus. Die große Uhr, die über dem Treppenaufgang hing, zeigte fünf Minuten vor elf an. Heute Vormittag hatte Gunther wieder einen Zettel neben den Eingang zum Speisesaal geheftet: *Drei Zöglinge zum Unkrautjäten abstellen.* Er schrieb wirklich Zöglinge, aber das war nicht das Beunruhigende an der Sache gewesen. Unter der Notiz fand sich die Zeichnung, die Wolfgang so gut kannte: die liegende Acht, das Kreuz war diesmal in die linke Schlinge gekritzelt. Gunther würde seine Vorbereitungen also auf der Schattenwiese vornehmen.

Hans, Lore, Rüdiger und Martha hatten heute die Abendaufsicht. Bei Lore und Rüdiger war klar, dass sie Bescheid wussten. Bei ihm selbst war es meistens Rüdiger gewesen, langhaarig und nach Frittierfett stinkend, der ihn *nach unten* geholt hatte, mürrisch und ohne viele Worte.

Das war Wolfgang nun schon lange nicht mehr passiert. Fünfeinhalb Monate, um genau zu sein. Das Nilpferd war hier gewesen und hatte sich beschwert, dass er zu behaart sei. »Mit dem macht ihr kein Geschäft mehr«, hatte der Mann geröhrt, seine drei Kinne hatten beim Lachen gebebt.

Den ganzen Tag über hatte Wolfgang immer wieder um sich geblickt. Sich gefragt, wen es heute treffen würde, ob Mädchen oder Junge, ob einer oder mehrere. Wer erwartet wurde.

Nun stand er am Fenster und wartete. Draußen tat sich noch immer nichts. Er formte Scheuklappen aus seinen Händen, um seinen Blick gegen das trübe Notlicht des Gangs abzuschirmen. Legte die Stirn an die Scheibe. Nein, niemand zu sehen. Keine dunklen Gestalten, keine Lichtblitze auf den Wiesen.

Vielleicht war der Gast nicht gekommen. So nannte Lore das gern: Gast. So hatten sie es ihm beim ersten Mal erklärt. »Heute Nacht kommt Besuch, der Gast ist ein wichtiger Mann, also benimm dich!« Rüdiger hatte vielsagend den Stock gehoben. Diesen Stock, den er auch nahm, wenn jemand die Nachtruhe nicht einhielt. Oder ins Bett pinkelte. Oder auf den Gängen rannte. Oder einfach, wenn ihm danach zumute war.

Wolfgang biss sich in die Innenseiten der Wangen, das half gegen böse Erinnerungen genauso wie gegen den Reflex, um sich zu schlagen, wenn man gepackt wurde und niedergedrückt und ...

»Heeee, Biber.« Das Tappen nackter Füße auf dem Steinboden. Franz tauchte neben ihm auf. »Was schaust denn?«

Der Spitzname Biber gefiel ihm nicht. *Wolf* wäre ihm lieber gewesen, hätte sich gefährlicher angehört, auch wenn er natürlich wusste, dass er weit davon entfernt war, ein Raubtier zu sein. Er war kein Jäger, im Gegenteil. Er war einer von denen, die sich versteckten, duckten, tarnten. Die hofften, dass dann jemand anders gewählt und nach unten gebracht wurde. Nach draußen.

Zu den Schatten oder den Schmetterlingen.

»Hey!« Franz zerrte jetzt an ihm. »Gehen wir lieber zurück.«

Dass seine Angst größer war, fand Wolfgang verständlich. Franz war erst elf und klein für sein Alter. Die Gäste mochten ihn sehr, aber das schützte ihn leider nicht vor Rüdigers Stock oder Christas Gemeinheiten. Die Erzieherin hatte ihm gestern im Speisesaal den Teller auf den Boden gestellt und das Besteck weggenommen. »Der Franz«, hatte sie laut durch den Saal gerufen, »hat letzte Nacht wieder ins Bett gemacht.«

Allgemeines Gejohle. Wolfgang hatte auf die Tischplatte gestarrt. Er wusste, die anderen waren keine Arschlöcher, nicht von Grund auf böse oder so. Bis auf ein paar Ausnahmen. Die meisten hatten nur Angst und waren vor allem unendlich froh, nicht an Franz' Stelle zu sein, nicht diesmal, nicht heute. Sie schütteten ihren Spott über ihm aus, weil sie hofften, das würde auf magische Weise ein ähnliches Schicksal von ihnen fernhalten.

Wolfgang hatte hochgesehen, Lenis Blick aufgefangen. Sie saß an einem der Mädchentische, schmal und blass. Er nickte ihr aufmunternd zu, und sie lächelte. Das tat sie selten, denn schon jetzt war nicht zu übersehen, dass auch sie Vaters Zähne geerbt hatte. Hase nannten die anderen sie, Biber ihn, doch anders als er mochte sie ihren Spitznamen.

Zwei Jahre noch, dann war er fast fünfzehn. Dann würde er eine Lehre machen, hier weggehen und Leni mitnehmen. Sie würden ein Zimmer irgendwo haben, und Leni würde eine richtige Schule besuchen.

»Nachdem der Franz sich gern im eigenen Dreck wälzt wie ein Schwein, sollte er auch fressen wie ein Schwein«, schrie Christa. »Was meint ihr?«

»Jaaa!«, riefen sie, die Zöglinge, und klatschten, als Franz vor dem Teller auf alle viere ging. Wolfgang sah, wie sehr er versuchte, die Tränen zurückzuhalten, aber sein Kinn zitterte bereits. Christa stand vor ihm, die Hände vor ihren Bauchringen gefaltet, und schaute zufrieden auf ihn hinunter. »Friss schön, Franz. Bis der Teller leer ist. Dann überlegst du es dir beim nächsten Mal vielleicht, ob du wieder zu faul sein willst, aufs Klo zu gehen.«

Wolfgang beugte sich über sein eigenes Essen. Er konnte Franz nicht helfen, hier musste jeder selbst zurechtkommen. Immerhin tat es nicht weh, was Christa verlangte, wenn man vom verletzten Stolz einmal absah. Von der Würde, oder wie das hieß. Wie ein Schwein zu fressen war besser als das, was Wolfgang vor einem halben Jahr widerfahren war. Grund dafür war ein zerbrochenes Trinkglas gewesen. Rüdiger hatte ihm befohlen, Hose und Unterhose auszuziehen, sich über einen der Tische zu beugen und bei den zehn Stockschlägen mitzuzählen. Die anderen hatten ebenfalls mitgezählt, hatten gelacht, während er fast krepiert war vor Schmerz. Danach hatte er seine Sachen nicht zurückbekommen. Hatte sich nur im Unterhemd auf seinen Platz setzen müssen, halb nackt. Das ganze Mittagessen über war er gezwungen gewesen, so dazusitzen, dann hatte Rüdiger ihm die Unterhose zurückgegeben. Im Vergleich dazu war Franz noch gut davongekommen.

Jetzt stand er neben ihm am Fenster. »Komm wieder in den Schlafsaal«, drängte er und zog an Wolfgangs Pyjamaärmel. »Wenn sie uns erwischen …«

»Wir hören, wenn sie kommen, die sind doch nie leise«, gab er zurück. Vom keinem der Schlafsäle aus konnte man die Wiesen sehen, alle Fenster gingen zur Vorderseite hinaus. Von den großen Gangfenstern aus hatte man hingegen einen Blick über das ganze Gelände.

Nun hörte er Schritte, eine Etage tiefer, auf dem Mädchengang. Wolfgang lebte seit vier Jahren hier, seit auch Mutter gestorben war, und er kannte das Haus genau. Er konnte abschätzen, wann jemand sich näherte, welche Schrittgeräusche Gefahr bedeuteten. So wie es aussah, würden die Jungs heute in Ruhe gelassen werden.

Er spähte auf die Schattenwiese hinaus. Üblicherweise sah man dort Lichtkegel von Taschenlampen – erst die des Erziehers oder Gärtners, der den Gast an den Waldrand führte, in Richtung Kapelle. Oft auch in die Kapelle, wenn der Gast das wünschte oder das Wetter nicht mitspielte.

Dann ein zweiter Lichtkegel, der sich vom Haus her näherte. Die Lampe, hinter der Wolfgang immer wieder hinterhergestolpert war, Rüdigers Griff fest um seinen Arm.

Ein Stockwerk tiefer rumorte es, eine Tür quietschte in den Angeln, eine herrische Stimme schnauzte etwas. Eine leise, klagende Stimme antwortete. Eine Mädchenstimme. Was gesagt wurde, konnte Wolfgang nicht verstehen, aber den Tonfall kannte er.

»Nein!« Das Wort war ihm herausgerutscht, viel zu laut, er legte eine Hand über den Mund.

»Was ist denn?« Franz hatte den Ärmel immer noch nicht losgelassen, zog jetzt heftiger.

Wolfgang hörte selbst kaum, was er sagte, seine Stimme war nur ein heiseres Flüstern. »Ich glaube, das ist Leni.«

»Echt?« Franz' Erschütterung hielt sich in Grenzen. Er spähte nun auch durchs Fenster, aber noch kam niemand aus dem Haus. Dafür flackerte nun Licht zwischen den Bäumen, vom Trampelpfad links der Kapelle. Eine Silhouette wurde sichtbar, von hinten beleuchtet. »Schau mal, Kroko ist wieder da«, flüsterte Franz.

Oh, bitte nicht. Von allen Möglichkeiten war das eine der schlimmsten. »Das ... kannst du doch auf ... die Entfernung gar nicht sehen.« Wolfgang rang nach Atem, die Fensterscheibe beschlug. Er musste herausfinden, ob sie wirklich Leni herausgeholt hatten oder ob er sich irrte. Sie war erst acht, aber ehrlicherweise war er selbst auch nicht älter gewesen.

Kroko. Einmal hatten sie ihn zu ihm gebracht. Wolfgang hatte ihm nicht besonders gefallen, das hatte der Mann am Ende gesagt. Glück gehabt, denn der Name, den die Zöglinge ihm gegeben hatten, passte. Kroko biss gerne zu, so fest, dass die blau verfärbten Zahnabdrücke noch zwei Wochen später zu sehen waren. Der Jüngste der drei Martins hatte sogar ein Stück seines Ohrläppchens verloren.

Nun tat sich etwas an der Tür. Nicht am Haupttor, sondern

an einem der seitlichen Eingänge. Drei Gestalten traten heraus, zwei große und eine kleine, die sich schwach sträubte, während sie vorwärtsgezerrt wurde.

Es war immer noch nicht klar zu erkennen, aber das war auch gar nicht nötig. Wolfgangs Inneres krampfte sich zusammen. Er erkannte seine Schwester an der Haltung, an der Art, wie sie versuchte, sich zu befreien, mit Bewegungen, die etwas fast Entschuldigendes hatten.

Er löste sich vom Fenster, schüttelte Franz' Griff ab und rannte los. Die Treppe hinunter in den ersten Stock, dann weiter ins Erdgeschoss.

Das durften sie nicht tun, sie durften einfach nicht. Nicht mit Leni. *Er ist ein Gast,* hatte Rüdiger ihr sicher schon eingeschärft. *Du tust genau, was er sagt, verstanden? Und du schreist nicht herum.*

In Wolfgangs Kopf rauschte es, er sah und hörte nur noch undeutlich, was rund um ihn geschah. Das Haupttor, an dem er zuerst rüttelte, war verschlossen, aber das Nebentor nicht. Dort war Leni eben noch gewesen, jetzt war von ihr und ihren Bewachern nichts mehr zu sehen. Nur ein Lichtstrahl am Ende der Wiese, fast schon bei der Kapelle.

Er würde laufen, so schnell er konnte. Er würde Leni zurückholen, Kroko erklären, dass er an diesem Mädchen genauso wenig Spaß haben würde wie an ihm selbst. Schließlich war sie seine Schwester. Er würde notfalls einen großen Stein nehmen und …

Er rannte durch die Dunkelheit, stolperte zweimal, fiel hin. Wo waren die Lichter? Er sah nur noch eines, und nun hörte er einen Schrei, der alles durchdrang und dann abrupt abriss.

Weiter, wieso war diese Wiese so groß? Wo war das Licht hin, eben war es noch da gewe…

Ein Schlag in die Magengrube nahm ihm den Atem, ließ ihn zusammenklappen und ins feuchte Gras fallen. Wie aus dem Nichts war Rüdiger aufgetaucht, ein monströs großer Schatten vor dem dunklen Himmel. »Wahnsinnig geworden?«, blaffte er. Zwei Tritte, einer in den Rücken, einer gegen die Oberschenkel. Wolfgang heulte auf, wie ein Echo erklang ein höherer Schrei vom Wald her, brach mittendrin ab.

»Verzieh dich sofort zurück ins Haus!« Rüdiger versetzte ihm einen dritten Tritt, der auf den Schritt zielte, ihn aber verfehlte.

»Das ... ist ...«, keuchte Wolfgang, immer noch zusammengekrümmt, »Len...«

»Du blöde Sau«, zischte Rüdiger, »bist du taub? Zurück, habe ich gesagt.« Er packte ihn an den Haaren, zog ihn daran hoch. Wolfgang rang nach Luft, der Schlag in den Magen hatte auch die Rippen getroffen, jede Bewegung schmerzte. »Geh schon!« Es war eine Eisenstange, die Rüdiger in der Hand hielt und mit der er nun wieder ausholte.

Zwei unsichere Schritte. Noch zwei. Irgendwo hinter ihm war Leni, von der er nichts mehr hörte. Sein Atem und das Rauschen in seinen Ohren übertönte alles. Er ging. Jeder Schritt entfernte ihn weiter von seiner Schwester. Jedes Mal, wenn er langsamer wurde, versetzte Rüdiger ihm einen Schlag mit der Stange, nicht fest genug, um ihn niederzustrecken, aber ausreichend, um über seinen ganzen Körper hinweg Schmerzherde zu entzünden. Kleine Feuer, die sich zu einem Flächenbrand verbanden.

Er trieb Wolfgang ins Haus, dort aber nicht zurück in den Schlafsaal, sondern die Treppen hinunter. Neben der Küche gab es einen Raum, in dem ein Waschbecken hing, Mülltonnen standen und ausrangierte Möbel gestapelt wurden. Betonboden, Betonwände, kein Fenster. Rüdiger stieß ihn hinein. »Da bleibst du, Vollidiot.« Er warf die Tür zu, der Schlüssel drehte sich hörbar im Schloss. Wolfgang blieb in völliger Dunkelheit zurück.

Er hatte zu weinen begonnen, ohne es zu merken, und nun wurde es schlimmer. Das Schluchzen schüttelte ihn, es tat weh, er fand keine Stellung, in der die Schmerzen nachließen. Doch mehr als das quälte ihn das Wissen darum, wo Leni jetzt war. Wer bei ihr war. Was mit ihr passierte.

Er hatte ihr nie versprochen, dass er sie beschützen würde, weil ihm irgendwie klar gewesen war, dass das leere Worte sein mussten. Aber er hatte gehofft, dass er mit seinen Wünschen und Gedanken eine Art Sicherheitszone um sie herum würde schaffen können. Was Rüdiger sagte, war richtig: Er war ein Vollidiot.

Morgen würde er versuchen, Leni zu trösten. Ihr erzählen, dass er das auch schon erlebt hatte. Überlebt. Ihm wurde übel bei dem Gedanken, darüber sprechen zu müssen, aber Leni zuliebe würde er das. Gott, hoffentlich war der Gast nicht wirklich Kroko.

Wolfgang rollte sich auf dem Boden zusammen und spürte, wie die Kälte ihm in die Glieder kroch. Wie nach einiger Zeit sein Körper zu zittern begann. Er schloss die Augen.

Dass der nächste Tag angebrochen sein musste, bemerkte er nur daran, dass hinter den Betonwänden Küchengeräusche zu erahnen waren. Klirren, Scheppern, Türenschlagen. Der erste Versuch, sich aufzurichten, scheiterte. Beim zweiten schaffte er es unter Schmerzen. Schleppte sich dahin, wo er die Tür vermutete, und legte das Ohr ans Metall.

Ja, da waren Schritte und dumpfe Stimmen. Es würde nicht mehr lange dauern, dann kam sicher jemand und ließ ihn raus. Und dann ... würde er ganz ruhig bleiben. Nicht rumschreien, sich auch nicht über die Stockhiebe beschweren. So was heilte wieder, das war bisher immer so gewesen.

Er würde sich um Leni kümmern, sie beruhigen und trösten. Nach Bissspuren suchen. Fünf Schritte von der Tür entfernt setzte er sich hin und wartete. Es würde nicht mehr lange dauern.

Doch da irrte er sich.

Niemand kam. Die Küchengeräusche verebbten. Kehrten irgendwann wieder. Erstarben erneut. Was blieb, war die Kälte.

Es mussten der ganze Tag und die darauffolgende Nacht vergangen sein, bis endlich jemand Wolfgang holte. Es war eine Erzieherin namens Melanie, eine von den freundlicheren. Sie blieb im Türrahmen stehen. »Los, komm. Du musst dich duschen gehen.«

Das würde er, und auch aufs Klo wollte er unbedingt. Ein paarmal hatte er ins Waschbecken gepinkelt, alles andere hatte er sich verkniffen. Melanie geleitete ihn nach oben, der Schlafsaal war leer, der Aufenthaltsraum auch. Ein Blick auf die Wanduhr – vor einer halben Stunde hatte der Unterricht begonnen.

»Wasch dich, ich warte hier«, sagte die Erzieherin. »Danach gehen wir zum Direktor.«

Warum, wollte Wolfgang fragen, aber Melanie hatte die Tür schon von außen zugezogen. Er streifte seine Kleidung ab, jede Bewegung kostete Überwindung, dann sah er an sich hinunter.

Blauschwarze Muster überzogen seinen Körper, eine Landkarte der Schmerzen. Unter der Dusche wurde es nicht besser, das Wasser brannte auf der Haut. Frisch angezogen trat Wolfgang aus dem Schlafsaal hinaus. Melanie saß auf einem Stuhl und las Zeitung. »Fünf Minuten, ich muss etwas … nachsehen«, sagte er, und sie nickte geistesabwesend. »Aber nur fünf Minuten.«

Er quälte sich die Treppen hinunter. Die Tür zu dem Saal, in dem Leni schlief, stand ein Stück offen. Er klopfte vorsichtig und lugte hinein.

Ihr Bett war leer, und er schöpfte Hoffnung. Das hieß, es ging ihr nicht so schlecht, dass man sie krankgeschrieben hatte. Vielleicht war alles besser verlaufen, als er befürchtet hatte. Möglicherweise hatte er für ausreichend Störung gesorgt, sodass Kroko die Sache abgebrochen hatte. Dann hatten die Prügel sich auf jeden Fall gelohnt.

Mit leichterem Herzen stieg er die Treppe wieder hoch und folgte Melanie in die Direktion. Herr Priesnitz, der Direktor, winkte ihn heran, ohne von dem Schriftstück aufzusehen, das er gerade las. Er war ein kleiner, hagerer Mann mit Mittelscheitel. »Wolfgang Waschak?«

»Ja, Herr Direktor.«

»Setz dich. Ich habe schlechte Nachrichten für dich.«

Sie schmeißen mich raus, war sein erster Gedanke. Unter seiner Kopfhaut kribbelte es.

»Wolfgang, deine Schwester ist vorletzte Nacht davongelaufen. Wir wissen nicht, wo sie steckt.«

Blödsinn, wollte er reflexhaft widersprechen. Sie ist doch niemals ... sie wäre nie ohne mich gegangen. Doch dann überlegte er. Dass sie Kroko entwischt und einfach fortgerannt war – das konnte er sich vorstellen. »Haben Sie denn schon nach ihr gesucht?«

»Natürlich«, entgegnete der Direktor entrüstet. »Wir haben alles abgesucht, die Polizei ist ebenfalls informiert. Hast du eine Idee, wohin sie wollen könnte?«

Er überlegte. Es gab eine Tante in Salzburg, aber die hatte Leni höchstens zweimal gesehen, und da war sie noch sehr klein gewesen. Daran erinnerte sie sich bestimmt nicht mehr. Außerdem hatte sie kein Geld, wie sollte sie nach Salzburg kommen?

»Nein«, sagte er zögernd. »Aber vielleicht ist sie ja nur fortgerannt, weil sie Angst hatte? Dann kommt sie sicher wieder.«

Der Direktor klopfte mit seinem Bleistift auf die Tischplatte. »Wovor«, fragte er leise, »sollte sie denn Angst haben?«

Wolfgang umklammerte eine Hand mit der anderen. Er hatte Priesnitz nie nachts hier gesehen. Der Direktor verließ das Anstaltsgelände pünktlich um fünf. Er war nie dabei, wenn ... Dinge geschahen. Aber das hieß nicht, dass er nichts davon wusste. Falls er wirklich ahnungslos war – würde er Wolfgang dann dankbar für den Augenöffner sein?

»Also?« Ungeduld färbte die Stimme des Direktors. »Wovor? Hat einer der Erzieher ihr eine Ohrfeige verpasst? Dann soll sie sich nicht so anstellen, meine Generation hat noch ganz andere Erziehungsmethoden erlebt.« Erstmals lächelte er. »Eine harte Hand schadet euch allen nicht.«

Wolfgang wusste nicht, wie er es formulieren sollte. »Manchmal, wissen Sie, manchmal sind nachts Gäste hier. Kann sein, dass einer von denen ... gemein zu Leni war.«

»Gäste?« Energisches Kopfschütteln. »Hierher kommen keine Gäste, schon gar nicht nachts. Spinnst du? Hast du Albträume?«

Er wusste es also nicht. Oder tat so, was aufs Gleiche rauslief. *Fragen Sie Rüdiger,* hätte er sagen können. Oder: *Fragen Sie Gunther, der lässt sie immer rein.* Aber er schwieg. Leni war entwischt, das war gut. Sie war auf sich allein gestellt und erst acht, das war schlecht.

»Du weißt also nicht, wo sie sein könnte?«

»Nein. Leider. Aber finden Sie sie, bitte.«

Der Direktor entließ ihn mit einer Handbewegung. Melanie wartete nicht mehr an der Tür, also tappte Wolfgang langsam hinunter in den ersten Stock, in den Schlafsaal der Mädchen. Setzte sich auf Lenis Bett und streichelte das Kissen.

Er verpasste den Unterricht an diesem Tag, nicht aber das Mittagessen. Dünne Champignonsoße über fünf Kartoffeln und einem kleinen Stück Fleisch. »Wo warst du so lang?«, erkundigte sich Franz. »Wir haben schon gedacht, du bist weggerannt.«

»Nein. Ich wollte Leni helfen, aber sie haben mich erwischt und eingesperrt.« Wolfgang zerquetschte eine Kartoffel mit der Gabel und vermischte den Brei mit der Soße. »Weggelaufen ist Leni. Vielleicht hab ich Kroko so weit abgelenkt, dass sie ihm entwischen konnte. Rüdiger hat mich grün und blau gehauen, aber das war es dann wenigstens wert.«

Franz nickte mit vollem Mund. »Alles besser als Kroko.«

Was stimmte, wenn man von *Schlinge* absah. Aber der war lange nicht mehr hier gewesen. »Ich mache mir trotzdem Sorgen«, murmelte Wolfgang. »Sie war noch nie allein draußen in der Stadt. Sie wohnt hier, seit sie vier ist.«

Franz zuckte mit den Schultern. »Irgendwann muss sie jemanden um Hilfe bitten, und dann wird sie zur Polizei gebracht. Wirst sehen, morgen oder übermorgen ist sie wieder da.« Er säbelte ein Stück Fleisch ab. »Tut mir ja fast leid für sie.«

Nach den beiden Nächten, die er hinter sich hatte, fiel Wolfgang schon um acht ins Bett und musste sofort eingeschlafen sein. Er fand nur langsam ins Bewusstsein zurück, als etwas an ihm zog. Rüttelte. Nur widerwillig schlug er die Augen auf.

Es dauerte ein wenig, bis seine Augen sich an das Dunkel des Schlafsaals gewöhnt hatten und er erkennen konnte, wer vor seinem Bett hockte. Kurt, einer der Älteren. Fast schon fünfzehn Jahre alt. Einer, der nie viel sprach. »He, Biber«, flüsterte er jetzt. »Ich muss dir etwas sagen.«

Wolfgang wischte sich über die Augen. »Aha. Was denn?«

Kurt kratzte sich an der Brust. »Sie haben uns gestern eine

Sonderarbeit gegeben. Der Rüdiger war das. Mich hat er geholt, den Max und den Ernst.«

»Aha.«

»Sie haben gesagt, wir müssen ein Loch graben. Im Wald, ein Stück hinter der Schattenwiese. Da, wo letztes Jahr die Bäume gefällt worden sind.«

Die Müdigkeit vernebelte Wolfgangs Denken. Dass Kurt nur stockend sprach und immer wieder nach Worten suchte, machte die Sache nicht besser. »Und?«

»Es war ein ziemlich großes Loch. Recht tief. Und lang. Nur, damit du Bescheid weißt. Ich hab gedacht, du solltest … das wissen. Ja.« Er richtete sich wieder auf und ging zu seinem Bett zurück. Wolfgang drehte sich zur anderen Seite und schloss die Augen, ließ sich langsam vom Schlaf davontragen – und schrak hoch, bevor er endgültig wegdämmerte.

Ein Loch. Gegraben an dem Morgen, an dem man ihn nicht aus der Kammer neben der Küche gelassen hatte. Sehr tief. Und lang.

Jetzt begriff er, was Kurt ihm hatte sagen wollen, aber Kurt war nicht besonders hell, er war schon zweimal sitzen geblieben und malte während der Schulstunden meistens nur Panzer in seine Hefte. Amerikanische, russische und deutsche.

Das Loch war für Gartenabfälle gedacht. Oder es sollten neue Bäume gepflanzt werden. Wolfgang rollte sich unter seiner Decke zusammen, umfasste die Knie mit den Armen. Kurt irrte sich. Kurt sah Gespenster.

Am nächsten Morgen stahl Wolfgang sich schon um halb sechs Uhr aus dem Haus. Er lief den Weg zwischen den beiden Wiesen hinunter auf den Wald zu, ohne zu wissen, was er tun würde, wenn er dort war. Er glaubte, die Stelle zu kennen, von der Kurt gesprochen hatte. Bei der Kapelle musste man sich links wenden und dann ein Stück durch den Wald gehen.

Immer wieder warf er Blicke über die Schulter zurück. Sah jemand nach draußen? Um die Zeit wohl eher nicht, es wurde gerade erst hell. Zwischen den Bäumen angekommen, verschnaufte er für ein paar Sekunden, bevor er langsamer weiterging.

Dürre Äste knackten unter seinen Schuhen, Laub raschelte. Ein wenig rechts von ihm befand sich die Höhle, auch da hatte er ein paarmal ... Gäste getroffen. Vielleicht einen schnellen Blick hineinwerfen? Sie gab ein gutes Versteck ab, zumindest würde Leni das denken.

Er stieg durch die Öffnung und kämpfte gegen die heranströmenden Erinnerungen an. »Leni?«, hauchte er in die Dunkelheit.

Keine Antwort. Er tastete sich vorwärts, eine Hand immer an der Wand. Der Geruch nach feuchten Blättern beschwor weitere Bilder herauf, er biss die Zähne zusammen, aber lange ertrug er es nicht, und Leni war sowieso nicht hier.

Draußen nahm er einen tiefen Atemzug, bevor er die kleine Lichtung ansteuerte. Ja, hier war gegraben worden. Da und dort lagen kleine Häufchen dunkler Erde, und an einer Stelle, direkt vor einem der Baumstümpfe, wirkte der Boden ... merkwürdig. Er kniete sich hin. Einzelne Grassoden waren samt Erde abgetragen und danach zurückgelegt worden. Man konnte sie einfach abheben, wie Deckel von Töpfen. Über diese bewachsenen Schollen hatte jemand auffällig viel Laub und Äste gelegt. Ein paar Steine auch.

Wolfgang kniete da und atmete. Ein, aus. Ein. Sein Kopf fühlte sich an wie mit Sand gefüllt, schwer und zu keinem Gedanken fähig. Doch seine Hände begannen wie von selbst, Äste wegzuräumen, Blätter zur Seite zu fegen, Steine zu entfernen. Er sah ihnen dabei zu. Beobachtete, wie sie auf frische, dunkle Erde stießen, wie die Finger sich hineinkrallten. Mit wenig Erfolg, jemand hatte alles festgetreten, ohne Schaufel kam man hier nicht weit.

Doch Wolfgangs Hände wussten das nicht. Sie bohrten und kratzten den Grund auf, bis sie bluteten, hörten damit auch nicht auf, als der erste Fingernagel bis zum Fleisch einriss. Das Sandgefühl in seinem Kopf blieb, aber aus seinen Augen liefen Tränen, nahmen ihm die Sicht, fielen und versickerten. Er wusste nicht, warum er grub, wusste nicht, warum er weinte, beobachtete sich bei beidem, erstaunt und ein wenig mitleidig.

Die Sonne stand bereits über den Baumwipfeln, als der Boden ihn nicht mehr tiefer ließ. Er war zu fest, zu dicht. Wolfgangs Hände hörten auf zu graben. Sein sandschwerer Kopf zog ihn nach hinten, er fiel auf den Rücken. Blieb liegen.

Die Baumwipfel über ihm beschrieben einen perfekten Kreis, durch den man den Himmel sehen konnte. Das war eine Beobachtung, die er schon früher gemacht hatte. Egal, wo im Wald man sich hinlegte, immer formten die Bäume ein rundes Guckloch nach oben.

Das Blau war schön. Eine Federwolke trieb hindurch, verschwand. Wolfgang lauschte seinem eigenen Atem und lächelte. Hier würde er bleiben. Nach oben sehen, liegend. Es war das Einzige, was er sich vorstellen konnte. Vor allem anderen schreckte sein Bewusstsein sofort zurück. Er würde hier liegen und liegen und liegen und den Himmel sehen und die Wolken. Sie waren so schön.

Sie fanden ihn zur Mittagszeit, Gunther und Mirko, ein zweiter Gärtner. Er reagierte nicht, als sie ihm befahlen, aufzustehen. Er rührte sich nicht, als Gunther ihn in die Seite trat. Sie mussten ihn an Schultern und Füßen hochheben und den weiten Weg hinauf zur Hildenhöhe tragen.

Man brachte ihn nicht in den Schlafsaal, sondern in den Behandlungsraum des Schularztes, der zweimal die Woche vorbeikam. Heute war keiner dieser Tage, der Raum war leer. Wolfgang starrte jetzt die Decke an. Weiß statt blau. Mit Sprüngen, die aussahen wie dunkle Blitze.

Wenn er sich nie mehr bewegte, nie wieder sprach, einfach nur dalag, würde irgendwann auch das mit dem Atmen aufhören. Er würde werden wie ein Stein, der nichts brauchte und nichts spürte.

Eine Zeit lang funktionierte das, dann hörte Wolfgang vor der Tür ein Wispern. Zwei Männer, die gedämpft miteinander sprachen. Er bekam nur Satzfetzen mit; einer der Sprechenden war Gunther, den anderen erkannte er nicht.

»... wer da den Mund nicht gehalten hat.«

»Verstehe ich auch nicht, aber ...«

»... wird ein Problem. Die Behörden ...«

Wolfgang schaffte es nicht, wegzuhören.

»... am besten einsperren. Sonst haben wir ...«

»Oder ein Unfall ...«

»... müssen wir uns gut überlegen.«

Das, was er bruchstückhaft verstand, passte zu dem, was nicht sein durfte. Etwas in ihm zog sich schmerzhaft zusammen, und nun kehrte das Gefühl auch in den Rest seines Körpers zurück. In die wunden Hände, in den hämmernden Kopf.

Am späteren Nachmittag kam Melanie und versorgte die Schrammen, verband seine Finger. Schweigend. Das Abendessen bekam er ebenfalls in den Behandlungsraum gebracht. Gulasch. Er betrachtete die Fleischstücke in ihrer roten Soße. Noch ein Gefühl kehrte zurück: Hunger.

Er würde nicht zu Stein werden, sosehr er es auch versuchte. Sein Körper, das machte er unmissverständlich klar, wollte überleben. Wolfgang aß den ganzen Teller leer, langsam und bedächtig. Am besten einsperren, hatte Gunther gesagt. Noch war die Tür nur geschlossen, nicht versperrt.

Wolfgang legte sich wieder hin, mit dem Gesicht zur Wand. Er wartete, bis Melanie zurückkam, um den Teller zu holen. Es drehte sich kein Schlüssel im Schloss, als sie wieder ging.

Fünf Minuten später huschte er aus dem Zimmer. Verbarg sich unterhalb der großen Treppe, von dort konnte man den Ausgang sehen. Es war nach halb sechs, um diese Zeit mussten alle im Haus sein. Wer bis dahin nicht aus dem Garten zurück war, wurde bestraft. Auf die Art, die in der Hildenhölle üblich war. Niemand, der seine fünf Sinne beisammenhatte, verpasste die Sperrstunde.

Wolfgang sah sich gründlich um und lief geduckt zum Ausgang. Die Tür gab unter seinem Druck nach, die warme Luft des Spätnachmittags schlug ihm entgegen.

Das Gefühl, das ihn erfüllte, war nicht Angst.

Er würde nicht zurückkommen.

19.

Draußen hat der Morgen zu grauen begonnen. Zartrosafarbenes Licht füllt die alte Stube. Bibers Blick ist auf den Tisch und in die Vergangenheit gerichtet. »Ich habe mich durchgeschlagen«, sagt er. »In den Siebzigern war das noch machbar, ich war relativ groß für meine dreizehn Jahre und habe immer wieder Jobs gefunden. Als Kellner, auf dem Bau, einmal auf einem Autofriedhof. Das war am besten, da konnte ich in den alten Wracks schlafen.«

So, wie er es beschreibt, ist er nicht auf die schiefe Bahn geraten, anders als Franz. Ich denke an das Foto auf meinem Handy, den beinahe in zwei Teile getrennten Mann. Das Gesicht, das im Schrei erstarrt ist. Franz, der als Kind dazu gezwungen wurde, sein Essen auf allen vieren einzunehmen.

Meine Fragen sind nach Wolfgangs Erzählungen nicht weniger geworden, aber es sind andere. »Weißt du – also, hast du je herausgefunden, ob Leni wirklich auf der Hildenhöhe begraben worden ist?«

Er legt das Messer auf den Tisch, richtet es parallel zur Tischkante aus. »Ich bin acht Jahre später nachts zurückgekommen, betrunken, mit einem Freund. Und mit Schaufeln. Wir haben einen Meter nach unten gegraben und Knochen gefunden, in eine blaue Decke eingewickelt.« Er blickt um sich, als suche er nach etwas zu trinken. »Kleine, zarte Knochen. Keine Reste von Kleidung.« Er sieht mich an, als wäre er nicht sicher, dass ich begreife, was das bedeutet. »Sie haben ihr nicht einmal etwas angezogen, bevor sie sie verscharrt haben.«

Ich kann seine Wut fast körperlich spüren, als wäre sie ansteckend. »Hast du auch herausgefunden«, frage ich vorsichtig, »wie es passiert ist?«

»Ein Unfall, hat Gunther geschworen. Wir hatten ein ausführliches Gespräch, bevor ich ihm den Schädel zertrümmert habe. Er meinte, Kroko wäre panisch geworden, als er mich über die Wiese kommen hörte. Leni wäre ihm fast entwischt, er hätte sie gerade noch am Knöchel gepackt, ihr dann den Mund zugehalten. Mund und Nase. Ein wenig zu lange.«

Ich höre mich selbst tief Luft holen, als könnte ich gegen das Ersticken des kleinen toten Mädchens anatmen. Gunther, auf den ich bei meiner ersten Internetsuche zu Tassani gestoßen bin. Ein Mann, weit über sechzig Jahre alt, der nahe seinem Haus erschlagen wurde. Ich erinnere mich auch an Tassanis Andeutung, dass es wohl eine Verbindung zwischen diesem Mord und den Grabschändungen gäbe. Eines der Symbole war sowohl da als auch dort aufgetaucht. »Du hast Gunther wiedergefunden?«

»Ja. Mit der Hilfe von Franz, Gabi und Beate. Der Kinderheimskandal vor ein paar Jahren war sehr nützlich. Er hat ein paar von uns wieder zusammengeführt, und jeder wusste ein bisschen etwas. Beate zum Beispiel, wie Gunther mit Nachnamen hieß.«

»Und Gunther«, spinne ich den Faden weiter, »wusste, wer eure Gäste waren.«

»Oh ja.« Biber lächelt grimmig. »Davon hat er ziemlich gut gelebt. Zuerst durch seine – wie soll ich sagen – Vermittlertätigkeit. Dann dank seines Wissens. Dass er diskret war, haben sich einige viel kosten lassen. Aber es wurde weniger in den letzten Jahren, denn die Gäste sind nach und nach gestorben, und damit ist eine Geldquelle nach der anderen versiegt.«

Das Morgenlicht fällt auf die rechte Hälfte von Bibers Gesicht. Auf Falten, Bartstoppeln, den abgewetzten Kragen seines billigen Pullovers. Er sieht müde aus und irgendwie –

ausgebleicht. Als hätte die Zeit die Farben aus ihm herausgewaschen.

»Du hast eines der Zeichen bei ihm angebracht, oder? Das für die Schmetterlings- und Schattenwiese.«

Er streicht sich über den Nacken. »Habe es ihm auf die Stirn gezeichnet. War genug Blut dafür da.«

Tassani steht auf der richtigen Seite des Gesetzes, aber eigentlich will ich nicht, dass er Biber erwischt. »Warum holt ihr die Leute aus ihren Gräbern?«

»Ist das Einzige, was wir ihnen noch antun können. Die sind alle zu leicht gestorben.« Er lächelt schief. »Bis auf Mechendorff vielleicht. Der hat sich umgebracht. Aber nicht aus schlechtem Gewissen. Er war krank.«

Mechendorff. Ohne die Fotos auf dem Handy fällt mir die Zuordnung nicht leicht. Oder doch: Er war der, dessen Grabplatte Franz erschlagen hat. »Vor seinem Grab habe ich letztens eine Frau gesehen. Sie war ganz in Schwarz gekleidet und hat sich halb totgelacht.«

Bibers Blick ist unergründlich. »Sie wird ihre Gründe gehabt haben.«

Er sagt mir nicht alles, so viel ist klar. Er gräbt mit riesigem Aufwand alte Knochen aus, riskiert dabei sogar, dass einer seiner Freunde zu Tode kommt. Für eine Rache, die der Übeltäter gar nicht mehr mitkriegt? Kaum.

»Sind sie alle schon tot, eure ... Gäste?«

Er öffnet den Mund. Schließt ihn dann wieder. »Die meisten«, sagt er dann. »Viele von ihnen waren Mitte der Siebziger schon älter.« Er richtet sich auf. »Jetzt du. Vor wem genau versteckst du dich?«

Es zu erklären, die ganze widerwärtige Geschichte zu erzählen, schaffe ich nach dieser langen Nacht nicht mehr. Stattdessen ziehe ich mein Shirt in die Höhe, so weit, dass man beide Einschussnarben sehen kann. »Ich verstecke mich vor denen, die das hier gemacht haben.« Umdrehen, die Striemen von Andreis Bestrafungen sind heute nur noch silbrige Linien. »Und das hier.« Pullover wieder runter, aufstehen, Hose öffnen, bis zu den Knien schieben. Die keilförmige Narbe am Oberschenkel ist immer noch dunkelrosa. »Und das hier.«

Wolfgang nickt, interessiert, aber nicht sonderlich beeindruckt. »Namen willst du keine verraten?«

»Die würden dir nichts sagen. Die meisten sind Russen. Oder waren es, bis ich ihre Papiere gefälscht habe.«

»Hm. Und die lauern bei deiner Wohnung?«

Der schwarze BMW, der schwarze Vito. »Ich fürchte, ja. Außer, sie sind gestern noch mit der Polizei aneinandergeraten. Die wollte mich am späten Nachmittag besuchen.« Bei der Vorstellung versagt meine Fantasie. Hat es dann eine Schießerei im Haus gegeben? Oder haben Andreis Leute beizeiten Lunte gerochen und sind abgezogen? Das halte ich für wahrscheinlicher, und in dem Fall sind sie längst wieder zurückgekehrt. So leicht lassen sie sich nicht aufhalten.

Ich weiß nicht, wohin ich soll; erst müsste jemand mir verraten, was genau in den letzten zwölf Stunden passiert ist. Mit Eileen Kontakt aufnehmen wäre gut. Ich muss herausfinden, was sie mit ihrer Textnachricht gemeint hat.

Was hast du getan?
Ich kann das einfach nicht glauben.
Sie suchen jetzt nach dir.

»Wir könnten einen Deal machen«, unterbricht Biber meine Gedanken. »Ich sehe mich unauffällig bei deiner Wohnung um. Die Polizei sucht nicht nach mir, stimmt's?« Er senkt den Kopf, hält meinen Blick mit seinem fest. »Stimmt's?«

»Stimmt.« Aber nur, weil Tassani mich nicht hat zu Wort kommen lassen. Sonst hätte er jetzt einen Namen.

»Ich tue das, wenn du mir im Gegenzug dabei hilfst, in Mechendorffs Grab zu kommen.«

Ich muss mich verhört haben. »Wie bitte?«

»Stell dich nicht an. Du kennst dich auf dem Friedhof aus. Ich kann es nicht alleine machen, Gabi ist seit Franz' Tod völlig verstört. Sie glaubt, dass sie schuld ist, aber das stimmt natürlich nicht, es war der Wagenheber. Und den hat Franz selbst mitgebracht.«

»Was ist mit dieser Beate?«

»Sie war nie dabei. Sie ist gehbehindert. Bei der Recherche war sie unbezahlbar, aber sie käme nie über die Mauer.«

Der Tausch ist nicht fair. Biber muss nur einen schnellen Rundgang um mein Wohnhaus machen und vielleicht kurz das Ohr an die Wohnungstür legen. Im Gegenzug müsste ich …

Aber das kommt nicht infrage. »*Ultra posse nemo obligatur*«, murmle ich, weil es einerseits passt und ich andererseits Bibers Reaktion darauf sehen möchte. Wie erwartet zuckt er zusammen.

»Den Spruch kennst du?«

»Ja. Ich habe auf dem Friedhof einen Ring gefunden, in den er eingraviert war.«

»Ha! Du warst es, die ihn gefunden hat?«

»Ja. Jetzt hat ihn leider die Polizei, sorry, aber ich habe ihn vorher geputzt.«

Etwas fliegt von außen gegen die Fensterscheibe, ein großes Insekt. Wir wenden beide blitzartig den Kopf. Gejagte, denke ich.

»Es war eine Art Bündnisring«, sagt Biber nach ein paar Sekunden. »Für die, die sich nicht billig abspeisen lassen wollten. Der Spruch war ein solcher Hohn für uns – *man kann von keinem verlangen, wozu er nicht fähig ist.*« Er lacht auf. »Und wie sie das von uns verlangt haben.«

Ich würde gerne meine Hand auf seine legen, aber vielleicht würde er das falsch verstehen. »Die Sache mit dem Grab ...«, sage ich vorsichtig.

»Du wirst nicht die sein, die nach unten steigt«, sagt er. »Wir haben diesmal einen besseren Wagenheber, einen, der bis zu fünfzig Tonnen hält, und ich übernehme den gefährlichen Teil. Aber ich brauche jemanden oben, der verlässlich ist, gute Augen hat und mir hilft, falls etwas schiefgeht.« Er streckt den Rücken. »Es war deine Idee, dass wir einander unterstützen sollten.«

Das ist wahr, bloß hatte ich dabei etwas anderes im Sinn. »Du kannst nicht mit meinem Auto zu meiner Adresse fahren. Falls die Polizei dort wartet, erkennt sie es.«

»Kein Problem. Wir stoppen bei der Schlosserei. Ich nehme einen Firmenwagen.«

Nach kurzem Nachdenken nicke ich. Rekapituliere, was ich Tassani über Biber erzählt habe. »Du solltest eine andere Jacke tragen. Und niemandem die Zähne zeigen.«

Es ist Samstag, der Betrieb ist geschlossen, doch als langjähriger Mitarbeiter hat Biber einen Schlüssel. »Du wartest hier hinten im Büro. Mach dir Kaffee und lies eine von Astrids Frauenzeitschriften. Die Geringergasse kenne ich, ich schätze, ich bin in einer Stunde wieder hier.« Er hat zwei Schlüsselbunde in den Händen. Den für meine Wohnung und den für die Schlosserei. »So lange schließe ich dich hier ein. Nur für den Fall, dass du geplant hattest abzuhauen.«

Hatte ich nicht. Ich nicke gleichgültig; sollte Biber nicht wiederkommen, weil ihn beispielsweise die Karpins aus dem Verkehr ziehen, schaffe ich es schon irgendwie hier raus. Ich ziehe mich in das kleine Büro zurück und mache es mir auf einem abgewetzten Polstersessel so bequem wie möglich. Draußen wird die Tür geöffnet, geschlossen und abgesperrt.

Erst jetzt merke ich, wie erschöpft ich bin. Ich greife mir wahllos eine Zeitschrift vom Kaffeetisch und blättere darin, aber der Inhalt dringt nicht bis in mein Bewusstsein vor. In Gedanken fahre ich mit Biber mit, parke in der Geringergasse, sehe mich nach den beiden schwarzen Autos um. Schlendere zur Haustür, schließe auf.

Ob er in die Wohnung geht? Dort ein wenig herumstöbert? Die Vorstellung, dass er das Gewehr finden könnte, verursacht mir Unbehagen.

Es dauert nicht lange, und ich lasse die Zeitschrift sinken. Ein bisschen ausruhen wäre gut. Die Augen schließen und mir überlegen, wie ich weitermachen soll, wenn die Karpins das Haus immer noch belagern. Dass ich Biber ausreichend Vertrauen schenke, um ihm meine Adresse und die Schlüssel zu geben, zeigt, wie zermürbt ich bin.

Wie müde.

Ob die Polizei das Handy im Zug schon gefunden hat? Ob ...

Rütteln an der Schulter, ich fahre auf, unterdrücke einen Schrei. Biber steht vor mir, ich habe ihn nicht zurückkommen gehört, ich muss eingeschlafen sein. Der Blick, mit dem er mich mustert, hat sich verändert. Ist wachsamer und in gewisser Weise respektvoller als zuvor.

Der Schlaf klingt noch in mir nach wie ein starkes Echo. Ich strecke mich. »Warst du in der Geringergasse?«

Biber nickt stumm.

»Und? Hast du die Autos gesehen, die ich dir beschrieben habe?«

Kopfschütteln. Er blickt zur Seite.

»Okay. Warst du auch im Haus? In der Wohnung?«

Nun sieht er mich doch an. »Ich bin ja nicht verrückt.« Noch bevor ich fragen kann, wie er das meint, tritt er einen Schritt zurück und hebt anklagend den Zeigefinger. »Du hast mir gesagt, du hast zwei Menschen auf dem Gewissen, schon wahr, aber du hast mir nicht gesagt, dass du einen davon eben erst beseitigt hast.«

»Wie bit...«

»Jetzt nicht scheinheilig werden! Ich habe dir erzählt, was ich auf dem Kerbholz habe, dagegen hast du mir nur den Typen im Keller gezeigt und ein paar Narben. Hast geheimnisvolle Andeutungen gemacht, um mich unmittelbar danach mitten in ein Großaufgebot der Polizei zu schicken!«

Mir wird heiß, die Hitze breitet sich vom Magen her in alle Richtungen aus. »Ein Großaufgebot? Bei mir zu Hause?«

Er kneift die Augen zusammen, als wollte er auf mich zielen. »Damit muss man rechnen, nicht wahr? Wenn man eine Leiche in der Wohnung liegen hat!«

»Eine Leiche?« Mein Herzschlag ist so laut, dass ich mich selbst kaum sprechen höre. Dann müssen Tassani und die Karpins wirklich aufeinandergetroffen sein.

Was hast du getan?

Ich kann das einfach nicht glauben.

»Das war ich aber nicht!« Ich balle die Hände zu Fäusten, damit sie aufhören zu zittern. »Hast du mehr herausgefunden? Wer ist der Tote? Oder ist es eine Frau?«

Er beißt sich mit seinen Nagetierzähnen auf die Unterlippe. Scheint zu überlegen, ob ich wirklich überrascht bin oder Theater spiele. »Keine Ahnung«, sagt er dann. »Ich habe nur ein paar Sätze mit einer Mieterin aus dem Nebenhaus gewechselt. Sie hat gesagt, die Polizei hat in der Wohnung einer gewissen Carolin Bauer einen Toten gefunden, und diese Frau Bauer sei jetzt sehr verdächtig, aber niemand weiß, wo sie steckt.« Er verschränkt die Arme vor der Brust. »Niemand außer mir.«

Es ist Tassani, denke ich, einer der Russen hat Tassani abgeknallt oder abgestochen, sie hatten das Überraschungsmo-

338

ment auf ihrer Seite. Es mir in die Schuhe zu schieben, ist ein Kinderspiel. Ich muss es irgendwie schaffen, das Land zu verlassen, falsche Papiere habe ich zum Glück bei mir, sie liegen im Kofferraum, gleich bei der Walther.

Aber das Auto, das Auto ist ein Risiko. Ich brauche ein anderes, und ich brauche Bargeld.

»Unser Deal gilt natürlich nach wie vor«, höre ich Biber sagen. »Mir egal, ob du das warst oder nicht, ich habe meinen Teil der Abmachung eingehalten. Jetzt bist du dran. Heute Nacht, halb zwei, wir treffen uns direkt an Mechendorffs Grab.«

»Sonst?« Beinahe möchte ich lachen. »Gehst du zur Polizei? Wenn sie mich erwischen, habe ich auch Dinge zu erzählen, das ist dir klar, oder?«

Er lächelt. »Ich gehe nicht zur Polizei. Ich regle meine Angelegenheiten selbst, ich dachte, das hättest du kapiert. Ich würde auch diese Sache selbst regeln. Ich lasse mich von dir nicht verarschen.«

Ich stütze meine Stirn in die Hände. »Halb zwei. Alles klar.«

»So, und jetzt musst du leider hier raus. Nicht ausgeschlossen, dass der Chef heute Nachmittag aufkreuzt, und der hätte kein Verständnis.«

Ich stehe auf, die Zeitschrift gleitet zu Boden. »Ich weiß nur nicht, wohin ich …«

»Dir fällt etwas ein«, sagt er und zieht die linke Augenbraue hoch. »Notfalls gibt es ja das Häuschen im Wald.«

Er stößt mich beinahe auf die Straße, sperrt die Schlosserei ab und dreht sich im Gehen noch einmal über die Schulter zu mir. »Halb zwei«, sagt er und verschwindet um die Ecke.

Ich verschwinde auch, einfach aus Instinkt. Verdrücke mich in die nächste Seitengasse, überlege, für den Rest des Tages aus der Stadt zu fahren, irgendwohin ins Niemandsland.

Doch dann sickert langsam die Erkenntnis in mein Bewusstsein, dass es durchaus einen Ort gibt, an dem mich niemand suchen wird. An dem ich mich verstecken kann. Für den ich die Schlüssel habe. Ich mache kehrt und gehe zu meinem Auto – ein- oder zweimal werde ich noch eine Fahrt damit riskieren müssen.

Rund um das Haus, in dem Alex wohnt, ist nicht viel los. Ich marschiere zielstrebig auf die Eingangstür zu, niemand schenkt mir Beachtung. Möglichst leise gehe ich die Treppen hoch.

Ohr an die Tür pressen. Von drinnen ist nichts zu hören; wenn ich doch jemanden vorfinden sollte, werde ich behaupten, ich käme zum Blumengießen. Außer es ist einer von Andreis Leuten. Für die hätte ich vorsorglich die nun geladene Walther in ihrem Einkaufskorb mit.

Die Hand, in der ich den Schlüssel halte, bebt. Noch einmal lausche ich an der Tür, dahinter ist es ruhig, dafür höre ich jetzt jemanden unten das Haus betreten und den Aufzug rufen. Er setzt sich geräuschvoll in Gang, und ich schiebe den Schlüssel ins Schloss.

Seit meinem letzten Besuch hat sich nichts verändert. Es ist ein wenig stickig in der Wohnung. Ein kurzer Rundgang durch alle Zimmer – ich bin allein. Erleichtert stelle ich den Einkaufskorb auf die Couch und lasse mich daneben fallen. Bis halb zwei Uhr nachts muss ich noch eine halbe Ewigkeit totschlagen.

Totschlagen, keine gute Wortwahl. Die Ungewissheit ist wie eine unerträglich juckende Stelle, an der ich mich nicht kratzen kann. Ich wünschte, ich könne Eileen anrufen. Eine Leiche in der Wohnung, hat Biber gesagt.

Eine Leiche.

Ich sitze da und starre die Wände an, die unmerklich näher zu rücken scheinen. Alex scheint kein Festnetztelefon zu besitzen, aber selbst dann könnte ich einen Anruf in der Blumenhandlung nicht riskieren.

Ich frage mich, ob Matti schockiert ist oder ob er die zusätzliche Aufmerksamkeit genießt. In Sachen Caro Bauer ist er der unangefochtene Experte auf dem Friedhof. Kein Albert, kein anderer kann ihn da ausstechen. *Ich habe immer schon gewusst, dass mit ihr etwas nicht stimmt,* wird er sagen. *Merkwürdiges Mädchen. Verschlossen, wenn ihr wisst, was ich meine. Hat nie von sich selbst erzählt.*

Ich werde ihn nie wiedersehen, ihn nicht und auch Eileen nicht. Vielleicht, wenn alles sich klärt und ich lang genug lebe, kann ich mich in ein paar Jahren melden.

Die Couch ist wie ein Magnet, der mir meinen letzten Rest Durchhaltevermögen entzieht. Ich bin so müde, aber ich wage es nicht, einzuschlafen. Wer sagt, dass nicht heute der Tag ist, an dem jemand hier nach Alex sucht? Das müsste eigentlich längst passiert sein, aber mit jedem Tag wächst die Wahrscheinlichkeit ...

Die Augen drohen mir zuzufallen. Ich stehe auf, gehe ins Badezimmer und schwappe mir kaltes Wasser ins Gesicht. Aber es ist klar, dass ich das nicht bis zum Abend durchhalten werde. Warum also nicht gleich ein wenig ausruhen?

Ich nehme die Walther aus dem Korb, überprüfe, ob sie wirklich gesichert ist, und lege mich hin, die Waffe in der Hand. Der Schlaf trägt mich nicht davon, es ist eher, als würde er mich niederschlagen, und ich lasse es dankbar geschehen.

Als ich aufwache, ist es fast fünf Uhr. Einige Sekunden lang herrscht Leere in meinem Kopf, bis die ganze Last der Situation sich erneut auf meine Schultern senkt. Die Leiche in der Wohnung. Alex in der Hütte. Die nächtliche Verabredung auf dem Friedhof.

Arme und Rücken schmerzen von der Arbeit der vergangenen Nacht; ächzend stemme ich mich von der Couch hoch. Mein Blick fällt auf den Computer. Das verdammte Scheißding, das ich nicht entsperren kann, sonst hätte ich immerhin die Möglichkeit, über das Internet zu erfahren, was bei mir zu Hause passiert ist, und …

Moment. Ich versuche, meine Schlaftrunkenheit abzuschütteln. Wer sagt, dass ich das Passwort nicht längst kenne? Bei den Versuchen, das Notebook zu knacken, hat Alex mir zwei Vorschläge gemacht …

Ich setze mich auf den Drehstuhl und schalte den Rechner an. Die Passworte kamen ihm damals flüssig über die Lippen, er musste nicht lange darüber nachdenken. Dass sie ihm in dieser Situation so spontan eingefallen sind, kann ich mir nicht vorstellen. Ich konzentriere mich.

Alles4Alex. Oceans22blue.

Ich gebe das erste der beiden ein, es kommt mir erfolgversprechender vor, doch ich bekomme nur eine Fehlermeldung. Beim zweiten Passwort wappne ich mich für den nächsten Fehlschlag – doch der Ozean lässt den Anmeldebildschirm verschwinden und legt die Desktopoberfläche frei. Mit einem Seufzen lehne ich mich zurück. Bingo.

Sofort verbindet der Computer sich mit dem WLAN. Während ich den Browser öffne, werden im Hintergrund die ersten von insgesamt dreihundertachtunddreißig ungelesenen Mails abgerufen.

Beklommen und mit trockener Kehle tippe ich die Adresse einer Newsseite ins Eingabefeld. Ich muss nicht lange suchen, der Mord in meiner Wohnung ist eines der beherrschenden Themen. *Mann mit drei Schüssen getötet, Verdächtige untergetaucht,* lautet der Titel. Da steht »Mann«, nicht »Polizist«, das heißt, es ist wohl nicht Tassani, der erschossen wurde.

Die Leiche eines 68-jährigen Mannes wurde in einer Miet-

wohnung im elften Wiener Gemeindebezirk gefunden, lese ich weiter. *Die Polizei stieß auf den Toten, als sie die Mieterin der Wohnung zu einem laufenden Fall befragen wollte.*

Doch ein Irrtum, denke ich erleichtert, ich kenne niemanden in diesem Alter, ich ...

Dann gleitet mein Blick in die nächste Zeile, und ich begreife, auch wenn alles in mir sich dagegen wehrt, weil es so unerträglich ist, so unfair. So herzzerreißend traurig.

Bei dem Toten handelt es sich um einen Nachbarn der Frau, ein Motiv ist noch nicht bekannt. In der Wohnung der Verdächtigen wurde eine nicht registrierte Waffe gefunden.

Ich lasse das Gesicht in die Hände sinken. Norbert, sie haben Norbert umgebracht. Er wollte mir Bücher leihen. Hat er an der Tür geklingelt, und Andreis Leute haben ihm geöffnet? Oder hat er sie zufällig dabei erwischt, wie sie das Schloss geknackt haben?

Er wollte nett zu mir sein, und sie haben ihn erschossen. Der Hass wallt so heftig in mir auf, dass ich schreien könnte, dass ich am liebsten die Einrichtung hier zertrümmern würde. Das Gefühl ist übermächtig, es lässt keinerlei Platz mehr für Angst. Wüsste ich, wo, würde ich mich auf die Suche nach Andreis Killertrupp machen. Die Kraken ist futsch, aber die Walther genügt. Tod durch Bauchschuss, das geht nicht schnell, das schmerzt wie die Hölle. Das wäre angemessen.

Ich krümme mich auf dem Stuhl zusammen, heule aus Wut, aus Trauer, aus Hilflosigkeit. Ich würde mich so gerne bei Norbert entschuldigen, dafür, dass ich ihn in meine Nähe gelassen habe, obwohl ich wusste, dass in meiner Nähe Menschen sterben. Ich habe überhaupt nicht mehr an ihn gedacht in den letzten Tagen, das macht es doppelt schlimm. Wenn ich trotz der dunklen Ahnungen beim Anblick der Autos in die Wohnung gegangen wäre, würde er dann noch leben? Wären wir beide tot?

Ich weiß nicht, wie lange ich so sitze und allem, was in mir tobt, freien Lauf lasse, aber irgendwann ist es vorbei. Meine Wut ist kein unkontrollierbarer Sturm mehr, sie fühlt sich jetzt eher an wie eine frisch geschliffene Klinge. Mein Kopf ist überraschend klar.

Ich muss Wien verlassen, wenn ich nicht noch andere Menschen in Gefahr bringen will, die mit mir in Kontakt stehen. Eileen. Matti. Paula. Ich muss außerdem den Opfer-Modus ablegen, dieses verschreckte Um-die-Ecken-Schleichen. Kein Verstecken mehr, Gegenangriff. Ich werde es den Karpins heimzahlen, und dabei ist Norberts Tod nur ein Punkt auf einer langen Liste.

Der Gedanke, mich Tassani zu stellen, streift mich nur flüchtig. Man wird mir den Mord kaum nachweisen können, dafür aber unerlaubten Waffenbesitz und Freiheitsberaubung, mindestens. Ein Gefängnisaufenthalt wäre für mich keine Lebensversicherung, eher im Gegenteil. Andreis Arm reicht in viele Zellen.

Ich schließe meine Trauer weg, lasse sie zusammengekauert in einem hinteren Winkel meines Bewusstseins ruhen, und wende mich wieder dem Computer zu. Effizienz hat jetzt Vorrang. Ich will sehen, was ich Nützliches in Alex' Daten finde. Ob überhaupt irgendetwas. Ich beginne mit den gespeicherten Dokumenten, doch die machen keinen vielversprechenden Eindruck. Hauptsächlich Uni-Zeug, nichts Verfängliches.

Nächste Station: der Fotoordner. Bilder von Bergen, von Partys, von Strandurlauben. Alex mit Schwimmweste in einem Kajak, Alex beim Skifahren vor sonnenbeschienenen Berggipfeln. Alex mit Freunden in einem Gastgarten. Alex mit einer sehr hübschen Blondine im Arm ...

Ich zoome das Foto größer. Täusche ich mich, oder kenne ich das Gesicht? Die Frau sieht aus wie die Journalistin, die nach den Friedhofsvorfällen immer wieder aufgetaucht ist. Vielleicht war meine Vermutung falsch, und sie hat nicht für irgendein Medium recherchiert, sondern nach Alex gesucht.

Ich stöbere weiter, finde noch zwölf Fotos, auf denen sie allein oder mit Alex gemeinsam zu sehen ist. Die Solobilder wirken wie Schnappschüsse, so, als hätte die Frau nicht bemerkt, dass eine Kamera auf sie gerichtet ist. Auf den Paarfotos trägt sie ausnahmslos eine Sonnenbrille und sieht ernst drein. Auch auf dem, das die beiden in einer Kabine des Wiener Riesenrads zeigt. Kein Duckface, keine Pose. Alex' Blick hängt fast hündisch an ihr, nur auf einem Bild lacht er in die Kamera, mit weit geöffnetem Mund. Als hätte er eben im Lotto gewonnen.

Spätestens jetzt bin ich überzeugt davon, dass Eileen ihn nie interessiert hat. Die Fotos sind etwa sechs Wochen alt, und niemandem, der sie sieht, kann verborgen bleiben, wie verliebt Alex in die Blonde ist.

Ich wechsle in den Browser, öffne Facebook, doch dort scheint Alex kein Profil zu haben. Auf Twitter und Instagram ebenfalls nicht, das ist schade. Mit etwas Glück hätte ich die Frau unter seinen Freunden und Followern gefunden.

Wenn sie mit ihm zusammen ist, warum sucht sie ihn auf dem Friedhof und nicht in seiner Wohnung? Ich klicke die Fotos wieder zu und öffne das Mailprogramm. Es gibt zwar kaum noch Paare, die sich Mails schreiben, aber vielleicht haben Alex und Blondie sich ja so viel zu sagen, dass Tippen auf WhatsApp zu mühsam ist.

Es hat sich viel angesammelt in Alex' Abwesenheit. Das meiste davon dürfte Werbung sein. Ich überfliege die obersten Betreffzeilen, und mein Blick bleibt an einer davon hängen. Ungläubig, doch ich habe mich nicht verlesen. Zufall, ist mein erster Gedanke. Irrtum, mein zweiter. Unmöglich, mein dritter.

Die E-Mail ist die vierte von oben. Der Absender nennt sich *Dorogoi Dlinnoyu*. Das ist eines von Andreis Lieblingsliedern, ein russisches Volkslied, das ich ihn unzählige Male habe brummen oder pfeifen hören. Die Melodie kennt man auch bei uns, da wurde sie unter dem Titel *Those were the days, my friend* berühmt.

Die Betreffzeile lautet *Koschetschka*.

Kätzchen.

Andreis bevorzugter Kosename für mich; so nannte er mich auch dann, wenn er mich gerade verprügeln ließ oder seine Pistole auf mich richtete. *Du machst mich heute gar nicht froh, Koschetschka.*

Meine Hand ist schweißnass, ich wische sie an den Jeans ab, bevor ich nach der Maus greife und die Nachricht öffne. Sie ist erstaunlich lang, und es besteht kein Zweifel daran, dass Andrei sie persönlich diktiert hat, jemandem, der sein Deutsch korrigiert. Seine Persönlichkeit ist durch die Zeilen so spürbar, dass ich beim Lesen seine Stimme zu hören glaube.

Koschetschka,
ich weiß nicht, ob du diese Botschaft finden wirst, aber mein Gefühl sagt mir, dass die Chancen dafür nicht schlecht stehen. Daher zuallererst: Glückwunsch. Ich dachte lange, dass du tot bist, du hast mich erfolgreich getäuscht, das gebe ich gern zu.
Dein Riecher ist besser geworden. Du hast Alexander nicht über den Weg getraut, und du hast ihn aus dem Verkehr gezogen. Ich bin mir sicher, dass es so ist, denn wir haben den Kontakt zu ihm verloren. Seitdem er fort ist, stand für mich fest, dass du wirklich in Wien bist, und das hat sich bestätigt, vielen Dank.
Jetzt sitzt du also in seiner Wohnung. Wenn du das liest,

überwachen wir sie derzeit nicht, Glück gehabt, noch einmal Gratulation. Genieße deinen Triumph, genieße auch alles andere. Dass du Arme und Beine hast, Augen und Zunge. Dass du atmest. Ein und aus und ein und aus. Genieße es, solange es dauert.

Du weißt, ich bin neugierig, ich wüsste gern, was du mit Alexander gemacht hast. Ihn erschossen, so wie wir den alten Mann in deinem Haus? Du hättest ihn sehen sollen, er war so erschrocken. Hat noch gefragt, ob du in Ordnung bist, bevor die Kugeln kamen.

Oder hast du ein Messer genommen? Ich weiß, wie sehr du Messer magst. Wie hast du Alexander verschwinden lassen? Du hast viel bei mir gelernt, ich bin stolz, dass du es so geschickt anwenden kannst.

Bist du auch schon so gespannt, wie es weitergeht? Wann wir dich erwischen und wie? Es sollte nicht mehr zu lange dauern, ich habe Verstärkung nach Wien geschickt. Einige deiner alten Freunde. Wenn sie dich lebend zu mir bringen, bekommen sie einen Bonus. Sie sind so motiviert, es ist fast drollig! Sie haben noch nie jemanden umgebracht, der schon tot ist. Das wird eine ganz neue Erfahrung für uns alle.

Ich hoffe, wir sehen uns noch einmal persönlich, bevor es vorbei ist. Ich möchte dir von Angesicht zu Angesicht sagen, dass ich dir nicht böse bin, weil du Alexander getötet hast. Das gilt nicht für alle von uns, aber ich nehme es dir nicht übel. Wenn er sich stümperhaft angestellt hat, hat er es nicht besser verdient.

Fühlst du dich nicht schrecklich alleine?

Bis bald, mein Mädchen.

Dorogoi Dlinnoyu.

Atmen. Ein und aus und ein und aus. Es ist, als wäre die Welt auf mich und diesen Bildschirm zusammengeschrumpft. Mein Blick gleitet zurück zum Anfang der Mail. *Koschetschka, ich weiß nicht, ob du diese Botschaft finden wirst …*

Er wusste es nicht, aber er hat es geahnt. Er ahnt sicher auch, wie sehr die Nachricht mich aus meiner ohnehin zweifelhaften Balance bringt. Ich lese sie dreimal, viermal. Womit er mir droht, was er andeutet, schockiert mich nicht. Dass er mich auf hässliche Weise töten wird, wenn er mich in die Finger bekommt, ist mir seit Langem klar. Aber dass er mir an Alex' Adresse schreibt, fühlt sich unheimlich an. Als könnte er jeden meiner Schritte vorhersehen. Dann endlich setzt mein Denkvermögen wieder ein. Andrei schreibt nichts über Robert, das ist vielleicht ein gutes Zeichen. Wenn sie ihn auch getötet hätten, hätte er mir das ebenso genüsslich unter die Nase gerieben wie Norberts Tod.

Die wertvollste Information, die Andrei mir gibt, ist, dass Alex definitiv zu seinen Handlangern zählt, das nimmt gefühlte Tonnengewichte von meinem Gewissen. Ein Stümper scheint er trotzdem zu sein, er hat dem Clan nicht zweifelsfrei sagen können, dass ich die bin, die sie suchen. Er hat es nicht geschafft, ein brauchbares Foto zu schießen. Dass sie auf der richtigen Spur sind, haben sie lediglich aus seinem Verschwinden geschlossen. Mittlerweile sind sie sich dessen natürlich sicher, denn sie waren in der Wohnung der Blumenverkäuferin, auf die er angesetzt war. Haben dort wohl die Beerdigungsfotos gefunden und vermutlich auch die Kraken.

Ich könnte Tassani die Mail zuspielen und hoffen, dass er ihren Ursprung erheben lässt, aber das wird nicht das Geringste nützen. Sie kommt nicht von Andreis Computer, sie kommt wahrscheinlich nicht einmal aus dem Land, in dem er sich aufhält. Er sorgt immer dafür, dass man nichts bis zu ihm zurückverfolgen kann.

Ich werfe einen Blick auf die Sendezeit der Nachricht. Sie ist etwas über achtzehn Stunden alt. Andrei hat sie nach dem Mord an Norbert verfasst, und er tut so, als wäre er dabei gewesen. Ist das denkbar? Dass er sich nach Wien gewagt hat?

Nein, er schreibt ja, er hätte Verstärkung hergeschickt, die mich zu ihm bringen soll. Er schreibt außerdem, dass sie einen Blick auf Alex' Wohnung haben.

Die Vorstellung, dass der Trupp, der gestern Norbert getötet hat, jetzt vielleicht draußen steht, setzt sofort die körperliche Reaktion in Gang, die ich so gut kenne. Schweißnasse Hände, beschleunigter Puls, Magenschmerzen. Ich atme tief durch und lese noch einmal die Zeilen, die Andrei über den »alten Mann« schreibt.

Du hättest ihn sehen sollen, er war so erschrocken. Hat noch gefragt, ob du in Ordnung bist, bevor die Kugeln kamen.

Es wirkt. Wut und Hass löschen alles andere aus. Ich gehe in die Küche und suche die Schublade mit den Küchenutensilien.

Ich weiß, wie sehr du Messer magst.

Allein dafür, für diesen Satz, würde ich Andrei gern zeigen, wie geschickt ich mit ihnen umgehen kann.

Ich finde ein Filetiermesser, dessen Klinge lang und scharf ist. Dann drucke ich die Mail zweimal aus, schalte den Computer ab und werfe einen Blick durch den Türspion. Niemand zu sehen.

Viele Wohnhäuser haben mehr als einen Ausgang. Über Garagen, Müllräume und Fahrradkeller kommt man mit etwas Glück an einer anderen Seite nach draußen, durch schmale, unauffällige Türen.

Das ist auch hier der Fall. Eine Metalltür, die sich mit dem gleichen Schlüssel sperren lässt wie die Eingangstür an der Front. Dahinter stehen vier Müllcontainer, vom Gehweg getrennt durch ein kurzes Mäuerchen, das einen perfekten

Sichtschutz abgibt. Mit dem Messer in der Hand spähe ich nach allen Seiten, entdecke aber weder auffällige Menschen noch auffällige Autos.

Besser, ich riskiere es jetzt als später, wenn es dunkel ist und die Straßen verlassener. Die Hand mit dem Messer in der offenen Tasche, gehe ich die zwei Straßen weiter zu meinem Auto. Versperre es von innen und checke die Dashcam.

Niemand hat sich dem Wagen genähert, durch die Fenster gesehen oder gar daran herummanipuliert. Die Polizei kennt mein Auto, die Karpins hoffentlich noch nicht. Auf Nebenstraßen fahre ich aus der Stadt, in Richtung Westen. Der Abend ist hereingebrochen, und ich suche mir eine einsame Stelle in den Hügeln des Wienerwalds, um von der Stadt Abschied zu nehmen, die mir für über ein Jahr Unterschlupf war.

Zwischen Föhren und Buchen lege ich mich auf den Boden und blicke in den dunkler werdenden Himmel. Was Biber erzählt hat, stimmt: Die Wipfel der Bäume bilden einen perfekten Kreis. Vielleicht ist es auch für mich an der Zeit, einen Kreis zu schließen.

Ich hole den Ausdruck von Andreis Mail hervor und lese sie mir noch einmal durch. *Bis bald, mein Mädchen,* schreibt er. *Dorogoi Dlinnoyu.* Die beiden russischen Worte bedeuten »an der langen Straße«.

Ich hätte zurückschreiben können. Ihn verfluchen, das hätte ihn getroffen, denn er ist abergläubisch, auch wenn er das niemals zugeben würde. Er hat ein Medaillon, das er jedes Mal küsst, wenn etwas ihm gelungen ist.

Bis bald an der langen Straße also. Ich bleibe liegen, bis ich friere und der Abend schwarze Nacht geworden ist. Denke an Norbert und dich und all die anderen, die nicht mehr da sind. Was ich vorhabe, ist zweifellos verrückt, aber jetzt, beim Blick in den Sternenhimmel, erscheint es mir wie die einzige Möglichkeit.

Zuvor gilt es noch ein Versprechen einzulösen. Und eine Rechnung zu begleichen. Ich könnte Biber natürlich auch im Stich lassen, zumal seine Racheaktion unvernünftig ist – was bringt es ihm, ein solches Risiko einzugehen, nur um Knochen von Kinderschändern ans Tageslicht zu befördern? Aber ein Teil von mir versteht ihn. Er hat nach langen Jahren herausgefunden, wer die Männer waren, die sich an ihm und den anderen vergangen haben. Er kann Tote nicht mehr zur Rechenschaft ziehen, aber er kann sie trotzdem bloßstellen, in gewisser Weise.

Zur Gänze überzeuge ich mich mit dieser Erklärung nicht, mein Entschluss steht dennoch fest. Ich werde oben Wache halten, während er ins Grab klettert und tut, was er für nötig hält. Dann werde ich verschwinden. Dahin, wo niemand mich vermutet.

20.

Es ist ein Uhr nachts, als ich mein Auto in der Nähe der Feuerhalle parke. Mein Plan ist, wieder über den Hof der Blumenhandlung auf den Friedhof zu gelangen. Aus dem Kofferraum hole ich einen schwarzen Hoodie und ziehe ihn mir über, stecke die Stirnlampe mit frisch gewechselter Batterie in die Bauchtasche und marschiere los. Als ich auf halbem Weg bin, fährt eine Polizeistreife an mir vorbei, ich erstarre innerlich, aber sie verlangsamt ihr Tempo nicht. Allerdings kommt sie vor dem Haupteingang zum Stehen. In Sichtweite des Blumenladens.

Aus der Entfernung beobachte ich, wie zwei Beamte aussteigen und einen prüfenden Blick rundum werfen, dann setzen sie sich wieder in den Wagen und fahren langsam weiter.

Ich warte noch zwei Minuten, dann husche ich zum Laden. Der Zweitschlüssel ist an der üblichen Stelle versteckt, zum Glück. Ich danke Matti stumm für seine Unbedachtheit oder sein Vertrauen, je nachdem.

Beim Betreten des Geschäfts hüllt der vertraute Blumenduft mich ein, täuscht mir für ein paar Sekunden eine Sicherheit vor, mit der es längst vorbei ist. Ich schalte kein Licht an, ich finde den Weg in den Hof auch blind.

Die Leiter liegt da, wohin ich sie zuletzt verräumt habe, und mein Versuch, sie zur Mauer zu schleppen, läuft nicht geräuschlos ab. Jedes Mal, wenn ich damit irgendwo dagegen schlage, erstarre ich in der Bewegung und halte die Luft an. Doch es scheint niemand hier zu sein, den mein Getöse misstrauisch machen könnte. Als die Leiter endlich an Ort und Stelle steht, lehne ich mich neben ihr an die Wand.

Eine Stunde, sage ich mir. So viel Zeit werde ich Biber opfern, keine Minute länger. Ich verdanke ihm Klarheit, was die Ereignisse in meiner Wohnung betrifft, aber diese Schuld ist mit einer Stunde Wachehalten abgegolten. Sollte er länger brauchen, muss er ohne mich auskommen.

Ein Blick auf die Uhr, ich bin spät dran, aber anfangen kann er auch ohne mich. Halb unwillig, halb anderswo in Gedanken, klettere ich hoch und setze mich auf die Mauerkrone. So wie in der Nacht, als ich Biber zum ersten Mal bei seinem Werk beobachtet habe. Noch während ich die Leiter auf die andere Seite ziehe und versuche, ihr stabilen Stand zu verleihen, sehe ich, wie sich von der Straße her blaue Lichter nähern.

Wenn jemand aufmerksam aus dem Autofenster späht, sieht er mich möglicherweise als dunkle Silhouette gegen den Nachthimmel ragen. Das fehlt gerade noch. Ohne lange nachzudenken, setze ich einen Fuß auf die Leiter und klettere hinunter aufs Friedhofsgelände.

Die Blaulichter ziehen vorbei, und ich mache mich auf den Weg zu Gruppe 47B, meine Stirnlampe lässt die Grabsteine lange Schatten werfen. Mir ist unbehaglicher zumute als beim letzten Mal, als ich durchs Gras gekrochen bin. Um diese Zeit zwischen den Grabreihen herumzulaufen, fühlt sich merkwürdig an. Als wären die Toten nachts weniger tot. Als würden sie mich beobachten. Das rote Flackern an den Grablaternen, die vereinzelten Rufe der Waldohreulen wecken in mir Assoziationen, die ebenso klischeehaft wie albern sind.

Dann ein Geräusch hinter mir, das nicht wie das eines Tieres klingt. Ich fahre herum, aber da ist niemand. Natürlich nicht, Biber kommt sicher von der anderen Seite.

Schneller gehen. Ich laufe die Mauer zum evangelischen Friedhof entlang, da vorne müssen die Gruppen 16F und 16H sein, zwischen denen ich nach links muss. Es ist nicht mehr weit, in ein paar Minuten ...

Jemand greift nach meiner Schulter, packt zu, reißt mich zurück. Mir entfährt ein heiserer Laut, zu gedämpft, um ein Schrei zu sein, im nächsten Augenblick legt sich eine Hand auf meinen Mund. *Biber, du Idiot,* denke ich mit rasendem Herzen, doch der Mann, der jetzt zu sprechen beginnt, ist nicht Biber.

»Mach keinen Aufstand, Caro. Hat doch keinen Sinn.«

Ich kenne die Stimme. Atme gegen die Hand an, die sich immer noch auf meinen Mund presst. Was soll der Scheiß?

Vor den Toren des Friedhofs fahren wieder Polizeiwagen vorbei, diesmal mit Sirene, aber die Töne verzerren und verlieren sich schnell, als die Autos sich entfernen.

»Tut mir echt leid, dass ich das tun muss. Aber du weißt ja, ich hab Schulden.«

Endlich gelingt es mir, mich halb aus seinem Griff zu winden, ich drehe den Kopf, die Stirnlampe strahlt Albert ins Gesicht. Ich zerre seine Hand von meinem Mund. »Was soll das, bist du irre?«

»Sei still.« Sein Arm liegt um meinen Oberkörper, er presst meinen Rücken gegen seine Brust. »Wir bringen das jetzt schnell hinter uns.«

Ich winde mich in seinem Griff, trete nach hinten. »Was denn? Bist du verrückt? Was willst du von mir?«

Sein zweiter Arm drückt gegen meinen Hals, hindert mich am Sprechen, am Schreien, gleich auch am Atmen. »Sie zahlen mir dreihunderttausend«, murmelt er. »Weiß auch nicht, warum sie dich so dringend loswerden wollen, aber ich brauche das Geld. Ehrlich, und fünfzigtausend haben sie mir schon gegeben, die müsste ich sonst … zurückzahlen.«

Sie. Ich muss nicht weiterfragen, wen er damit meint. »Das ist doch Irrsinn! Du konntest überhaupt nicht wissen, dass ich herkomme!«

»Stimmt. Ich habe schon letzte Nacht auf dich gewartet.

Das war ihre Anweisung. Sie haben ein Auge auf deine Wohnung und ich auf den Friedhof ...« Er jault auf, als einer meiner Tritte sein Schienbein trifft, aber er drängt mich weiter vorwärts. Sein Arm drückt gegen meinen Kehlkopf, jedes Mal fester, wenn ich versuche, mich zu befreien.

Biber, wo zum Teufel steckt Biber? Mein verbissener Kampf lässt die Stirnlampe verrutschen, nach unten bis zum Kinn, bis auf Alberts Arm. Obwohl er auch nicht mehr genau sehen kann, wohin wir gehen, verlangsamt er sein Tempo kein Stück. Läuft an 47H und 47C vorbei, und mein Widerstand erlahmt. Es ist der richtige Weg, dort hinten wird Biber auf mich warten, und er wird keine Hemmungen haben, Albert ebenso zu erschlagen wie Gernot Nadler.

Dass ich es aufgegeben habe, mich zu wehren, lässt Albert seinen Griff endlich lockern. Ich bekomme mehr Luft. »Wofür sollst du die dreihunderttausend kriegen?«, krächze ich. »Dafür, dass du mich umbringst? Oder anderswo hinbringst?«

»Sei still, Caro«, keucht er. »Mir macht das hier keinen Spaß, aber es rettet mir den Arsch, weißt du? Und sie haben mir erzählt, du hast auch Leute auf dem Gewissen ...«

Die Vorstellung, dass er mich gleich an Andreis Schergen übergibt, verleiht mir neue Kräfte. Während ich ausschlage und zu beißen versuche, puzzelt sich in meinem Kopf einiges zusammen, aber das ist jetzt nicht wichtig, erst muss ich Alberts Griff entkommen. Wo steckt Biber?

Vielleicht bekommt er in der Dunkelheit nicht mit, was los ist, und ist in Deckung gegangen. Gruppe 47B liegt direkt vor uns, doch ich entdecke nirgendwo das Licht einer Taschenlampe.

Luft holen. »Lass – mich – los!« Ich versuche, laut zu sein, aber nach dem ersten Wort drückt Albert wieder so fest zu, dass es mir den Atem nimmt. In mir steigt Panik auf. Ich bin schon Alex' Würgeversuch mit der Kette nur knapp entkommen, da, wo sie sich ins Fleisch gedrückt hat, schmerzt es immer noch. Albert hat vergleichsweise viel mehr Kraft, sein Griff ist wie Eisen, und er strengt sich bisher nicht besonders an.

Die Stirnlampe baumelt an ihren Riemen vor mir hin und her; eine ruckartige Bewegung bei unserem Gerangel lässt sie nach oben schnellen, und in diesem kurzen Moment sehe ich, wohin Albert mich zerren will: zu einem offenen Grab, vor dem ein Bagger steht.

Er will mich verscharren, mich töten und vergraben. Das Grab sieht aus, als wäre es bereit für eine Beerdigung morgen, aber wenn ich mich nicht schnell befreie, wird es heute Nacht schon eine geben.

Ich verdopple meine Anstrengungen. Versuche, mit meinen Ellbogen seine Magengrube zu treffen, werfe den Kopf nach hinten – ein Schlag gegen die Nase, und er würde locker lassen. Doch Albert gibt mir keine Chance. Je wilder ich strample, desto fester drückt er mir die Kehle zu.

Bibers Schwester kommt mir in den Sinn, Leni, und dass sie auf ähnliche Weise gestorben sein muss. Ich kämpfe alle meine Instinkte nieder und lasse mich schlaff in Alberts Griff sinken. Als wäre ich bewusstlos geworden.

Er hat nicht damit gerechnet, dass er plötzlich mein ganzes Gewicht halten muss, das ist spürbar. Beinahe lässt er mich zu Boden gleiten, doch dann packt er mich unter den Schulterblättern und den Kniekehlen und hebt mich hoch.

Hätte ich etwas Spitzes in der Hand, könnte ich es ihm in die Augen stechen. So lasse ich mich bloß schlaff hängen und hoffe auf eine Gelegenheit, um die Situation zu meinen Gunsten zu drehen. Hoffe auf Biber, der irgendwo hier sein muss.

Sekunden später geht ein kurzer Ruck durch Alberts Körper. »Ist ja noch viel besser«, murmelt er und beschleunigt seine Schritte. Ich blinzle mit hängendem Kopf in die Dunkelheit. Was meint er?

Dann sehe ich es, wieder durch ein Schlenkern meiner Stirnlampe: Wir stehen mitten in Gruppe 47B, da liegt Siegmund Mechendorffs Grab – und es ist bereits offen. Ein monströs großer Wagenheber hält die Steinplatte, der Spalt ist über einen halben Meter weit. Albert steuert mit großen Schritten darauf zu, und ich mache mich innerlich bereit. Biber hat schon vorgearbeitet, wo steckt er jetzt?

So zu tun, als würde ich nicht mitbekommen, dass wir uns dem offenen Grab nähern, wird von Schritt zu Schritt schwieriger. »Haben wir sie doch glatt vertrieben, die Grabschänder«, erklärt Albert meinem schlaff hängenden Körper. »Das Gute ist: Wenn dich jemand findet, wird man es ihnen in die Schuhe schieben.«

Nicht reagieren. Nicht reagieren. Abwarten. Wir sind jetzt fast da. Ich kann schon in das Grab hineinsehen, kann in sein weit aufgesperrtes steinernes Maul blicken. Albert geht davor in die Hocke, ächzend.

Das ist der Moment, in dem er am angreifbarsten ist. In dem ich seine instabile Haltung ausnutzen kann. Ich spanne meine Muskeln an, versetze ihm einen Faustschlag ins Gesicht, und prompt lässt er mich fallen. Ich liege halb im Gras, halb auf ihm und mühe mich, auf die Beine zu kommen. Schaffe es. Jetzt den Weg zurücklaufen, einfach zurück und raus, schnell!

Mein Atem geht pfeifend, meine Kehle schmerzt stärker als zuvor, aber ich setze einen Fuß vor den anderen, beginne zu laufen. In dem Moment, in dem ich mich noch einmal umsehe und versuche, Biber zu entdecken, holt Albert mich ein. Ein Stoß in den Rücken, ein Tritt in die Seite und dann ein Schlag gegen den Kopf, der die Welt verschwinden lässt.

Es dröhnt. Der Bagger, denke ich. Der Bagger. Ich muss weg. Wenn ich die Augen öffne, ist alles dunkel. Meine Hände greifen in Erde und etwas Fasriges. Ich will mich aufrichten, aber meine Arme tragen das Gewicht meines Oberkörpers nicht.

Das Dröhnen wird lauter. Kommt es von außerhalb? Oder ist es in meinem Kopf? Ich lege ihn wieder ab. Egal, alles.

Später, irgendwann. Kein Dröhnen mehr, dafür Schmerzen, als würde jemand an meinem Schädelknochen sägen. Ich greife mir an den Hinterkopf, finde eine walnussgroße Schwellung, um die herum mein Haar sich klebrig anfühlt. Es ist stockdunkel. Ich setze mich auf, taste meine Umgebung ab, während langsam die Erinnerung zurückströmt. Unter mir Erde, rechts und links von mir Erde. Über mir Stein. Wenn ich sitze, bleiben nach oben etwa zehn Zentimeter.

Das taube, schwere Gefühl, das von mir Besitz ergreift, sagt mir, dass das nun das Ende ist. Ich werde hier sterben, wahrscheinlich verdursten, nicht ersticken. Die Steinplatten schließen meist nicht luftdicht ab, sonst würde die Verwesung der Toten verlangsamt oder sogar verhindert ...

Verwesung. Ich presse mich an die feuchte Wand. Denken ist immer noch schwierig. Das ist das Grab, das Biber schon geöffnet hatte. Jetzt ist es geschlossen. Das war Albert. Albert, der von den Karpins bezahlt wird.

Wie sind sie ausgerechnet an ihn gekommen?

Das Bild einer blonden Frau blitzt durch mein Bewusstsein, zu schnell, als dass ich etwas damit anfangen könnte. Ich lege mich wieder hin, auf die kalte Erde. Hauptsache, die Kopfschmerzen lassen nach.

Ich habe geschlafen. Wahrscheinlich. Und jede Orientierung in der Zeit verloren. Immerhin liefert mein Gedächtnis mir wieder zusammenhängende Erinnerungen. Ich wollte Biber helfen und bin Albert in die Falle gegangen, der für die Karpins den Friedhof im Auge behalten hat. Wo hat er mir aufgelauert? In der Nähe der Blumenhandlung, vermutlich. Denn wenn ich zurückkommen würde, dann, um dort ein paar Stunden zu schlafen oder mir Geld für die Flucht zu holen. Das muss die Logik der Karpins gewesen sein.

Haben die Totengräber Friedhofsschlüssel? Egal, irgendwie ist er durch ein Tor oder über die Mauer gekommen. Die Details spielen in meiner Lage keine Rolle mehr.

Mein Hals brennt, innen und außen, schon jetzt wünsche ich mir etwas zu trinken, und das wird noch viel schlimmer werden. Wenn ich wüsste, wie spät es ist, könnte ich abschätzen, ob vielleicht Leute in der Nähe sind. Ob es sinnvoll ist, um Hilfe zu rufen. Aber es dringt kein Licht nach unten.

Ich richte mich wieder auf. Versuche, Risse oder Spalten in der Grabplatte zu erfühlen. Wenn es regnet, wird dann Wasser heruntertropfen? »Hallo!«, rufe ich, versuche ich zu rufen, aber es kommt nur heiseres Krächzen aus meinem Mund, das niemand hören wird. Wahrscheinlich sind die Stimmbänder gequetscht. Ich greife mir an die Kehle, und meine Finger streifen kühles Metall.

Die Stirnlampe. Sie baumelt immer noch um meinen Hals. Mit ein wenig Glück ist sie nicht kaputtgegangen, und Glück habe ich mir wirklich verdient.

Ein Druck mit dem Daumen, und das Licht geht an, strahlt auf meine schmutzigen Jeans und die Erde, auf der ich sitze.

Auch rund um mich ist Erde. Wände, durch die sich Wurzeln ziehen. Etwa ein Meter freier Raum zwischen dem Boden und dem Steindeckel.

Ich kann meine Umgebung nun sehen, aber ich fühle mich nicht besser, im Gegenteil. Erst jetzt ist mir klar, wie wenig Platz hier ist. Dringt wirklich Luft nach unten? Plötzlich habe ich das Gefühl, sie wird knapp – wahrscheinlich Einbildung, trotzdem geht mein Atem flacher.

An einer der Grabwände ist ein Fleck dunklerer Erde, dort ist sie fast schwarz, und mir wird erst mit Verzögerung klar, dass wohl Franz Kerschbaums Blut sie verfärbt hat. Ohne es zu wollen, habe ich wieder das Bild seines abgequetschten Oberkörpers und seines verzerrten Gesichts vor Augen. Die andere Hälfte, bauchabwärts, war hier, wo ich jetzt bin. Mein Magen hebt sich ein Stück.

Ganz ruhig, sage ich mir. Ziehe mir das Halteband der Lampe über den Kopf und leuchte das Grab gründlicher aus. Erde, Erde, Erde und ... morsche Holzsplitter. Ich sehe genauer hin. Da, wo ich vorhin gelegen habe, ragen rotbraune, fasrige Späne heraus. Ich fege sie mit der Hand beiseite und lege immer größere Stücke eines zerfallenden Sargdeckels frei. Die Schicht Erde, die man darüber geschüttet hat, scheint dünn gewesen zu sein und ist wohl zu den Seiten nach unten weggerutscht.

Hat mein Körper den Sarg zertrümmert, als Albert mich ins Grab geworfen hat? Möglich. Ich fege weitere Erde weg, weil ich zwischen den Holzsplittern etwas schimmern sehe.

Eine Uhr mit goldenem Metallband, die über ein Stück Stoff ragt, das einmal dunkelgrau gewesen sein könnte. Unterarmknochen, Fingerknochen, so weiß, als hätte jemand sie abgekocht. Der Anblick erfüllt mich mit Dankbarkeit; in Gräbern mit Steinabdeckungen verwesen Leichen oft nicht oder nur unvollständig. Es ist schlimm genug, wie es ist; den engen Raum hier mit einem vertrockneten oder wächsernen Siegmund Mechendorff teilen zu müssen, hätte ich nicht ertragen.

Jetzt sehe ich auch noch einen Ehering, der lose am vorletzten Finger der rechten Hand hängt. Eigenartig, normalerweise werden die Toten ohne Schmuck bestattet. Vielleicht ist das mein Glück. Die Uhr ist aus Metall, damit kann ich von unten gegen die Grabplatte klopfen und hoffen, dass jemand es hört und die Friedhofsverwaltung verständigt. Ein Stein wäre noch besser als eine Uhr, aber sosehr ich auch herumleuchte, ich finde keinen, der groß genug wäre.

Die Aussicht darauf, etwas für meine Rettung tun zu können, lässt meine Mutlosigkeit ein Stück weichen. Ich breche morsche Sargstücke ab, lege immer mehr des Sarginhalts frei. Ein knöcherner Unterkiefer wird sichtbar.

Als ich versuche, den Öffnungsmechanismus der Uhr zu finden, streift meine Hand durch die Erde etwas Glattes. Es fühlt sich nicht nach Anzugstoff an, eher nach – Plastik.

Das Metallband der Uhr lässt sich nicht mehr öffnen, durch das jahrelange Liegen in der Erde ist die Faltschließe wie verschweißt. Eine Sekunde lang zögere ich, dann trenne ich die Hand von den Unterarmknochen. Ohne Muskeln, Sehnen und Fleisch hält ohnehin nichts mehr zusammen. Trotzdem berühre ich die Knochen nur ungern, führe mir aber vor Augen, dass ich schon sehr viel Schlimmeres getan habe, und nehme die Uhr an mich.

Im Schein meiner Stirnlampe glänzt etwas, nicht golden, sondern transparent; Plastik, wie ich vermutet habe. Ich ziehe es unter den Fingern des Gerippes hervor und wische die haften gebliebene Erde ab.

Ein Frühstücksbeutel, verschließbar, in dem sich ein Briefumschlag befindet. Er sieht unversehrt aus, das Plastik hat Feuchtigkeit und Ungeziefer ferngehalten.

Ein Abschiedsbrief, letzte Grüße der Familie? Ich öffne den Beutel und taste den Umschlag ab. Wie Briefpapier fühlt der Inhalt sich nicht an. Er ist dicker, stabiler. Und geht mich nicht das Geringste an, abgesehen davon, dass ich völlig andere Probleme habe.

Doch meine Finger haben das Kuvert schon aufgerissen,

bevor ich noch den bewussten Entschluss dazu gefasst habe. Der Inhalt rutscht heraus. Fotos.

In der Erwartung, Porträtbilder von Geschwistern, Kindern, Enkeln zu finden – es passiert nicht selten, dass Toten dergleichen mit in den Sarg gegeben wird –, begreife ich zuerst nicht, was ich sehe. Und dann wird es klar, dann wird alles klar. Das, was Biber mir nicht sagen wollte. Der wahre Grund für die Graböffnungen, für das hohe Risiko, das er und seine Kumpane eingegangen sind.

Auf den Bildern sind Männer zwischen dreißig und sechzig zu sehen, mit Kindern, geschätzt zwischen sechs und zwölf. Jemand hat die *Gäste* bei ihrem Tun fotografiert, und das nicht heimlich, wie es scheint. Manche grinsen geradezu in die Kamera, einer hält den Daumen hoch.

Das hier ist ein Beweis für die Vorfälle auf der Hildenhöhe, es wird ausreichend Experten geben, die nachweisen können, dass es sich nicht um Fotomontagen handelt.

Wie sicher die Männer sich gefühlt haben müssen. Zu Recht. Der Fotograf war vermutlich einer von ihnen, es war Spaß unter Freunden. Niemand hat sie je zur Verantwortung gezogen, sie haben friedlich weitergelebt und sind friedlich gestorben; meinen Nachforschungen zufolge wohlhabend. Haben diese Fotos möglicherweise selbst besitzen wollen; Kinderpornografie war in den Siebzigerjahren schließlich noch nicht so leicht zu bekommen wie heute. Sich an Toten zu rächen ist sinnlos, sie bloßzustellen ebenfalls, vor allem, wenn niemand weiß, warum es passiert. Aber diese Fotos erklären es.

Ich blättere die Bilder durch, eines nach dem anderen. Versuche, nicht auf die Kinder zu sehen, sondern nur auf die Täter. Ich weiß, wie Klessmann, Harbach, Berkel und Mechendorff im Alter ausgesehen haben – erkenne ich sie auch mit faltenfreien Gesichtern und vollem Haar?

Einen erkenne ich auf jeden Fall, und mir ist sofort klar, dass er es ist, um den es geht. Denn er lebt noch. Er ist deutlich älter als auf diesem Bild, aber die Züge sind so markant, dass kein Zweifel daran besteht, um wen es sich handelt. Um Ulrich Pilus. Den Justizminister.

Die Veröffentlichung dieses Fotos würde eine Bombe hochgehen lassen, das ist Biber natürlich klar. Der Skandal würde Schlagzeilen in aller Welt machen. Und als Tüpfelchen auf dem i muss dann nur noch jemand Polizei und Presse zu einer kleinen Lichtung an der Hildenhöhe führen. Ob nach so langer Zeit noch etwas von Leni übrig geblieben ist?

Ich schichte die Fotos wieder zu einem Stapel und stecke sie in meine Jackentasche. Selbst, wenn ich hier sterbe und man mich erst in ein paar Monaten findet, wird man sie bei mir entdecken. Dass die Polizei sich den toten Mechendorff noch einmal genauer ansieht, ist weniger gewiss.

Aber so weit ist es noch nicht, ich habe durchaus vor, das hier zu überleben. Wie einen Schlagring lege ich die Uhr um meine Hand und beginne, damit gegen die Steinplatte zu schlagen. Rhythmisch und mit Pausen dazwischen. All die neuen Fragen, die mir nun durch den Kopf gehen, kann ich mir ohnehin nicht selbst beantworten.

Woher wusste Biber von den Fotos und wo sie zu suchen sind? Wer hat sie Mechendorff in den Sarg gelegt und warum? Ich klopfe, pausiere, klopfe, horche. Keine aufgeregten Stimmen, niemand klopft zurück.

Um Batterie zu sparen, schalte ich das Licht der Stirnlampe aus. Klopfe im Dunkel weiter, doch jetzt holen mich die Bilder ein. Diese Fotos, die Bibers Erzählungen noch so viel mehr Gewicht verleihen. Männer mit langen Koteletten und altmodischen, dunkel eingefassten Brillen. Und Kinder, die weder eine Stimme hatten noch jemanden, der für sie gesprochen hätte. Die niemand groß vermisst hat, wenn sie verschwanden. Die jetzt älter sind als ihre Vergewaltiger damals.

Weiterklopfen. Horchen. Nichts. Warum war Biber nicht zur verabredeten Zeit am Treffpunkt?

Als mein Arm erlahmt, lasse ich ihn sinken und pausiere. Wenn ich wenigstens wüsste, wie spät es ist, ob meine Bemühungen überhaupt Sinn haben. Aber meine Uhr ist ebenso stehen geblieben wie die von Siegmund Mechendorff. Beim Kampf mit Albert muss die Verstellschraube herausgezogen worden sein. Die Zeiger stehen auf ein Uhr fünfzig, seit ich hier unten bin.

Albert. Er plaudert vielleicht gerade mit Matti, und sie schütteln beide die Köpfe über Caro, der sie nie einen Mord zugetraut hätten. Oder er berichtet der blonden Frau, dass er seinen Auftrag ausgeführt hat. Die Zielperson ist beseitigt, wird niemanden mehr belästigen. Ob er denkt, dass der Schlag gegen den Kopf mich erledigt hat? Oder gehört er zu denen, die im letzten Moment vor dem eigenhändigen Töten zurückschrecken und darauf vertrauen, dass der Tod schon kommen wird, wenn man ihm günstige Bedingungen verschafft?

Möglich, dass Albert damit richtigliegt. Aber dann hätte er mich besser in das andere Grab verfrachten sollen. Ein paar Kubikmeter Erde drauf, mit der Baggerschaufel festdrücken, und die Sache wäre erledigt gewesen.

Nur ist er eben kein Killer. Er tut das Minimum und hofft das Beste. Schlechte Taktik, wenn man mit den Karpins zu tun hat.

Ich fange wieder zu klopfen an, aber nach wie vor antwortet mir niemand. Vielleicht hat Albert ja Glück, und ich bin in ein paar Tagen verreckt.

Die Panik kommt plötzlich und ohne Vorankündigung, ich hämmere mit bloßen Fäusten gegen die Steinplatte über mir, versuche wieder, um Hilfe zu schreien, doch meine Stimme macht noch immer nicht mit. Wird die Luft jetzt wirklich knapper?

Ich krümme mich zusammen, umschließe die Knie mit den Armen, und die Welle verebbt. *Fühlst du dich nicht schrecklich alleine,* fragt Andrei in meinem Kopf, und nun fange ich tatsächlich zu heulen an. Ich halte mich nicht zurück, lasse allem freien Lauf; etwas in meinem Hinterkopf denkt: Vielleicht hört *das* ja jemand.

Danach fühlt die Welt sich dumpf an, und ich würde mich am liebsten wieder hinlegen und schlafen. Auf den Knochen eines Mannes, der Kinder missbraucht hat und den niemand mehr dafür zur Verantwortung ziehen kann.

Aber bei jemand anderem wäre das möglich, dem könnte man mit den Fotos das Genick brechen. Ich ahne allerdings, dass Biber darauf verzichten wird, wenn man ihm eine angemessene Summe Geld in die Hand drückt. *Es steht zu viel auf dem Spiel, und es geht nicht nur um mich,* hat er zu mir gesagt. Und dass er fünfunddreißigtausend Euro Entschädigung für lächerlich hält.

Ich wische mir über die Augen, denke an die Zeichen auf den Grabsteinen. 666 666, das wäre nicht so lächerlich. Von der Symbolträchtigkeit ganz abgesehen.

Ich versuche es noch einmal mit Klopfen. Lauter, härter, das muss doch jemand hören! Eine verschreckte Oma, die zum Portier humpelt oder zu einem der anderen Friedhofsmitarbeiter. Von denen wahrscheinlich niemand sie ernst nehmen wird. Nicht, solange sie nicht dazusagt, dass es sich um das Grab handelt, an dem kürzlich jemand zu Tode gekommen ist.

Irgendwann gebe ich auf und lege mich hin. Meine Füße liegen auf Mechendorffs Schädel. Ich habe mir schon überlegt, ihn auch abzumontieren und damit gegen die Steinplatte zu schlagen, aber wahrscheinlich würde er dabei schnell kaputtgehen.

Tatsächlich muss ich eingeschlafen sein, denn ich erwache aus einem Traum, in dem Albert das Grab gießt und Wasser auf mich heruntertropft. In meinem Inneren rumort es; Hunger, Durst und Angst liefern sich einen schmerzhaften Kampf, von dem Dröhnen in meinem Kopf ganz abgesehen. Ich schalte die Stirnlampe ein, um richtig wach zu werden; nach ein paar Minuten beginne ich auch wieder damit, um Hilfe zu klopfen. Ohne große Hoffnung diesmal. Der Friedhof ist eine Touristenattraktion, allerdings nicht dieser Teil. Hier kommen nur Angehörige her, oder Gärtner, manchmal Jogger. In der Nähe befindet sich eine Haltestelle für den Bus, der über das Gelände fährt, aber auch das wird nicht viel helfen, es müsste schon jemand auf zwanzig Meter herankommen, um mich zu hören.

Nach einer Weile ändere ich meine Taktik. Ich halte so still wie möglich und lausche, vielleicht bekomme ich Geräusche von draußen mit und kann dann mit aller Vehemenz Krach schlagen. Aber es bleibt entsetzlich ruhig. Das Einzige, was ich zu hören glaube, ist der Bus, der vorbeifährt, aber auch das kann Einbildung sein. Schritte höre ich keine, was kein Wunder ist, denn zwischen den Gräbern wächst Gras. Es ist abgeschieden hier. Möglicherweise hat Albert doch besser gearbeitet als gedacht.

Weil ich die Untätigkeit nach einiger Zeit nicht mehr aushalte, beginne ich wieder zu klopfen. Mache Pause, wenn mein Arm erlahmt, fahre fort, sobald die Kraft zurückgekehrt ist. Nie kommt ein Zeichen von außen zurück.

Kann ja sein, dass bereits Nacht ist, alle Tore geschlossen sind und ich ins Nichts klopfe. Ich lasse den Arm sinken, lehne mich zurück. Betrachte den dunklen Fleck in der Erde, die letzte Spur, die Franz hinterlassen hat.

Eine luftdicht abschließende Steinplatte wäre vielleicht doch besser gewesen. Sauerstoffmangel lässt einen friedlich einschlafen, heißt es. Kein quälender Todeskampf. Nur langsames Wegdriften. Dann hätte ich es möglicherweise schon überstanden.

Ich schalte die Stirnlampe wieder aus und lege mich hin. Spüre den Umschlag mit den Fotos, als ich mich zusammenrolle, und denke an Norbert. An seinem Todestag ist er wie immer aufgestanden, hat gefrühstückt und Zeitung gelesen. Wahrscheinlich einen Spaziergang gemacht, ohne zu ahnen, dass sein Leben nur noch Stunden dauern würde. Später muss er auf die Idee gekommen sein, mir die Bücher zu bringen, von denen er mir erzählt hat. Hat er Angst gehabt, in den letzten Sekunden?

Ich habe in diesem Moment keine, weil Wut ihren Platz einnimmt. Warum erwischt es immer die Falschen? Warum nicht einen der widerlichen Typen auf den Fotos?

Immerhin wird Norbert der Letzte sein, dem ich den Tod bringe, und das ist ein tröstlicher Gedanke. Mit mir erwischt es die Richtige. Ich habe der Welt nicht viel Gutes getan.

Ich schließe die Augen. Wenn ich einfach nur liegen bleibe, passiert der Rest von selbst. Ich muss nichts mehr tun, nicht mal nachdenken. Nur den Dingen ihren Lauf lassen. Durst und Hunger werden noch schlimmer werden, aber irgendwann nachlassen. Zu schade, dass nicht Winter ist. Erfrieren soll auch ein schöner Tod sein.

Ich zähle meine Atemzüge. Anders als Norbert ist mir bewusst, dass der Countdown begonnen hat, und es ist okay. Auf einem Grab in Frankfurt steht mein Name, unter der Erde liegt ein Sarg, gefüllt mit Sandsäcken. Ich selbst liege in einem Grab mit fremdem Namen. In Wien. Tarnen und täuschen bis zum Schluss, das passt zu mir.

Wäre das schwebende Gefühl, das sich meiner nach und

nach bemächtigt, schon der Tod, ich hätte nichts dagegen, aber ich fürchte, es ist nur Schlaf. Federleicht und warm und ...

Ich fahre hoch, weiß im ersten Moment nicht, wo ich bin, richte mich weiter auf und stoße mit dem Kopf gegen etwas Hartes. Die Platte. Das Grab. Ich muss eingeschlafen sein, aber der Lärm, der mich geweckt hat, war nicht der eines wirren Traums. Er war real, und er hält an, Knirschen und Quietschen, das die Grabesruhe durchbricht. Ein Schwall Luft dringt zu mir, kurz darauf streift mich der Lichtkegel einer Taschenlampe. »Carolin!«

Ich kneife geblendet die Augen zusammen. Biber. Er lacht auf. »Oh gut, er hat dich nicht erschlagen! Ein paar Minuten noch, und du bist draußen.« Die Steinplatte hebt sich weiter, dahinter ist pechschwarze Nacht. Biber scheint allein gekommen zu sein, und ich kann mich irren, aber ich vermute, er ist weniger meinetwegen hier als der Fotos wegen.

»Ich hatte gehofft, dass du so gut durchhältst. Tut mir leid, dass ich gestern nicht dazwischengegangen bin, aber als ich Geräusche gehört habe, dachte ich erst, die Polizei dreht ihre Runden, und habe mich versteckt. Ein bisschen später habe ich kapiert, was los ist, aber da war es schon zu spät.« Der Wagenheber quietscht, die Steinplatte hebt sich weiter. »Tut mir leid!«

Ich hocke da, sehe und höre ihm zu, merkwürdig emotionslos. Vorhin war das Gefühl, nun zu wissen, wie alles endet, fast tröstlich. Jetzt muss ich doch weitermachen. Weiterkämpfen. Weiterfliehen.

Als der Spalt zwischen Platte und Umfassung etwa vierzig Zentimeter hoch ist, streckt Biber mir die Hand entgegen. »Komm. Diesmal wird nichts verrutschen.« Wie zum Beweis rüttelt er an dem tragenden Teil des Wagenhebers. »Im Auto habe ich eine Thermoskanne mit Tee, und du kannst über Nacht bei mir bleiben.«

Mein Lebenswille kehrt in Schüben zurück, schneller, als ich vermutet hätte. Ich greife nach seiner Hand, achte darauf, nichts zu destabilisieren, und finde mich Sekunden später im feuchten Gras wieder, während Biber sich anschickt, ins Grab zu steigen.

»Das musst du nicht«, sage ich, mit immer noch heiserer Stimme. »Ich habe sie gefunden.«

Er hält inne. »Du hast …«

»Die Fotos gefunden. Ich habe sie hier. Mach den Deckel wieder drauf und lass uns fahren.«

»Zeig.« Mit zwei schnellen Schritten ist er bei mir und hält die Hand auf. Ich ziehe die Bilder in ihrem Umschlag aus meiner Jacke und überreiche sie ihm.

Er blättert sie durch, die Taschenlampe zwischen den Zähnen. Nickt bei jedem, und bei einem lacht er auf. Ich weiß genau, welches das ist. »Endlich. Danke, Carolin. Ich steige aber trotzdem nach unten.« Zu meinem großen Erstaunen gibt er mir die Fotos zurück. »Ich will seinen Kopf. Halte sie bitte so lange.«

Noch halb betäubt und unsicher auf den Beinen sehe ich ihm dabei zu, wie er in die Grube rutscht. Mit den Füßen voraus, so wie Franz es gemacht hat, doch der Wagenheber hält weiterhin. Das muss jetzt der dritte sein, den er über die Mauer gehievt hat.

Nicht lange, und ein Totenschädel rollt ins Gras, Biber robbt bäuchlings an die Oberfläche, steht auf und putzt sich die Erde ab. »So hätte es schon beim ersten Mal laufen sollen«, sagt er leise, bevor er den Absenkmechanismus des Wagenhebers bedient und das schwere Gerät zur Seite wuchtet.

Aus einem Rucksack, der dem ähnelt, der neben Franz' Leiche stehen geblieben ist, holt er silberfarbene Lackstifte. »Rot sieht man auf dem schwarzen Marmor nicht«, sagt er und hält mir einen hin. »Willst du?« Ohne eine Antwort abzuwarten, beginnt er, die üblichen Zeichen auf den Stein zu malen. Das Omega, das Pentagramm, die liegende Acht mit dem Kreuz. Diesmal auf der Seite der Schmetterlingswiese. Dann zweimal die 666.

»Das ist die Summe, die du verlangst, richtig?«, frage ich.

»Ja«, antwortet er. »Aber ich glaube, ich werde aufrunden.« Er legt den Totenschädel auf den Grabstein und steckt ihm eine schwarze Kerze zwischen die Zähne. »Huhn war zu viel Aufwand heute«, murmelt er.

Ich drehe den weißen Stift in den Händen. Wenn man morgen das geschändete Grab findet, wird das kein geringer Schock für Albert sein. Und ich kann es schlimmer machen.

–50 000 schreibe ich klein an die Seite. *R. I. P.* darunter. Dann gebe ich Biber Stift und Fotos zurück. »Lass uns fahren.«

Wir halten kurz bei der Feuerhalle, wie ein Dieb stehle ich mich aus Bibers Wagen und husche zu meinem. Eine schnelle Überprüfung der Dashcam: Nichts. Gestern war Sonntag, kein Parksheriff, keine Polizei hat das Auto kontrolliert. Ich hole den Korb mit der Walther aus dem Kofferraum, stopfe die Abaya darüber und prüfe, ob das Mäppchen mit den gefälschten Ausweisen noch drin liegt. Den verriegelten Wagen lasse ich stehen. Irgendwann im Laufe des eben angebrochenen Montags wird jemand einen Strafzettel schreiben. Vielleicht fällt da schon auf, dass es sich um das Auto einer gesuchten Person handelt. Spätestens dann hat Tassani meine Fingerabdrücke, und der Tanz um die Frage, warum sie einer Toten gehören, beginnt.

Bibers Wohnung befindet sich im fünfzehnten Bezirk, nicht weit vom Westbahnhof entfernt. Zwei karge Zimmer, die Möbel sind so alt, dass sie fast wieder modern wirken würden, wenn sie nicht so abgewetzt wären. Ich setze mich auf das Sofa, Biber holt eine Flasche Wein aus dem Kühlschrank.

Ich muss gestehen, es erstaunt mich, wie ärmlich er haust – als alleinstehender Handwerker kann er nicht so schlecht verdienen. Doch dann entdecke ich zwei große Taschen voll mit leeren Flaschen. Wein und Wodka, hauptsächlich.

Mein Blick ist ihm nicht entgangen. »Tja, jedem seine eigenen Fluchtwege«, sagt er. »Aber das Geld, das ich für die Fotos bekomme, werde ich so schnell nicht versaufen können.«

»Woher wusstest du davon?«, frage ich. »Von den Fotos?«

»Ich wusste, dass es sie gibt«, sagt er düster. »Wir haben es mitbekommen, wenn Gunther uns abgelichtet hat. Nicht alle Gäste wollten das, aber manche fanden es dann doppelt geil. Sie haben Gunther für die Negative gut bezahlt, er hat sie selbst entwickelt – ein Fotolabor wäre damals ein zu großes Risiko gewesen.« Biber setzt die Weinflasche an die Lippen, mir hat er nichts angeboten, ist auch besser so. »Sie hatten alle keine Angst, erwischt zu werden. Irgendwann müssen sie so etwas wie einen netten, kleinen Club gegründet haben. Erfahrungen austauschen, Fotos austauschen, solche Dinge. Gleiche Interessen, verstehst du? Aber dann hat eine Ehefrau die Bilder ihres Mannes gefunden.«

»Woher weißt du das?«

»Och.« Er trinkt noch einen Schluck. »Nach dem Auffliegen der Kinderheimskandale haben sich auch ein paar von uns wiedergetroffen, und wir haben unsere Erinnerungen zusammengetragen. Franz zum Beispiel wusste, wie Kroko im wahren Leben hieß und dass er mittlerweile tot war. Speiseröhrenkrebs, das fanden wir fair. Beate kannte Roland Klessmanns Namen und Adresse, nachdem er einmal für eine Zeitung interviewt worden ist, mit Porträtbild dabei. Aber als wir von den Fotos erfuhren, war auch er schon tot. Die Karriere von Ulrich Pilus haben wir alle verfolgt; da musste keiner von uns recherchieren. Wir haben noch von ein paar anderen der ehemaligen Gäste die Namen herausgefunden, auch, wo sie leben oder begraben waren, aber die waren für uns nicht so interessant.«

Jetzt ist der Punkt gekommen, an dem ich ihm nicht mehr folgen kann. »Warum nicht?«

Er überlegt kurz. »Weißt du, wir hätten ja schon vor Ewigkeiten an die Öffentlichkeit gehen können. Unsere Geschichte erzählen, Leute anschwärzen. Aber wenn du so aufgewachsen bist wie wir, machst du das nicht, weil du weißt, dass du nicht zu den Gewinnern gehörst. Du bist es gewohnt, den Kürzeren zu ziehen, und du hältst lieber still. Wer stillhält, dem wird nicht so wehgetan.« Er spricht sachlich, ohne große Emotion. Nimmt wieder einen Schluck. »Was du aber tun kannst, ist Leuten drohen, unter vier Augen. Genau das haben wir getan. Ich, Franz, Beate und Gabi. Wir haben ein paar von den Gästen besucht. Die, von denen wir gewusst haben, dass sie Geld haben.«

Er lacht auf. »Weißt du, was lustig ist? Wir sind bei drei von denen, die noch leben, vor der Tür gestanden, und keiner hat uns erkannt. Wir haben unseren ganzen Mut gebraucht, um uns hinzutrauen, und die alten Trottel haben uns nur blöd ins Gesicht geschaut und *ja, bitte?* gesagt. Einer hat sich dann an meine Zähne erinnert und blitzartig die Tür zugeschlagen. Die anderen erst, als wir die Hildenhöhe erwähnt haben. Lauter Greise, denen die Gebisse fast aus dem Mund gefallen sind. Der Franz hat gemeint, wir sollten ihnen die Knochen brechen oder ihre Krücken in den Arsch rammen, aber ganz ehrlich, Rache ist etwas für Idioten.«

Sein Blick fällt auf den Umschlag mit den Fotos, der auf dem zerkratzten Couchtisch liegt. »Das Risiko, unsere Geschichten öffentlich zu machen, war uns zu hoch, weil wir keine Beweise hatten. Aber dann hat jemand uns erzählt, dass es noch Exemplare von den Fotos gibt. Und wo man sie finden könnte.«

Ich sehe ihm zu, wie er einen tiefen Zug aus der Flasche nimmt, und finde keine Logik in dem, was er erzählt. Sie wussten, wo der Umschlag liegt? Dafür war ihr Vorgehen nicht besonders zielstrebig.

»Bei einem unserer Besuche wurden wir tatsächlich vorgelassen«, fuhr er fort. »Eine alte Frau, die mit ihrer Pflegerin in einer üppigen Villa wohnte, war ganz aus dem Häuschen vor Freude über unser Auftauchen. *Alte Freunde vom Ludwig! Nennt mich doch Maria!* Natürlich hat sie uns verwechselt, und ihr Ludwig, der widerliche Drecksack, war schon seit Jahren tot. Sie selbst war dement, wollte aber unbedingt wissen, warum wir hier sind, und Beate hat es ihr dann erzählt. Auf nicht sehr schonende Art.« Er lacht wieder auf. »Und glaub es oder nicht: Sie hat es gewusst. Nicht von ihrem perversen Ehemann selbst, aber von der Frau eines seiner Freunde. Auf dessen Beerdigung kamen die beiden Frauen ins Gespräch, und die frischgebackene Witwe trauerte nicht, sondern bebte vor Zorn. Sie war die Sachen ihres Mannes durchgegangen und dabei auf die Fotos gestoßen. *Dieser widerliche Sack,* soll sie gesagt haben. *Der schmort jetzt in der Hölle, und deiner auch, Maria. Aber weißt du was? Er nimmt seine Schande mit ins Grab. Ich hab ihm die ganze Fotosammlung mit in den Sarg gelegt, da kann er sich den Dreck in alle Ewigkeit anschauen.*«

»Das war die Witwe von Mechendorff?«, werfe ich ein.

»Ja, offensichtlich. Aber das wusste Maria leider nicht mehr. So viele Begräbnisse, hat sie immer wieder gesagt. Ganz sicher war sie sich nur noch in einer Sache: dass die Beerdigung auf dem Zentralfriedhof stattgefunden hatte. Weil dort ja auch ihr Ludwig liegt und ein paar Gruppen weiter ihr Gottfried. Wir haben sie ausgefragt, so gut wir konnten, haben ihr alle Namen vorgeschlagen, die uns eingefallen sind, aber sie hat nur den Kopf geschüttelt. Wusste es einfach nicht mehr.«

Maria. Eine kleine, alte Frau, die nach meiner Hand greift. *Ich habe sie nie gesehen,* hat sie gesagt, als wir gemeinsam vor Edwin Berkels verunstaltetem Grab standen. *Nur davon gehört. Nie gesehen. Und ich bin so froh!*

»Heißt Mechendorffs Witwe Judith?«

Biber nickt. »Woher weißt du das denn?«

Judith hat sie gesehen. Und sie hat geweint. Die Fotos, die bis in alle Ewigkeit auf der Brust ihres toten Mannes liegen sollten.

»Ihr habt alle Gräber geöffnet, die infrage gekommen sind, und gehofft, dass das richtige dabei ist, ja?«

Bibers Flasche ist fast leer. »Wir waren relativ sicher, dass wir einen Treffer landen würden. Marie besitzt noch ein Adressbuch ihres Mannes, das hat Gabi durchgesehen. Hat sich die Namen notiert, die wir kannten. Es waren mehr als Klessmann, Harbach, Berkel und Mechendorff, aber die vier waren als Einzige auf dem Zentralfriedhof begraben.«

Biber holt die nächste Flasche Wein, jetzt hätte ich auch gern welchen. Wo Menschen in Wien begraben liegen, lässt sich sehr unkompliziert über eine Website herausfinden. Man braucht nur den Namen und das ungefähre Jahr der Bestattung, und schon spuckt die Suchmaschine den Friedhof und die Grabnummer aus.

»Wir waren ein bisschen in Zugzwang«, fährt Biber fort, »weil wir nämlich den Herrn Minister kontaktiert hatten. An den heranzukommen, war elend schwer, wir sind immer nur bis zu seinem Anwalt vorgedrungen. Bei dem haben wir anklingen lassen, dass wir wissen, wo es noch ein paar von den Fotos gibt, die damals geschossen wurden. Da wurde der Mann plötzlich sehr nervös.«

In meinem Kopf fällt ein Mosaiksteinchen an die richtige Stelle. »Das war Gernot Nadler, ja? Den ihr dann so publikumswirksam auf dem zweiten Grab drapiert habt?«

»Genau. Er ist Gabi auf den Friedhof gefolgt, persönlich, das musst du dir einmal vorstellen. Mit Bargeld in der Tasche, für jeden zehntausend Euro.« Biber beugt sich vor. »Zehntausend sind gar nichts für Minister Pilus. Der verdient nicht nur großartig, sondern hat auch noch Grundbesitz in Salzburg und der Steiermark. Seine Familie betreibt vier Hotels, und als Anwalt hat er auch jede Menge Geld gescheffelt. Wird er wieder tun, sobald seine politische Laufbahn zu Ende ist.« Biber lehnt sich auf seinem Sessel zurück.

Ich habe die Szenerie fast bildlich vor Augen. Gernot Nadler, der auf dem Friedhof mit Geldumschlägen winkt. »Ihr habt ihn getötet, weil er euch zu wenig geboten hat?«

Biber sieht mich verständnislos an. »Nein, weil er uns beobachtet hat. Er meinte, wenn wir sein Angebot nicht annehmen, wäre das okay. Er hätte jetzt ja etwas gegen uns in der Hand und würde sich sofort mit der Polizei in Verbindung setzen. Da habe ich den Marmorbrocken genommen. Und dann das Geld.«

Endlich schenkt Biber mir ein bisschen Wein ein. Ich nippe, er ist erstaunlich gut. »Den Brocken, den du uns dann in den Hof geworfen hast.«

Schulterzucken. »Ich musste ihn loswerden. Und ich habe ja in der Nacht bei Berkels Grab jemanden über eure Mauer steigen sehen. Da dachte ich, das passt doch, ist eine gerechte Strafe für zu viel Neugierde. Meine Fingerabdrücke habe ich alle abgewischt, aber vielleicht würde ja jemand von euch neue machen. Oder das Ding freundlicherweise verschwinden lassen.« Er grinst.

»Hm. Minister Pilus weiß also, dass die Fotos in einem der Gräber liegen?«

Das Grinsen vertieft sich. »Ich denke schon. Aber was soll er denn tun? Er kann niemanden schicken und ihn ein wenig herumbuddeln lassen. Er muss darauf hoffen, dass die Bilder bleiben, wo sie sind. Wir haben Druck gemacht, die Gräber extra so verziert, dass die Sache durch die Presse geht. Ich habe sogar das Symbol für Schmetterlings- und Schattenwiese in Nadlers offenes Grab gesprayt, weil ich wusste, das wird Pilus bei der Beerdigung sehen. Er hat mitbekommen, dass wir suchen, aber er hat uns nicht abhalten können, denn er kennt unsere richtigen Namen nicht. Die haben wir Nadler nie gegeben. Die waren auch auf der offiziellen Opferliste nicht zu finden, weil wir uns nicht bei der Entschädigungsstelle gemeldet haben.« Bibers Mundwinkel sacken nach unten. »Leider hat dann jemand daran glauben müssen, der überhaupt nichts mit uns zu tun hatte. Ich glaube noch immer nicht, dass der Uli freiwillig in die Donau gesprungen ist, da hat jemand aus Pilus' Umkreis nachgeholfen. Ausgerechnet Uli, er war immer einer von den Braven, damals auf der Hildenhöhe. Aber auch einer von den Lustigen.« Er nimmt wieder einen Schluck. »Und ein Liebling vom Nilpferd.«

Im Geiste gehe ich die Männer auf den Fotos durch. »Wer war das Nilpferd?«

Erneutes Schulterzucken. »Haben wir nie herausgefunden. Gunther hat sich nicht daran erinnert. Er hat gesagt, Nilpferd wollte keine Fotos und keinen Kontakt zu den anderen Gästen. War ein extrem fetter Mann mit dunklen Ringellöckchen, der immer zu viel Duftwasser aufgelegt hat.« Biber blickt zur Seite. »Auch, wenn man sich noch so sehr unter der Dusche abgeschrubbt hat, der Geruch hat tagelang an einem geklebt.«

Wieder nippe ich an meinem Glas. »Und Ingmar Harbach war Kroko, nicht wahr?«

Er wendet den Kopf. »Woher weißt du das?«

»Na ja. Die Zacken auf dem Grabstein. Und auf seinem Schädel.« *Bester Opa der Welt, miss you so.* Wusste seine Enkelin, dass sie in Reichweite eines Krokodils lebte?

»Die Zacken, stimmt«, bestätigt Biber. »Ja. Hat gut gepasst, dass wir ausgerechnet auf dem Grab von Lenis Mörder einen Toten abgelegt haben.« Er schüttelt den Kopf, stellt die Flasche auf den Tisch.

»Was habt ihr mit dem Geld gemacht? Mit den vierzigtausend, die Nadler dabeigehabt hat?«

»Aufgeteilt. Rechnungen gezahlt. Beate wird ein paar Sachen in ihrer Wohnung behindertengerecht machen lassen.«

Ich deute auf die Fotos. »Wie geht es jetzt weiter?«

Sein düsterer Blick hellt sich auf. »Zuerst werde ich die Bilder einscannen, vervielfältigen und ein paar davon in einem versiegelten Kuvert einem Notar übergeben, für den Fall, dass mir etwas zustößt. Dann werde ich wieder Kontakt zu Pilus aufnehmen, und ich denke, er wird mich diesmal vorlassen. Wenn alles erledigt ist, werde ich mich zur Ruhe setzen. Ich hätte gern ein Häuschen im Grünen und zwei Hunde. Spazieren gehen, lesen, ein voller Kühlschrank – das wär's.« Er seufzt, es klingt vorfreudig. »Und du?«

Ich habe den Fokus des Gesprächs bewusst die ganze Zeit über auf die Bereiche gerichtet, die nichts mit mir zu tun haben. Habe ja sogar bei der Hildenhöhe herumgegraben, mehr aus Ratlosigkeit als aus Notwendigkeit. Hat gut funktioniert, denn erst jetzt senkt sich das Bewusstsein um die Aussichtslosigkeit meiner Lage wieder schwer auf mich herab. »Keine Ahnung«, sage ich. »Auf jeden Fall muss ich weg aus Wien. Aus Österreich. Das wird schwierig, weil nach meinem Auto sicher gesucht wird, und sobald ich einen Flug buche, haben sie mich. Bahnfahren ist auch nicht die beste Idee, da könnte es Kontrollen geben, vor allem an den Grenzen ...«

Biber blickt nachdenklich zum Fenster, setzt die Weinflasche an die Lippen und schüttet den restlichen Inhalt auf einen Zug hinunter. »Ich habe da eine Idee.«

Es ist ein alter Ford Fiesta in verwaschenem Rot, mit gültigen Papieren. »Beate hat ihn mir gegeben, damit ich ihn verkaufe.« Er drückt mir den Schlüssel in die Hand. »Ich werde ihn ihr ablösen, und du fährst damit, wohin du möchtest.«

Ich zögere kurz, dann greife ich zu. Eine bessere Lösung werde ich auf die Schnelle nicht finden, und viel Zeit bleibt mir nicht. Andreis Geschwader erreicht vermutlich gerade Wien. *Bist du auch schon so gespannt, wie es weitergeht? Wann wir dich erwischen und wie?*

»Danke.«

Er nickt. »Soll ich mich um den Kerl im Keller kümmern? Ihn rauslassen, wenn du weit genug weg bist?«

Alex. Ich lächle. »Nein, das ist nicht nötig.«

»Wie du meinst.«

Ich verstaue den Korb im Kofferraum, nachdem ich einen der gefälschten Führerscheine herausgeholt und ins Portemonnaie gesteckt habe. Biber klopft mir freundschaftlich auf die Schulter. »Ich wünsche dir alles Gute.«

»Und ich dir. Ich hoffe, du kriegst dein Häuschen und deine Hunde.«

Er reckt einen Daumen hoch. Ich steige ins Auto, parke aus und fahre los. Als ich noch einmal in den Rückspiegel schaue, ist Biber nicht mehr zu sehen.

21.

Ich habe einen weiten Weg vor mir, doch einen letzten Zwischenstopp muss ich davor noch einlegen. Es ist kurz nach fünf Uhr morgens, und die Dunkelheit am Horizont verwäscht sich zu mattem Grau, als ich auf den Feldweg einbiege. Ohne neue Wasservorräte diesmal, ohne Lebensmittel. Nur mit der Walther in der Hand und einem zusammengefalteten Stück Papier in der Tasche.

Beim Betreten des Hauses bemühe ich mich nicht, leise zu sein, aber es bin nicht ich, die Alex weckt. Er war schon wach. Als ich die Kellertüre öffne, sitzt er aufrecht an der Wand, die kleine Campingleuchte neben sich. Der Blick, mit dem er mich fixiert, als ich eintrete, ist voller Hass.

Dann entdeckt er die Walther.

Ich steige die Treppe nach unten. »Es ist Zeit, Schluss zu machen.«

Er rutscht an der Wand ein Stück von mir weg, die Augen über dem struppigen Bart weit aufgerissen. »Nein«, ruft er heiser. »Bitte. Es ist doch ... du warst doch bisher ...«

Zwei volle Wasserflaschen gibt es noch, er war wirklich sparsam. Zu essen ist allerdings nichts mehr da. Ich baue mich vor ihm auf.

»Du hast mich von Anfang an belogen, nach Strich und Faden. Nur einmal hast du mir die Wahrheit gesagt, als ich dich nach dem Passwort für deinen Computer gefragt habe. Oceans22blue, das hat gestimmt, allerdings war es nicht das Notebook-Passwort.« Ich hebe die Pistole. »Das Notebook ist nicht deines. Wem gehört es?«

Er blickt in die Mündung. »Tu mir nichts. Ich ...«

Ich entsichere die Waffe. »Wem gehört es?«

»Janina«, schreit er, »es gehört Janina! Ich sollte nur darauf aufpassen, ich kenne das Passwort wirklich nicht. Wirklich! Ich schwöre es dir!«

Ich lasse die Hand mit der Waffe sinken. »Janina ist blond und sehr hübsch, nicht wahr? Du bist mit ihr Riesenrad gefahren, und du bist vollkommen verknallt in sie. Das alles«, ich deute mit der Pistole quer durch den Keller, »passiert ihretwegen, richtig?«

»Was?«, stammelt Alex. »Nein. Es ist ein Missverständnis, das habe ich dir ...«

Ich hebe die Pistole wieder. »Lüg mich nicht noch einmal an. Ich weiß jetzt, dass du für die Karpins arbeitest, ihr Boss hat mir eine Nachricht geschickt. Über deinen Computer. Den, der sich mit Oceans22blue entsperren lässt.«

Die Verwirrung ist Alex ins Gesicht geschrieben. »Was?«

»Karpin, Andrei Karpin. Der Mann, für den du mich ablichten solltest. Er schreibt, er wüsste gerne, wie ich dich um die Ecke gebracht habe.« Ich ziehe den zusammengefalteten Ausdruck der Mail aus meiner Hosentasche, streiche ihn glatt und drücke ihn Alex in die gefesselten Hände.

Er liest, und während er das tut, wird das Entsetzen in seinem Gesicht immer deutlicher. »Ich habe diesen Mann nie getroffen.«

»Oh, das glaube ich dir aufs Wort! Aber du hast für ihn gearbeitet, und du hast dich ziemlich ins Zeug gelegt. Immerhin sitzt du jetzt schon zwei Wochen in diesem Loch, und hast die ganze Zeit über dichtgehalten.« Ich reiße ihm die Mail aus der Hand, trete einen Schritt zurück und richte die Waffe auf seinen Kopf. »Jetzt ist Schluss. Deine letzte Chance. Sag mir, wer dich auf mich angesetzt hat, dann erschieße ich dich nicht. Sonst tue ich es, und du wärst nicht der Erste aus dem Karpin-Clan.«

Alex versucht förmlich, mit der Wand hinter ihm zu verschmelzen. »Janina«, presst er heraus. »Aber es war nicht ihre Schuld. Sie hat nur gesagt, sie bräuchte ganz dringend ein Bild von dir. Du wärst ihre Halbschwester, das Ganze sei eine Familienangelegenheit und wahnsinnig wichtig, aber sie könnte es nicht selbst tun, weil du sie sofort erkennen und dann wieder ausflippen würdest. Die Familie müsste aber wissen, wo du steckst, ohne Medikamente wärst du gefährlich.« Er legt die Stirn gegen die gefesselten Hände. »Sie hat mir eine vernarbte Stichwunde an ihrer Hüfte gezeigt, da habe ich ihr angeboten, das für sie zu erledigen. Erst wollte sie das nicht annehmen, sie hat mir erzählt, dass du mehr als nur unangenehm werden kannst. Dass du schon Leuten wehgetan hast und lange in der Psychiatrie warst. Dass ihr Bruder deinetwegen im Rollstuhl sitzt. Sie wollte mir das nicht antun, mich nicht in Gefahr bringen.« Er lacht auf. »Später hat sie gesagt, wenn ich in Schwierigkeiten kommen sollte, würden sie mir alle beistehen. Sie und ihre Familie. Aber wenn es wirklich du wärst, und du würdest erfahren, wer mich geschickt hat, würdest du sie aufstöbern und ihr die Augen ausstechen. Oder sie töten.«

»Und du hast ihr das geglaubt.« Ich versuche, nicht zu lachen. »Du hast hier durchgehalten und dichtgehalten, bloß, weil du eine hübsche Frau beeindrucken wolltest.«

»Weil ich sie schützen wollte!« Er strafft den Rücken. »Und nach allem, was ich mit dir erlebt habe, war mir klar, dass ihre Angst vor dir begründet ist.«

Angst. Vor mir. Ich rekapituliere, versuche, die Teile der Geschichte in die richtige Reihenfolge zu bringen. »Wieso hat die Familie mich in Wien gesucht?«

Er lehnt den Kopf nach hinten, gegen die Kellerwand. »Sie sagten, es gäbe eine Spur nach Salzburg, wenn auch keine gesicherte. Wien hätten sie als eine von mehreren Möglichkeiten für deine Weiterreise im Blick. Und dann, vor ... ich weiß nicht, vor wie vielen Wochen ist ein Freund von dir überraschend nach Wien gefahren. Sie haben erfahren, dass er in eurer Blumenhandlung auf dem Zentralfriedhof war und dort eine Frau getroffen hat. Janina wurde furchtbar nervös – wenn du in Wien warst, dann vermutlich wegen ihr. Ich habe ihr angeboten, das für sie zu klären. Ob du es wirklich bist.«

Ich gehe zur gegenüberliegenden Wand und setze mich, die Pistole auf dem aufgerichteten rechten Knie aufgestützt. Janina ist also Andreis Kontakt in Wien. Er hat in vielen Städten Leute sitzen, die kleinere Geschäfte für ihn erledigen und fürstlich dafür bezahlt werden. Oft sind es attraktive Frauen, denen tut man gern einen Gefallen. Und sie haben keine Probleme, sich ahnungslose Handlanger zu ködern. Wie in diesem Fall Alex.

Wien war also schon seit meiner Flucht aus München im Fokus der Karpins, und dann hat sich Robert dahin auf den Weg gemacht. Weil ich es unbedingt wollte. Andreis Leute müssen ihm gefolgt sein. Beinahe ist es zum Lachen. Der Mann, der mich die ganze Zeit über schützen sollte, hat meine Verfolger bis direkt vor den Blumenladen geführt. »Wie lange kennst du diese wundervolle Janina schon?«

Er überlegt kurz. »Fast zwei Monate. Und ich liebe sie, verstehst du?« Nun lacht er auf. »Nein. Tust du nicht.«

Ich nicke. »Zwei Monate. Lass mich dich korrigieren: Du liebst sie nicht, du bist bloß verrückt nach ihr, und du willst für sie den Helden spielen. Ganz toll. Aber soll ich dir etwas sagen? Nachdem du fort warst, hat sie sich einen anderen Handlanger besorgt, und der hat vor zwei Nächten versucht, mich lebendig zu begraben.«

Er schüttelt den Kopf. »Gelogen.«

»Wie du meinst. Aber du hast die Mail eben gelesen? Und auch verstanden?«

Alex hebt unwillig die Schultern. »Die kannst du ganz leicht gefälscht haben. Und wenn sie echt ist, dann hat Janina keine Ahnung davon, was dieser Typ schreibt. Aber ich tippe darauf, dass du sie gefälscht hast. Ist doch deine Spezialität, das hast du selbst erzählt. Janina will dir nichts Böses, sie hat nur Angst vor dir, vor deinen Wahnvorstellungen und deinen Gewaltausbrüchen.«

Ich schließe die Augen. Angst vor mir. Bis vor Kurzem hätte ich das zutiefst lächerlich gefunden, bei all der Angst, die mich selbst zur Gänze ausgefüllt hat. Aber ich fühle, wie die Dinge sich verschieben. Vielleicht hat Alex recht. Vielleicht gibt es mittlerweile gute Gründe, vor mir Angst zu haben.

»Weißt du was?«, sage ich in die entstandene Stille. »Ich erzähle dir jetzt, wie es war, als ich zum ersten Mal einen Menschen getötet habe.«

Er schüttelt den Kopf. »Das ist doch …« Als er in die Mündung der Walther blickt, verstummt er.

»Ich finde, du solltest es hören. Du bekommst die Kurzversion, gut?« Ich atme tief durch. »Dass ich für die Karpins gearbeitet habe, weißt du ja schon, auf Anweisung der Polizei. Ich sollte eine Gelegenheit liefern, bei der Andrei verhaftet werden konnte, doch das war viel schwieriger, als wir alle uns das gedacht hatten. Weil die Dinge immer viel zu plötzlich passierten, nie war genug Zeit, um jemanden zu verständigen, ohne aufzufallen. Insgesamt zwei Jahre verbrachte ich in diesem Clan, doch im letzten halben Jahr wurde Andrei zunehmend misstrauisch mir gegenüber. Er stellte mir kleine Fallen, ließ sich diverse Quälereien einfallen, drohte mir schreckliche Dinge an. Ich flehte meinen Kontaktmann bei der Polizei an, mich rauszuholen, mich alleine aus dem Staub zu machen, wäre zu gefährlich gewesen. Aber der erklärte mir jedes Mal, dass wir schon enorme Fortschritte gemacht hätten und es nur noch eine Frage von Tagen wäre, bis man sich Andrei schnappen würde.

Doch es passierte nie. Ich hielt durch, so gut ich konnte. Wer mir dabei half, war ein Mann, mit dem ich seit sieben Monaten zusammen war. Daniel.«

Das erste Mal seit mehr als einem Jahr spreche ich deinen Namen aus. Es tut weh und es tut gut, zu gleichen Teilen. »Er reiste viel zwischen Estland und Deutschland umher, war überall und nirgends zu Hause. Wir trafen uns bei einer Party, wo ich der Frau eines Freundes von Andrei ihre neuen Dokumente zustecken sollte. Von mir persönlich gefälscht. Daniel fiel mir sofort auf, er war groß, dunkelhaarig und hatte ein umwerfendes Lachen. Wir unterhielten uns den ganzen Abend lang, und es war wie Nach-Hause-Kommen.«

Beim letzten Satz schwankt meine Stimme, es ist alles immer noch so nah. Die Erinnerung an deine Augen, an deine Hände, deine Stimme. An das Gefühl, Zuflucht gefunden zu haben.

»Ich hätte mich nicht darauf einlassen dürfen, nicht in meiner Situation, denn natürlich witterte Andrei, dass sich etwas verändert hatte, und schon ein paar Tage später sprach er mich auf Daniel an. Er wusste bereits mehr über ihn als ich. Dass er zwei Brüder hatte und eine Zeit lang Motorradhändler war. *Gute Kontakte hat er auch*, meinte Andrei. *Die sollten wir nutzen, findest du nicht?*«

Ich habe diesen Moment noch genau im Kopf, diesen Moment, in dem ich hätte Nein sagen können. Aber ich wollte mich nicht verdächtig machen, ich wollte loyal wirken, und so erklärte ich Andrei, dass Daniel sicher bei der einen oder anderen Kleinigkeit behilflich sein konnte. Ohne zu wissen, für wen genau er arbeitete. Die Aufträge würden von mir kommen. Das war Andrei nur recht.

»Ich war gleichzeitig glücklich wie noch nie und hatte mehr Angst, als ich beschreiben kann. Nach außen hin tat ich so, als wäre Daniel mir nicht wichtig. Ein Zeitvertreib, ein Mann fürs Bett. Ich wusste, sonst würden sie ihn im Fall des Falles benutzen, um mich unter Druck zu setzen.«

Alex hört mir schweigend zu. Ich weiß nicht, ob er mir glaubt, und im Grunde spielt das auch keine Rolle. Ich erzähle es ihm, weil er da ist und weil er dumm genug war, einer aus dem Clan auf den Leim zu gehen. Weil er wissen soll, was das bedeuten kann.

»Im letzten halben Jahr, als Andrei mir immer härter zusetzte und immer weniger vertraute, begann ich, Fluchtpläne zu schmieden. Ich wollte mit Daniel abhauen, nach Australien vielleicht. Je weiter, desto besser. Am liebsten in den Busch, wo es kein Handynetz und keine anderen Menschen gibt. Aber Daniel wollte nicht, warum auch, er wusste ja nicht, mit wem es zu tun hatte. Meine vorsichtigen Andeutungen nahm er nicht ernst. Etwa zur gleichen Zeit meldete sich mein Polizeikontakt und erklärte mir, sie hätten einen Plan, sie hätten gehört, die Karpins wollten Angehörige eines verfeindeten Clans in eine alte Fabrikhalle locken, die bald abgerissen werden sollte. Wenn man Andrei in flagranti beim Abschlachten seiner Konkurrenz ertappen würde, hätten sie ihn. Sobald ich merken würde, dass er sich in die entsprechende Richtung bewegt, sollte ich mich melden. Einfach per Kurzwahl eine bestimmte, eigens dafür eingerichtete Nummer anrufen und sofort wieder auflegen.

Zweimal dachte ich, es wäre so weit, und drückte die Taste. Zweimal rückte das Sonderkommando vergebens aus. Ich war zu der Zeit nur noch ein Nervenbündel, ich hatte das Gefühl, dass Andrei mich nicht mehr aus den Augen ließ. Als es dann wirklich so weit war und Pascha plötzlich vor meiner Tür stand, weil es *etwas zu erledigen gab,* wie er sich ausdrückte, wagte ich es erst gar nicht, die Taste zu drücken. Tat es dann doch, als ich merkte, dass wir aus der Stadt hinausfuhren.«

Bei der Erinnerung an die Fahrt krampft sich immer noch alles in mir zusammen. Weil ich da schon spürte, dass etwas falsch war. Weil Pascha so betont gute Laune versprühte.

»Das ganze Fabrikgelände war abgesperrt, wir fuhren über brüchige Steinplatten auf ein Gebäude mit zersplitterten Fenstern zu. Eine ehemalige Fertigungshalle. Fließbandteile und ein alter Gabelstapler standen neben dem Eingang. Innen warteten Andrei, Boris, Stepjan, Vera und ein paar Männer, die ich nicht kannte. Andrei kam auf mich zu und umarmte mich. *Wie schön, dass du da bist, Koschetschka. Ohne dich würde es heute nicht gehen.*«

Wieder unterbreche ich mich, weil das Grauen von damals mich wieder in vollem Maß einholt. Ich wusste, wie gern Andrei Menschen in einem Moment umarmt und im nächsten Moment seinen Henkern übergibt.

»Er führte mich in die Mitte der Halle. *Du hast so viele interessante Freunde,* fuhr er fort. *Ich verstehe das, ein vielfältiger Freundeskreis ist eine Bereicherung, nicht wahr?* Sein Griff um meine Schultern wurde fester, wurde schmerzhaft. *Sag, seit wann gehören Leute von der Polizei dazu?*

Mir wurde schwarz vor Augen, aber ich lächelte. Tat, als hätte er einen Scherz gemacht, schließlich sei ich nicht verrückt, er könne sich auf mich verlassen und so weiter.

Das würde ich gern sehen, sagte Andrei. *Wollen wir dich ein wenig auf die Probe stellen?*«

Ich weiß nicht, ob Alex ahnt, was jetzt kommt, sein Gesicht ist angespannt, die Kiefer aufeinandergepresst. Kann es sein, dass er die Geschichte bereits kennt? Dass er doch weiß, für wen er mich ausspionieren sollte? Ich streiche mir über die Stirn, die eiskalt ist. Habe dich wieder so deutlich vor Augen, als hätten wir uns gestern zum letzten Mal gesehen.

»Sie führten Daniel herein. Noch bevor ich ihn sah, konnte ich das Benzin riechen, mit dem sie ihn übergossen hatten. Über Oberkörper und Arme hatten sie ihm einen Autoreifen gestülpt. Er begriff nicht, was passierte, rief meinen Namen, und in dem Moment war es mit meiner Beherrschung vorbei. Ich fiel Andrei zu Füßen, flehte ihn an, das nicht zu tun, versprach ihm alles, was er wollte, wenn er nur Daniel nicht sterben ließ. Nicht so, nicht auf diese entsetzliche Art. Sondern überhaupt nicht. Wir würden unser Leben lang für ihn arbeiten, ich würde die Polizei auf falsche Fährten locken. Es war in dem Moment vollkommen ernst gemeint; gleichzeitig wollte ich Zeit schinden, denn ich wusste ja, dass die Sondereinheit auf dem Weg war.

Andrei tätschelte mir beruhigend den Kopf. Zog mich an der Schulter hoch und drückte mich an sich. *Da kann ich doch nicht Nein sagen. Du kennst doch mein weiches Herz.* Er ließ mich ein paar Sekunden lang Hoffnung schöpfen, dann nahm er mich sanft am Ellbogen und führte mich auf Armeslänge an Daniel heran, der von zwei Männern festgehalten wurde. Er zitterte. Begriff nicht, was passierte; nur, dass es mit mir zu tun haben musste. Und mit Dingen, die ich ihm verschwiegen hatte.

Wir werden ihn nicht anzünden, Koschetschka. Kein Necklacing, wenn du so lieb für ihn bittest. Aber dein erster kill *steht noch aus, erinnerst du dich?* Er winkte Boris heran, der mir eine Pistole in die Hand drückte. *Ein Schuss, und es ist ganz schnell vorbei für ihn. Am besten in den Kopf.*

Daniel begann, sich gegen die Männer zu wehren, die ihn hielten. Schrie um Hilfe, schrie immer wieder meinen Namen. Ich ließ die Pistole fallen und fiel ihm um den Hals, trotz des Reifens. Stellte mich vor ihn, versuchte, ihn mit meinem Körper zu schützen. Hörte Andrei lachen. Flüsterte Daniel ins Ohr, dass ich ihn liebe. So sehr. Dass es mir leidtut. So sehr.

Sie mag keine Pistolen, rief Andrei. *Vielleicht sind Messer ihr lieber?*«

Wieder muss ich für einen Moment unterbrechen, weil ich das Gefühl habe, keine Luft mehr zu bekommen. Die Walther in meiner Hand zittert. Ein Blick auf Alex, ein Blick auf die Kellerwände. Ich bin nicht dort, ich bin hier. Was geschehen ist, ist geschehen.

»Boris kam von der Seite auf mich zu, mit einem langen Jagdmesser, das er mir in die Hand drückte. *Du kannst es dir natürlich selbst zwischen die Rippen stechen,* sagte Andrei. *Aber dann wird jemand anderer brennen.*

Das Messer war schwer. Daniel weinte jetzt, versuchte nicht mehr, seine Verzweiflung zu verbergen. Ich zog seinen Kopf zu mir herunter, legte meine Stirn an seine. *Warum,* fragte er immer wieder. *Ich habe doch nichts ... warum?*

Ich zog ihn näher zu mir. Erklärte ihm, dass ich einen Plan hätte, dass ihm nichts passieren würde. Dass ich ihn mehr liebte als alles andere. Betete innerlich, dass die Polizei jede Sekunde die Halle stürmen würde, wenn ich nur noch ein bisschen Zeit gewinnen könnte, ein kleines bisschen.

Dann näherte sich von der Seite Pascha mit einem Sturm-feuerzeug. Er ließ es auf- und zuschnappen. Auf und zu. Eine kleine Flamme leuchtete blau und orange. *Ich zähle bis drei,* hörte ich Andrei hinter mir sagen. *Eins. Zwei. Dr...*

Ich packte das Messer, so fest ich konnte, und stieß es Daniel zwischen die Rippen. Zog es wieder hervor und stieß es ihm in den Hals, im gleichen Moment, als Pascha den Reifen in Brand setzte. Das Blut zischte in den Flammen, Daniel brach zusammen, ich mit ihm, instinktiv rollte ich vom Feuer weg. Hatte plötzlich die Pistole in der Hand, die ich zuvor fallen gelassen hatte.

Ich packte sie mit blutverklebten Händen, sprang auf und richtete sie auf den Ersten, der in mein Sichtfeld geriet. Stepjan. Ich drückte zweimal ab, er brach zusammen, aber knapp neben ihm stand Andrei, und ich sah den Schreck in seinem Gesicht, das ich jetzt zu blutigem Brei schießen würde. Wieder drückte ich ab, wurde aber im gleichen Moment von den Füßen gerissen. Jemand musste mir mit aller Kraft in die Brust geboxt und sofort danach gegen den Oberschenkel getreten haben.

Ich schlug auf dem Boden auf. Alle Geräusche waren plötzlich weit weg. Die Waffe auch, vor mir lag meine leere, blutige Hand, und noch mehr Blut floss auf sie zu. Warm und dunkel. Mein eigenes. Und dann wurde alles leicht.«

Fast habe ich Alex' Anwesenheit vergessen. Erst als er ein Geräusch von sich gibt, das wie eine Mischung aus Räuspern und Husten klingt, blicke ich hoch. »Daniel war der erste Mensch, den ich getötet habe. Stepjan der zweite, ich habe später erfahren, dass er nicht überlebt hat. Ich wäre auch fast draufgegangen, aber Minuten später kam tatsächlich die Polizei, nur war Andrei da schon fort. Er ist seitdem nicht mehr aufgetaucht, denn seine Anwesenheit in der Halle lässt sich beweisen. Sonst leider nichts, sie haben nur drei kleine Handlanger erwischt, die die ganze Schuld für die zwei Toten auf sich nahmen. Drei, wenn man mich mitzählte. So, wie das immer läuft.« Ich stehe auf und strecke mich. »Aber es gibt mich, weißt du? Als Augenzeugin. Sie haben ein Jahr lang geglaubt, ich wäre tot. Nun wissen sie es besser, wollen mich finden, und du wolltest ihnen dabei helfen.« Ich muss mich beherrschen, seinen Kopf nicht brutal an den Haaren nach hinten zu reißen, so lebendig ist das eben Erzählte noch in mir. »Denkst du wirklich, ich lasse dich laufen?«

Alex sieht mich aus schreckgeweiteten Augen an, als ich ein paar Schritte zurücktrete und die Walther auf ihn richte. »Ich habe den Menschen getötet, der mir mehr bedeutet hat als der ganze Rest der Welt. Erzähl du mir nicht, ich wüsste nicht, was Liebe ist. Aber er hatte einen schnellen Tod, und den bekommst du auch.«

Alex wirft sich zur Seite, kippt um. »Nicht!«, schreit er. »Ich wusste es doch nicht, ich hatte keine Ahnung, bitte!«

Zwei, drei Sekunden länger ziele ich auf ihn, genau zwischen die Augen, bevor ich die Waffe sinken lasse. »Na gut. Dann werde ich dich hier zurücklassen müssen, allerdings ohne meine freundliche Betreuung. Denn ich verschwinde jetzt aus der Gegend, das verstehst du sicher. Verdursten wirst du nicht so schnell, das Klo hat ja Wasserspülung.«

Ich drehe mich um und steige die ersten drei Treppenstufen hinauf. Hinter mir höre ich einen Verzweiflungslaut. Halte inne. Vielleicht gibt es einen Mittelweg.

Aus meiner Hosentasche ziehe ich die Handschellenschlüssel und gehe damit noch einmal zur Mitte des Kellers zurück. Ich lege die Schlüssel auf den Boden, dahin, wo ich eben noch gesessen habe. Mindestens eineinhalb Meter außerhalb von Alex' Reichweite. »Ich hoffe, du bist einfallsreich«, sage ich und gehe nun endgültig nach oben.

Janinas Notebook liegt auf dem Tisch des staubigen Esszimmers. Ich nehme es an mich. Gemeinsam mit einem Ausdruck von Andreis Mail werde ich es an Tassani schicken. Plus einer Notiz, dass sich bestimmt auch seine Kollegen in Wiesbaden dafür interessieren.

Ich trete aus dem Haus. Die Morgensonne scheint durch die Baumwipfel, die Wiese duftet. Das vielstimmige Vogelgezwitscher täuscht überzeugend vor, dass die Welt in Ordnung ist.

Ich entsperre den roten Fiesta und verstecke die Walther

im Kofferraum. Dann setze ich mich auf den Fahrersitz und programmiere das Navi. *Dorogoi Dlinnoyu,* summe ich vor mich hin. Passenderweise, eine lange Straße liegt vor mir.

Es sind siebenhundertsechzig Kilometer bis Frankfurt.

ENDE

Ein psychologisch dichter Thriller mit ungewöhnlicher Heldin und Gänsehaut-Garantie!

URSULA POZNANSKI

VANITAS
SCHWARZ WIE ERDE

THRILLER

Auf dem Wiener Zentralfriedhof ist die Blumenhändlerin Carolin ein so gewohnter Anblick, dass sie beinahe unsichtbar ist. Ebenso wie die Botschaften, die sie mit ihren Auftraggebern austauscht, verschlüsselt in die Sprache der Blumen - denn ihre größte Angst ist es, gefunden zu werden. Noch vor einem Jahr war Carolins Name ein anderer; damals war sie als Polizeispitzel einer der brutalsten Banden des organisierten Verbrechens auf der Spur. Kaum jemand weiß, dass sie ihren letzten Einsatz überlebt hat. Doch dann erhält sie einen Blumengruß, der sie zu einem neuen Fall nach München ruft - und der sie fürchten lässt, dass sie ihren eigenen Tod bald ein zweites Mal erleben könnte ...

Der Auftakt zur neuen Thrillerreihe von Spiegel-Bestsellerautorin Ursula Poznanski. Eine Blumenhändlerin mit dunkler Vergangenheit ermittelt gegen ein skrupelloses Verbrecher-Syndikat ...

Attentat am Alexanderplatz – ein neuer Fall für Lopez und Saizew vom LKA-Berlin

KATJA BOHNET

FALLEN UND STERBEN

THRILLER

Sechs Menschen fallen am Berliner Alexanderplatz einem Attentat zum Opfer – ausgerechnet, während in der Stadt ein Kongress der Polizeiorganisation Interpol stattfindet. Mit einer Machete richtet der Killer ein Blutbad an. Anschließend flüchtet ein Motorradfahrer vom Tatort Richtung Berlin Falkensee. Dort muss sich Viktor Saizew wegen eines Dienstvergehens einer Therapie in einer psychiatrischen Einrichtung unterziehen, doch das Verbrechen respektiert keine Auszeit. Mit Viktors Hilfe kommt Rosa Lopez, die vom LKA Berlin mit den Ermittlungen beauftragt wird, dem Täter bedrohlich nahe. Bis sie selbst zur Zielscheibe wird.

»Lesen! Ein großartiges Ermittlerpaar. Unglaublich dicht geschrieben, sprachlich außergewöhnlich.«
Radio Bremen über Kerkerkind